imaginist

想象另一种可能

理想国

imaginist

WORDS
ARE MY MATTER

我以
文字为业

Ursula K. Le Guin
[美]厄休拉·勒古恩 著
夏笳 译

河南文艺出版社
·郑州·

心 为 静

心为静。华美的谎言之书
永远都不足够。
念头如群蝇嘈杂
    环绕猪槽。

我以文字为业。我三十年凿一石
尚未成形,
无物之象不可见。
我无法完成它,释放它,
    无法化为能量。

我笨嘴拙舌,但我不会歌唱
真相,像鸟儿一样。
我每天来到审判之所
    词不达意,始终如一。

即便如此又怎样?我明白
手中那块石头的分重。
念头如群蝇环绕猪食。
我与猪群竞相争抢。
    心为静。

1977年

目 录

前 言 001
演讲、杂谈与随笔

操作说明 013
那时的生活是什么样的 020
类型：一个只有法国人会爱的词 023
"实际上不存在之物"：论幻想文学，
　并致豪尔赫·路易斯·博尔赫斯 034
一则回复，来自天仓五，通过安塞波传送 042
书中的野兽 051
发明语言 066
如何读一首诗：《灰母鹅与灰公鹅》 076
为大卫·亨赛尔送给皇家艺术学院的展品而作 081
论严肃文学 083
引我超越思想 086
住在一件艺术品中 093

保持清醒	116
伟大自然的丰盛主菜	131
女人所知道的	141
消失的祖母	152
向弗吉尼亚·伍尔夫学习科幻写作	164
书之死	166
勒古恩的假设	178
编故事	182
自由	192

书籍导读与作者评论

一部非常好的美国小说：H. L. 戴维斯的《蜂蜜之角》	199
菲利浦·K. 迪克：《高堡奇人》	206
赫胥黎的苦旅	217
斯塔尼斯瓦夫·莱姆：《索拉里斯星》	225
乔治·麦克唐纳：《公主与哥布林》	232
可能性的狂风：冯达·麦金泰尔的《梦蛇》	235
写对了：查尔斯·L. 麦克尼科尔斯的《疯狂天气》	241
评帕斯捷尔纳克的《日瓦戈医生》	250
尊严的榜样：对若泽·萨拉马戈作品的思考	253

阿卡迪·斯特鲁伽茨基与鲍里斯·斯特鲁伽茨基：

 《路边野餐》 277

杰克·万斯：《帕奥诸语言》 283

H. G. 威尔斯：《月球上的第一批人》 289

H. G. 威尔斯：《时间机器》 299

威尔斯的大千世界 308

书 评

玛格丽特·阿特伍德：《道德困境》 325

玛格丽特·阿特伍德：《洪水之年》 331

玛格丽特·阿特伍德：《石床垫》 338

J. G. 巴拉德：《天国来临》 343

罗伯托·波拉尼奥：《佩恩先生》 348

T. C. 博伊尔：《当杀戮完成》 352

杰拉尔丁·布鲁克斯：《书之人》 356

伊塔洛·卡尔维诺：《宇宙奇趣全集》 361

玛格丽特·贾布尔：《海女郎》 368

卡罗尔·艾姆什维勒：《莱多伊特》 373

艾伦·加纳：《骨地》 382

肯特·哈鲁夫：《祝福》 387

肯特·哈鲁夫：《晚风如诉》 392

托芙·扬松:《真诚的骗子》	397
芭芭拉·金索沃:《迁徙路线》	401
李昌来:《在这样辽阔的大海上》	407
多丽丝·莱辛:《裂缝》	411
唐娜·莱昂:《受苦的小孩》	416
扬·马特尔:《葡萄牙的高山》	420
柴纳·米耶维:《大使镇》	424
柴纳·米耶维:《一次爆炸的三个瞬间》	429
大卫·米切尔:《骨钟》	434
简·莫里斯:《哈弗》	440
大塚朱丽:《阁楼里的佛》	447
萨曼·鲁西迪:《佛罗伦萨的神女》	452
萨曼·鲁西迪:《两年八个月又二十八夜》	459
若泽·萨拉马戈:《从地上站起来》	466
若泽·萨拉马戈:《天窗》	472
西尔维亚·汤森·华纳:《多塞特故事集》	477
舟·沃顿:《我不属于他们》	482
珍妮特·温森特:《石神》	487
斯蒂芬·茨威格:《幻梦迷离》	491

作家周记

看见兔子的希望	499

前言

我很少从阅读非虚构作品中获得像阅读诗歌与故事那样多的乐趣。我能够欣赏一篇优秀的散文,但引导我读下去的与其说是思想,不如说是故事,并且这思想越抽象,对我来说越难以理解。哲学在我头脑中仅仅以寓言的形式存在,那里没有逻辑的容身之处。不过,我倒是能很好地理解语法,那对我来说相当于语言的逻辑。所以我想,正是自己头脑的局限造成我在数学、象棋,甚至西洋棋,或许还有音准方面都很糟糕。仿佛在我头脑中有一堵防火墙,阻止任何想法以数字和图像的面貌进入,只允许文字通过,哪怕是抽象的文字也不行,比如"罪恶"或"创造力"。对于它们我就是无法理解。而无法理解令我厌烦。

因此,我阅读的非虚构作品以叙事性为主——传记、史记、游记，以及以描述为主的科学读物：地理学、宇宙学、自然史、人类学、心理学，诸如此类，越具体越好。除了叙事性之外，写作的质量对我来说同样至关重要。不管这样说是否公正，我相信粗糙拙劣的文风意味着思想的贫乏或不完整。在我看来，达尔文的精准、广博与知性都直接反映在他清晰、有力且生动的写作中，反映在文字之美中。

这意味着我为自己在非虚构写作方面定下了一个极高的标准。如果我写的非虚构作品不是叙事性的，就会变成一桩苦差，连我自己都很难评判到底写得是好是坏。写小说或者诗歌对我来说是种本能。我写，我想写，我在写中自得其乐，像舞者跳舞，像树木生长。故事或诗歌从我的全部自我中喷薄而出。因此我毫无疑问能够评判作品的准确、诚实与质量。然而，写演讲稿或散文却往往更像是做家庭作业。人们将根据风格和内容为其打分，这样做并不错。没有人比我更了解我的故事在讲什么，但我的散文却有可能被那些远比我更了解我在说什么的人评判。

幸运的是，在学习法国及其他拉丁语系文学的过程中，我在学术和批评杂文写作方面得到了良好训练，这多少给了我一些信心。不幸的是，我在玩弄词藻方面也颇有点天赋——倒不是靠天花乱坠的数据来掩盖真相颠倒黑白，而是过分依赖华章美句来包装不成熟的观点，使其乍看之下足以令人折服。说到底，流畅的文风未必依赖于思想的缜密，相反，它可以抹平知识中的裂隙，隐藏观点中的漏洞。在我进行非虚构写作时，必须非常小心，不能放任词句自行其是，带领我轻柔、欢快地远离事实，远离观点之间的缜密衔接，前往小说与诗歌的故土，在那里，事实的表述和思想的串联都以完全不同于非虚构写作的方式进行。

当我年岁渐长，精力逐渐消逝，我开始降低外出旅行演讲的频次，缩小活动范围，也越来越少地选择大的演讲或杂文题目，那会耗去我几周甚至几个月时间做研究、做计划、写作，以及重写。因此这本书中收录的演讲稿和杂文数目不像我先前的非虚构文集中那样多，而是收录了相对更多的书评。

一篇书评通常很短，不足一千个单词，主题上也天然受限。它对描述有一定要求，但为发表意见留下了很大空间——虽说这就要看评论者的良心了。书评是一种有趣且要求颇高的写作形式。在一篇书评中可以谈到许多书之外的东西，关于文学或其他。

我喜欢写书评，除非我不喜欢自己评论的书。当我读书评时，自然最好的书评会让我直接去书店买书，但我也欣赏那些文采出众且正中要害的恶评。阅读一篇枪毙坏书的评论，那种快感令人问心无愧。然而对我来说，写一篇恶评的快感却也同时掺杂着各种愧疚，对作者的兔死狐悲，对羞愧所带来快感的羞愧……与此同时，在我尝试理解作者所作的努力，并且不对自己批评的无懈可击抱任何幻想的情况下，我也无法选择宽恕劣作。正因为如此，这本书里唯一一篇真正的恶评给我带来了很大问题。我对书的作者相当敬重，但这本书在我看来却也相当糟。我不知道要如何评论，只能求助于我的朋友，作家莫莉·格罗斯。怎么办？她的建议是只简述情节。这是一个极妙的方案，做足表面功夫，也解决了问题。

至于写杂文或演讲稿需要些什么，需要花费多少时间和精力研究，思考、反复思考，这一点当然因主题而异。这本书中最长的文章之一，《住在一件艺术品中》，并不像其他大部分文章那样是为了公众演讲或者期刊组稿而写（尽管后来也很开心地发表在了《悖论》杂志上）。《住在一件艺术品中》是我发自内心想写的东西，正像 E. M. 福斯特笔下那位老太太所说："如果我没看到自己说了什么，怎么会知道自己是怎么想的？"写这篇文章并不需要太多研究工作，并且一旦开始动笔我便乐在其中。写故事的时候，我会将散文体当作一种直接的思维方法或形式，一种探索,一次直到落笔才看清方向的发现之旅,而不是讲述自己已经知道或相信的东西,不是装载信息的工具,对我来说这才是用散文体写作的正途。在这个意义上,《住在一件艺术品中》或许是所有这些文章中我最喜欢的一篇。

经常有人叫我发言,我也能说上两句,但很少会觉得这种事做起来很轻松,或是有什么特别的乐趣。本书中最短的文章之一,是我获得2014年美国国家图书奖时的演讲。那一年六月我得知自己被授予这一殊荣,需要去纽约领奖,并发表一场不超过七分钟的获奖演说。我怀揣着犹豫接受了。从六月到十一月,我一直在推敲这篇小小的演讲稿,反复构思,反复起草,焦虑不安,一遍又一遍。即便是创作诗歌,我也从未如此旷日费时、尽心尽力,如此吃不准自己要说的对不对,应不应该。同时,在演讲稿中冒犯那些为我出书、给我颁奖的人,也让我良心不安,觉得自己未免忘恩负义。我算什么人,竟要在出版商一年一度的行业盛会上去败坏他们的雅兴?

嗯,事实上,我就是这样的人,也确实这么做了。

自初中毕业典礼后,我就再也没有为一次演讲而如此紧张。我也从没有得到如此意料之外的听众反应(尽管来自亚马逊的那桌来宾报之以沉默,正如我所料）。演讲内容随后在网上病毒式传播，令我获得安迪·沃霍尔所说的十五分钟明星待遇，这一点令人鼓舞：的确有人在乎书籍，他们之中的确有人担心资本主义。至于这次演讲的长期效益如何，这是另一个问题。但至少最终我感觉到，为了在六分多钟里把要说的话准确说出来，花费整整六个月去准备是值得的。

这让我相信，过去的生命没有虚度，所做的事都值得为此花费时间。或许很多人都觉得我的两项主业互不兼容：其一是做一位美国中产阶级知识分子/妻子/家庭主妇/三个孩子的母亲，其二是当作家。我并不想说同时做两件事是容易的，但当这段生命进入暮年之时，我可以告诉你们，二者之间不可避免地存在冲突，却并非水火不容。几乎不需要放弃什么，也不曾为艺术牺牲生活或为生活牺牲艺术。恰恰相反，二者相互支撑，互为裨益，以至于如今回顾，会觉得它们对我而言本就是一体。

演讲、杂谈与随笔

这里收录的其实都是真正意义上的随笔文章，曾在不同场合面对不同受众而发表。它们的主题包罗万象，从书籍中的动物、虚构的语言、睡眠、我成长的房子、无政府主义、如何阅读一首诗到一首关于石头底座的诗。最好的编撰方式就是按照时间排列。其中很多文章为了收入本书而略有修改，原版可以在初次发表平台或我的网站上找到。

其中只有两篇文章具有明确的政治意味。但正如我们从罗宾·摩根和其他人那里学到的一样，个人的与政治的从来不可分割。相当一部分文章体现出从某些方面对文学进行辩护的意味（有时候火药味颇浓），这些方面包括想象性小说、类型文学、女性写作，以及阅读之于其他媒介体验的不同之处。

在过去十五年中，批评界对于想象性小说的兴趣和理解与日俱增，并逐渐取代那种认为只有现实主义才配得上文学之名的顽固观点。我很高兴地发现，尽管自己曾捍卫过类型文学，但这种捍卫已变得越来越不必要。

然而，文学中的性别议题依旧棘手。由女性所写的作品仍在被孤立或边缘化，与男作家的作品相比，它们更少获得"主流"文学奖项，而更多在作者死后永远无人问津。只要我们依旧听到有关"女性写作"而非"男性写作"的说法，这碗水就没有端平（因为后者被视作规范本身）。这种特权与偏见的另一种表现，是"女性主义"这个词被到处使用，却从来看不到它所对应的另一个词——"男性主义"。我期待有一天，这两个词都不再必要。

操作说明

The Operating Instructions

曾经诗人被任命为大使,如今剧作家可以当选总统。建筑工人与办公室经理一起排队购买最新的小说。成年人在关于神猴战士、独眼巨人和疯骑士大战风车的故事中寻找道德指引和智力挑战。人们将读写能力视作开始,而非终结。

啊,也许在其他国家是这样,但在这里不是。在美国,想象力通常只有在电视出问题的时候才或许能派上用场。诗歌和戏剧与政治实践无关。小说属于学生、家庭主妇和其他不工作的人。幻想文学属于儿童和原始部落。识字能力意味着能读懂操作说明。在我看来,想象力是人类最有用的工具,没有之一。它的重要性可以跟能够对握的拇指相媲美。我可以没有拇指,却无法想象自己失去想象力要如何生存。

我听见那些赞同我的声音。"对啊，对啊！"他们高喊。"创意和想象在商业中太有用了！我们重视创造力，我们重金悬赏*！"在商业领域，"创造力"这个词意味着生产出可应用于实践环节从而谋取更多利润的点子。这种由来已久的简单化理解已经把"创意"这个词贬损到极致。所以我不再用它了，就让资本家和学院派去滥用吧。但他们无法染指想象力。

想象力不是一种挣钱的手段。它在生意人的字典里没有容身之处。它不是一种武器，尽管所有的武器都源自想象力，它们的使用或非使用都依赖于想象力，就像所有的工具及其使用一样。想象力是心灵的重要工具，是思想的基本方法，是成为人和继续做人的必由之路。

我们需要学习使用它，学习如何用它，就像对待其他工具一样。孩子的人生从想象力开始，它就像身体、智力和语言能力一样，对于人之为人来说至关重要，需要学习如何使用，学习如何用好。这样的教学、训练和实践应该从婴幼儿时期开始并贯穿一生。年幼的人类需要锻炼想象，就像锻炼身体与精神方面的所

---

* 原文为斜体，表强调，在本书中均用仿宋体表示，下同。——中译者注（如无特殊说明，本书中注释均为中译者注）

有生活必备技能一样，锻炼是为了成长，为了健康，为了能力，为了快乐。只要心智尚存，这种锻炼就应该持之以恒。

在被教导去聆听和学习同胞们口耳相传的文学时，或者在掌握文字的文化社群中，当他们学习阅读和理解文学时，孩子们的想象力便得到了绝大多数必要的锻炼。

对于大多数人来说，没有什么比这一点更重要，哪怕是其他艺术形式也无法与之相比。我们是使用文字的物种。文字是智力与想象力赖以飞翔的翅膀。音乐、舞蹈、视觉艺术、各种手工艺，所有这些对于人类的发展和幸福来说都至关重要，没有任何一种艺术或技能是学而无用的。但如果要训练思维脱离当下实相，并带着新的认知与力量返回，那么没有什么能够与诗歌和故事相提并论。

每一种文化都通过故事定义自身，通过故事教会自己的孩子如何成为一个民族及其成员，如何做苗族人、!Kung人、霍皮族、克丘亚人、法国人、加州人……我们是来到第四世界*的人……我们是圣女贞

---

* 霍皮族人认为，人类正处于第四世界的终结点，此前三个世界都因违背自然规律在"大净化"中被摧毁，此后开启的将是第五世界。

德的子民……我们是太阳之子……我们来自大海……我们生活在世界中心。

如果一个民族在诗人和说书人的定义和描述中没有生活在世界中心,那就糟糕了。世界中心就是你安居乐业的地方,是你知道应该如何做事,如何做对做好的地方。

如果一个孩子不知道世界中心在哪里——不知道家在那里,家是什么——那这个孩子就糟糕了。

家不是父母兄弟姐妹。家不是家人欢迎你进去的地方。家根本不是一个地方。家是想象力。

家,说到底,是想象之所在。它是真实的,比任何地方都真实,但你无法抵达那里,除非你的同胞教会你如何想象它,无论你的同胞是谁。他们也许并非你的血亲。他们也许不曾说过你的语言。他们也许已经死去上千年。他们或许只是纸上的文字、鬼魂的细语、心灵的暗影。但他们可以指引你回家。他们就是你的人类社群。

我们都需要学习如何发明我们的生活、如何虚构、如何想象。我们需要老师传授这些技能,我们需要向导的指引。没有他们,我们的生活就会被别人所发明和虚构。

曾经人类总是聚在一起,想象如何生活,如何帮助彼此把事情做成。人类社群的核心功能就是达成各种共识：我们需要什么，我们应该如何生活，我们希望孩子们学习些什么，并且共同学习、共同教授，让我们和孩子们都能在我们认为正确的道路上走下去。

拥有强大传统的小型社群往往清楚自己要走的路，也善于教授与传承。但传统或许会固化想象，沉积为扼杀新知的顽石。大一些的社群，譬如城市，则为人们别样的想象提供了空间，通过从他人那里学习不同的传统，从而发明自己的生活方式。

然而，随着各种各样的想象越来越多，对于自己应该教的东西——我们需要什么，应该如何生活——那些负责教授的人却几乎无法达成任何社会与道德共识。在这个时代，庞大的人口持续不断地被暴露在为了商业和政治利益而生产出来的声音、图像与文字面前，有太多人想要且能够通过诱人而强大的媒体发明我们、占有我们、形塑和控制我们。很难要求一个孩子独自找到出路。

没有人真的能够独自做成任何事。

一个孩子需要的，也是我们共同需要的，是找到其他一些人，他们沿着对我们构成意义且带来些许自由的故事线想象出某种生活，而我们需要聆听他们的声音。不是被动地"听见"，而是"聆听"。

聆听是一种社群行动，它需要空间、时间和寂静。

阅读正是聆听的一种方式。

阅读不是被动的听见或看见。它是一种行动，你需要去读。你按照自己的步调、自己的速度去读，而不是像媒体那样无休无止、时断时续、不清不楚、大喊大叫。你接收你能够且愿意接收的信息，而不是由别人高声大嗓地匆匆硬塞给你，从而整垮你、控制你。阅读一个故事，你所接受的是"讲述"，而非"灌输"。并且尽管你通常是独自阅读，却与另一个人心意相通。你不是在被洗脑、被收编、被利用。你是融入了一种想象力的行动。

我无法解释为什么当代媒体无法创造出一种想象力的社群，就像过去剧院在社会中扮演的角色一样，但它们大都无所作为。它们被广告和暴利牢牢控制，以至于那些在其中工作得最杰出的人，那些真正的艺术家，如果抵住压力不出卖理想，就会被层出不穷的新鲜玩意儿，被企业家的贪婪所淹没。

许多文学依旧没有被收编，部分因为许多书的作者都已经死了，而死人是不会贪婪的。而许多活着的诗人和小说家，尽管他们的出版商或许低声下气地匍匐在畅销榜后面，但驱动他们的与其说是对利益的欲望，不如说是实践自己艺术的愿望——只要尚有口饭吃，他们就愿意不求回报去做，去做好，去做对。文学，相对而言且令人惊讶地，依旧诚实而可靠。

当然，书或许不再是"书"，不再是印在木浆纸上的墨迹，而是巴掌大的电子屏上闪烁的字符。尽管电子出版被色情、广告和垃圾信息所蚕食，尽管它良莠不分且商业化，但它还是为那些阅读的人提供了一种强大的激活社群的新工具。技术其实并非关键。文字才是关键。分享文字，通过阅读而激活的想象力才是关键。

读写之所以重要，是因为文学就是操作说明。它是我们所拥有的最好的指南。它也是最有用的导览，指引我们去往要去的地方，去往生活。

在俄勒冈文学艺术会议上的一次演讲，2002年

那时的生活是什么样的

What It Was Like

我在 NARAL* 的朋友们让我跟你们讲讲"罗诉韦德案"之前的生活是什么样的。如果是在 1950 年,你二十岁怀了孕,并告诉了你的男朋友,他会跟你说他有个战友,女朋友跟他说自己怀孕了,于是他所有哥们儿都跑来跟他说:"我们都睡过她,谁知道孩子的爹是谁?"然后你的男朋友会因为这个笑话哈哈大笑。他们让我跟你们讲讲那种生活是什么样的。

他们让我跟你们讲讲,如果那时候一个女孩怀孕了——我们那时候还没到"女人"的年纪——如果一个大学女生怀孕了,如果她的学校发现她怀孕了,会

---

* 即 National Abortion Rights Action League(全美流产权行动联盟),创立于 1969 年,其宗旨是为女性争取堕胎权。

二话不说开除她，没有任何讨价还价的余地。如果你原本计划从学校毕业，获得学位，找份工作养活自己，做自己喜欢做的事情，如果你快要从拉德克利夫女子学院毕业时怀了孕，如果你生下这个孩子，这个法律要求你生却称其为"非法"的"私生子"，这个不被它父亲承认的孩子，这个会剥夺你养活自己能力的孩子，它让你不能去做你知道自己有天赋且有责任去做的事情。他们让我跟你们讲讲那种生活是什么样的。

我无法想象身为女性在伊斯兰原教旨主义法律下的生活什么样。五十四年后的今天，我也很难记起基督教原教旨主义法律下的生活什么样。多亏"罗诉韦德案"，在美国，人们已经有半辈子没过过那种生活了。

但此时此刻，我可以告诉你们，如果这件事发生在我身上，会是什么样的：中途退学，放弃学业，靠父母接济度过怀孕、生产和育儿阶段，直到我能找份工作，能够独立养活自己和孩子，如果我这么做了，如果我按照那些反对流产者的要求这么做了，那么这个孩子就是我为他们而生的，为那些反对流产的人，为权威，为理论家，为原教旨主义者而生的。我是为他们生了一个孩子，那是他们的孩子。

但这样一来，我就不会生出我自己的第一个孩子，或者第二、第三个孩子。他们才是我的孩子。

那个胎儿的生命会阻止、杀死另外三个胎儿，或者另外三个孩子，或者三条生命，随便你怎么称呼。他们是我的孩子，我所生的、我所要的、我与我丈夫共同要的三个孩子——如果没有流掉那个不想要的孩子，我不会遇见我的丈夫，不会与他结婚，因为1953年当他拿到富布莱特奖学金乘坐玛丽女王号邮轮去法国的时候，我却无法拿到富布莱特奖学金乘坐玛丽女王号邮轮去法国。我会是一个带着三岁孩子住在加利福尼亚的"未婚妈妈"，没有工作，中途辍学，靠父母养活，不能结婚，对自己的社区毫无贡献，只是又一张吃白饭的嘴，又一个无用的女人。

但我必须生下那些孩子，我的孩子，伊丽莎白、卡洛琳、西奥多，他们是我的快乐、我的骄傲、我的挚爱。如果我没有违背法律流掉那个没有人想要的生命，我的孩子们就会被一道冷酷、偏执而愚蠢的法律流掉。他们就再不会出生。这想法是我无法承受的。因此我祈求你们看一看什么才是我们必须拯救的，不要让那些冥顽不灵的厌女症患者将它从我们手中再次夺走。请救救我们赢取的战利品，救救我们的孩子。你们还年轻，趁着为时不晚，救救你们的孩子。

在俄勒冈 NARAL 一次会议上的演讲，2004 年 1 月

类型：一个只有法国人会爱的词

Genre: A Word Only a Frenchman Could Love

关于类型的概念根深蒂固。我们需要某种方法来分拣和定义叙事性小说的多样性，而类型则给了我们一件上手工具。然而运用这件工具却带来了两个大问题。第一，它太常被错误使用，很难才能用对——就像一把挺好的螺丝刀，被笨蛋们拿去撬铺路的石头，以至于撬变了形。

"类型"天生是一个通用术语，根据《牛津英语词典》，指"种类或风格，特别是在艺术或文学中"，更具体一点，则指绘画中的一种特定风格和主题："风俗画（genre painting），其场景和题材来自日常生活。"

如今，"来自日常生活的场景和题材"对应的恰恰是现实主义小说的主题，是"风俗画"在文学上的等价物。但当"类型"这个词进入文学界时，对应的却是除了现实和常规之外的一切。它被古怪地用于命名那些主题在一定程度上偏离日常生活的虚构作品——西部探险、凶杀神秘、侦探惊悚、浪漫爱情、恐怖、奇幻、科幻,等等。

现实主义的主题比任何一种类型都要宽泛(除了"幻想文学"),同时现实主义成为二十世纪现代主义文学所偏好的模式。现代主义批评家们将幻想文学贬为儿童文学或者垃圾,从而将场地留给现实主义小说。现实主义是核心。"类型"这个词则开始指向不足,指向低级,开始被普遍误用,不是用于描述,而是用于负面的价值判断。如今绝大多数人将"类型"理解为虚构的一种低级形式,一种标签,而现实主义作品则直接被称为小说或文学。

于是我们有了一种被普遍接受的关于虚构类型的等级划分,其中"文学性虚构"位于顶端,虽然没有明确定义,却几乎完全被现实主义所独占。而其他种类的虚构,即所谓的"类型",则或者按照其低级程度降序排列,或者被直接丢入最底部的垃圾堆。就像所有独断专行的等级制一样,这样的评价体系助长了无知与傲慢。在过去几十年中,它制造出各种自我循环论证的批评术语,包括描述、比较和评判,从而严重扰乱了对于小说的教学和批评。它纵容类似这样的蠢话："如果它是科幻小说就不可能是好小说，如果它是好小说就不可能是科幻小说。"

当类型这一概念自身逐渐崩解时，一切基于类型的判断都显得多少有些愚蠢和有害。

这也正是类型作为工具的第二个问题：这把螺丝刀正在融化，这些螺丝都变了形。如今许多一流的小说都不再能够对应于某种类型，而是融合、跨越、杂交、违反，以及重新发明不同类型。七十年前，弗吉尼亚·伍尔夫曾对是否可能诚实地写作现实主义小说表示质疑。自那之后，许多诚实的作家都放弃了这一企图。

类似于"魔幻现实主义"或"滑流"* 这些术语，都是从相应的文学作品中提取出来，并被匆忙用于跨越传统叙事结构中日益扩大的裂隙。这些术语与其说是揭示，不如说是掩饰，并且无法起到描述的作用。重要作家出现在任何可被辨识的类别之外——若泽·萨拉马戈写的算是哪一类的小说？不是现实主义，不，绝对不是，但却绝对是文学。

---

* Slipstream，与 Mainstream（主流文学）相对，1989 年由布鲁斯·斯特林正式提出，是一种运用科幻/奇幻元素制造陌生化效果，但又并不是科幻/奇幻小说的类型，卡夫卡、博尔赫斯的许多作品均属此列。

这种崩解甚至出现在一处重要的边界地带，出现在虚构与非虚构之间。豪尔赫·路易斯·博尔赫斯曾说过，在他看来所有的散文体文学都是虚构。因此对于博尔赫斯来说，虚构囊括了历史、新闻报道、传记、回忆录、塞万提斯的《堂吉诃德》、皮埃尔·梅纳尔的《吉诃德》*、博尔赫斯的作品、《彼得兔》，以及《圣经》。这看似是一个很大的类别，却或许比任何抢救那些无用区隔的企图都更加明智可行。

然而，这些根据类型划定的范畴之所以如此顽固不化，并不仅仅是因为评论家的刻板印象、出版商根深蒂固的习惯和迷信，或是书商和图书管理员按类别上架的行为。对于欣赏小说来说，类型同样有用，甚至必要，过去如此，现在依旧如此。如果你不知道自己在读的书属于哪一类，如果它不是你习惯读的那一类，你很可能需要学习如何去读。你需要学习类型。

尽管类型作为一种价值范畴既无用又有害，但它却是一种有效的描述范畴。从历史角度看，它在定义二十世纪的作品方面是最有用的，而在后现代阶段，

---

* 出自博尔赫斯的小说《〈吉诃德〉的作者皮埃尔·梅纳尔》（"Pierre Menard, autor del *Quijote*"）。小说采用书评的形式，评价一位虚构的作者皮埃尔·梅纳尔的作品《吉诃德》，后者旨在"重新创作"一部与塞万提斯的《堂吉诃德》一模一样的作品。

类型则开始消融和流动。不过，只要基于类型的定义被公平地用于适用的地方，它对读者和作者来说就同样有价值。

譬如说，一位作家要开始写科幻小说，却不熟悉这一类型，也没有读过前人的作品。这是相当常见的情况，因为大家都知道科幻小说卖得不错，但作为"亚文学"（subliterary）并不值得研究。不就是科幻嘛，有什么好学的？其实很多。一种类型之所以是类型，正在于它拥有自己的领域和关注点，有它自己适用的处理材料的特殊工具、规则、技巧，有它自己经验丰富且懂得鉴赏的读者。如果新手对这些一无所知，就只能重新发明轮子，发明太空船、外星人、疯狂科学家，还天真地啧啧称奇。这些赞叹不会在读者那里得到共鸣。熟悉这一类型的读者早就见过了太空船、外星人和疯狂科学家。他们比作者更了解这一切。

同样地，评论家要开始谈论一部奇幻小说，却对奇幻文学的历史和丰富的理论一无所知，这注定要闹笑话，因为他们根本不知道应该如何读这本书。他们缺乏背景信息，不知道它从何而来，来自何种传统，不知道它试图做什么，又做了什么。《哈利·波特与魔法石》上市时的反响充分证明了这一点，当时的文学评论家们奔走相告，赞叹其不可思议的原创性。但这种原创性其实是种假象，它来自评论家们对相关类型、对儿童幻想和英国寄宿学校故事的一无所知，来自他们自八岁之后就再没有读过任何奇幻故事这一事实。可惜可叹。这就好像电视美食节目里，一位大厨一边吃着奶油吐司一边惊呼："太好吃了！从没吃过这么好吃的东西！哪个天才做的？"

当《霍比特人》及其续集出版的时候，文学权威一次又一次通过对托尔金冷嘲热讽来展现自己的老资格，就像沿袭某种古老的仪式，无知赋予他们批评的权力，成为他们弹冠相庆的理由。令人高兴的是，这种风气正在迅速消亡。

归根结底，我们需要重新思考类型，从而革新批评家与评论家的实践，革新读者的预设，让关于虚构的描述与现实有所关联。我承认，自己会忍不住想要掏出博尔赫斯做底牌——只要说一句："所有的虚构都是类型，所有的类型都是文学！"在我失去耐心的时候，我也的确会这么说。

然而，说这种话又有什么用呢？你知道自己是在用头撞南墙，知道那些书终归会在构思中、在合同里、在封面上标明类别，在书店和图书馆里按类别上架。如果出版商自己坚持要标明类别，如果去掉类型标签、去掉封面、去掉"上架建议"会让一本书混同于其他所有类型的所有书,如果大批作者——或许是绝大多数作者——因为担心这一点而大呼小叫,你又该如何让评论家别再依照过时的类别将书目强行对号入座?

市场说了算,对吧?我并不抱任何幻想,认为智慧能够在这件事或其他任何事上取代市场。商业化带来的环境改变自有其原因。它们是可理解的原因,尽管并不明智。

消费者同样说了算。如果书目没有被分类,如果不按类型上架,如果没有一个小小的标签注明"科幻"或"悬疑"或"青少年",那么大批顾客和图书馆用户就会围住收银台或者借阅台或者网络书商,叫嚷着,能让我过瘾的小说在哪里?我要看奇幻,我看不了现实主义的玩意儿!我要看悬疑,我看不了没情节的玩意儿!我要看严酷现实主义经典,我看不了想象出来的玩意儿!我要看无脑爽文,我看不了文学性的玩意儿!诸如此类。

类型瘾君子希望书就像快餐一样简单易得。他们希望卖商业小说的大型网上书城能够像毒贩子一样了解他们的喜好,提供廉价的迷药,希望去图书馆的书架上伸手一捞,就能免费嗑上两粒。你有没有注意过图书馆里的系列悬疑故事,书的扉页上印着已出版的同系列作品标题,旁边还有手写的大写字母记号(有时候会写一整列)？这样人们就会知道自己已经读过了这一本。故事本身并不能让人留下印象，因为它和同一位作者写的同系列其他作品相差无几。这其实就是阅读上瘾。在我看来，它最大的坏处是让瘾君子们读不到好书，尽管就算没有上瘾，他们也未必会去读好书，因为他们一想到文学里没有那些怪力乱神的玩意儿就望而却步，没有马、飞船、龙、梦、间谍、怪兽、动物、外星人，或者在偏僻的英格兰某地拥有大房子的阴郁沉默型男。菲茨威廉·达西，这些人需要你！可是他们却对达西望而却步，甚至不曾看他一眼。取而代之的是商业小说机器喂给他们的垃圾食品，那些商业化、机械化、程式化的小说。

任何类型，包括现实主义，都可以被程式化和商业化。类型与程式是两种不同的东西，但将它们混为一谈，却让思想懒惰的批评家和教授可以忽视并鄙视所有类型文学。

一本书上的类型标签往往能够保证吸引一部分读者，却也是有限的一部分。出版商需要商业保证，所以他们喜欢给高风险的不知名作家贴上类型标签。但对于低风险的知名作家来说，一旦有一本或几本书被归为某种类型，就会损害他们的文学声誉。有些"文学"作家为了避免自己高洁的名字沾染上哪怕一点点类型的污点而表现出惊人的求生欲。连我也忍不住想模仿他们的样子退避三舍。如果有人发现我竟然厚颜无耻地发表过现实主义小说并对我冷嘲热讽，我又该怎样保全自己身为科幻作家的洁白无瑕呢？

很简单。譬如我的作品《海路》(Searoad)，就以反讽的方式运用了一些现实主义修辞手法——但我当然不是在写"现实主义小说"，就像某些西装革履的胖书迷命名的那样。现实主义是为那些思想懒惰、教育水平不高的人准备的，他们枯萎的想象力只允许他们欣赏最有限且最常规的主题。"现实主义小说"是一种重复乏味的类型，出自缺乏想象力、只能依赖模仿的职业写手笔下。如果他们还有一点自尊，倒是可以写写回忆录，但他们却又太懒，懒得做事实核查。当然我从没读过"现实主义小说"。但孩子们老是把这类华而不实的现实主义小说带回家，并且谈论不休，我由此知道那是一种极其狭隘的类型，完全以一个物种为中心，充满老掉牙的滥套和容易猜到的桥段——对父亲的追寻、对母亲的虐待、偏执的男性情欲、失常的郊区家庭，等等等等。这类故事唯一的用处就是改编成面向大众市场的电影。由于手段的过时和题材的受限，现实主义完全无法描述当代经验的复杂性。

坏书到处都有。但没有坏类型。

当然，对每一位读者来说，都总有些类型是毫无吸引力的。一位对所有叙事类型照单全收一视同仁的读者，未免不挑剔到弩钝的程度。有些人就是无法愉快地阅读奇幻小说。而我则无法愉快地阅读色情、恐怖和大多数政治惊悚小说。我有些朋友无法愉快地阅读任何小说，他们只读自己相信或者假装相信是事实的东西。这些差异之处再一次指出文学类型概念的潜在有效性。

但它们并不能证明任何一种基于类型的文学评判是有效的。

有一些商业化的亚类型，譬如系列悬疑小说，或者通篇屎尿屁的低俗儿童书，或者严格遵循套路的浪漫爱情故事，它们定位如此狭窄，在情感和智力方面如此匮乏，以至于哪怕某位天才想要在其中认真写点好东西出来都会被逼疯。但如果你要对浪漫爱情故事嗤之以鼻，将其视作天生低级的小说类别，那我能否请你读一读夏洛特·勃朗特和艾米莉·勃朗特的作品呢？

依照类别或者类型来评判文学毫无意义。

所以现在我们应该怎么做呢？如果你无法将所有类别的小说与小说类型的概念一起打入地狱，无法让自己再费心去学习如何去读；如果出版商、书商和图书管理员依旧紧紧攥住陈旧虚假的分类表格不放，因为它们可以降低商业上的风险，让人们容易找到特定种类的书，而不会贸然撞见陌生的文学形式，被它们占据头脑，注入新思想，但与此同时，写小说的人们却不断跨越和无视类型疆界，不断像谷仓里的猫咪一样生出杂交混血的后代。如果是这样，那么类型的概念还有什么用呢？

也许今天，当互联网混乱一片，无迹可寻，当我们实际上已拥有线上和线下两种出版及阅读方式的时候，关于类型的问题已开始找到自己的解决方案。

在公共图书馆协会关于类型的预备会议上的一次演讲，西雅图，2004年2月，修改于2014年

"实际上不存在之物":论幻想文学,并致豪尔赫·路易斯·博尔赫斯

"Things Not Actually Present": On Fantasy, with a Tribute to Jorge Luis Borges

完整版的《牛津英语词典》是一本很好的书。它不像博尔赫斯笔下的"沙之书"那样无始无终,却依旧取之不尽用之不竭。我们曾说过的和将来能够说的一切都在里面,只要我们找得到。我把《牛津英语词典》当作自己聪明的姑妈。我带着放大镜去找她,问:"姑妈!跟我说说什么是幻想吧,因为我想讲点跟幻想有关的事,却不知道自己要讲的究竟是什么。"

"Fantasy,或者说 phantasy,"姑妈一边回答,一边清清嗓子,"来自希腊语 phantasia,文学用语。意为'令某物可见'。"接着她会告诉我"幻想"在中世纪晚期意味着"对感知对象的心理把握",是心灵将自己与外部世界相连通的行为,但之后却变成相反的意思,变成一种幻觉,一种虚假的感知,或者一种自

我欺骗的习惯。她还告诉我,"幻想"这个词也开始意味着"想象力"本身,"对实际上不存在的事物形成心理表征的过程、能力或结果"。同样,这些表征,这些想象之物,可能是真的,也可能是假的。它们可以是令人类生活成为可能的洞见和预见,也可以是扰乱与危害我们生活的妄想和愚蠢。

因此"幻想"这个词依旧充满暧昧,一边是虚假、愚蠢与心灵的肤浅,另一边则是心灵与真实之间深刻而真正的连接。

姑妈没怎么说到作为一种文学的幻想,所以我必须得说。在维多利亚和现代主义时期,幻想文学作家常常为他们所写的东西而愧疚,或者承认它仅仅是胡思乱想,是对真的文学的一种无聊点缀,或者像刘易斯·卡罗尔那样偷偷摸摸地拿出来,当作"给小孩儿看的",不值得严肃对待。如今的幻想文学作家已大多不再那么谦卑,因为他们所写的已被承认是文学,或者至少是一种文学类型,或者至少是一种亚文学类型,再不济也是一种商业产品。

幻想实际上已变成一门生意,人们批量生产独角兽。资本主义在精灵国度繁荣昌盛。

然而回到1937年的布宜诺斯艾利斯,三位好友促膝长谈幻想文学的那个夜晚,那时它还不是一门生意。更不必说1816年在日内瓦，四位朋友在一座度假山庄里讲鬼故事的那个夜晚。那四个人是玛丽·戈德温、珀西·雪莱、拜伦爵士，以及波里多利。那一夜他们轮番讲着恐怖传说，玛丽很是害怕。于是拜伦提议道："我们每人写一个鬼故事吧！"玛丽回去后想着这件事，几天之后的一个夜里，她做了个噩梦，梦见一位"面色苍白的学生"用一些奇怪的技艺和机械，将"一个男人的恐怖幻影"从无生命状态中唤醒。

于是，玛丽背着同伴写下自己的鬼故事，《弗兰肯斯坦：现代普罗米修斯》，第一部伟大的现代幻想小说由此诞生。故事里没有鬼。但正如《牛津英语词典》中所说，幻想并不仅仅只与鬼有关。因为鬼怪只占据幻想文学广阔天地中的某一个角落，熟悉这个角落的人们会把整片领域都称作鬼故事或者恐怖故事；另一些人最喜欢（或者说最不讨厌）有精灵出没的角落，便把它称作仙境；还有人称它为科幻；还有人称它为胡编乱造。然而这个被弗兰肯斯坦（或者不如说玛丽·雪莱）的技艺与机械赋予生命的无名之物不是鬼也不是精灵，他也许是科幻的，却不是胡编乱造。他是幻想的造物，历久弥新，不死不灭。一旦醒来他就不会再睡去，他的痛苦让他无法安眠，那些伴随他一起醒来的没有解答的道德问题让他无法安眠。

当幻想开始变成一门挣钱的生意,好莱坞从他身上挣了许多钱,但即便这样也并没有杀死他。

1937年在布宜诺斯艾利斯的那个夜晚,类似的故事再度上演,当时西尔维亚·奥坎波[*]与她的两位朋友——豪尔赫·路易斯·博尔赫斯和阿道夫·比奥伊·卡萨雷斯围炉夜话,据卡萨雷斯说,他们"说起幻想文学,说起那些我们心中最棒的故事"。于是他们将这些故事集结成书,名为《幻想之书》(*The Book of Fantasy*),如今已有西班牙语和英语版。书中内容极为驳杂,有恐怖故事,有鬼故事,有神话传说,也有科幻。某些我们已耳熟能详的故事,譬如《一桶白葡萄酒》[†],与那些来自东方与南美,来自几个世纪之前,来自卡夫卡、史威登堡[‡]、塔科萨尔、芥川龙之介、牛峤[§]的故事并置一处,令前者读来又重添几分陌生感。这本书反映出博尔赫斯的品味与好奇心,而他本身亦是包括鲁德亚德·吉卜林与 H. G. 威尔斯

---

[*] Silvina Ocampo(1903—1993),阿根廷诗人,短篇小说作家。
[†] *The Cask of Amontillado*,英国作家爱伦·坡的著名短篇小说,讲述了一个发生在酒窖里的谋杀故事。
[‡] Emanuel Swedenborg(1688—1772),瑞典人,路德派神学家、科学家、哲学家和神秘主义者,代表作《天堂与地狱》(*Heaven and Hell*)。
[§] 牛峤,字松卿(约公元890年前后在世),一字延峰,陇西人。唐代诗人,以词著名。《幻想之书》收入他的一篇志异小说《王生》。

在内的国际幻想传统中的一员。

或许我不该说"传统",因为幻想在批评界并没有得到多少认可,它在大学英语系里之所以显得特别,也不过是因为长期被忽视。但我相信的确有一支幻想家队伍,博尔赫斯属于它,尽管也超越了它;尊重它,尽管也改变了它。在许多学院派和大多数文学批评家看来,幻想是写给孩子的(当然有一些是的),是商业化程式化的(当然也有一些是的),因此忽视它并不为过。但是看到像伊塔洛·卡尔维诺、加西亚·马尔克斯,以及若泽·萨拉马戈这样的作家时,我感觉到我们的叙事性虚构文学正缓慢而浩大地朝着同一个方向涌去,如一股潜流:幻想被重新纳入,成为小说的一种基本元素。或者换一种说法:小说——写小说,读小说——是一种想象力的行动。

归根结底,幻想是一种最古老的叙事性虚构,也是最普遍的一种。

小说为缺乏经验的人提供最好的工具,去理解那些与自己不同的人。实际上,小说可以比经验要更好得多,因为小说的篇幅可长可短,容易理解,而经验则从你身上碾过,你要许多年后才能理解发生过什么,或许永远不理解。小说在提供对事实、心理与道德的理解方面出类拔萃。

然而现实主义小说却只针对特定文化才有效。语言、潜台词、日常生活中的所有细节，它们作为现实主义小说的实质与强度，对于另一时另一地的读者来说却可能是极为模糊的。阅读一个发生在其他世纪其他国家中的现实主义故事，需要某种置换和翻译的过程，而许多读者对此都无能为力或无心尝试。

幻想则不涉及这个问题。有些人告诉我，他们不读幻想小说，"因为全都是编造的"，但幻想的材料却比现实主义所处理的社会规范还要持久和普遍得多。无论一个幻想故事是发生在现实世界还是虚构世界，它的材质都是精神活动，是人类的共性，是我们认识的意象。事实上，任何地方的任何人，无论有没有见过龙，都认得龙的样子。

直到不久前，创作和阅读现实主义小说的社会依旧是有限且同质的。现实主义长篇小说可以描绘这样的社会。但那样一种有限的语言如今遇到了问题。为了描绘二十世纪中叶以来的社会——全球化、多语言、无限相连的社会——我们需要全球化且直观的幻想的语言。加西亚·马尔克斯用魔幻现实主义的幻想性意象来书写自己民族的历史，因为那是他唯一能够讲述历史的方式。

在我们的时代，尤其是在当前时刻，最核心的道德困境是使用或不使用毁灭性力量。这种选择最令人信服地在最纯粹的幻想家那里以虚构的形式呈现出来。托尔金于1937年开始创作《指环王》,十年之后得以完成。这些年间,佛罗多收回了自己试图染指力量之戒的手,但那些陷入战争的国家却没有。

因此,在许多当代小说中,对于我们日常生活最发人深省最准确的描述,往往被陌生感所贯穿,或者在时间中无家可归,或者在想象的世界中上演,或者融入迷药或精神错乱的幻觉中,或者突然从凡尘俗世中跃入幻境,来到世界的另一边。

因此,拉美的魔幻现实主义者们,以及他们在印度和其他地方的同路人,正因为对这样一个世界的准确、真实的书写而受到重视。

因此,豪尔赫·路易斯·博尔赫斯成为我们这个时代具有文学核心地位的作家,尽管他选择认同一种居于边缘的传统,而非在他青年和成年时代占据文学主流地位的现实主义与现代主义传统。他的诗歌与故事,那些关于倒影、图书馆、迷宫与分岔小径的意象,那些关于老虎、河流、沙子、谜题与变化的书,受到全世界各地的尊崇。因为它们美丽,因为它们丰饶,因为它们实现了文字最古老、最紧要的功能:形成"对实际上不存在之物的心理表征"。由此我们可以对我们生活其中的世界，对我们应该去到的地方，对我们应该欢庆些什么，又必须害怕些什么，作出自己的判断。

在俄勒冈文学艺术会议上的一次演讲，2005年1月

一则回复,来自天仓五,通过安塞波[*]传送

A Response, by Ansible, from Tau Ceti

我一直强烈反对将小说削减为观点。在我看来,读者们总是会被流行的信念引入歧途,认为一部小说是从某一个源头性的"观点"中生发出来的,而那些将小说当作一种完全的智性活动、一种通过纯粹装饰性的叙事手法来对观点进行理性表述的批评实践,则进一步将读者带偏。在讨论那些明显涉及社会、政治或伦理议题的小说时,尤其是在讨论被认为是"点子文学"(literature of ideas)的科幻小说时,这样的批评声音是如此常见(尤其是在教学和学术性文本中),

---

[*] 《一无所有》(*The Dispossessed*)是勒古恩 1974 年发表的无政府主义乌托邦小说,故事围绕天仓五星系的一对双子星阿纳瑞斯与乌拉斯之间的关系展开。安塞波是根据小说主人公谢维克的数学理论发明出来的瞬时通讯设备。

以至于将我逼到了几乎有点疯狂的反对派那一边。

作为回应,我发现自己总是在说智性与写小说或读小说无关,说写作只是一种纯粹的入神状态,说我在写作时只追求让自己的无意识思维掌控故事进程,而理性思维则只在修改时负责对真实性进行审查。

这一切都千真万确,但只说了一半。因为人们往往只看到和讨论另外那一半,以至于我为了矫枉过正而把写作说成某种玄之又玄的东西。

当批评家说我手段高超心机深厚时,即便他们意在赞美,我仍不得不否认自己的小说有任何说教意图。当然实际上是有的。我希望能避免说教,但好为人师的冲动往往比我自己的意志更强大。然而,我宁愿自己因为抵抗这种冲动的努力而非失败被夸奖。

即便是在相对成熟的批评中,那种将某个角色(特别是某个令人同情的角色)所说的话等同于作家想法的幼稚理解,也会驱使我否认自己赞同于角色所说的话,即便有时候我的确赞同。除此之外我还有什么别的办法声明角色的声音永远不是来自作者的声音?*Je suis Mme Bovary.** 福楼拜如是说,带着一如既往的嗟叹。我说:*J'aime Shevek mais je ne suis pas*

---

* 法语:我就是艾玛·包法利。

Shevek.*嫉妒荷马与莎士比亚,他们作为半真实半虚构的存在,逃过了如此粗暴的同化。他们不费吹灰之力便能置身于事外,而我则不得不处心积虑大费周张,并且永远无法完全成功。

因此,《一无所有》作为一本不仅涉及政治、社会与伦理,更是通过明确的政治理论来处理这些议题的科幻小说,曾给我带来太多伤痛。人们通常(并非一直如此但却常常如此)把它当作一部论著而不是一部小说来讨论。这当然是它自己的错——谁让它宣称自己是一部乌托邦呢(即便是"不确定的")?†每个人都知道,乌托邦不应该作为小说,而应该作为社会理论或社会实践的蓝图来读。

但事实在于,从十七岁在哲学入门课上读到柏拉图的《理想国》时起,我就一直把乌托邦当作小说。实际上,我一直把所有东西当作小说,包括历史、回忆录和报纸。我认为博尔赫斯说的对,一切散文都是小说。因此当我着手去写一部乌托邦作品时,我当然是在写小说。

对于它被当作一部论著我并不感到奇怪,但我会

---

* 法语:我爱谢维克,但我不是谢维克。
† 该书副标题为"不确定的乌托邦"(*An Ambiguous Utopia*)。

好奇，那些把它当作论著来读的人，有没有想过我为什么把它当作小说来写。他们是否像看上去那样，对使其成为小说的要素无动于衷——譬如不能被简化为单一主题阐释的内在自相矛盾的小说式叙事，譬如拒绝被缩减为抽象概念和二元对立的小说式"深描"（来自格尔茨的术语）*，譬如逃避寓言式阐释的具象为角色及其戏剧冲突的伦理困境，譬如并非完全对理性思维开放的各种象征元素的呈现？

或许你能够理解，我拿起这部关于《一无所有》的文集时为什么会缩头缩脑。过往的经验让我预期会读到一套智力操演，即便不指控我说教、道德主义、政治天真、无可救药的异性恋、刺耳的女性主义，或者布尔乔亚式软弱，即便它们对这部作品"说什么"表示兴趣或支持，也必定会全然无视它"如何说"。

在小说中，"如何说"就是"说什么"，因此有用的批评会让你看到一部小说是如何说出它所说的东西的。

让我感动和惊喜的是，这部文集正是这样做的。

---

* 该术语出自美国文化人类学家克利福德·格尔茨（Clifford Geertz）的论文《深描：迈向文化的解释理论》（"Thick Description: Toward an Interpretive Theory of Culture"），意指对某一特定人类行为进行描述时，不仅描述行为本身，同时也描述其文化语境，从而使外人可以更好地理解这种行为。

这些文章在谈论的并不是这本书的观点，而是这本书本身。

或许表达这份感激的最佳方式，是承认阅读这些文章让我对自己是如何写的，以及为何这样写这本书的理解，远远超过了曾经的认知。它们极少夸赞这本书的目的性，从而让我能够自在地夸赞它的非目的性，让我再一次思考我曾经想做什么，又是如何尝试去做的。它们将这本书按照我曾孕育它的模样交还给我，不是对观点的解说，而是对观点的具象化，是一件革命性的手工艺品，包含着能够革新思想与感知的潜在的永恒动力，正如同威廉·莫里斯（William Morris）的设计，或者我曾成长于其中的伯纳德·梅贝克（Bernard Maybeck）所设计的房屋。

这些批评家让我看到，我在写作本书时，看似遵循某种并非武断却也并非理性决定过程而创造出来的叙事中，其事件与人物关系是如何构成一座建筑的，其本质上是美学的，并且正因为如此而实现一种智性或理性的设计。他们让我得以看到，那些连接与回响、跳跃与重复所形成的系统，是如何让叙事结构得以成立的。这正是我最初理解的那种批评，严肃、有的放矢、通俗易懂。这种批评对于阅读我的文章或者其他人的文章来说都是无价的帮助，我向其致敬。

尽管在写作本书之前，我曾全身心地沉浸于乌托邦文学，沉浸于和平无政府主义文学和"共时物理学"（姑且认为它存在）中，但我对于相关理论思想的知识却很薄弱。当我读到这些文章中一再出现的引用——首当其冲是黑格尔，还有巴赫金、阿多诺、马尔库塞等等——我又不禁有点缩头缩脑。我很惭愧。我使用抽象思维的能力并不比一只小狗好到哪里去。无论那时还是现在，我都仅仅知道这些作家的名字和声誉而已，我的书并非在他们的影响之下写成，而他们也无法为书中的任何内容负责，无论正面还是负面。这最多只能被视为某种有趣的思想之间的平行或交错（就像卡尔·荣格的"阴影"理论与我的《地海巫师》一样）。

另一方面，我很高兴看到自己的思想实验能够与那些的确对此有贡献的思想家们并列比照——首先是老子，还有克鲁泡特金和保罗·古德曼。

这本文集中的许多作者将《一无所有》视作我作品中与众不同的一部。这种非历史化的观点似乎有点怪异，因为这本书已经面世很久了，而且并非与我的其他作品全然不同。在此之后，我于1982年写过一篇相当长的关于乌托邦的讨论文章，名为《一个非欧几里得观点：加利福尼亚是个寒冷之地》，而这篇文章则清晰地联系着我的第二部（或许与第一部极为不同）乌托邦小说，《总在回家》（*Always Coming Home*, 1985）。思考《一无所有》时，我很难把这两部作品抛诸脑后。它们提供了一个机会，以比较我在那部早期作品和之后的文章与小说中所作的尝试——既有一致性，也有思想的变化，进步，退步，美学与智性的意图。此外，文集中这些作者无一例外地拒绝将《一无所有》读作一部单一主题、一元化且思想封闭的文本，这让我渴望看到他们中一些人会如何理解《总在回家》，后者经常被读作（或者被弃而不读）一部描绘伪印第安人幸福猎场[*]的天真且倒退的画卷。一部分评论家指出《一无所有》中的叙事实验与后现代主义带有明确自我意识的虚构性，这些都在《总在回家》中得到进一步延伸。我自己会好奇，为什么我只有在写乌托邦（或者多少掺杂了其他东西的半乌托邦）时才使用这些特定技巧。在其中一些文章中，我开始抓住一点头绪，并且很希望能多学一些。

我没有在其中发现任何需要更正的地方——没有任何在我看来明显的错误或误读。我要指出的是，海恩人的负疚感并非毫无缘由或虚无缥缈。人们会从其

---

[*] Happy Hunting Ground，美国印第安人传说中人死后进入的天堂。

他"海恩系列"的故事中发现，作为所有人类的祖先，海恩人有过一段漫长的历史，它就像所有人类的历史一样可怕。因此在小说结尾处登场的凯索，他对于希望的追寻其实是深思熟虑的。然而他究竟找到了还是没找到，书中并没有告诉我们。在一些文章中，我感受到了一点点一厢情愿的倾向。这本书并非圆满收场，它有一个开放式结局。不止一篇文章指出，当谢维克和凯索抵达阿纳瑞斯时，他们很可能会被愤怒的暴民杀死。谢维克关于他的人民的那些计划与希望，极可能落空或者化为乌有。这样的结局并不会让凯索吃惊。

说到书的结局，我必须再次感谢本书的第一位读者与批评者，达科·苏恩文，他带着一位马克思主义者的无情眼光和一位朋友的慈悲心肠对待我的无政府主义手稿。全书原本只有十二章[*]，形成一个完整的闭环。"十二章？"达科愤怒地叫道，"应该是奇数才对！这个闭环又是怎么回事？你不能封闭这个文本！这个环是打开的还是关上的？"

环打开了。所有的门都打开了。

---

[*] 最终出版的《一无所有》共十三章，其中偶数章是谢维克在阿纳瑞斯的成长经历，奇数章是他离开阿纳瑞斯来到乌拉斯之后的经历，第十三章则是谢维克乘坐飞船返回阿纳瑞斯的经历。

为了打开所有的门,你必须先有一座屋子。

那些帮助我建造这座四面通风的想象之屋的人,那些为其带来慷慨的评论和敏锐的感知,让每个房间都充满响亮而无尽的争论从而生生不息的人,我深表谢意。欢迎你们,ammari[*]。

> 本文初次发表于《厄休拉·勒古恩〈一无所有〉中的新乌托邦政治》(劳伦斯·戴维斯与彼得·斯蒂尔曼编,莱克星顿出版社,2005年),是对该书中所收录文章的统一回复,2014年收入本书时略有修改

---

[*] 来自《一无所有》中阿纳瑞斯人使用的普拉维克语,意为:兄弟们。

书中的野兽

The Beast in the Book

各狩猎采集部落的口头文学主要由神话构成,其中很多故事的主角都以动物为主,或者干脆全是动物。

一则神话的目的通常在于告诉我们自己是谁——作为一个民族,我们是谁。神话故事确证我们的社群和我们的责任,并且同时以教育故事的形式被讲述,既讲给孩子,也讲给成人。

譬如说,许多北美原住民的神话都涉及一支最初的民族,他们以动物物种的名字为名,他们的行为既像人也像动物。他们中间有创造者、骗子、英雄与恶棍。通常来说,他们所做的是让这个世界为"后来的人们"做好准备,而后来的人们也就是我们,我们这些人,尤罗克人(Yurok)或拉科塔人(Lakota)或者其他人。脱离原有语境后,这些伟大神话中的故事含义或许会有点模糊,因此它们都变成了"原来如此的故事"[*]——啄木鸟头上的红顶是怎么来的,诸如此类。同样的,印度的《本生经》也变成了纯粹的消遣,那些与达摩、转生及佛性相关的思想已消失殆尽。然而,当一个孩子"听到"故事时,或许也能在全然无知的状况下多少"得到"一点其中的深意。

那些来自前工业文明的口头与书面文学自然是包罗万象,但就我所知,它们全都包含有强大且永恒的动物故事的要素,主要以民间传说、童话和寓言的形式出现,同样既讲给孩子也讲给成人听。在这些故事中,人类与动物杂居共处,唇齿相依。

在后工业文明中,动物在除了被使用和被食用之外,与成年人的世界不再有任何关系,动物的故事基本上只讲给孩子听。孩子们聆听和阅读那些来自上古时代的故事,既有动物神话,也有动物寓言和传说,它们被反复讲述,被画成图画,因为人们认为动物故事适合孩子,当然更因为孩子们想要它们,寻找它们,渴求它们。现代文学中也有很多动物故事,有些是为孩子们写的,有些不是,但孩子们往往会读到它们。

---

[*] *Just-so stories*,吉卜林儿童文学经典,由讲给女儿的睡前故事发展而来,以充满想象力的方式讲述动物的各种特征是如何形成的。

尽管那些并非意在讽喻的动物故事会被文学批评家们自动贬斥为无聊的玩意儿,但作家们依旧在写。他们是为了回应某种真实且恒久的需要而写的。

为什么绝大多数孩子和许许多多作家会对真实的动物和动物故事有如此反应,会痴迷和认同于那些生灵,即便在我们今日占主导地位的宗教和伦理中,他们仅仅被视作供人类使用的对象;即便在工业社会中,他们不再与我们共同劳作,而仅仅是我们食物的原材料、造福于人类的科学实验品、动物园和自然频道里的珍禽异兽、有助于心理健康的可爱宠物?

或许我们给孩子提供动物故事,鼓励他们对动物感兴趣,是因为我们将孩子视作较为低级的精神上的"原始人",尚未完全成人。因此我们将宠物、动物园和动物故事视作孩子成人(成为独一无二的"大写的人")之路上的"自然"阶段,如同梯子上的踏板,从无知无助的褴褛通向智慧、成熟、掌控一切的荣耀巅峰。个体的成长重演了整个种群在存在之链*上的演化进程。

---

* Great Chain of Being,中世纪基督教神学中所认为的所有物质与生命的等级结构。其中上帝居于顶端,其下为天使、恶魔、星星、月亮、国王、王子、贵族、平民、野生动物、驯养动物、树木、其他植物、宝石、贵金属和其他矿物。

然而让孩子痴迷的究竟是什么呢？为什么婴儿见到小猫就欣喜若狂，六岁的孩子咿咿呀呀念着《彼得兔》，十二岁的孩子读着《黑骏马》(*Black Beauty*)掉下眼泪？那被孩子感知却被她自己的整个文化否认的东西究竟是什么？

这里我不想长篇大论地讨论和举例，只想谈几本书。三本儿童文学和动物文学的杰作：休·洛夫廷的"杜立德医生"，鲁德亚德·吉卜林的《丛林之书》，以及 T. H. 怀特的《石中剑》，也即"永恒之王"系列的第一部。（我在这里只谈小说原著，不谈"改编自"小说的电影。）这些小说讲的是人类与动物之间的关系，虽然在每一本中各有不同，但都得到了深入探讨。

这样说"杜立德医生"似乎有些不可思议，但休·洛夫廷质朴的幻想故事无愧于其经典地位。就像《柳林风声》一样，"杜立德医生"中动物与人之间的互动似乎全然不可能却又全然无障碍。因为这些动物大多数时候的行为举止几乎就像人类一样，却又比大多数人类要好。所有动物都不会做什么残酷或不道德的事。当然，呱呱很是猪头猪脑，而狮子在去帮助其他动物之前会被老婆吼一顿，但这是一个和平王国，在这里狮子真正可以与绵羊同眠。杜立德医生帮助动物们，为他们提供住处和治疗，而动物们也用自己的帮助来回报他，这是故事的主题和其中一切事件的基础。

杜立德医生说："既然小鸟、野兽和鱼儿都是我的朋友，我就不需要害怕什么。"这句话曾在过去千万年中被千万种语言说出过。曾经每一个人都懂得这个主题，关于相互救助，关于动物如何帮助人，直到我们将动物赶出街道，赶出都市丛林。我想，这世界上的每一个孩子依旧懂得这个主题。和动物交朋友意味着与世界交朋友，成为世界的孩子，与其相连、被其滋养、归属其间。

洛夫廷的道德观在极大的程度上是甜蜜和光明的。而在吉卜林的狼孩故事中，人类与动物之间的联系则更复杂，且以悲剧收场。莫格里是一道维系他村庄中的人类同胞与丛林中的动物同胞之间的纽带，就像所有位于两个世界之间的角色一样，他被两边来回拉扯，被撕裂。村庄与丛林之间没有共同立场，他们只能对立。莫格里可以用每一种动物的语言说出："我们血浓于水，我和你！"但他真的能用印地语说出这句话吗？尽管那是他的母语，是他血缘至亲的语言。他必须背叛的究竟是谁？

那个狼孩，丛林之子，无论是在罕见而痛苦的现实还是吉卜林梦幻般的故事中，最终都永远无法回家。这份被逐出伊甸园的痛苦甚至在第一个故事《莫格里的兄弟们》中就出现了,在《丛林的吞没》和《春天的奔跑》中则更加强烈。这些都是令人心碎的故事。但《丛林之书》中那些来自慵懒时光和精彩历险的祝福或许依旧伴随我们终生,在那里,男孩与狼、熊、黑豹和巨蟒一起愉快地说笑、思考和行动,那正是归属的神秘与美丽之处,完全归属于世界的野性。

尽管 T. H. 怀特的《石中剑》讲的是亚瑟王的故事,但其中也充满了动物。在第一章中,尚未成为亚瑟王的瓦特带着一只苍鹰出门,却弄丢了他,接着他遇到了梅林的猫头鹰阿基米德:

"哦,多可爱的猫头鹰!"瓦特叫道。

但是当他走过去伸出手的时候,猫头鹰却变得只有原来的一半高,它像拨火棍一样直挺挺地站着,闭上眼睛,只留了一道小小的缝向外偷看……它用怀疑的声音说:

"这里没有猫头鹰。"

说完它便完全闭上眼睛,把头转向一边。

"只有一个男孩。"梅林说。

"这里没有男孩。"猫头鹰信心满满地说,并不把头转过来。

梅林负责亚瑟的教育,其中的主要内容是变成各种动物。这里我们遇到了关于变形的伟大神话主题,它是萨满法术的核心,尽管梅林并没有对此多说些什么。男孩变成了一条鱼、一只鹰、一条蛇、一只猫头鹰,以及一只獾。他以每分钟三十年的速率体验了树的感受,又以每秒钟两百万年的速率体验了石头的感受。所有这些体验非人存在的场景都有趣而生动,令人惊叹而充满智慧。

当一位巫师将瓦特关进笼子里试图把他喂胖的时候,关在隔壁笼子里的山羊扮演了动物帮手的角色,将他们一并救出来。所有动物都信任瓦特,这是他身为王者的证据。尽管他去猎过野猪,但这并没有破坏这种信任,因为在怀特看来,真正的狩猎是猎手和猎物之间一种本真的关系,充满不可僭越的道德法则,以及对于猎物的高度敬意和尊重。狩猎所唤起的感情是强大有力的,怀特在猎犬博蒙特被野猪杀死的那一幕中充分表达了所有这些情感,而我每每读到这段的时候都会潸然泪下。

在全书的高潮处,瓦特无法仅凭一人之力从石砧中拔出王者之剑。他呼唤梅林的帮助,于是动物们都来了。

水獭、夜莺、土鸦、野兔、蛇、猎鹰、鱼、山羊、狗、小独角兽、蝾螈、螺蠃、山蛾毛虫、鳄鱼、火山、伟大的树木和耐心的石头……所有动物都出于爱来帮忙，甚至连最小的鼩鼱都来了。瓦特感到他的力量在增长。

每一种动物都用自己独特的智慧来指点瓦特，因为这个男孩曾是他们中的一员，曾与他们在一起。梭子鱼说："用你背部的力量。"石头说："凝神屏气。"蛇说："力量和精神汇聚于一点。"于是"瓦特第三次向那块巨石走去。他轻轻伸出右手将剑拔出，就像从剑鞘中拔出一样轻柔"。

对 T. H. 怀特这样的人来说，动物之所以那么重要，或许正因为他与人类之间的关系太过痛苦。然而他所感受到的与非人存在之间的联系，却远远不止补偿缺憾这么简单。这是一种对于德性宇宙的激情想象，想象一个无比痛苦和残酷的世界，而信任与爱却像秋水仙一样从中生长出来，脆弱却不可征服。我第一次读《石中剑》是大约十三岁的时候，它对于我思想和心灵的影响，在这次演讲过程中变得分外清晰。它让我相信信任不仅仅局限于人类之间，爱也并非只有一种。要么接纳一切，要么一无所有。如果你要做王，却厌恶、蔑视你的臣民，那么你唯一的王国将是贪婪与憎恨。你去爱、你信任、你成为王，你的王国将是整个世界。在你加冕时，在众多奇妙的礼物中间，"一只无名无姓的刺猬会送上四五片脏叶子，上面还爬着几只跳蚤"。

在结束演讲之前，我想再谈两部寓言或者说奇幻作品，一部新，一部旧。

菲利普·普尔曼的"黑质三部曲"是一套篇幅宏大、想象丰沛且内在矛盾的作品，在这里我打算只追溯与动物有关的部分。尽管表面上看来，这只是很小的一部分。故事中有两只猫，他们扮演了很小却很重要的角色，就像猫通常在神话和寓言中所做的事情一样，它们穿梭于不同的世界。除此之外，他们就像普通的猫一样，以非常写实的笔法描绘。除了这两只猫，动物在这些故事中是缺席的，只有北极熊部落是个例外，他们就像人类一样说话、建造军事要塞和使用武器，但他们却不像人类一样拥有灵魂所幻化的精灵。

那些精灵以动物的形象出现，而这些故事，特别是第一卷之所以充满动物，是因为每一个人类都带着自己的精灵。当你进入青春期时，你的精灵可以随时变成任何一种动物的样子；当你性成熟时，精灵则会永远固定为一种动物，并且往往与你性别相反。社会阶层对此有决定性的影响：作者告诉我们，仆人的精灵往往是狗，而上流社会的精灵则往往是稀有且优雅的动物，比如雪豹。你的精灵陪在你身边，随时随地、寸步不离，与之分离则会带来无法忍受的痛苦。尽管精灵不进食也不排泄，但却看得见摸得着，你可以抚摸拥抱自己的精灵，只是不能触碰别人的。精灵是有理智的生物，可以流畅地与主人说话或交流。这一设定有强烈的愿望满足意味，并且赋予其巨大的吸引力：永远忠诚、永远在身边、亲密的陪伴、灵魂的伴侣、安慰者、守护天使，以及终极完美的宠物。就像可爱的动物毛绒玩具一样，你甚至不需要记得喂食。

　　但在我看来，普尔曼过分倚重这一设定，并且搞得过分复杂。他强烈暗示精灵是一种可见的灵魂，与之分离是致命的，而故事情节也靠这种分离的残酷和恐怖推动。但接下来作者却开始更改规则：我们发现巫师可以离开自己的精灵。第二卷在我们的世界中展开，这里没有人拥有可见可感的精灵。女主角莱拉回到自己的世界，将自己的精灵留在了地狱码头，尽管她想念他，却自己也能活得很好，甚至最后在没有精灵的情况下拯救了宇宙。他们最后的重逢看上去只是走个过场。

在奇幻故事中，更改或者破坏你自己设立的规则会让故事在真正意义上讲不下去。如果精灵存在的意义是为了展现我们身上有一部分是动物，并且注定不能和这种动物性相分离，那么这一目标并未达成。因为动物性的真正意义在于身体，在于活生生的身体所具有的一切不受大脑控制的需要和难登大雅之堂的功能，而这些正是精灵所没有的。精灵是精神性的存在，没有实体仅有形式，他们是人类心理的碎片或意象，完全依附于人类，无法独立存在，因而无法建立真正的关系。莱拉对于精灵的爱被反复强调，但那只是一种自恋。在普尔曼的世界里，人类是全然孤独的，因为上帝已老迈昏聩，而真正的动物并不存在。只有那两只猫是例外。就让我们把希望寄托在猫身上吧。

刘易斯·卡罗尔的《爱丽丝镜中奇遇记》也是从猫开始。爱丽丝对猫妈妈黛安和猫崽说话，但他们无法回答，于是爱丽丝便自问自答起来。接着她和其中一只猫崽一起爬上壁炉，一起穿过镜子……就像前面所说，猫穿梭于不同的世界。

那个镜中世界就像《爱丽丝漫游仙境》中的兔子洞一样，是一个梦的世界，因此其中所有角色或许都可以视作爱丽丝的某些方面，某些心理碎片，但又与普尔曼的精灵截然不同。他们的独立性极为显著。当爱丽丝穿过镜子来到花园中时，花儿们不仅会说话，还会回嘴，极为粗鲁，却也极为热情。

就像在民间传说中一样，故事中的所有生灵都彼此平等，彼此交融和争吵，甚至相互变化——婴儿变成小猪，白皇后变成绵羊——人和动物之间的变化是双向的。火车上的旅客有人、山羊、甲虫、马，还有一只小虫，一开始只在爱丽丝耳边发出小小的声音，之后却发现"有小鸡那么大"。它问爱丽丝是不是讨厌昆虫，爱丽丝带着令人敬佩的沉稳回答道："要是它们会说话我就喜欢。我来的地方昆虫都不怎么说话。"爱丽丝是一个来自十九世纪英国中产阶级的孩子，有一套自我尊重和尊重他人的严格道德准则。她的良好教养受到来自那些梦中生灵的行为的严峻挑战，如果我们愿意，可以认为他们表现出的正是爱丽丝自己的反叛冲动，她的热情、不羁与任性。暴力是不被允许的。我们知道皇后那句"砍掉她的头！"只是一句不会被执行的威胁。然而噩梦也从未远离。爱丽丝梦中的生灵全都彻底失去控制，变得疯狂，她不得不醒过来才能知道自己是谁。

爱丽丝的故事并非动物故事，但我的这次演讲却无法将它们排除在外。它们是现代文学中关于动物心灵的最纯粹的例子，关于每一个人类社会都将其视作祖先、视作灵魂分身、视作预兆、视作怪物、视作向导的梦中的野兽。在这些故事中，我们盘桓回返到梦幻时代*，在那里，人类和动物合而为一。

那是一个神圣的地方。我们跟随一个维多利亚时代的小女孩穿过兔子洞回到那里，这方式极为疯狂却又极为恰当。

"人与动物应该在一起。我们曾在漫长的岁月里共同进化，我们曾经是伙伴。"坦普尔·葛兰汀在《我们为什么不说话》中这样写道。

我们人类创造了一个仅有我们自己和人造物的世界，然而我们并非为了这个世界而生，却必须教会我们的孩子在其中生活。他们的身体和精神原本是为丰富多样且不可预测的环境、为与所有生灵竞争和共存而准备的，但他们却必须学会贫困和流亡，学会在茫茫人海中、在水泥丛林间生活，偶尔才能透过栏杆看见一只野兽。

然而我们对于动物（作为伙伴、朋友、敌人、食物或者玩伴）与生俱来的强烈兴趣，却无法被立刻根

---

* Dream Time，用以描述澳大利亚原住民宗教文化世界观的人类学术语，指祖先的创世时代。他们认为始祖的神灵无处不在，并同时存在于过去、现在和未来。

除。它拒绝被剥夺。而想象力与文学则填补了这些空白,并重新确认那个更大的共同体。

我们可以清晰地在民间传说与现代动物故事中看到关于不同物种之间互相帮助的动物帮手的主题,它告诉我们,善良与感恩不应该仅仅局限于你自己的种族,它告诉我们所有生物都是同类。

我们在民间传说和《柳林风声》《杜立德医生》等作品中看到动物与人之间的相似及平等共处,看到各种生灵的共同体作为简单的事实呈现在我们眼前。

人变形为野兽,在民间传说中往往出于诅咒或恶咒,但在现代故事中则更多意味着一个更大的世界,意味着教育,甚至像瓦特最后的伟大旅程一样,意味着某种与天地万物同在的神秘、终极而永恒的境界。

对于失落野性的追寻贯穿于无数动物传奇中,那是对我们曾浪费和毁灭的无尽原野、无穷物种和生灵的一曲挽歌。这挽歌如今变得更急迫了。我们已接近自我孤立的绝境,一个孤独的物种挤满这个荒芜的世界。"看我伟业盖世,王者望尘莫及。"*

---

* 出自雪莱的名诗《奥兹曼迪亚斯》(*Ozymandias*)。奥兹曼迪亚斯是古埃及著名法老王。诗歌描述了一位旅人在荒凉的沙漠中见到一座破碎的石雕,底座上刻着字句:"我是万王之王,奥兹曼斯迪亚斯。看我伟业盖世,王者望尘莫及!"

我们会因孤独而疯狂。我们是社会动物，是社会性生存的物种。人类需要归属。首先当然是归属于彼此。但正因为我们能够看到如此远，如此擅长思考，如此充满想象，我们无法因为归属于一个家庭、一个部落，归属于和我们相似的人而满足。尽管有害怕，有怀疑，但人类的心灵依旧渴望某种更大的归属，更宽广的身份认同。野性因其未知、无情和危险而让我们害怕，但我们无疑需要它。为了免于疯狂，为了活下去，我们必须加入（或者重新加入）那比我们自身更加古老和宏大的、来自动物的另类与陌生。

孩子是我们与之最近的接口。讲故事的人们知道这个秘密。莫格里和少年瓦特伸出他们的手，右手伸向我们，左手伸向丛林，伸向荒野中的野兽，伸向苍鹰、猫头鹰、黑豹与狼，于是我们与它们融为一体。六岁的孩子咿咿呀呀念着《彼得兔》，十二岁的孩子读着《黑骏马》掉下眼泪——他们接受了他们的文化所否认的东西，他们也伸出手，将我们与那更广大的造化重新融为一体，让我们回到我们所归属的地方。

在俄勒冈州尤金市的文学与生态会议上的一次演讲，2005 年 6 月，2014 年修改

发明语言

Inventing Languages

　　发明语言大多从发明名词开始。那些在完全想象的设定下写小说（奇幻小说，或者发生在遥远未来或外星世界的科幻小说）的人，必须扮演亚当的角色，为那些角色、生物，以及虚构世界中的地方命名。

　　命名这件事能够很好地标示作家们对其所使用的工具，即语言的兴趣所在，以及他们使用这种工具的能力。这一类命名的草创阶段可以回溯至科幻小说的纸浆杂志[*]时期，那时的命名主要遵循陈规惯例。英雄们坚决抵抗发明创造，即便在三十世纪飞越遥远的银河系时，他们依旧叫"巴克"或者"瑞克"或者

---

[*] Pulp magazine，指流行于二十世纪上半叶的通俗杂志，主要刊登科幻、悬疑等类型小说，因其所使用的廉价木浆纸而得名。

"杰克"。而外星人不是"Xbfgg"就是"Psglqkjvk",除了那些叫"Laweena"或者"LaZolla"的公主。

如果你要用词语创造一个世界,其中有会说话的生物,你对他们的命名能够说明很多问题,不管你自己是否有意为之。老式的纸浆科幻命名惯例暗示着雄性气概的说英语的男人的永久霸权地位、各种非英语语言的可笑怪诞,以及一条颠扑不破的法则:作为唯一值得命名的女性角色,美丽公主们的名字一定朗朗上口并以元音 a 结尾。这些惯例一直延续到科幻电影中,譬如一位叫"卢克"(Luke)的英雄,一位叫"楚巴卡"(Chewbacca)的外星人,还有一位叫"莱娅"(Leia)的公主。

更加深思熟虑的命名方法或许会少一些天真的、未经审视的社会和道德偏见。以斯威夫特《格列佛游记》中马族的名字"慧骃"(Houyhnhnms)为例。关于这个名字的发音,最好的教学指导来自 T. H. 怀特的《玛莎姆夫人的安息岛》(*Mistress Masham's Repose*),据故事中的教授与玛利亚说,秘诀在于舌头不动的同时震动鼻腔后侧。而我发现上下甩头的同时左右摇头也很有帮助。这并不容易做到。但"慧骃"并不是一堆随随便便凑起来的没有意义也无法读出的字母,恰恰相反,它是在有意识地尝试用一匹马的方式说出自己是谁，同时也是对说英语的人的有意挑战。如果你有意学习这个来自马语的词，你或许也更有可能像马一样思考。斯威夫特并没有贬低非人，而是邀请我们加入其中。

许许多多孩子都会在地图上描绘想象中的国家，并给它们起名字：艾兰迪亚（Islandia）、安格利亚（Angria）……伴随这些名字，山脉、气候、风土人情，一一浮现出来。一些孩子会探索这些地方，或许一生之中会不时在想象中回到这里。

为一个人或一个地方起名字，意味着开启一条通往那名字所属的语言世界的道路。那是一道通往"别处"的门。"别处"的人怎么说话？我们又如何能知道他们怎么说话？

关于这一主题，有史以来写得最好的一篇文章是 J. R. R. 托尔金的《秘密爱好》（"A Secret Vice"）。这是一篇关于创造虚构语言的描述、解说和辩护文章，精妙且趣味盎然。文中谈到，当创造语言走到某种极致时便意味着创造神话，其中包含着某种内在的神话体系、某种世界观，甚至某种新的道德，就像斯威夫特笔下的马一样。托尔金以他特有的活力和洞察力指出这类创造中内在的审美动机。他这样说：

"语言学发明"——将概念与语音符号一一对应的内在冲动,以及思考这些新的对应关系而带来的快乐,是理性的而非变态的。……当然,快乐主要来自思考声音与概念之间的关系。我们可以在学者们对于外语写成的诗歌或优美散文的热烈渴望中看到那种快乐,哪怕他们还未能掌握那种外语。

在托尔金看来,这些学者(我还要加上诗人和有相同爱好的读者)在阅读一种新语言时所找到的快乐,来自"对词语形态的一种全新感受"。

许多小说方面的批评家和教师都对散文的声音全然不觉或充耳不闻,他们及其学生大概会觉得这种说法无法理解或不值一提,或者看不出他们自己的语言与此有什么关系。我只能说,无论是作为创造小说的作者,还是作为欣赏小说的读者,这段话对我来说都是金玉良言。我为感觉寻找最恰如其分的声音。

八岁左右时,我第一次在概念和语音之间"新的对应关系"中找到那份特别的快乐。一位好心的瑞士姑娘尝试教我法语,她从我的书桌上拿起一个小小的瓷鲸鱼,微笑着用法语说:"啊! Le Moby-Dick!"Lemobeedeek?慢慢地,那只鲸鱼从这些神秘的、意义不明的迷人音节中浮现出来，宛如神启。那只大海怪（Leviathan）！大海怪有了新名字！

几年之后，当我第一次读到邓萨尼勋爵（Lord Dunsany）的奇幻作品时，他创造的那些名字中声音与感觉之间优美而有趣的对应关系带给我极大快乐——比如邪恶的怪兽诺尔（Gnole）、阴郁的潘达诺里斯城（Perdóndaris），以及穿城而过的厌河（river Yann）……对着一种完全陌生的神秘语言连蒙带猜其中的意思，那感觉也同样无比奇妙。

Muy más clara que la luna
sola una
en el mundo tu nacistes …*

我十三岁时，这首来自赫德逊的《绿厦》中的歌曲意味着所有浪漫、所有的月、所有的爱与渴望，甚至比我懂得西班牙语可能感受到的还要多。据托尔金说，这正是距离所带来的美。这是将词语当作音乐来聆听的美妙恩赐。

---

* 西班牙语：比月亮光明得多／尘世只有／你一个……译文参考自倪庆饩译《绿厦》，东方出版社 2008 年版。

语言是"用来"交流的，然而当我们遇到诗歌，遇到创造出的名字和语言时，语言的交流功能与意义的构成就变成了智性无法处理的东西，就像歌曲的曲调一样。作者需要去聆听。读者需要听见。发出一连串音节，赋予其象征意义，正是其中的快乐感动着诗歌的创造者和虚构语言的创造者，即便那声音只从她一人的舌头上说出，只被她一人的耳朵听见。

这本书的任务，是将所有想象出来的语言汇聚于一座巴别塔中，正如其创作者所承认的，这抱负未免过于宏大。托尔金所说的"秘密爱好"如今已变得如此广泛、如此公开，以至于本书作者不得不从其具体构想中删去一些语言，包括世界语（它虽然是乌托邦的却不是虚构的），也包括充斥各种网站的"人造语言"，以及漫画、电子游戏和角色扮演游戏中出现的"外星语言"。太多人忙着发明新的说话方式。这本百科全书来得恰逢其时，来将我们引入那无数重世界。

最终它正确地聚焦于那些属于某个想象出来的种族、社会或世界的语言，也是真正意义上的小说语言，不包括专属代码，不包括游戏，即便其中有一些非常有趣。

这一切首先从词语开始：你甚至可以先去想象一

种语言，再去想象说这种语言的人。托尔金正是这样做的。作为语言学家，他将发明语言当作带来快乐的游戏，却发现自己所发明的语言孕育出一个种族的神话，继而是其人类学、其历史、其地形学，继而是整个中土的宏伟史诗。反之亦然：一个想象中的世界发展到某种程度时，就需要发展出一种语言来与之相配。我自己的《总在回家》正是这种情况。我为克什人的语言想出了一些足以表达其核心概念的词汇，并愉快地写下："翻译一种尚未存在的语言，其难度可想而知，但也无须夸大其词。"然而，当作曲家托德·巴顿开始为这本书中的山谷作曲时，他需要一段克什语的歌词。我不得不老老实实地坐下来开始发明克什语——至少发明出足够的语法、句法和词汇表，以写出几首假装是从克什语翻译为英语的诗。其中的难度完全无须夸大其词。

通常情况下并没有那么复杂。几个神秘的单词就足以令一种语言给人留下印象，给人以某种感受，基本上长篇小说需要做的也就是这些。创造者只需要让那些单词看似符合某些语言学规律即可。

"语无伦次的语言"是一种自我矛盾的说法。某种意义上，一种语言就是其规则。它是一种符号学协议，一种约定俗成的惯例，一种社会契约。无论是其有限的发音选择（音素池），还是用这些声音的组合来造词，还是用这些词的组合来造句，一种语言的各个方面都是极其随机、极其规律而又极其个性的。英语中的"u"永远不会像法语中的"u"那样发音，而法语中的"th"也永远不会像英语中的"th"那样发音。汉语无论如何也不会几个词黏着为一个词。这些语言规律是如此普遍，以至于你可以根据一个词判断出是哪种语言——"Achtung！"[*]

这种语言的内在一致性对小说家来说十分便利。如果她只需要几个词或者名字以增加地域色彩，那么只需要让这些词听上去不像她使用的语言就好了。她的发明或许隐约携带着强烈的母语味道，但很可能只有来自其他语言的读者才能察觉。所以她只需要问问自己：这些词人类能说得出来吗？在这个意义上，"Xbfgg"和"Psglqkjvk"都不合格，而"Houyhnhnm"则通过了考验。此外她还需要想一想，这些虚构的词和名字是不是看似来自同一种语言。如果一个角色叫"Krzgokhbazthwokh"而另一个叫"Lia-tua-liuli"，读者自然会假定他们来自两个不同的什么地方。

本书的序言中引用了诺姆·乔姆斯基的观点，认

---

[*] 德语，意为："注意了！"

为虚构语言的邪恶意图在于"破坏普遍语法"。我怀疑很多创造语言的人是否真的怀抱这种愿望,甚至怀疑他们是否听说过普遍语法。有些作家真心希望他们创造的语言令人信服,甚至能够像自然语言一样好用,这些人会避免破坏普遍语法,哪怕这样做是可能的。如果真的有一种与生俱来的深层次语法,它给所有人类语言提供基础结构,那么忽视它或者破坏它都不可能创造出语言,而只会让人无法理解。目前就我所知,我们为想象出来的语言创造的规则都不过是在我们所知的语言规则上的变形。任何看似语言学恐怖主义的行动,实际上要么没有能力创造规则,要么根本不知道有规则存在。乔姆斯基教授大可以安枕无忧,故事中的野蛮人并无意对他的普遍语法发动进攻。

不过,博尔赫斯倒是的确有可能以其乖张、颠覆、卓绝的勇气,至少在通向普遍语法的大门上轻轻敲了那么几下。他告诉我们,原始的特隆语言中没有名词,在其中一种语言中,名词会被一系列形容词取代,而在另一种语言中,"没有与'月亮'对应的词,只有一个动词,其意义类似于英语的'月动'(to moon)或者'月移'(to moonate)"。"月亮从河上升起"就成了"在长流后向上月动"(upward behind the onstreaming mooned),在特隆语里写出来是:

hlör u fang axaxaxas mlö.然而我们必须记得，特隆的这些原始语言，就像印欧语一样，是对许多有亲缘关系的语言的共同祖先的理论推演。现在或许还有必要记得，特隆的这些语言实际上并不存在，因为特隆并不存在。当然，除非我们承认，就像《特隆、乌克巴尔、奥比斯·特蒂乌斯》结尾告诉我们的那样，我们如今正生活在特隆。

"hlör u fang axaxaxas mlö."在语言创造方面是一个特别好的例子，正如这本百科全书中各种疯狂想象出来的字词和语法，它们在生机勃勃的胡言乱语的丛林中繁衍生息；正经人愉快地实验如何将完全故意为之的胡话翻译为英语，或者将英语翻译为胡话；诗人喜悦地用从没有人听过或者听说过的语言写下感人的诗篇。这正是人性中我非常喜欢的一面。这些人做的正是只有人能做的事，极为人类也极为特别的事。他们做这些事没有任何恶意，没有任何得失心，只有纯粹的快乐。如果这快乐能够被分享那自然更好（就像在这本书里一样）；但就像大多数好事和所有艺术一样，它只为它本身而做。

原文为《虚构与幻想语言百科全书》（康利与该隐编，格林伍德出版社，2006）前言，修改于2014年

如何读一首诗:《灰母鹅与灰公鹅》

How to Read a Poem: "Gray Goose and Gander"

读诗就是要大声读。当然,也有适合用眼睛看的——我爱 e. e. 卡明斯[*]的作品——但对我来说,它们都是适合聆听的诗的衍生品,因技术发展而得以出现。眼睛看到的词语只是一段简谱、一些音符,只有通过耳朵聆听才能充分被心灵把握。然而作为词语,它们却能说出那音乐本身的含义。当词语被唱成旋律时,便有了歌;当词语本身是旋律时,便有了诗。

诗歌可以宏大,譬如《埃涅阿斯》或者《坎特伯雷故事集》;诗歌也可以很短小,譬如这首:

---

[*] Edward Estlin Cummings(1894—1962),美国诗人、画家、散文家、剧作家。其作品常使用特别的语法与形式,包括在应该用大写字母的地方使用小写字母、以绘画的方式进行非常规的排版等。

Gray goose and gander
Waft your wings together
And carry the good king's daughter
Over the one-strand river.[*]

我第一次读到它是在奥佩夫妇编的《牛津童谣集》（*The Oxford Nursery Rhyme Book*）中，无论对我自己还是在我膝头坐过的孩子来说，这书都是无尽的快乐之源。

我会尝试描述自己从中听到的旋律和意义，希望以此说明它们如何共同作用，或者二者本就是一体。

这首小诗的"旋律"最明显地体现在其重复的声音中：重音都放在重复的头韵[†]（前三句分别为 g-g-g / w-w-g / k-g-k），并且没有以完整韵收尾，而是采用了斜韵，即将四个以非重音 er 结尾的单词放在句末[‡]——这个音节在不同地区的发音各有不同，从 ah

---

[*] 意为：灰公鹅与灰母鹅 / 振振你们的翅膀 / 载着好国王的女儿 / 飞过单岸河。

[†] Alliteration，指一组相邻或相近的单词中辅音相同或发音相近，且相同的辅音为重音，如：potential power play。

[‡] "完整韵"（full rhyme）又名"完美韵"（perfect rhyme），指两个单词中重音节的开头部分不同，而元音及其后的音节都相同，譬如 sky 和 high、skylight 和 highlight 都是完整韵。
"斜韵"（slant rhyme）又名"不完美韵"（imperfect rhyme），指两个单词中有部分发音相同，譬如元音相同、辅音不同，或辅音相同、元音不同。这首诗中的 gander、ogether、daughter 和 river 即为斜韵。

到uh到r(在我的口音中正是如此),从而形成一种可以像元音一样无限延长的低沉颤音。诗中的所有元音和辅音都很轻柔,在我听来,它们制造出一种银铃般的静谧与辽阔的效果。

此外,作为童谣这种口头传唱的形式,其鲜明的节奏亦被头韵强化。如果用S来代表重音节,u代表非重音节,那么这首诗的格律(meter)就是:

S S u S u
S u S u S u
u S u u S S u
S u u S S S u

你大可以把它称作长短格三音部*,但我并不觉得这些术语对我们理解这首诗有多大帮助。童谣中有很多长短格,从而形成前后摇摆的韵律,但或许我们最好把这些诗行按照格律单位甚至诗节来读,而不是韵

---

* "长短格"(trochee)是指每一个韵脚都由一个重音节后面跟着一个非重音节组成,例如trochee /ˈtrəʊkiː/ 一词本身就是长短格,由重音 /ˈtrəʊ/ 和非重音 /kiː/ 组成。
"三音部"(trimeter)指每行三个韵脚,譬如:When here / the spring / we see, Fresh green / upon / the tree.

脚。*它们在一代又一代口耳相传中被打磨为最简洁最洗练的样貌，正如河水冲刷卵石，最终每一个音节都抵达其内在的音韵逻辑。

突如其来的长短格开头正与其所描述的情景相符，"灰公鹅与灰母鹅"应召唤凭空出现，并且立即服从命令"振振你们的翅膀"。古老的"振翅"（waft）取代了"拍打"（wave），但即便对最小的孩子也无须任何解释，因为声音和语境已足够说明一切。

当鸟儿们振翅高飞时，韵律也随之变化：每一行中都有一对非重音音节令音调变轻，随后转向三个重音音节。你很难在一般的诗歌中看到这种技巧。摇椅般一长一短的节奏让我想要弱化"国王"（king's）与"岸"（strand）的读音，变成 good king's daughter, one-strand river。然而这些词的意义和发音都如此复杂，让我无法弱读它们，而不得不把三个词都放慢，从而形成某种神秘而迂回的重音。

这几个词的确充满神秘。谁是"好国王"？他的女儿又是谁？他们来自哪一则民间传说，哪一段模糊

---

* "诗节"（stanza）指诗歌中的一组诗句，诗节之间用空行或段首缩进隔开。
  "韵脚"（foot）是指每一行诗中重复的音韵单位，每个单位通常由两个、三个或四个音节组成。

的历史?为什么公主会被载着"飞过单岸河"?什么样的河只有单岸?是海吗?还是死亡?

没有答案。一切都已结束,只有惊鸿一瞥。我们可以用整个余生来回味这短短的旋律,那飞过广阔原野的无尽意象,和那我们永远无从知晓的故事。

文本曾载于《西北诗歌》,作为对编辑大卫·比斯皮尔关于"如何读一首诗"征稿的回应,收入本书时略有修改(我无法从我的电脑文档或在线资源中找到本文的最早发表时间,权且按照猜测放在这个位置,或者根本是随意为之。)

为大卫·亨赛尔送给皇家艺术学院的展品而作

On David Hensel's Submission to the Royal Academy of Art

一家英国顶级美术馆将一块顶部有一小块木头的石板当作艺术品展出，却没有意识到这仅仅是一座雕塑的底座。伦敦皇家艺术学院随后承认，由于底座和雕像（来自艺术家大卫·亨赛尔的一个人头雕像）被分开运送到博物馆，导致其底座被误当作艺术品。"二者被分别送来，因此也被分别评审。"博物馆负责人说。"结果人头雕像遭到拒绝，而底座则得到承认和接受。"

——《卫报·一周趣事》，2006年6月30日

"我们懂艺术，
我们有话直说。"
皇家评审团如是说。

"人脑袋没啥了不起。

石板比它好得多。

后者更有艺术范儿。"

皇家评审团如是说。

"扔掉那个脑袋,

我们只要这个底座!"*

---

* 在这首诗中,勒古恩故意将 mince、convince、slab、slate、cause、aesthetic、wince、his 这些单词中发音为 /s/ 的音节都拼成 th,与 plinth(底座)押韵的同时,也制造出混淆和嘲讽的效果。原文为:

"We know our art, we do not minth
our words," the Royal Jury said.
"A human noggin won't convinth.
A thlab of thlate is far more great,
cauthing the true aeththetic winth.
Off with hith head!" the Jury said.
"Off with hith head, and on with hith plinth!"

论严肃文学

On Serious Literature

> 迈克尔·夏邦花费颇多力气,试图将类型小说的腐尸从严肃文学作家抛入的浅墓中拖出来。
> ——鲁斯·富兰克林,《石板》(*Slate*),2007 年 5 月 8 日

夜里她被什么东西惊醒。她听见那脚步走上台阶——有人穿着湿漉漉的运动鞋,在台阶上慢慢地爬……但那是谁呢?为什么鞋会湿?外面并没有下雨。随后,那沉甸甸、湿漉漉的声音又响起了。可是已经好几周没有下雨了,空气闷热、闭塞,有一丝腻人的霉味,又或者是腐败气味,甜腻腻的,像放了很久的茴香萨拉米香肠,又或者变绿的肝泥肠。随后,那咯吱咯吱的潮湿脚步声又响起了,腐臭的气味越来越重。有什么东西正爬上台阶,快要来到她的门前。

她听见脚后跟的破碎骨头在腐肉中咔咔作响,她知道了那是什么。可它已经死了!死了!该死的迈克尔·夏邦,是他把它从坟墓中拖出来,是她和其他严肃作家将它埋在墓中,以免严肃文学被其染指,那肮脏的指尖,那流脓的苍白的脸,那腐烂的双眼中既无生气也无意义的凝视!那个蠢货自以为在做什么?难道他从未注意过严肃作家和严肃批评家无穷无尽的安魂仪式——一本正经地驱魔,反反复复地念咒,木桩一遍又一遍刺穿心脏,刻薄的嘲笑,墓地上永不终结的庄严舞蹈?难道他不想维护雅斗*的纯洁无瑕?难道他还不明白科幻与反事实小说†之间距离的重要性?难道他没看到,即便是科马克·麦卡锡的作品,除了公然使用颇为佶屈聱牙的词汇之外,在各方面都与一大批讲述浩劫之后芸芸众生的早期科幻小说极为相似,却从未在任何情况下被称为科幻,只是因为麦卡锡是一位严肃作家,所以顾名思义不可能屈尊去碰类型文学?难道就因为几个疯子给夏邦颁了一座普利策奖,就让他忘了"主流文学"这几个字的神圣意义?不,她不

---

* Yaddo,纽约的一座庄园,面积一百六十公顷,旨在为艺术家创作提供环境,许多著名作家、画家和音乐家都曾在此居住和创作。
† Counterfactual fiction,尝试描绘某一与事实相反的历史进程的小说,往往建立在"假如某一历史事件没有发生"的假设之上。

能看那个咯吱咯吱爬进她卧室、站在她床头的东西，此刻它散发出火箭燃料与氪石的气味，像荒野中的呼啸山庄一样嘎嘎作响，它的脑子像烂透的梨子，灰质细胞的碎屑从它耳朵里掉出来。然而它呼唤她的声音却仿佛不可违抗，当它伸出手时，她看到一根半腐烂的手指上戴着一个金光闪闪的戒指。她哀叹一声。为什么他们把它埋得这样浅，埋完之后就这样走开，就这样将它抛下？"再挖深些，再挖深些！"她曾叫喊过，但他们却不听她的话。现在他们又去了哪里，其他严肃作家与批评家，在她需要他们的时候？她的那本《尤利西斯》在哪里？此刻她的床头桌子上只有一本用来垫台灯的菲利普·罗斯的小说。她抽出那本薄薄的书，举起来挡在她与那可怕的巨人哥连（Golem）之间，但却远不足够。就连罗斯也救不了她。怪物那长满鳞片的手落在她身上，那金戒指就像烧红的煤一样在她皮肤上打下烙印。名为"类型"的怪物将腐败的气息喷到她脸上，她迷失了自己。她被玷污了。她或许也会死去。她将永远永远不会受邀为《格兰塔》写稿了。

本文原载于我的个人网站，后被科幻杂志《安塞波》《波音波音》（未经我允许大幅删减），以及《哈泼斯》转载，均为 2007 年

引我超越思想

Teasing Myself Out of Thought

我们这次活动的主持人们给了我一些可供开启讨论的话题：一位作家在这个世界中应该去哪里寻找力量和希望？一位作家在此时此地的使命又是什么？什么样的作品会带来改变？我们又该如何创造一个志同道合的集体？

惭愧的是，我对这些问题的回答都是同一个。我在这个世界中去哪里寻找力量和希望？在我的作品中，在我尝试写好的努力中。什么是一位作家在这个时代或者任何时代的使命？去写，去尝试写好。什么样的作品会带来改变？好的作品，诚实的作品，好好写的作品。我们又该如何创造一个志同道合的集体？我不知道。如果我们作为作家的志同道合不是建立在我们所共有的对于尽自己所能好好写的兴趣和承诺上，那就只能建立在作品之外——某个目标或者终极目的，某一则信息，某一种效果，或许令人神往，但它却令写作仅仅变成通往作品之外的某个目标的手段，变成某一则信息的载体。但写作对我而言并非如此。我并不是因此而成为作家的。

孩子们在学校里得到的教育是，写作是通向某个目标的手段。很多写作也的确是通向目标的手段：情书、各类信息、商务交流、说明指导、推特。很多写作体现为一则信息，也仅仅是一则信息。

因此有些孩子问我："当你写一个故事的时候，你是先决定要传达的信息，还是先构思故事，然后把信息放进去？"

不，我回答，都不是。我并不传达信息。我写故事和诗歌。仅仅如此。至于这个故事或这首诗对你来说意味着什么——它的"信息"是什么——或许与它对我而言的意味截然不同。

那些孩子听了我的回答通常很失望，甚至震惊。我猜他们一定觉得我不负责任。我知道他们的老师是这么想的。

他们或许是对的。或许所有的写作，甚至文学写作，都并非目的本身，而是通向另外某个目标的手段。但如果我相信自己作品真正核心的价值在于其承载的信息，或者在于其提供的慰藉、传递的智慧、给予的希望，那么我是无法创作故事和诗歌的。哪怕这些目标宏大且高尚，它们也必然会限制作品的视野，会干涉其自然生长，会将其从神秘的土壤中切断，而神秘正是艺术生命力最深的源头。

如果一首歌或一个故事是刻意为呈现某个问题或提供某个结论而写的，那么无论问题和结论多么有力或有益，这部作品都已然放弃了自己的首要职责和基本权利，放弃了它对于自身的责任。它的首要工作仅仅是找到合适的词语来赋予自己恰当且本真的"形"。那形就是它自身的美与真。

一只好的陶土罐，无论它是红泥打造的日用品还是精美的希腊古瓮，都仅仅是一只陶土罐，不多不少。在我看来，一篇好的文章也同样仅仅是它自身，是数行文字。

当我写下那些文字时，我或许是想表达我认为本真且重要的东西。而我此时此刻在写的这篇文章也是如此。

然而表达却并非揭示，此刻我在写的这篇文章，即便其中有艺术的成分，但比起艺术品，它更像是一条信息。

艺术却能揭示信息之外的某些东西。在我写一个故事或一首诗的时候，它或许也会向我揭示真理。真理并不是我放进去的，而是写的时候从中发现的。

而其他读者或许会从中发现其他真理，不一样的真理。他们大可以用作者未曾预料到的方式对待作品。想想我们是如何阅读索福克勒斯与欧里庇得斯的。在过去三千年中，我们阅读希腊悲剧，将我们的灵魂放入其中，并从中发现各种东西，关于人类的激情，对正义的祈求，以及永不枯竭的意义，而这些都远远超出了作者有意提供的意图，关于宗教或者道德教诲，关于警示或者慰藉或者普天同庆。那些作品正来自那种神秘，那深处的水脉，那艺术的源泉。

在这一点上，济慈与我立场一致，如果我对他提出的"消极能力"* 理解正确的话，此外还有老子，他认为陶罐的"无"正是陶罐之用。† 一首其形恰当的诗可以承载千百种真理，但它并不讲述其中任何一种。

这里我并不是要说"为艺术而艺术"，因为那句

---

* Negative capability，济慈 1817 年提出，用于描述最伟大的作家（以莎士比亚为代表）追求艺术美的愿景的能力，即便这一过程会令作家陷入智识混乱和不确定，也不愿为哲学上的确定性而牺牲艺术美。
† 出自《道德经·第十一章》："三十辐共一毂，当其无，有车之用。埏埴以为器，当其无，有器之用。凿户牖以为室，当其无，有室之用。故有之以为利，无之以为用。"老子认为车轮、陶罐和房屋中空的部分，也即是其"无"，正是其有用的地方。

不幸的口号暗示我们，艺术是唯我主义的，艺术对于其受众的影响无关紧要。这是错误的。艺术的确能够改变人们的思想与心灵。

艺术家是共同体中的一员，那些能够看到、听到、读到她作品的人们构成了这个共同体。我自己首先要对自己亲手创造的作品负责，但如果我写的东西能够感动其他人，那么我当然也对她们负有责任。哪怕我对自己故事中的意义并不清晰，哪怕我只是在写的过程中刚刚开始有点眉目，我也不能假装那意义不存在。

于是，有些孩子会眨着明亮的眼睛，用谴责的语气问我："如果你知道些什么，为什么不能直接说出来呢？"

为什么真理一定是隐秘的？为什么你做的陶罐一定要有个空洞，为什么你不能在里面装满好东西给我们？

好吧，首先，一个极为现实的理由：因为"真话说一半"往往比直白的说教更好，也更有效。

但也有道德方面的理由。因为我的读者会从我的陶罐中取出她自己所需的东西，而她比我更知道自己需要什么。我的智慧只在于知道如何做陶罐。我有何德何能给别人传道？

无论传道的态度多么谦卑，都是一种侵犯行为。

道家思想认为"大道至简"，需摒弃"前识"，我知道的确如此。然而我内心深处的传教士却只想在我美丽的陶罐里填满意见、信念与真理。如果我的作品主题与道德有关，譬如人与自然的关系——好吧，那位内心深处的传教士只是按捺不住冲动要教人们正直行事，告诉他们该如何思考，如何行动。是的，我主，阿门！

我更相信自己内心深处的那位教师。她低调而谦卑，因为她希望被人理解。她包容彼此冲突的观点，而不会难以消化。她懂得如何调解那位傲慢的艺术家自我和那位传教士自我，前者嘟囔着："我才不在乎你们是否理解我。"而后者则叫喊着："听我说！"她并不宣告真理，却给予真理。她捧着希腊古瓮说道："仔细看看它，探究它，因为探究能让你从中受益。我还会告诉你一些其他人从这瓮里发现的东西，这些好东西你或许也能发现。"

像大多数艺术家一样，我渴望与他人分享我的艺术教给我的东西，因此我需要我内心深处的教师，但我同样无法完全相信她。毕竟，是她教孩子们去期待一则信息的。她的本能是清晰易懂、知无不言。而我的本能则是越过知无不言，抵达更高层次的明晰。我的工作是让意义完全具象化为作品自身,从而获得生命,并能够变化。我相信这正是一位艺术家作为道德共同体中的一员所拥有的最佳说话方式:清晰,同时亦在她的词句周围留下无声的空间,留下空白,而未来其他的真理与认知则能够在其他人的思想中形成。正如那首写给希腊古瓮的诗中所言:

> 你委身"寂静"的、完美的处子,
> 受过了"沉默"和"悠久"的抚育,
> 沉默的形体呵,你像是"永恒"
> 使人超越思想……*

在俄勒冈蓝河作家集会上的一次演讲,2008年,修改于2014年

---

* 出自英国诗人济慈的《希腊古瓮颂》(*Ode on a Grecian Urn*),此处引用查良铮译本。

住在一件艺术品中

Living in a Work of Art

美轮美奂的艺术宫（Palace of Fine Arts）位于旧金山海港附近，你可以从通往金门大桥的高速公路上看到它：一只巨大的橘子，被一群极为高大和忧郁的女神像托举和环绕着，这是建筑师伯纳德·梅贝克为1915年的旧金山世界博览会建造的。为了展出而造的建筑从不被期望能够万古长存，而梅贝克作为一位材料方面的伟大实验家，使用了细钢丝网、石膏和其他暂时性的材料来建造艺术宫，然而它是如此独具创意，如此动人，又是如此被市民所喜爱，因而没有和博览会的其他建筑一起被拆除。六七十年后，当它终于开始衰朽时，旧金山市重建了它，用浮夸的金色重绘穹顶，并向我们保证那就是它原本的颜色。

梅贝克出生于纽约，受训于巴黎美术学院，在旧金山湾区生活和工作,从1890年一直到1957年他离开人世。他最为人所知的建筑开始于"二战"之前。他建造教堂,其中最著名的一座是位于伯克利的基督教科学教堂。他为加州大学造的建筑至少有一座屹立至今,即旧的女子健身房。但他主要还是一位住宅建筑师。我所成长的房子即是一座经典的梅贝克建筑,叫作施耐德屋。施耐德家族在其中住了十八年,我们克罗伯家族则住了五十四年,从1925年一直到1979年我母亲去世。在肯尼斯·H.卡德韦尔的杰出著作《伯纳德·梅贝克:工匠、建筑师、艺术家》(*Bernard Maybeck: Artisan, Architect, Artist*)中,收入了一些这座建筑的照片。

在我看来,尽管弗兰克·劳埃德·赖特几乎成了一个高高在上的偶像,而像木匠哥特式、安妮女王、工艺美术等各种旧式风格接连走上又退下流行舞台,但这几十年来,我们一直未曾给予住宅建筑太多真正的思考。如今那些美丽的住房,有哪座不是在模仿那些旧式风格呢?那些高层公寓楼,那些分层"牧场",那些小盒子房屋,那些富丽堂皇的巨型豪宅,都揭示出我们对于人们居住的建筑,其思考有多么贫乏。

梅贝克显然在某些方面极富创见,并且他的个性是如此鲜明地铭刻于他的建筑之上，以至于人们往往一眼就能认出"这是梅贝克"。然而他对居住地和居住者之间的关系却有一种前现代的理解。称一座梅贝克住宅为"用于居住的机器"是极其愚蠢的。1908年，在建造了我所成长的房子后的第二年，他写道：

> 房子归根结底只是外壳，而真正的乐趣必然来自那些要住在里面的人。如果认真设计、精益求精，它将会给住户以满意和舒适感，会像音乐、诗歌，或其他任何人类经验中的健康活动一样具有影响心灵的力量。

这番关于房屋与其住户之间互动的思考尽管朴实无华、毫不时髦，却不乏深思熟虑和复杂性。它坚信房屋的建造者与房屋（未来的）居住者之间存在某种关系（无论他是否认识他们），而这种关系暗示了建筑师对于居住者的一种责任——或者可以说，这正是我对于梅贝克所说的"精益求精"的一种阐释。我们都很熟悉这样的观点：建筑师应该将自然环境与社会背景都考虑在内，并让自己的建筑与之相适应。但我们却并不熟悉这样的观点：房屋应该同样与那些将会住在其中的人相适应。实际上，我们根本不知道建筑师应该把人也纳入考虑。

显然，梅贝克并不会教条到将他自己与居住者之间的关系视作对某种他希望阐释的理论或希望完成的"陈述"的服从。我曾去过弗兰克·劳埃德·赖特设计的房屋，它们显然将赖特关于建筑的理念展现为某种自我表达，它们的住户在其中并无位置，而只是接受和服从建筑大师的奇想与管制。梅贝克的方式则截然不同。尽管他像赖特一样对作品的审美价值感兴趣，但对他而言，审美意义并非来自建筑师的最后宣言，而是建造者与居住者之间持续对话的结果。一座房屋的美，将会在其居住中得到激活和实现。

因此，我成长的房子无比美丽、令人舒适，也近乎完全实用。不过梅贝克也有些怪癖，这不仅让他的风格特征鲜明，有时也让它变得相当古怪。比如说，我们的房子从一开始就没有通往地下室的楼梯。

"梅贝克对楼梯的态度真是变幻莫测。"我的母亲曾这样说过。她说他设计的一座加州大学的建筑同样没有楼梯，或是将楼梯建在了外面，因为它们在里面看上去不对，诸如此类。我猜让梅贝克变幻莫测的部分或许是地下室，而不是楼梯。他设计过各种充满创意和乐趣的楼梯，伯克利的许多房屋依旧可以证明。

我们房屋的主楼梯又宽又黑，缓缓地通向一座平台，一道十分狭窄的后楼梯斜拐过两道弯，将食物储藏室和平台连接在一起。从后楼梯垂直上升，从平台拐过一百八十度，你会来到最后一段路：六级狭窄的台阶通向二楼。（那些搬运家具的工人满怀期待地爬过第一段台阶，最终在这里遭遇重创。）最后这段楼梯旁边有一段光滑的、又短又宽的扶手，形成一个独一无二的醒目斜坡，除此之外，其他一切的角度都很正常。从上往下看，楼梯仿佛一道短而峻急的瀑布一分为二，一侧是窄而蜿蜒的支流，另一侧则是宽阔的主河道。平台之上高耸的屋顶，以及墙壁与房梁之间复杂的衔接角度，都看上去令人愉悦。光从北边穿过一座法式门廊进来，落在后楼梯上一层拐角处的一座小小的装饰性露台上（后楼梯是如此窄，以至于在拐角处变成了三角形），照亮那些高高的平面与高高的空间，看上去真的是能够"提升"人的心情。

如果这段描述听上去太复杂，那是我有意为之。整个房间的楼梯构造原本就如此复杂，像一个活物体内的构造。这种复杂是如此迷人，却又表现出最纯粹的结构必要性（不像露台只是装饰性的）。并且它完全是用红杉木造的。空气与红杉木。光线与空气与红杉木。以及阴影。

这座房屋以其材料和比例的美丽而著称，同时极为宜居。它的比例是富于人性的比例。比例上唯一的失败之处在地下室楼梯的顶部，这里安了几层台阶，我想是施耐德家族装的，这样一来，你就不需要出去绕到房子的前门或者厨房门，从地下室的外门进入。由于房子被建得像山顶一样陡峭，因此这些楼梯上方的天花板很是低矮，如果你站在后方楼梯底部那又高又窄的门厅里，打开地下室的门贸然往下走，你的头会撞在一道梁上。苏格兰的某位国王就是因为在门梁上撞了头而丧命的。我父亲曾用这个故事严肃警告我们，并在梁上用白色涂料做了记号，每隔十几年，我们会重新粉刷这些记号。我们会弓着腰进入地下室。我的身高偶尔会让自己的头顶擦过这道杀人门梁，但每次打开那扇门时，我都会想起那位苏格兰国王。

除此之外，我不记得这房子里有任何不合比例、不舒服或不友善的地方。夜里它会很吓人，不过这一点我晚些再谈。即便是在白天，房子里也有很多阴暗之处，像一座森林。梅贝克曾在文章中谈到"黑暗高度"，我们的房子就具有这样的黑暗高度。它从内到外全部由红杉木建成，红杉木随着岁月逐渐黯淡，但房子里又到处是高高的窗户和玻璃镶嵌的门。

由于墙、天花板，以及空间本身已足够有趣，以至于不再需要什么装饰。在我小的时候，楼下没有地毯，只有裸露的宽阔地板。大多数家具都很破旧：奇怪的椅子，藤条凳，一张马鬃和桃花心木的沙发，坐上去很容易滑下来，我外婆的床，床尾踏板里嵌着子弹，等等。餐桌是我们为数不多的高雅家具，因为它是与房子一起建造，并且为了房子而造的——一整块红杉木板，刚到桌子的高度，坐八个人舒舒服服，坐十个人则有点挤。桌子有点破旧，因为红杉木质软，容易留下疤痕，但如果你用力打蜡，它就会散发出迷人的、栗色马儿般的深色光泽。角落里有橱柜，都是上等工艺风格，有些装有镶嵌玻璃前门。内起居室的墙上有一张横亘在窗下的椅子，角度正好对着巨大的砖石壁炉和烟囱，很是舒适宜人。同样舒适的还有从壁炉中延伸出的几张石椅，你几乎可以坐在火堆中，获得真正的温暖。

除了那几片岌岌可危、完全是为了游客才被保留下来的小树林中之外，你再也找不到什么大的红杉木了，起居室里的桌子，乃至整栋屋子里那些巨大的橡子，那些又宽又长又整洁的木板，都来自这样的红杉木。加州红杉常见于很多北加州地区，其木头亦常用于建筑房屋。红杉木很便宜，又是上好的木材原料，能够抵抗干腐和气候的侵蚀。我们在纳帕谷的房子，一座普普通通的1870年代农舍，正是用红杉木建造的，被油漆和墙纸遮盖，看上去仿佛不过是松木或冷杉。梅贝克那一代人意识到这种木材出类拔萃的美，因而不加修饰地大块使用，但他们没有意识到红杉会被消耗殆尽。我想1907年时，应该没有什么人会想到这一点，直到二十世纪五十年代都没有人想到。后来红杉木的价格越来越高，"保护红杉木"组织的人们与木材公司和政客们展开不屈不挠的斗争，我们才开始带着愧疚和感恩的惊叹仰望那些宽阔而芬芳的木板与木梁。

这些木材未经处理，却被打磨得如丝般光洁。卡德维尔用这样美妙的句子来描述红杉木的天然色彩："新木材的粉红色调迅速沉淀为一种丰富的红棕色，自然的反光或耀眼的光线落在新木上时，为其镶上一层金色虹光。"

这栋房子不仅仅是由红杉木建成的，在它的西北侧，还种植着一些加州红杉，从我最初记得的时候，它们就极为高大了。房子的西侧高高矗立在街边，下面有一段斜坡和一道有石墙的双层楼梯。整座房子的外观都呈现出山间小屋的风格，屋顶高耸，屋檐深邃，四面双层都有木质阳台探出。梁与柱支撑着屋檐和阳台，在天空与板壁之间形成对角线——一楼的板壁水平，二楼则垂直。听上去仿佛有些过度装饰，然而深色木材的简洁与房屋自身宏大美妙的比例，则让所有屋脊角度和阳台都服从于那高大的，甚至可以说是庄严肃穆的整体之下。那些装饰性元素，譬如那小小的北侧阳台，让这份肃穆免于无趣或者过分。房屋耸立于沿山而建的街道最高处，其向西面延伸而下的主屋脊又同时与山坡斜度彼此呼应。从各个方面来说，它都与其自身所处的地理及人文景观完美契合。

岁月流逝，它也与其中的住户们越来越契合。

其中一座卧室阳台，原本是露天的，后来被加盖了屋顶和窗户，于是这向阳的狭小房间成为家中四个孩子玩耍的地方。我并不知道这改建究竟是由施耐德家族还是我们家完成的。我们对房子做过许多改动。它最初是为只有一个孩子的家庭而建的，卡德维尔称其为"用中等预算建成的中等房子"。但1930年代时，我们家却有七个孩子，住得十分拥挤，直到我父亲在东侧加盖了四个房间、两间浴室、两座壁炉，还有一座宽阔的阁楼。（房子原本的阁楼幽暗逼仄，只有黑寡妇和蝙蝠才会光顾。）

我想，今天应该没有什么人会动念头改建梅贝克的房子，"伟人综合征"让我们相信，大师之作是神圣而不可侵犯的。但我却要说，父亲和与他搭档的木匠，一位名叫约翰·威廉斯的威尔士人，他们所设计的东翼竟与其他部分严丝合缝。所有在我带领之下参观房屋的客人都不曾发觉，东翼竟不是梅贝克的原初设计。从比例到窗户的尺寸与形状，所有种种都完美合拍，即便没有深邃的屋檐和阳台，也没有铁门栓上那些精致细节，后者是威廉·莫里斯风格的，在二十世纪三十年代已不再流行。新增的东翼提高了房子的舒适程度，或许对孩子来说尤其如此——足够多的房间和走廊可以跑进跑出，足够多的空间可以挤在一起也可以独处，足够多阳光丰沛的角落，还有巨大的阁楼，足够在其中摆放电动火车和玩具士兵。

妈妈经常说，女人不喜欢这座房子，男人才喜欢。我想这是她的理论之一。房子的确有一种猎人小屋的调子，粗犷、宽敞、质朴，或许更吸引男性而非居家妇女。不过说到底，我们并不认识多少居家妇女。我所认识的妇女和姑娘们，无一例外都爱这房子。

或许厨房并不符合现代家庭主妇的理想模样——倒是没有多少建于1907年的厨房符合。厨房很窄，但从火炉到案板，到水池和冰箱都不过几步之遥，很是方便。对我来说，其中倒是有一样对于厨房来说极为关键的要素，就是水池上方的窗户。透过窗户可以看见北侧花园，看见春天里繁花似锦的山楂树。厨房里有很多上好的橱柜和抽屉，有一面墙的架子用于摆放瓷器，从齐腰高度到天花板都装有镶嵌着木框的玻璃推拉门。这些高高的门就像房子里的一切物品一样做得很好，在我们居住其中的几十年里始终推拉顺畅。穿过后侧台阶底部尽头的窄小门厅，穿过杀死苏格兰国王的那道门，就是食品储藏室，带纱窗的开口通向外面，令室内保持凉爽。里面又小又暗，到处是架子，充满苹果、陈年香料曲奇和其他食物的味道。有时候我钻进储藏室，只是为了闻闻那味道。

那里面也包括红杉木的气味。这种木头是有香气的，虽然它不像雪松或者新切开的松木一样，单独一块就能闻到气味，但被其包围在内的空间却有一种独特的芬芳，用鼻子一闻就知道那是家的味道。离家许久之后再进入这房子，就会再次知道原来嗅觉是如此直接而深刻地联系着情感。

气味与视觉或触觉或听觉都无关，因此散发出气味的空间对我来说是黑暗的，或者说是阴郁的，是凝滞的，因为没有边界而显得极大，神秘而亲切。因而这气味代表着我在记忆中所能找到的对于这座房子本身最早、最为原初的印象。

我之前提到过"北侧花园"，听上去是个很大的园子，实际上花园最初应该是很大的。房子坐落在两块地之间中轴线的南侧，而斜坡上的花园则占据了两块地。花园是由金门公园的设计者约翰·麦克拉伦设计的，里面有一片玫瑰和一座喷泉。花园很规整，这方面它与房子不同。我不太记得那座花园了，只记得几片花圃和那座喷泉，里面已不再喷水，只有水滴溅落。屋前有红杉、刺柏和一对英国紫杉，南侧有一棵小樟树，一棵大六道木，以及一对非常具有威廉·莫里斯风格的垂柳，这些都是贯穿我童年的要素。我不知道施耐德家族有没有定期维护花园，我们家是完全不管的。花园一部分变成了羽毛球场，剩下的部分则像那些大家庭所拥有的花园一样越来越不像样子。我曾将我的英国玩具农场铺设在老玫瑰花丛之间，也曾在巨大的金橘灌木丛下面的秘密通道里玩耍，直到父母决定在北边的地上加盖两座房子以出租。那棵山楂树依旧年年盛开，而两座新房子也都有繁花似锦的小花园，因此我们洗碗时依旧可以欣赏窗外的美景。房子的花园因此缩减到便于打理的尺寸，并且当我们这些孩子长大后，父母也开始有了待在花园里的闲暇时间。我父亲种植了玫瑰和水仙，对它们满怀爱意，精心照料。

我意识到，当自己在描述一座独一无二的梅贝克猎人小屋和麦克拉伦花园如何遭到一位笨手笨脚的人类学家、一位威尔士木匠和一群顽童亵渎时，或许会让一些人心痛不已。如果是这样的话，我深表歉意。在我看来，无论是房子还是花园，都被我们以最好的方式物尽其用。我们用到了房子的每一尺，每一寸。我们适应了它，它也适应了我们。我们住在其中，深入而彻底。我们爱着它并折磨着它，就像孩子对母亲所做的一样。它是我们的房子，我们是它的家人。我想这正是梅贝克建造这房子时的想法。希望如此。梅贝克住在山上一座用铁丝网围起来的房子里。我依稀记得他曾来家里拜访过。那时候我一定很年幼，因为我记得曾抬头看着他凸出的肚子，而他实际上个子很矮。我记得他的裤子扣法和其他男装裤子不同，是在高处中央有一颗扣子，但我记不清具体画面了。他的到访神秘而又亲切。

我一直在讲舒适、实不实用、楼梯、气味，等等，实际上我真正想讲的是美，却不知道该如何讲。在我看来，只能通过描绘美之外的东西来描绘美，就好像要观察日落后的第一颗星星就不能直视它。

当然，如果你住在一座房子里从出生到成年，那么你会发现自己的灵魂已经与房子纠缠在了一起。这或许多少与性别有关，据说女性会比大多数男性更容易将自己与房子,或者房子与自己视为一体。纳帕谷那座老农舍无论是在过去还是现在,对我来说都无比亲切,波特兰那座我住了近五十年的房子也是如此。但是伯克利的那座房子却是一切的开始。当我忆起童年时,我会忆起那房子。那里是一切发生的地方。那里是我发生的地方。

那让我得以在其中发生的空间是无与伦比的,这正是我真正想说的。它无比美丽。并非仅仅赏心悦目,远不止如此。梅贝克的艺术水准极高。屋子里的一切,在遍地狼藉的儿童玩具和日常用品之下,每一处表面、每一个角落都比例得体,材料与工艺美观大方,庄重,亲切,敞亮。

卡德维尔说:"这房子的宽敞感来自梅贝克把握不同体积之间关系的技艺,以及他用墙壁来界定其间空无的巧妙设计。"其中最美妙的空无之一,在我看来,来自支撑着起居室天花板巨大主梁的唯一一根红杉木巨柱。你从相对阴暗的门厅走进午后充满阳光、宽敞明亮的起居室时会看到它。你会留意到柱子周围的空间。你会留意到它周围空气的流动(房子实际上颇为通风,但在加利福尼亚这并非缺点)。你会留意到柱子自身清晰而稳定的意图。这房子依靠着我,它这样说,而我是可以依靠的。

房子里数量众多的窗户和数套法式门让湾区美妙绝伦的光芒得以进来,这光芒融合了内陆阳光与大海反光。每一扇窗户外都有景致,或是赏心悦目的伯克利花园,或是南面与西面一览无遗的旧金山湾,以及其中的城市与桥。每一扇窗户都自成景致,窗台很低,顶部却很高,可以看见天空。

这样一座房子,如此精心布局,意在让人愉悦,也必然会对居住其中的人产生影响,或许最能影响孩子,因为对小孩子来说,房子几乎就是整个世界。如果那世界被有意造得很美,那么孩子也会在人的尺度上,以人类的方式,发展出对于美的熟悉和期待,正如梅贝克所说,类似这样的日常经验"会像音乐或诗歌一样具有作用于心灵的力量"。不过,关于音乐和诗歌的经验是短暂的、零星的。而对住在这房子中的孩子来说,关于房子的经验则是永恒的、包罗万象的。

恐怕你们会觉得,我像是在描述一位成长于宫殿里的小公主。其实并非如此。一座宫殿可能是美的,也可能不美。美丽并非宫殿的要义。宫殿的要义是表现力量、财富、位高权重。在这个意义上,一座又大又丑的豪宅比任何一座梅贝克建筑都更像宫殿。当梅贝克建造一座宫殿时,他并非为了国王与公主而建,也并非为了表现豪华阔绰,而是为了承载与庆祝旧金山世博会的艺术展。他的建筑仅仅通过其设计自身的正直与诚实来展现力量。要说梅贝克建筑的意图与一座宫殿有什么相通之处,那便是对于秩序的体现。

如果你周遭万物以和谐的方式彼此结构,如果它们之间的关系有力、平和且有序,那么你会因此而相信这世上存在秩序,相信人类可以实现这秩序。

在这里,我的讨论围绕的是一个难题,关于如何表达道德感,以及如何通过审美手段促进道德感。

仅仅是在优美的环境中成长,并不能很好地塑造一个孩子的心灵。属于人的、社会的因素远胜过自然因素。湾区无与伦比的自然美景,对于在奥克兰贫民窟中长大的孩子来说,或许并不是多么重要的发展要素,但它或许可以让他们从腐朽和无序中得到少许解脱。即便是远离衰败的社会与丑陋的工业景观,那些居住在美丽丰饶的乡村美景中的人,并不一定就比那些一辈子只见过荒凉灌木丛的人具有更丰富的灵魂或高贵品质。在我看来,要让自然之美点亮和拓展孩子的心灵,要么需要不同寻常的观察天赋,要么需要在观察和审美感受方面的逐步训练,而后者会随着成长过程逐渐深化。

有证据表明,长期身处只有一个房间的家庭或者狭窄公寓中的小孩子,来到学校后会表现出智能、空间与社会技能方面的发育不良，他们的精神因为成长空间中物理与视觉方面的局限而产生缺陷。无可置疑的是，拥挤、丑陋、肮脏、嘈杂、混乱的穷街陋巷会滋长成长于其中的孩子们的压抑和愤怒，限制和遮蔽他们将这世界把握为一个整体的感知。然而，与此同时，他们对于人类相互依存和彼此负有责任的意识，也有可能远比那些拥有自己房间的中产阶级孩子来得更加强烈。

无论是自然美，还是精心创制的人造美，都不足以培养道德感知与偏见。然而在我看来，早期的持续不断的审美经验，确有可能培养一种对于秩序与和谐的期待，从而将人们引向一种对于道德澄明的积极渴望。我很难将伦理与审美区分开来。无论在伦理还是审美方面，我的反应都近乎不假思索，只有在真正的新奇或复杂的对象面前才会有所犹豫，尽管这些反应可以被教养和改进，但它们其实颇为顽固。对我来说，二者如此相似，以至于我经常无法确定自己的反应究竟是伦理的还是审美的。"这是对的，那是错的。"这种当下即是的确定性并不像看上去那样浅薄。它是深邃的，也是非理性的，它来自古老、纠结、繁杂的根系，它触及我内心深处。在我尝试为它辩护，尝试寻找其原因的时候，我沉入深处。当我问自己，为什么会觉得西雅图的盖里博物馆是错的，而旧金山的艺术官是对的，这一追问注定徒劳无功，注定无法令自己满意，正如我无法解释为什么在自己看来，要求流产是对的，而凌虐他人是错的。实际上，我并未感觉到伦理与美学的质询在方法上，甚至在重要性上有什么不同。然而进一步谈论这一断言需要获得某种对于哲学的理解，而我对此全然无知。

我不打算再多谈流产、凌虐，甚或盖里，但我打算再回来谈谈我所住的那座房子。在我看来，那房子是为一种美学理想或观念而建的，这种理想或观念与一种道德的理想或观念密不可分（或者说我没有办法区分二者）。在这个意义上，或许我们可以说每座建筑都有一种道德，不仅仅是在比喻意义上，而是通过其设计与材料的正直和诚实体现出道德，或者可以说不诚实正是通过不完整、不连贯、低劣、虚假、装腔作势而得到体现的？

我想，我正是从这座房子中吸取了这种道德，正如我从中吸取了红杉木的味道，或者对于复杂空间的感知。

我认为这房子的道德观念正如其美学观念一样值得敬佩，我无法与之分离。

弗朗西斯·培根曾说过，"没有哪种美不存在某些比例上的奇异之处"。这句话或许千真万确，或许并非如此，但却是很有用的观点。我们的房子正具有极显著的奇异之处。

不知道现在还有人玩"沙丁鱼"游戏吗？玩这个游戏需要一间很大的屋子，很多很多人，以及黑暗。其中一个人扮演"它"，其他人吵吵闹闹地待在一个房间里，一直等到"它"找到一个地方躲起来——躲在床底下、储物间里，或者浴缸里，任何"它"喜欢的地方。之后大家把灯关掉，静悄悄地分头去找"它"。当你找到"它"的时候，不要发出声音，而是悄悄地加入"它"藏身的地方。如果那个地方是储物间，或许能藏好几个人，但如果是床底下，就会没那么大地方。于是猎人们一个接一个地找到藏身处，挤进沙丁鱼罐头里，憋住笑声，努力一动不动，直到最后一个猎人找到所有人，大家一起重获自由。这是个很棒的游戏。我们的房子有数不尽的犄角旮旯，正是玩"沙丁鱼"的绝佳场所。

房子的宽敞、黑暗，以及其中难以预料的复杂空间，其好的一面体现在玩游戏的过程中，而另一面则会展现在那些独自在屋里过夜的人面前。

我们家第一个这样做的家庭成员是我的一个表

兄，他在我父母搬进去之前曾在屋里过夜。他努力在楼顶的大卧室中入睡，之后却清晰地听见有人一步一步沿着楼梯走上来的声音。他吓得从床上跳起来，走到楼梯口准备迎击入侵者，结果却什么人都没看见。他回到床上。更多的人爬上楼梯，更多的人踩着房间的地板向他走来，咯吱咯吱，但他却依然看不到他们。最终他搬到外面一个露台上去睡，把门关紧，希望那些人能待在屋子里，不要出来。

红杉木地板具有一种延迟弹性，被足球撞过后，要过好一阵子才能缓慢恢复，或许长达几小时之久。一旦你理解这种现象，它就变得多少能够忍受了。作为成年人，我很喜欢待在深深的楼梯井里，聆听看不见的人们走上去，或是躺在自己的小房间里，听着自己不久前在楼上阁楼踱步的声音，听地板重复整个下午我在那里走过的每一步。

然而，当我还是个小孩子的时候，这样的解释对我并没有多大帮助。那时候我睡在顶楼的大卧室里，深夜，整个房子都很恐怖。它无限庞大，又那么漆黑，房间里藏着那么多神秘之物。六岁那年我看了《金刚》之后，曾经好几年里都害怕黑夜，但只要知道房子里还有别人，我就能克服那种恐惧。第一次独自在家时，我不禁慢慢陷入恐慌。我尝试鼓起勇气，但那些阴影和咯吱声对我来说逐渐变得不可忍受。我的哥哥们正在过马路，我从窗户里探出身大声哭喊，他们立即跑来，懊悔不堪地极力安慰我。我抱歉地抽泣着，感觉自己很傻。为什么我会害怕自己最亲切的房子呢？为什么它对我来说变得如此陌生？

它的确具有一种奇异性。在我看来，这一点千真万确。

美是一个很难解释的词，我已经抱怨过，自己无法直接抵达它。如今人们不再像曾经那样自由地使用这个词了，许多艺术家——画家、雕塑家、摄影师、建筑师、诗人——甚至完全拒绝它。他们否认有能够用于衡量美的普遍标准。他们将美削减为"可爱"，如此理直气壮地蔑视美。他们有意为了真实，或者自我表达，或者前卫，或者其他自己更加看重的价值而摒弃美。

我不打算假装可以与这些对美的拒斥争执，因为我甚至无法提出一种能够被普遍接受的美的定义。但是我想，对艺术家们来说，思考这个词对他们来说意味着什么是有好处的，不管它对其他人来说意味着什么。他们要如何阐释自己创作中的审美要素，如何阐释其重要性，其分量呢？除了审美要素之外，又还有什么东西能让他们的作品被恰如其分地称作艺术呢？

除了探索如何创造美丽的事物之外，又有什么能让一个人被称为艺术家呢？如今有多少艺术家，或许就有多少种关于这些问题的答案，而我并没有权力拿这些问题去问其他人。但我的确感到自己有责任问自己这些问题，并且尽可能诚实地回答。

小说家或许不会像其他类型的艺术家们那样经常谈论美，因为美这个词不常用来描述小说家的创作。然而，身为小说家，我却经常发觉，对于思考我自己的作品，对于描述其他小说家的作品，美都是个重要的词。譬如说，《傲慢与偏见》对我来说，无疑是一部很美的艺术作品。如果说精美准确的语言，完美的比例、步态、韵律，皆服务于有力的智慧、洞见和强大的道德感，形成一个完整且有生命力的整体——如果这不是美，那美又是什么呢？如果你理解这一点，那么你或许会允许我用美这个词来形容各种差别迥异的小说，譬如《小杜丽》《战争与和平》《到灯塔去》，或者《指环王》，或者其他你想要称其为美丽的小说。

如果《傲慢与偏见》是一座房子，那么我想它应该是一座比例庄严的、宜居的、并不很大的十八世纪的英国房子。

我不知道我们所住的梅贝克房子可以跟什么样的小说相比较，但那部小说应该有黑暗和耀眼的光，它的美应该来自其真诚、大胆、别出心裁的结构,来自其灵魂与心智的亲切与慷慨,并且应该同样拥有幻想和奇异的元素。

当我写下这些话时,我不禁想,会不会我关于小说应该是什么样的理解,归根结底,很多都是从住在那样一座房子中里学到的。如果的确如此,那么或许我一生都在努力用文字在自己周遭重建那座房子。

首发于《悖论》关于我作品的专刊,2008年(第21卷,西尔维娅·凯尔索编)

保持清醒

Staying Awake

在一个充满超加速技术变革的时代,索引那么快便过时,而普遍的假设那么快就变得荒谬!我也曾产生过更新这篇文章的想法,却并没有这么做。一篇文章对话于其被写作的年代,却也可能有效地对话其之后的年代,通过揭示变化、连续性,以及预测的不可能性,正如本雅明所说,除了死亡与税务之外,我们无法预测任何东西。

一些人哀叹斑点猫头鹰从森林中绝迹,另一些人则四处张贴保险杠贴纸,宣称他们吃油炸斑点猫头鹰。书籍看上去也像是一种濒危物种,而对待这一新闻的反应也同样各自不同。2002年,国家艺术基金会(National Endowment for the Arts)的一项调查忧心忡忡地宣称，接受调查的成年美国人中，只有不到一半人一年中读过一本文学著作。（奇怪的是，基金会将非虚构写作排除在"文学"之外，这样一来，即便你读过《罗马帝国衰亡史》《"小猎犬号"航海记》，伊丽莎白·盖斯凯尔写的夏洛特·勃朗特传记，以及弗吉尼亚·伍尔夫的全部书信与日记，依然会被算作没有读过任何具有文学价值的读物。）2004年基金会的一次调查显示，受访的美国人中有43%一年都没读过一本书。去年十一月，在一份名为"读书还是不读书"的报告中，基金会哀叹阅读的衰落，并警告说，不读书的人普遍在职场中表现更差，作为公民也更不称职。这促使《纽约时报》的莫托克·里奇撰写了一篇周日特稿，在文中询问了各位书虫，为什么人应该读书。美联社则进行了另一项调查，并于去年九月公布说，有27%的受访者有一整年没有读书，这个数据比艺术基金会的调查数据好一些。但美联社文章明显带有一种颇为自满的语气。文中引述了达拉斯一家电信公司项目经理的话："我一读书就想睡觉。"对此美联社记者艾伦·弗拉姆评论道："这是一种几百万美国人无疑都会认同的习惯。"

面对印刷品时无法保持清醒，对这一现象的自我满足态度看上去颇有问题。但我也想对"书籍正在走向没落"这一前提假设（无论是对此沮丧不已还是略微幸灾乐祸）本身表示质疑。我认为书籍依旧待在原地。问题在于过去其实就并没有那么多人读书，为什么现在我们就觉得人人都应该读书呢？

在人类历史上，大多数时候，绝大多数人根本就无法阅读。读写能力不仅仅是有权者和无权者之间的分界线，更是权力本身。读书不是为了快乐。能够掌握和理解商业记录，能够远距离交流和用代码交流，能够为你自己保存一份上帝之言，能够仅仅按照你自己的意愿，在你自己的时间里传达上帝之言——所有这些都是控制他人以及强化自我的可怕工具。每一个能够读写的社会，都始于（男性）统治阶级将读写能力当作根本性的特权使用。

读写能力非常缓慢地向下渗透，变得不那么神秘的同时也不那么神圣，变得更流行的同时也不那么直接与权力相关。罗马人最终让奴隶、妇女和下等草民们掌握了读和写，但接替他们的宗教社会则让他们遭到报应。在黑暗时代，一位基督教神父至少还会读一点，大多数普通信徒则不会阅读，而许多妇女则不能阅读——不是不会而是不能，因为阅读被认为是不适合妇女的活动，正如在今天一些穆斯林社会中一样。

在欧洲，人们可以感受到一缕书写文字的幽光，从中世纪开始缓慢扩大，照进文艺复兴时期，并在古腾堡时代大放异彩。于是，在你发现之前，奴隶们开始阅读，印有这种或那种"宣言"的纸片组成了一次次革命，女教师们取代枪手遍布整个蛮荒西部，人们将运送最新一批小说至纽约的轮船团团围住，叫喊着："小耐儿死了吗？她死了吗？"

从1850至1950年间（可以称其为书的世纪），美国的阅读出现一个高峰，与之相比，灾难预言者们看到我们之后一直在走下坡路。在那个世纪中，公共学校逐渐被认为是民主的基础，公共图书馆出现并走向繁荣，阅读被认为是普遍分享的东西。"英语"从小学一年级起就成为教学重心，不仅是因为移民希望自己的孩子能熟练掌握英语，更因为文学——小说、科学读物、历史、诗歌——曾是社交货币的一种主要形式。

如果看一看1890至1919年间的小学课本，可能会让人吓一跳。一位十岁儿童被期待掌握的读写能力与一般性文化知识是非常惊人的。这些课本，以及直到1960年代为止孩子在高中阶段被认为应该阅读的小说书单，会让人们相信，那个时候的美国人不仅希望自己的孩子有能力读书，更应该去读书，并且读书的时候不会打瞌睡。

读写能力不仅曾经是通往任何一种个人经济成就

与阶级地位的前门,更是一种重要的社会能力。人们共享的书籍经验曾是一种真切的纽带。一个阅读中的人看似与周围的一切相隔绝,正如同一个人一边旁若无人地对着手机大声嚷嚷一边开车撞上你的车,阅读有其私人的一面。然而阅读中也有很大的公共因素,它存在于那些你和其他人读过的书。

今天的人们可以通过谈论最近热播的警匪或黑帮电视剧中谁又杀了谁而展开毫无压力的社交闲谈,同样地,1840年代那些火车上的陌生人或一起工作的同事,也可以通过讨论《老古玩店》中小耐儿的不幸命运而打成一片。由于公共学校教育注重诗歌和各种文学经典,许多人都能够辨认并欣赏对于丁尼生,或者司各特,或者莎士比亚的引用——它们是共享的财富,是社会交往的基础。那时候的人或许不那么会吹嘘自己一看狄更斯的小说就打瞌睡,而更可能会因为没读过狄更斯而感觉自己被世人排斥。

文学的社会价值依然能够在今日畅销书的流行中看到。出版商能够侥幸地仅仅通过公关而将废话连篇的作品变成畅销书,是因为人们需要畅销书。这种需要并不是文学的需要,而是社会的需要。我们想要拥有那些人人都在读(却没人读完)的书,这样我们才可以一起谈论它们。

如果今天我们用船将书从英国运来，人们依然会聚集在纽约码头，期盼着"哈利·波特"最终卷，叫喊着："她杀了他没有？他死了吗？"哈利·波特热是一种真切的社会现象，就好像对摇滚巨星的追捧，或者整个流行音乐亚文化一样，它们给予青少年们一种与众不同的抱团感，和一种共享的社会经验。

书籍标记出各种社会矢量，但出版商却迟迟看不到这一点。他们甚至不曾注意到读书俱乐部的存在，直到奥普拉在自己的脱口秀里狠狠嘲弄了他们。然而当代那些隶属于大企业的出版公司，其愚蠢简直深不可测：他们觉得自己可以把书籍当作商品来卖。

由不要脸的有钱高管和匿名会计师们把控的挣钱公司吞并了大多数此前保持独立的出版社，而前者的理念就是出售艺术品与信息来挣快钱。我对于这些人一读书就打瞌睡的事实一点也不惊讶。在那些企业巨鲸的肚子里有许多不幸的约拿，他们和自己的老出版社一起被囫囵生吞。那些编辑和落伍的老古董，读起书来十分清醒。一些人甚至可以说是警觉，以至于能够嗅出富有潜力的新作者。一些人眼睛睁得如此之大，甚至可以校阅手中的书。然而这对他们来说却没有什么好处。多年以来，大多数编辑都不得不在不公平的游戏场中浪费绝大多数时间，与销量和财务作战。

在那些部门中，CEO们所钟爱的"好书"意味着暴利，而"好作者"则意味着其下一本书能够保证比上一本卖得更好。即便没有这样的作者，对企业家们来说也不是问题，因为他们完全不理解小说，即便他们以此谋生。他们对书籍的兴趣只在于一己之私，在于他们能够从书中获得的利润——或者某些时候，对高级主管来说，对默多克们和其他莫多尔[*]式的资本家来说，在于能够从书中获得的政治力量，然而其出发点依旧是自私的，依旧是为了个人营利。

何况他们要的不只是利润，更是增长。在股票市场中，持股者会要求自己的股份必须每年、每天、每小时都在增长。美联社的文章将"萎靡的"，或者说"增长持平"的图书销售归因于其有限的增长机会。然而直到企业接管图书市场之前，出版商从来都不曾期望过增长。如果供需一致，如果图书销量稳定，"增长持平"，他们就很高兴了。你怎么可能让图书销售像美国人的腰围一样永无止境地增长下去呢？

迈克尔·波伦在《杂食者的两难》一书中，以玉米为例解释了无限增长的秘密。当你种出的玉米足够

---

[*] Merdles，《小杜丽》中的"天才"金融家，其操作的基金最终因扩张过度而全盘崩溃。

满足所有合理需求时，就要创造出不合理需求，即人造需求。于是，你引导政府宣布，用玉米饲养的牛肉才是标准牛肉，于是你把玉米喂给牛，牛无法消化玉米，在饲养过程中受尽折磨和毒害。同时你用玉米副产品制成的脂肪和糖来生产无穷无尽的软饮料和快餐，让人们对高脂肪的不良饮食方案上瘾。然而你无法停止这些过程，因为一旦停止，利润就会开始"萎靡"，甚至"增长持平"。

这一体系不仅对玉米产业，甚至对遍布全美国的农业与制造业都是如此有效。正因为如此，我们越来越多地一边吃垃圾一边制造垃圾，同时奇怪为什么欧洲的番茄味道像番茄，为什么外国汽车设计那么好。

你可以在爱荷华州种满二号玉米，但用同样的方法对待书却出了问题。产品及其生产的标准化只对玉米奏效，因为即便是最没脑子的书中也有一定的智性内容。人们会在一定程度上去买别无二致的畅销书，程式化的惊悚、浪漫、悬疑小说，明星传记和热门题材书籍，但他们的产品忠诚度是欠缺的。一本书需要被阅读，需要花费时间和精力——你需要醒着读它。因此你会想要某种回报。忠诚的粉丝们买了《一点钟死亡》，又买了《两点钟死亡》……然而突然之间，他们不想再买《十一点钟死亡》，即便它精确复制了同一套屡试不爽的程式。读者会感到厌倦。这时候一个好的增长-资本主义出版社应该如何去做呢？他要去哪里才能安全呢？

他可以通过剥削文学的社会功能而找到一些安全感。其中当然包括教育类书籍——中小学课本和大学教材，都是企业最爱的猎物——也包括虚构与非虚构的畅销书和流行读物，它们给一起工作、一起去读书俱乐部的人们提供共同的当下话题，以及一种纽带。然而在此之外，我认为企业想要在出版业中寻求安全或者可靠增长本身是愚蠢的。

即便在我所说的属于书籍的世纪里，即便那时候许多人阅读和享受小说与诗歌被当作理所当然的事，然而究竟有多少人，在离开学校之后，真正花很多时间，或者能够花很多时间来读书呢？那时候大多数美国人工作辛苦，工作时间也很长。是不是一直都有很多人从来也不读书，是不是大量读书的人从来都并不是很多呢？我们不知道确切数字，因为那时候并没有调查来让我们操心这个问题。

如果人们花时间读书，那是因为读书是他们工作的一部分，或者因为其他媒体并不是那么容易获得，或者他们对其他媒体不是那么感兴趣——又或者因为他们享受读书。哀叹读书人口比例会诱发一种道德腔调：我们不读书是坏事，我们应该读更多的书，我们必须读更多书。聚焦于达拉斯那个一读书就昏昏欲睡的家伙，或许会让我们忘记属于自己阵营的伙伴，那些因为想要读书而读书的快乐至上者。这样的人可曾占据过多数？

我很高兴听说一位冷面冷心的怀俄明牛仔，三十年来始终在自己的鞍囊里装着一本《艾凡赫》，或者新英格兰的纺织女工们组织了自己的布朗宁读书小组。如今依然有这样的读者。总体来说，我们的中小学已经不再为他们（或许也包括其他所有人）提供那么多书，然而依然有一些即便是来自最糟糕学校的孩子，会在心口紧紧抱着一本书。

当然，如今书籍仅仅是"娱乐媒体"之一，然而要说带来真正的快乐，那么书籍与其他媒体相比并不小众。让我们看看其他竞争者吧。政府的敌意这些年来一直在持续阉割公共广播，与此同时国会允许一些企业买断私人电台，令其质量下降。电视一直在稳步降低对于"何为娱乐"的标准，以至于绝大多数节目要么无脑要么卖弄低俗。好莱坞不断重拍各种影片，试图让人反胃，只有偶尔的突破之作才会让我们想起电影被当作艺术时应该是什么样的。网络则为所有人提供了所有的一切，然而或许正是这种包罗万象，奇怪地令网络冲浪很少能带来审美满足。你可以在自己的电脑上看图、听音乐、读一首诗或者一本书,然而这些制品只是通过网络让人获得的,而不是由网络创造的,也并非内在于网络。或许写博客是一种赋予互联网以创造性的努力,或许博客将会发展出某些美学形式,然而这一点到目前为止尚未达成。

此外,读者也不是观众,他们所认可的快乐不同于被娱乐的快乐。一旦你按下"开启"按钮,电视就会一直、一直、一直播放,你需要做的只是坐在那里盯着看。然而读书却是积极的,是一种付出注意力的活动,一种需要警觉性的活动——实际上,这方面读书与打猎或者采集并无太大不同。一本书在其寂静无声中带来挑战:它无法用波澜壮阔的音乐吸引你,无法用尖利的大笑或枪炮声击穿你的卧室,震破你的耳膜。你只能在自己的头脑中聆听它。一本书无法像屏幕上的图像那样移动你的目光。它无法触动你的思想,除非你将思想交给它;它无法触动你的心灵,除非你将心灵放入其中。它无法替你完成一切。要读好一本书,就要跟随它,演绎它,感受它,成为它——凡此种种,除了书写它之外。读书并不像玩游戏,不是与一套规则或选项"互动"。读书实际上是与作者的头脑合作。难怪并非每个人都能做到这一点。

书籍本身是一种奇怪的人造物，其技术并不醒目，却复杂且极其有效：它简洁小巧，方便阅读和携带，可以存续几十年，甚至几个世纪。它不需要插线，不需要启动，不需要用机器播放，只需要一点光，一双人类之眼，一颗人类之心。它并非独一无二，并非转瞬即逝。它持久。它可靠。如果一本书在你十五岁的时候告诉你某些话，那么它将会在你五十岁的时候再一次告诉你，而你对这些话的理解或许会如此不同，以至于仿佛在阅读一本全新的书。

一本书是这样一种事物，它以物质的方式存在于那里，经久不衰，可以无限期重复使用，是一件有价值的物品，这一事实至关重要。

我并不是要将电子出版的普遍运用置于一旁，不过我猜测，按需印刷将会在未来很长一段时间里变得更加关键。电子产品就像思想一样易逝。历史开始于书写文字。今日文明极大程度上依赖于装订成册的书籍的持久性，依赖于它以稳固的物理形式保存记忆的能力。书籍的持续存在是我们作为智慧种族得以存续的重要部分。我们知道这一点，因此我们将有意损毁书籍的行为视作某种终极野蛮。亚历山大图书馆的焚毁被哀叹了两千年，正如同人们会牢记并哀叹那些被亵渎和毁坏的巴格达的图书馆。

然而在我看来，企业出版商和连锁书店的最可恶之处在于他们假设书籍的内在是没有价值的。如果一个被认为应该卖得不错的书在几周内没有"表现"良好，它的封面就会被撕掉，被视作垃圾。企业无法辨认出任何不是当即变现的成功。这一周的爆款必须令上一周的爆款黯然失色，就好像没有地方能让一本以上的书在同一时间共存一样。因此，绝大多数出版商（及连锁书店）才会用粗暴愚蠢的方式处理库存书。

多年以来，以印刷形式保存的书籍或许为其出版商和作者挣了成千上万美元。一些销量稳定的书籍（即便被不屑一顾地归入今天所说的"非重点图书"）可以维持出版商好几年的运转，甚至允许他们冒险推出一到两位新作者。如果我是出版商，我会更愿意拥有 J. R. R. 托尔金而不是 J. K. 罗琳。

然而资本主义计算生意是以星期而不是以年为单位的。为了挣快钱、挣大钱，出版商必须冒险掏出几亿美元，预付给有可能写出这一周最畅销书的热门作者。这些巨款（往往都打了水漂）来自那些本应该付给可靠的非重点作者的常规预付款，以及那些旧的长销书的版税提成。许多非重点作家被放弃，许多可靠的长销书被降价出售，被当作祭品喂给了摩洛神。难道生意就是这么做的吗？

我一直希望企业能够醒悟过来，认识到出版业实际上不是一种与资本主义有着健康关系的常规生意。出版业中的一些要素的确是，或者可以勉强成为成功的资本业务：教材工业正是再明显不过的例子。工具参考书之类也具有一定的市场可预测性。然而出版商所出版的书籍中，总有一些不可避免地是（或者部分是）文学，是艺术。而艺术与资本主义之间的关系，说得委婉一些，是一对冤家。二者的婚姻关系从来都不愉快。带有几分戏谑的轻蔑，或许是二者之于对方最愉快的情绪。它们关于什么样的东西能令一个人受益的定义截然不同。

所以，为什么企业不干脆带着戏谑的轻蔑，放弃文学出版社，或者至少放弃他们所收购出版社中的文学部门，将它们当作无法盈利的呢？为什么它们不放任文学出版回到得过且过挣够就算的状态，为什么不把钱付给装订工人和编辑，付掉那点微不足道的预付款和版税提成，并将挣到的利润主要投资在给新作家机会方面？既然如今学校已很少教孩子们为了快乐而读书，而孩子们的注意力无论如何都会被电子产品吸引去，读书人的相对数量似乎已不太可能出现什么有用的增长，并且有可能进一步大幅缩减。这幅悲惨场景对你来说意味着什么呢，公司高管先生？为什么你不干脆甩掉它，甩掉那些指望不上的穷酸鬼，放手去做真正的生意，去统治世界？

或许你不愿意这样做，是因为你认为一旦拥有了出版业，你就可以控制被印刷、被书写、被阅读的一切？好吧，祝你好运，先生。你的想法正是暴君的常见错觉。而作家和读者，即便他们深受其苦，依然会带着戏谑的轻蔑面对它。

首发于《哈泼斯》，2008年2月，重发于《野女孩》（*The Wild Girls*，PM出版社，2011年）

伟大自然的丰盛主菜

Great Nature's Second Course

哥哥大约十二岁,我大约九岁时,他告诉我,他希望每晚尽可能多地做梦。我问他为什么,他答道:"因为这样一来我就是在做(doing)事情,而不只是躺在那里而已。"这种精力旺盛的态度令我印象深刻。此前我从没有想过,梦可以是一种行动。虽然我们会说"做梦"(having dreams),但不是真的把它们"做"(doing)出来。实际上,至今我依然无法说服自己,我的梦是自己"做"出来的。那些梦似乎只是为了它们自己的目的而利用我。我的另一位哥哥是位心理学家,他告诉我,实际上我对自己的梦负有责任:我的梦的确是我自己,而不是其他什么人做出来的,而梦里的每个人其实都是我自己。他是对的,但我讨厌承认这一点。我不想对自己的梦负责,我想逃避责任。

梦或许不能提供逃避，但睡眠可以。实际上它逃避我们。睡眠躲避描述，藏于别处。你入睡的时候并不知道自己正在睡觉。睡眠难以被谈论。

过去几十年来，科学家们一直在努力尝试谈论睡眠。维基百科勇敢地这样开始："睡眠是一种在动物身上能够普遍观察到的身体休息的自然状态……包括人类，其他哺乳动物，以及绝大多数的其他非哺乳动物……规律的睡眠对于生存来说是必须的……睡眠的目的还未完全搞清楚，需要进一步研究。"关于睡眠的研究极为迷人（譬如威廉·C.德蒙特的《有人酣睡有人醒》），但迄今为止都并不完善，令人不满。所有的人类、狗、猫和老鼠都会将一生中三分之一甚至更多时间花在睡眠上，它是一种我们人类坚持不懈实践的行为，有其专属的时间（夜晚），专属的地点（床），甚至专属的服装（睡衣）。科学家们可以描述睡眠，却不能宣称自己理解它。我们知道睡眠在我们的身体中，我们对其最熟悉不过——然而我们的思想却无法把握睡眠。

睡眠从诗人们那里赢得美誉，后者善于清楚地谈论各种我们不理解的事物。

> 可爱的睡神，你是夜神之子，

你是死神的兄弟,生于幽暗寂静中;
你缓解我的忧思,你将光明带回,
让我在黑暗中忘记烦恼,
白昼有太多时间让人哀叹……

——塞缪尔·丹尼尔[*]

来吧,睡眠!哦,睡眠,你是滋长宁静的花床,
你是智慧的休憩之所,是痛楚的止疼药膏,
你令穷人富有,令囚徒解放,
你对高贵与低贱者一视同仁;

——菲利普·西德尼[†]

哦,神奇的睡眠!哦,慰藉身心的小鸟,
波澜起伏的心灵之海上你展开双翅,
直到它陷入安详与平静……

——约翰·济慈[‡]

---

[*] Samuel Daniel(1562—1619),英国诗人。引文片段来自其十四行组诗《迪莉娅》(*Delia*, 1592)第45首。
[†] Philip Sidney(1554—1586),英国诗人。引文片段来自其十四行组诗《爱星者与星》(*Astrophel and Stella*, 1591)第39首。
[‡] John Keats(1795—1821),英国诗人。引文片段来自其英雄双行体长诗《恩底弥翁》(*Endymion*, 1818)。

哦，睡眠！多么温柔的睡眠，

对它的爱遍布世界，

我要赞颂玛丽女王！

她从天上送来温柔的睡眠

滑入我灵魂深处……

——塞缪尔·柯勒律治[*]

满天繁星中一片寂静，

孤寂群山中独自安眠……

——威廉·华兹华斯[†]

我仿佛听见一个声音在叫喊："不要再睡了！

麦克白谋杀了睡眠！"那清白的睡眠，

把忧虑的乱丝编织起来的睡眠，

它是每一天生命的终结，是劳苦者的沐浴，

---

[*] Samuel Coleridge（1772—1834），英国诗人。引文片段来自其叙事长诗《古舟子吟》(*The rime of the ancient mariner*，1798）。

[†] William Wordsworth（1770—1850），英国诗人。引文片段来自其长诗《布鲁厄姆城堡的宴会上的歌，为曾是牧羊人的克利福男爵重返其祖先的庄园与爵位所作》(*Song at the Feast of Brougham Castle upon the Restoration of Lord Clifford, the Shepherd, to the Estates and Honours of his Ancestors*，1807）。

是受伤心灵的油膏，是伟大自然的丰盛主菜，
生命盛筵上的压轴美味……*

——威廉·莎士比亚

我几乎是随机从《牛津名言辞典》中关于"睡眠"的一百八十个条目中选出了这些。诗人们赞美睡眠。而在小说中，睡眠却很少扮演这样的角色，除非是在角色想要入睡却不能睡的情况下。他辗转，她反侧，他们难安枕席。当一个角色真正入睡时，小说家便蹑手蹑脚地离开卧室——当然，除非角色做了梦，这是睡眠唯一提供的剧目。当作者告诉我们，某人的呼吸越来越轻，越来越均匀时，也就到此为止。我们并不真正想要记录下每一次吸气与呼气。因此睡眠从小说中逃离，只留下梦的指纹。

擅长讲航海故事的作家帕特里克·奥布莱恩几乎可以说在散文之网中捕获了睡眠。他笔下的人物斯蒂芬·马图林是一位失眠症患者，有时候在镇定剂作用下睡得太深，有时候又悲惨地睡不着，但也有一些时候，他会在非常疲倦的情况下自然入睡，愉快地滑入

---

* 引文片段来自《麦克白》，译文参考了朱生豪译本。其中"great nature's second course"的字面意义为"伟大自然的第二道菜（通常为主菜）"，勒古恩引用这一句作为本文标题。

比他的船所行驶其中的大海还要深邃、还要黑暗的深渊中。在这些段落中,作者通过隐喻抓住了进入睡眠的真实体验,那是神奇的体验。奥布莱恩作为一位杰出的动作作家,让你意识到入睡实际上是一种动作——一种改变一切的动作。

一个动作,一次变化,一段路程。"去睡觉吧。"我们对怀中的婴儿这样说。去那个地方,去别处,在那里一切都会不同,在那里你不需要再哭泣……

对婴儿来说,睡眠当然是一种自然状态。他们像天使一般回到睡眠中久久不醒,当他们因为肚子饿或者不舒服而离开睡眠时,会让我们知道他们的痛苦与愤怒。婴儿意识浮现的时刻就像广阔、柔软的海面上一小片群岛。唯一不幸的是,正是在父母们最需要睡眠的地方,这些小岛会变得密集、吵闹、没完没了。

成长意味着醒着的时刻越来越多。婴儿意识的小岛不断增长,与白昼的大陆连为一体。我们作为成年人在白昼里有意识地四处活动,四处操劳,我们当然有觉知(aware),因为我们醒着(awake)。

练习冥想的人会证实,这二者并不一样。你可以一整天都醒着,却没有片刻觉知。多线程任务正是最新的,也是迄今为止最成功的避免觉知的方法。一边开车一边喝咖啡一边在手机上和经纪人聊天,会造成一种觉知完全无法渗透的狭窄的受局限的意识。不过，即便电子工具让我们如此容易分心，睡眠之海依旧围绕着我们，无论我们有觉知还是仅仅醒着，它都会夜夜将我们唤回通往神秘的旅途。

我们可以凭意愿让自己去睡，有时这意愿会受挫（尽管看似永恒，实际上最多不过一整晚）。失眠是一种无法描述的痛苦，然而持续不睡对头脑和身体的损害都是如此大，以至于只有疼痛的折磨才能令人保持五十个小时以上不睡。

我们也可以凭意愿让自己不要睡，尽管最终总是无可避免地失败。无论我们怎样尝试去抓住意识，当意识消散的时刻到来时，无论如何都无法坚持下去。意识就这样离开了，悄悄地带着整个宇宙一起。

由于我们的意识仿佛就是我们自己，我们的人性，甚至我们的生命，因此我们或许会害怕失去它。有一些人惧怕睡眠，因为他们惧怕失去控制，或者因为他们的梦都是噩梦。"麦克白谋杀了睡眠"，梦游的麦克白夫人无意识地说出这句话，却依旧可怕地意识到那件恐怖的事。有些人像我十二岁的哥哥一样，认为睡眠是在浪费时间和大脑，他们嫉妒那几个著名的每天只需要睡两三个小时的人。想想看，他们说，如果我们不用一整晚都躺在那里打呼噜会怎样！我读过一部科幻小说,讲一些人类通过基因改造而变得不需要睡觉。那些人都变得绝顶聪明,比其他人出类拔萃得多。我却有些怀疑。每天思考工作和犯错误的时间变成二十四小时而不是十六或十八小时,或许能改变人类思考工作和判断的量,但它能提升质量吗?如何提升?为什么?这样做只是多了六或八小时来做同样的事,包括犯错误在内。为此付出的代价又是什么呢?

在大学里,我们都曾吹嘘过自己那些不眠之夜——一晚上喝了多少啤酒,期末考试前熬夜看了多少书。然而第二天,你曾成功拒之于门外一整晚的睡魔就会相伴左右,让你带着不舒服回想起那些啤酒,让你干涩的双眼无法聚焦在你熬夜为之复习的考试上。睡魔是温柔的,但也是逃不开、劝不动的。像他那样的人知道——他真的知道——怎样才对你好。

研究者已经通过实验让我们看到,如果被系统性地剥夺睡眠,我们会发疯,如果彻底让我们不再睡觉,我们就会死。对别人施加折磨的人非常清楚这一点。

奇怪的美国传统医生培训中有一项习俗最为奇怪,那就是延长医学生在实习期间的轮岗时间,只留下很少一点时间能稍微打个盹儿恢复一下精神,直到他们因为疲乏和缺乏睡眠无法再工作。我不知道这种折磨有什么合理解释,但这显然会将病人置于危险之中。不过说起来，医院普遍对睡眠怀有敌意。没有真正的黑暗，没有真正的寂静，只有严格的时间表，将休息排除在外。即便自然睡眠对于康复的促进作用已得到充分的研究和承认，但护士依然会冲进病房喊你起来吃安眠药。而那些重症监护病房则彻底缺乏安静、黑暗、隐私、平静与休息，它们是你所能想象的对于康复来说最不友好、最有害的环境。

睡眠给予我们某些需要的东西，这一点我们知道；但它给予的却是某些我们不知道的东西，即便在我们醒着的时候，或许能感觉到它在悄悄溜走。是恢复精力，是吗？还是抚慰、简化、无辜？

熟睡中的人往往看起来有点蠢。我们知道这一点，所以我们讨厌在睡着的时候被人看到。我们激烈地反驳："我刚才没睡着，我只是在想事情！"一边想一边张着嘴，流着口水……不过熟睡中的人看上去往往也有些孩子气。他们看上去无辜。他们的确无辜。"无辜"这个词意味着"不做有害的事"。最冷酷的杀手、最残暴的独裁者、最危险的疯子，在睡着的时候都是无害的。

在整个人类历史上，人们曾相当强烈地反对杀死熟睡中的人甚至动物。这种行为不仅被视作没有体育精神，更被视作邪恶。当你的敌人熟睡时，他不仅无助，实际上更是无辜的，他只有醒来时才能成为你的敌人。这种道德判断在隔着安全距离大批量屠杀时便消失了，遭到轰炸的目标区域里只有敌人，它是一种抽象实体，不被视作人类，因此不睡觉也不可能无辜，它甚至无法提供统计数据。那些驾驶轰炸机的飞行员怎么会做死亡统计呢？那些无人机又在乎些什么？

我希望战争能在黑暗来临时暂停，就像不到两个世纪之前那样，于是轰炸机下的人们和驾驶轰炸机的人们都可以有几个小时无辜的时间，远离日复一复的杀戮。

然而如今无人机将会全面代替我们去杀戮，于是再没有什么人可以是无辜的。

我希望我们能对被赋予的伟大礼物有更多的尊重，尊重那寂静时刻，那无知无觉的时光。每一个夜晚都赋予我们深沉的遗忘之水，来自忘川之水，我们喝下那水，想起我们从何而来，练习如何回返那里，我们从中获得新生。睡眠是最为奇怪的开始，是最好的神话，也是意在祝福的仪式。我希望我们给予它应得的尊崇与感恩。

约写作于 2009 年，此前未发表过

女人所知道的

What Women Know

第一夜

今晚的主题是：我们从女人们那里学习什么？

我们中的很多人在谈论男人和女人的角色如何不同，谈论性别是如何被建构出来并被执行的时候，都会发现自己明显有一种受到威胁的姿态。既然对于人类行为的一般化处理很容易通过举出例外而被打破，那么我建议，为了让讨论有成效，我们可以在脚注中标出这些例外。我们正在进入性别的森林，在这里极其容易迷路。如果我们在这里定位一棵树又在那里定位另一棵，就会看不见这极为庞大而黑暗的森林，而我们试图找一条路，从森林中走出去。

因此，要回答"我们从女人们那里学习什么"这个问题，我的第一个大而化之的回答就是："我们学习如何做人。"

近千年来，在所有的社会中，包括今日的俄勒冈，是女人提供了绝大多数基本教导，关于如何走路、说话、吃饭、唱歌、祈祷，如何跟别的孩子一起玩，哪些成年人应该被尊重，害怕什么，爱什么——所有这些基本技能、基本法则。所有这些关于如何活下去、如何成为社会一员的了不起的、复杂的事物。

在绝大多数时候，绝大多数地方，婴儿和小孩子都主要是由（通常是只由）母亲、祖母、姑嫂、街坊邻居或同村妇女、学前班和幼儿园老师来教导的，今日的美国也是如此。每当你在超市里看见一位年轻妈妈带着孩子，你都在目睹一位生活的学者，一位老师，她在教授的是一套极端复杂的课程。无论她教得好或者不那么好，都不影响这一规则本身：绝大多数时候，是由她来做这件事的。

她教授的基本技能绝大程度上是不分性别的。男孩和女孩都要学习这些技能。当它们成为社会技能时，或许会被涂上蓝色或粉红色，于是跟大人们在一起的时候，女孩被教导要安静文明，而男孩则被教导要调皮捣蛋，或者女孩头戴鲜花跳舞会被夸奖，而男孩这样做则会被耻笑。不过总体来说，那些由女人们所教授的基本技能与行为准则同时提供给男女两性。

与之相反,小孩子从男人那里学到的东西往往有性别之分。男人或许比女人更乐于确保粉红色与蓝色不要混在一起。父亲经常教授孩子性别角色:男孩应该如何像个男人,女孩应该如何像个女人。男人往往会在男孩长大之后整个接管他们的教育,而忽视女孩的继续教育。几千年来,教育女孩几乎完全是女性的家务事,直到现在很多地方依然如此。男人教育不是自己女儿的女孩,这基本上是非常晚近的现象。几千年来,男性神父在家庭之外制定法则,而父亲则在家庭内部执行这些法则,除了顺从之外,他们教给女儿的东西几近于无。六岁之后,男孩跟着男人学习,女孩跟着女人学习,这是普遍的法则,并且一个地方的性别区隔与等级制度——譬如印度深闺制度(purdah)或伊斯兰教法——越是明显,这一法则就越是真切。

由于男人只给一定年龄之上的男孩教授男性知识,而让女人在教授小孩关于自己同胞的规矩与道德方面扮演主要角色——这意味着女人所教的是没有性别指涉的为人之道。这或许正是一片丰厚的土壤,从中生长出改变,甚至是颠覆。

父亲的教导倾向于维持等级制,维持现状。社会与道德变化或许是从女人开始的,她们在教孩子如何适应新环境的时候所传递的等级制较少。我会想到西进运动中俄勒冈小道上的那些有篷马车。当男人扮演传统角色，充满敌意地保护自己的女人远离那些被认为是敌对的、危险的陌生人时，女人则往往一副鬼鬼祟祟的样子去跟印第安女人说话，跟她们交易一点小东西，让两边的孩子打成一片……泾渭分明的白人男性故事排斥陌生人，伺机而动的白人女性故事则开始承认陌生人。

我们学习的绝大多数东西，是通过故事的方式来学习的。我们倾听、我们阅读、我们学习神话与历史，它们告诉我们自己是谁、属于谁；炉火边的故事向我们讲述直系同胞，讲述我们的家人，它们是我们部落或者民族的官方历史。

谁来讲故事，我们从谁那里学到它们？

几个世纪以来，都是家庭里的女人让故事生生不息，那些关于谁是我们的家人，关于我们的家庭成员、我们的直系部族如何作为的故事。男性的神父、萨满、首领、长官、教授，他们教授那些关于我们是谁，我们作为更大的部族、人民、民族之成员应该如何作为的故事。女人传递个人故事，男人传递公共故事。

再一次，我们看到男人所教的更容易支持现状，而女人所教的更为个体化，更容易具有颠覆性。

这两种教学方式有可能彼此冲突。

譬如说，关于"西部如何被征服"，我学到的公共的男性故事讲述的是男人如何探索、如何带着马车队、如何赶着牲口群、如何捕猎并杀死动物、如何捕猎并杀死印第安人。而我的姨姥姥贝琪讲的她在西部早年生活的故事则不同。我还记得贝琪讲过，他们如何驾着一辆一匹马拉的马车，载着全部家当从燃烧的牧场小屋里冲出来。她还讲过印第安暴乱期间，父母离家去镇上购买生活用品的三天里，她当年十二岁的姐姐菲比，也就是我的外祖母，如何在斯通山里的小屋照顾几个弟弟。那些印第安人被政府军队驱赶围剿，对白人充满敌意，菲比害怕他们。然而在我记得的故事版本中，没有人捕猎并杀死什么人。我也记得我妈妈讲的故事，关于外祖母当年如何吹嘘自己生在怀俄明州，因为那意味着她生来便具有选举权。

公共的男性教学和私人的女性教学或许不同，而这些不同之处或许让人困扰。一位住在市中心的单亲妈妈教给自己孩子的故事，是社会期望他们学会自尊自爱，做诚实的公民，然而孩子们从领导街头混混的年轻男人那里，也往往从老师和警察那里学到的却是另外一种故事，在故事中他们只可能有一种角色——

瘾君子或者罪犯，要么无用，要么有害。

又或者，一个家庭将儿子养大，教给他们一个生活在和平中、心怀慈悲的故事，然而在那之后，一个名为军队的男性机构却将他们带入战争故事中，在那个故事里，他们被迫杀戮，变得铁石心肠。

又或者，一位母亲带领女儿进入做饭和持家等技能的丰富传统中，然而在那之后，商人和政客却劝告她们，在资本主义社会的故事中，这些工作毫无价值，它们甚至不能被称为工作。

一个老生常谈的故事告诉我们，女人天生不爱冒险，性格保守，因而是传统价值的主要拥护者。真的如此吗？或许这只是一个男人讲的故事，好把他们自己说成创新者、先驱者和变革者，改变社会方向的人，重要新事物的导师？

我不知道。我想这一点值得思考。

第二夜

支撑男人在社会与文化中主导地位的支柱之一是这样一种理念：伟大的艺术是由男人创造的；伟大的文学是由男人创造且关于男人的。

在中小学里，女人——作为教师，她们不得不在男性等级制中工作——教给我这件事；那之后男人在大学里再一次教给我：真正重要的书是由男人写的，并且男人在那些重要的书中居于核心地位。

然而，我的母亲虽然并不是一位女性主义者，不会承认自己有任何颠覆意图，却给过我许多女人们写的书，包括《小妇人》和《黑骏马》，之后还有《傲慢与偏见》，以及《一间自己的房间》……

当我开始写奇幻与科幻小说的时候，这一文学类型真正只与男人有关。很少有女性作者，同时其中的女性角色无外乎这位或那位公主，或者在紫色外星怪物触手中尖叫的漂亮姑娘，或者一位漂亮姑娘眨巴着眼睛问："哦，舰长，请你给我讲讲同时地波发生器是怎么工作的吧！"

因此，即便我像深爱几位伟大的男作家一样深爱着另外几位伟大的女作家，即便我希望看到科幻中出现真正的女性角色，但很长一段时间里，我都并未质疑过"小说是关于男人的，关于男人做什么、想些什么的"这一理念本身。因为我并没有真正地思考过它。

然而，整个二十世纪六十至七十年代，那些架起火堆焚烧胸罩的可怕的女性主义者却在思考并提出这些问题：由谁来决定什么是重要的？为什么战争和冒险是重要的，操持家务和生养孩子却不是？

那时候我不仅完成了几部长篇小说,更操持了多年家务,养育了好几个孩子,所有这些事都令我着迷,它们像人们所做的其他事一样重要。于是我开始思考:既然我是一个女人,那么为什么在我的书中,却是男人占据核心与主要位置,女人居于边缘与次要位置,就好像我是一个男人一样?

因为我的编辑希望我如此,评论家希望我如此。可是他们又有什么权利希望我女扮男装呢?

我自己又可曾尝试过用我自己的性别来写,以我的女性之躯,而不是穿着借来的男士礼服与护裆?我又是否知道应该如何以自己的女性之躯,穿着自己的衣服来写?

啊,不。我并不知道。我花了很长时间来学习。是其他女性教会了我。那些六七十年代的女性主义作家。那些曾被男权主义的文学建制埋葬,却又通过《诺顿女作家选集》等书籍而被重新发现,获得赞颂与重生的前辈女作家。还有我的同辈作家,大多数都比我年轻,作为女人写作的女人,写女人的女人,她们无视文学与类型的卫道士而写作。我从她们身上学到了勇气。

然而我并不曾,也依旧不想建立女性知识的邪教崇拜,不想自夸说女人知道男人不知道的东西,不想谈论女人深邃的非理性智慧，女人关于自然的与生俱来的知识，等等。所有这一切往往都只是强化了将女人视作原始和低等的男权主义理念——女人的知识是基础的、原始的，是地下黑暗的根系，而男人则将其培育长大，获得那些阳光中的花和果实。

可是为什么女人就应该一直牙牙学语，而男人却能长大成人？为什么女人就应该盲目地感知，而男人却可以思考？

在我的长篇小说《地海孤儿》中，有一个角色表达出她对于性别化知识的笃信。故事女主角恬娜和她的朋友蘑丝——一位又老又穷又天真的女巫，两人讨论到男性巫师和他们的力量。恬娜问，女人的力量又怎样呢？蘑丝回答：

"哦，亲爱的，女人是完全不一样的存在。谁知道一个女人从哪里开始，又到哪里结束呢？听着，夫人，我有我的根，它们比这座岛还要深。比大海更深，比陆地的升起还要久远。我来自黑暗。"蘑丝的眼睛在红眼眶中闪着奇异的光，她的声音好似乐器吟唱。"我来自黑暗！我比月亮更古老。没有人知道，没有人知道，没有人能够说出我是什么，女人是什么，有力量的女人，女人的力量，比树的根系更深，比岛屿的根系更深，比创世更古老，比月亮更古老。谁敢问黑暗？谁会问黑暗的名字？"

一次又一次，女人们所有人（包括男人也包括女人）按照她们被期望的方式去聆听和阅读，哪怕她们所说的与被听到的东西截然相反。蘑丝的这段话被上百次地引用，得到人们的赞同和肯定。但我从未见过一位读者或评论者注意到恬娜的回答。

"谁会问黑暗的名字？"蘑丝这样问，这是一个伟大的修辞学问题。

然而恬娜却回答了。她说："我会。"接着她又说，"我在黑暗中住得够久了。"

蘑丝所说的正是男权社会希望从女人那里听到的。她骄傲地宣告男人留给女人的唯一一块领地，原始、神秘、黑暗的领地。而恬娜却拒绝被限制。她宣告的是理性、知识、思想，宣告自己所拥有的不仅是黑暗，也有阳光。

在这段文字中，恬娜代替我说出了我想说的话。我们在黑暗中住得够久了。我们有同样的权利要求阳光，要求学习和教授理性、科学、艺术，以及所有一切。女人们，让我们走出地下室，走出厨房和育儿室，整座房子都是我们的房子。男人们,轮到你们学习如何住在你们看上去如此害怕的黑暗地下室中,住在厨房和育儿室中了。当你住进去之后,来吧,让我们谈一谈,所有人一起围坐炉边,在起居室里,在我们共同的房子里。我们有太多东西要告诉彼此,有太多东西要互相学习。

> 据 2010 年 2 月在俄勒冈州约瑟芬的"渔网"(Fishtrap)冬季集会上的两次演讲改写而成,每次演讲之后都有相关话题的小组讨论

消失的祖母

Disappearing Grandmothers

>   我，高级女祭司
>   我，安海度亚娜
>
>   我举起祭奠之篮
>   我唱出欢乐之声
>
>   但那个男人却将我投入死人堆中
>
>   ——安海度亚娜[*]，约公元前 2300 年，
>   由贝蒂·德尚·米多尔从苏美尔语翻译为英语

---

[*] Enheduanna，人类历史上第一位署名作者，生活于公元前 23 世纪的苏美尔城邦乌尔，是供奉女神伊南娜和月神南纳的高级女祭司，创作了《苏美尔神庙赞美诗集》(*Sumerian Temple Hymns*)等作品。

女人怎么了？

我在近几十年中一直在写这个话题：关于出版业中书籍和作者相关讨论中的男权主义导向。

如今教授文学的女性至少能与男性持平（尽管女性教授的比例随着其职位和机构水平的上升而减少），同时女性主义理论在近年来文学思想与课程的形构过程中扮演了重要角色——然而所有这一切，都仅仅是"学院的"。对于领导批判思想的人，或为一般公众建立等级制和价值的人，或者制定文学正典的人来说，男性价值与男性成就依旧既是标准又是常态。亦即，文学正典仍在始终不变地排斥女性，即便现在已经变得不是那么明显。

我注意到，有四种常见的技术或手段，被用来将女性的创作一本接一本、一位作者接一位作者地从文学正典中排除出去，它们通常会被人们无意识地使用（尽管并不总是如此）。这些手段分别是贬斥、不作为、例外化和消抹。它们共同累积的效果，则是女性写作的持续边缘化。

贬斥

对女性写作的贬斥曾经赤裸而直接，如今则很少那么直白地以厌女症的面目出现。只有那些招摇地效仿海明威与梅勒的男权主义神话的人，才会依旧将全体女性的写作都视作不值一提的次等品。然而这些假设却可以通过并不直接说明的方式呈现。

我想今日不会有哪位评论家像约翰逊那样，将女人写作（原文中是"布道"）比作狗用两条后腿走路，或者像霍桑一样，想到一群胡写乱画的女人不怀好意地逼近就吓得尖叫。偏见不再被直接说出口，却通过不作为表现出来。评论家们会将那些与女性有关的文学类型整体地置之不理。如果悬疑或战争小说就像浪漫小说通常遭遇的那样被轻蔑地甩到一旁，如果一种男性中心的类型被贴上类似于"小妞文学"（chick lit）这样充满轻视意味的标签，那么必然会出现愤愤不平的抗议。许多女性将特定样式的大男子主义写作称作"鸡鸡文学"（prick lit），但我尚未看到这个词被用在评论中。

对于女作家的贬斥经常会借用某种居高临下的戏谑腔调。女性的写作可能被称作迷人、优雅、哀怨、敏感，却极少被称作强大、粗犷或有力。作家的性别似乎占据了新闻记者的脑子，在这里性别被理解为性吸引力。很少有哪一则关于乔治·艾略特的讨论，不会提到她"样貌平凡"。《纽约客》关于考琳·麦卡洛

(《荆棘鸟》的作者）的讣告也包含同样值得玩味的相关信息。无论是生是死，人们在讨论男性作家时都不会提到他们是否丑陋，是否缺乏吸引力，然而没有生出一张好看脸蛋的原罪却会被用来贬斥女作家，即便是在她们死去之后。

将一本女作家写的书与其他女作家而非男作家的书相比较，亦是一种隐晦却有效的贬斥方式。这样一来，评论家就永远不会说一本女作家的书比男作家的书写得好，从而将女性成就安全地隔绝在主流之外，局限在女生宿舍里。

不作为

期刊登载的针对男作者的书评几乎普遍多于女作者，篇幅也更长。

女作者的书被女性或男性评论，而男作者的书则多由男性评论。

女作者的书往往被编成一组放在一篇文章中评论，而男作者的书则被单独评论。

正如你可能料到的那样，最明显的不作为技巧存在于最直接的竞争性场域：文学评奖。评委们列出的入围书单通常既包括男作家也包括女作家的书，但获奖的总是男作家。

除了特别限定授予女作家的奖项之外,我从未见过任何文学奖的入围名单全部由女性组成。我曾在一次评奖中和其他评委一致评出一份由四位女作家组成的入围名单。另一位女性评委劝我们撤掉一位女性换上一位男性,不然或许会有人指责我们抱有偏见,说我们这个奖"缺乏可信度"。我为我们当时听从了她的劝告而感到愧疚。

全部由男作家组成的入围名单曾被视作理所当然,现在则少多了,因为这类情况经常被指责说抱有偏见。为了预防抗议,一些女作家被纳入名单中。然而,最终奖项却三次中有两次、或者十次中有九次由男作家获得,这个比例视奖项而不同。

作家选集也会体现出同样的性别不均衡。一部最近出版的英国科幻选集中完全没有女作家的故事,争议由此而起。一位负责选篇的男性道歉说,他们本来邀请了一位女作家为选集供稿,但最终没能实现,结果他们不知怎么没能注意到选集里只有男作家的作品。他对此深感遗憾。

我却"不知怎么"有种感觉,如果选集里只有女作家的作品,他们一定会注意到的。

例外化

人们在谈论一部男作家的小说时,很少会谈到作者的性别;在谈论一部女作家的小说时,却会极其频繁地谈到她的性别。男性是常态;女性是相对于常态的例外,被排除在常态之外。

例外化和排除被运用在批评和评论中。一位批评家会被迫承认,譬如说弗吉尼亚·伍尔夫是一位伟大的英国小说家,却同时会煞费苦心地将她视作一个例外,一个美妙的意外。例外化和排除的技巧多种多样。女作家被认为不在英国小说的"主流"中,她的写作"独特",却对后来者并无影响,她是"小圈子"的关注对象,她是(迷人、优雅、哀怨、敏感)的脆弱温室花朵,不能与(强大、粗犷、有力)的男作家一争高下。

乔伊斯几乎立刻就被正典化了,伍尔夫则被排除在正典之外,或者说过了几十年才被勉为其难地、带有保留地承认。《到灯塔去》中精妙且有效的叙事技巧与手段,对此后小说创作的影响是否远远超过《尤利西斯》这样一座后无来者的丰碑,这是值得争议的问题。乔伊斯选择了"寂静、放逐、狡黠",选择了一种隐居生活,不对自己的写作和事业之外的任何事负责。伍尔夫则在自己的国家里,与一群在智力、性和政治方面都高度活跃的人组成的了不起的圈子交往密切,终其一生都在了解、阅读、评论并出版其他作家的作品。乔伊斯才是那个脆弱的人,伍尔夫则是强健的那位;乔伊斯才是小圈子的关注对象,是一个意外,伍尔夫则始终在对二十世纪长篇小说产生丰富影响,并在其中占据中心地位。

然而制定文学正典的人们最不想让一个女人获得的就是中心地位。女人必须被留在边缘。

即便一位女作家被承认是一流的艺术家,排除的技巧也依然在运作。简·奥斯汀得到广泛承认,然而她更多被认为是独特的、不可模仿的,是一个美妙的意外,而不是一个榜样。她不会消失,却也不会被完全纳入正典。

贬斥、不作为和例外化贯穿一位作家的一生,并为她死去之后的消失做好准备。

消抹

我是在阿根廷人所使用的意义上来使用"消抹"

这个词的*，并且完全清楚它所暗含的意味。

在所有这些或粗鲁或愚钝的削减女性写作的技巧中，消抹是最为有效的。当她沉默且无力时，抱成一团的男性便迅速关闭上升通道，令外来者无法进入。女性间的团结或正义本能很少能够有力量强迫通道重新打开，如果这种努力成功了，就必须永无止境地继续下去，因为男性会毫不费力地不断将其重新关闭。

我曾经写过两个令我特别耿耿于怀的消抹案例：伊丽莎白·盖斯凯尔和玛格丽特·奥利芬特。两位作家直到现在依然被习惯性地称作"盖斯凯尔夫人"和"奥利芬特夫人"，这个头衔意味着她们的性别与社会身份。（我们不会说"狄更斯先生"或"特罗洛普先生"。）盖斯凯尔和奥利芬特生前都已经广为人知，受欢迎，受尊重，受到严肃对待。但死去后，她们便迅速被消抹。盖斯凯尔的作品被缩减到只剩下"甜美的"《克兰福德》。研究维多利亚时代的社会历史学家依旧将她的小说当作历史文献来读，正如他们读狄更斯一样，然而在文学正典的创造者那里这点却不值一提。

---

* 1976年到1983年的"肮脏战争"期间，超过两万阿根廷人被阿根廷军事政府秘密拘留、折磨和杀害，这些人被称作"消失者"（the disappeared）。此处意在强调，看似中性的"消失"掩盖了施行暴力的主语。

奥利芬特的作品则被彻底遗忘，只剩下一部《马乔里班克斯小姐》(*Miss Marjoribanks*)，这不是她最好的作品，会被文学史家提到，却不会重印。

对于她们的轻视是不公平的，令人心痛的同时也是一种浪费。维多利亚时代的优秀小说家并不太多，我们却要抛弃其中两位，仅仅因为她们不是男人。不然还有什么原因能解释她们作品的消失呢？盖斯凯尔如今极大程度上重新为人所知，这要感谢女性主义者和电影。奥利芬特却依旧寂寂无名。为什么呢？她与特罗洛普有很多相似之处。她们的局限都很明显，却并非致命。她们都一直在写消遣性小说，对人物的心理都极富洞察力，也可以当作引人入胜的社会文献来读。然而只有奥利芬特的作品消失了。特罗洛普改变风格之后变得过时，但是"二战"期间，思念家乡的不列颠人在他的书中找到了属于昔日的想象中的确定性，于是他重获新生。然而却没有人记得奥利芬特，没有人让她重获新生，直到 1970 年代，女性主义批评与出版商团结一致，才至少暂时地将她的一些书抢救回来。

我所知道的一个最直接的女性作家被消抹的案例，发生在华莱士·斯泰格纳与玛丽·哈洛克·福特之间。前者在自己的小说《安息角》中，使用了来自后者自传《遥远西部的一位维多利亚淑女》(*A Victorian Gentlewoman in the Far West*)中的背景、人物和故事，甚至标题都来自后者中的一句话。

斯泰格纳贬低了他从福特那里偷来的人物，将其塑造为一位不忠的妻子，因为粗心而弄死了自己的孩子。对于福特自传中讲述的真实的人物关系，对于女儿死去的方式，对于母亲深沉的悲痛，斯泰格纳的写作都是一种残酷的拙劣模仿。福特对于人物和风景的把握在斯泰格纳的整本书中都变得粗糙和廉价。

斯泰格纳没有在任何地方提到福特或者她的书，刻意隐瞒了她是一位发表了自己作品的作家这一事实。关于他作品来源的唯一线索是致谢中的一句话，其中感谢了他的几位朋友，福特的后代，"感谢他们将自己的祖母借给我"。

祖母比写作的女人要容易对付得多。祖母甚至不配拥有姓名。

当然艺术家会不断从别人那里借鉴一些东西，但斯泰格纳所做的不是借鉴，而是强占。我会把这种行为叫作剽窃。显然对他来说，福特的作品完全没有属于自己的著作权，而仅仅是可以为他所用的原材料。作为男人，作为受尊敬的小说家，作为斯坦福教授，他可以随意取用。对他来说，福特本身不存在，她只是为他所用的一件物品。

抢掠别人的坟墓,只要不提被抛下的墓主就好。

许多人读过玛丽·福特的书后,都认为它比斯泰格纳写得更好。她的故事基于从她自己的生活中精选出的事件,其叙述兼顾情绪控制与准确性。她从生活而不是二手资料中提取出那些先驱者、工程师与西部风光。斯泰格纳对背景、情绪和人物进行了感伤化和庸常化处理。然而他是一位著名男作家,并将这个角色发挥到了极致。他做到了。他因为这本书而获得普利策奖。他的作品不断重印,不断得到赞扬和研究。

玛丽·福特是一位女作家,知名度一般,且淡泊名利。她的书消失了。被消抹了。尽管第二波女性主义运动中的女性团结足以令其在长达一个世纪的忽视之后得到重印,但又有谁知道它?谁在读它?谁在教它?

谁会在乎它?

我现在想到一位过世不久的女作家,恐怕她正是极易被消抹的一位:一位极具独创性和力量的说书人、诗人,格蕾丝·佩里(Grace Paley)。佩里的问题在于她是那么独一无二,千真万确。她的出类拔萃当然并非"侥幸",但正如众多女作家一样,她不属于那些被男性中心的文学圈所认可的小说或诗歌流派。

同时,她也不像众多男作家一样,对自我的扩张那么在意。她是有抱负的,可以说是雄心勃勃,但她关切的却是那个时代社会公正的进步。

如果那些女性批评家,女性主义作家,公正的学者、教师和文学爱好者不分外留意,持续努力,让佩里的作品保持可见,被研究、谈论、阅读和重印,那么用不了几年,那些作品就会悄无声息地进入故纸堆。它们终将绝版,被遗忘,尽管与此同时,另一些二流作家的作品却会长盛不衰,仅仅因为作者是男性。

不能这样下去。我们真的不能让那些优秀作家继续被消抹,被埋葬,仅仅因为她们不是男性;不能让那些本该寿终正寝的作家,那些文学批评和文学课中的僵尸一次次复活,仅仅因为他们不是女性。

我不是什么美人,但我不会让自己的墓碑写上"她样貌平凡"。我是一位祖母,但不会让自己的墓碑写上"某某的祖母"。如果我有一块墓碑,我希望上面写着我的名字。但更重要的是,我希望自己在书上的名字不是根据作者的性别被评价,而是根据写作的质量和作品的价值。

写作于 2011 年,此前未发表过

向弗吉尼亚·伍尔夫学习科幻写作

Learning to Write Science Fiction from Virginia Woolf

如果没读过科幻,你就写不好科幻,尽管并非所有尝试写科幻的人都知道这一点。但如果没读过科幻之外的其他东西,你同样写不好科幻。类型是一种丰富的方言,可以让你用某些招人喜欢的特定方式说话,但如果放弃与通用文学语言之间的关联,那么它将变为小圈子内部的黑话。有用的模式可能会在远离科幻类型的地方被发现。我就通过阅读永远具有颠覆性的弗吉尼亚·伍尔夫学到了很多。

我在十七岁的时候读到了《奥兰多》。那个年纪的我对它只是一知半解,却清楚地意识到一件事:伍尔夫想象出了一个与我们自己的社会截然不同的社会,一个全然异样的世界,并令其栩栩如生。我想象那些伊丽莎白一世时代的场景,想象冬天冰封的泰晤士河。当我阅读时,仿佛身临其境,看到篝火在冰上熊熊燃烧,感觉到五百年前那个时刻带来的不可思议的陌生感——被带往一个完全的别处的那种真正的战栗感。

她是如何做到的?通过精确而具体的细节描写,没有词汇堆砌,没有解释说明:生动形象、精挑细选的意象,让读者的想象力去填充那画面,目睹它变得鲜明而完整。

在长篇小说《阿弗小传》中,伍尔夫进入一只狗的意识,一颗非人类的大脑,一个异类的心智——从这个角度来看,这部作品非常科幻。从中我同样学到来自准确、生动、精挑细选的细节的力量。我想象伍尔夫坐在破破烂烂的扶手椅中,低头俯视着趴在旁边熟睡的小狗,想着:你梦到了什么?她聆听着……嗅着风……追着野兔,跃上山坡,在属于狗的没有时间的世界里。

对于那些想要通过他者之眼看世界的人来说,这都是很有用的东西。

发表于《曼彻斯特卫报》,2011年4月

书之死

The Death of the Book

人们喜欢谈论某物之死——书之死、历史之死、自然之死、上帝之死,或者纯正卡真*菜之死。总之,持末世论思想的人们老是说这些。

当我写下这几句话时,我感到几分自娱,但又有些不安。我转而去查"末世论的"(eschatological)这个词。我知道它不是"粪便学的"(scatological)的意思,尽管两个词听起来差不多,但我想前者只跟死亡有关。我并未意识到,它所关涉的不只是死亡,而是"最后四件事:死亡、审判、天堂和地狱"。如果粪便学也包括在内,那么它的确包罗万象。

总之,末世论者审判说,书将死去,前往天堂或

---

* Cajun,生活在美国路易斯安那州的阿卡迪亚人后裔。

地狱，徒留我们与好莱坞和电脑屏幕做伴。

书籍业的确有些病态，但这似乎是所有行业的通病：在企业所有者的压力下，舍弃产品标准与长期规划，以追求可预测的高销量和短期盈利。

对书籍自身而言，其中的技术变化的确是灾难性的。然而在我看来，"书"与其说死亡，不如说在生长——变成第二种形态，即电子书。

这是一种广泛的、计划外的变化，就像大部分计划外的变化一样令人疑惑、令人不舒服、具有破坏性。这种变化的确对所有熟悉的书籍印刷和获取渠道造成了巨大压力，从出版社、经销商、书店老板、图书馆到那些忧心忡忡的读者，他们害怕自己如果不立即冲出去下单一本电子书和一个电子阅读器开始阅读，那些最新畅销书，或者不如说所有的文学作品就会与他们擦肩而过。

但这不正是问题的关键吗？这正是书籍的意义之所在——阅读，不是吗？

阅读被淘汰了吗？读者死了吗？

亲爱的读者：你好吗？我肯定是被淘汰了，但此时此刻，我却完全没有死。

亲爱的读者：此时此刻，你在阅读吗？我在读，因为我正在写这些话，而只写不读是非常难的，如果你曾在黑暗中写过就会知道。

亲爱的读者：你正在用什么读呢？我正在用我的电脑写和读，我想你也是如此。（至少，我希望你正在读我正在写的这些话，而不是正大笔一挥，在书页边角写下"一派胡言！"几个大字。数年前，我曾在一本图书馆的书页边角中看到过这么几个字，此后便念念不忘，总想亲笔写写看。用"一派胡言"来描述那本书可真是恰如其分。）

无可否认的是，阅读是人们会在电脑上做的事情之一。在那些具备打电话、拍照、放音乐、打游戏等等功能（或许正是为了这些功能而设计）的电子设备上，人们会花很多时间发送情话，或者查找纯正卡真秋葵浓汤的菜谱，或者查看股市报告——所有这些都涉及阅读。人们用电脑玩游戏或浏览图片或看电影，用电脑做计算、做表格和饼状图，有些幸运的人可以用电脑画画或者谱曲，但总的来说，人们在电脑上做的绝大部分事，不是文字处理（写）就是处理文字（读），不是吗？

要是不能阅读，你在电子世界中又能做多少事呢？只要是比婴幼儿玩耍高阶的电脑，其使用都需要用户具有一定的读写能力。电脑操作可以通过机械方法学会，但键盘上的主要构成部分还是字母，仅靠图标可做不了太多。对一些人来说，打字或许已经取代了其他一切形式的单词拼写，但打字也只是一种简单的书写形式罢了：你得先会拼写才能打粗来，lol。

在我看来，人们实际上远比过去读写得更多。过去大家聚在一起工作交谈，现在则独自待在小隔间里，终日在屏幕上读写。过去面对面或通过电话的口头交流，如今变成了写邮件、发邮件、读邮件。当然，所有这些都与阅读书籍无关；然而对我来说，若是一种技术让阅读成为一种空前重要的技能，我很难将书之死归结为它大行其道的结果。

啊，末世论者会说，可还有来自"没有什么不能在 iPad 上做"的持续竞争呀，竞争正在杀死书籍！

的确有这种可能。又或者，竞争可以让读者更具鉴别能力。最近《纽约时报》发表的一篇文章[《发现你的阅读……被你用来读书的平板电脑打断》("Finding Your Book Interrupted ... By the Tablet You Read It On")，茱莉亚·博斯曼和马特·里切特，2012年3月4日]引用了一位洛杉矶女性的话："由于各种各样令人分心的玩意儿，我对于书籍的品味得到了显著提升……最近，我都选择那些能让我忘记自己指尖有一整个娱乐世界的书。如果这本书没有好到这个地步，那我还不如用这时间去做点别的。"这句话结束得有点奇怪,但我想,她的意思是比起用指尖点开那个娱乐世界,更愿意选择去读一本有趣的书。为什么她不把书也算作娱乐世界的一部分?或许是因为,即便电子书同样需要指尖点开,但它娱乐她的方式却与那些运动、闪烁、抽搐、蹦跳、明灭、喊叫、砰啪、嘶吼、血花四溅、震耳欲聋的玩意儿不太一样,而后者一直都被我们视作娱乐。不管怎样,她的观点很清楚:如果一本书和那些砰砰啪啪血肉横飞的玩意儿的娱乐程度不在一个水平(未必要完全持平),那为什么还要读它?要么选择点开那些玩意儿,要么选择一本好书。就像她说的那样,提升品味。

在讨论书之死的时候,我们或许应该问一问,这里说的"书"指的是什么。是人们停止读书吗,还是人们在什么媒介上读书——纸张或者屏幕?

在屏幕上读书当然和在纸上读书不一样,我认为我们尚未理解两者之间的差异。当然需要考虑这些差异,但我怀疑其中的差异并没有大到需要给二者分别命名,或者一口咬定电子书根本就不是书的地步。

如果"书"仅仅意味着某种物理实体,那么对于某些互联网的信徒来说,书之死应该是一件值得欢庆的事情——万岁!我们又摆脱了一样肮脏、沉重、上面还印有版权的皮囊之物！然而，总的来说，书之死的意味并不是这么清晰。有些人认为印刷书籍的物质性很重要，有时甚至比它的内容更重要——他们看重书的装帧、纸张、排版，购买好的版本，收藏书籍——许多人仅仅从手持书卷中就能得到快乐，他们自然会因为纸质书将彻底被机器中的非物质文档取代而感到沮丧。

我只能建议，别那么焦虑（agonize）——组织起来（organize）！无论企业如何通过广告对我们狂轰滥炸狂呼乱叫，消费者都总是可以选择抵抗。我们不会被一种新技术的车轮碾压，除非我们自己躺平在车轮前。

车轮的确在前进。一些类别的纸质书籍，譬如使用手册和"自己在家动手做"之类的书正在被电子书取代。低成本的电子版威胁着纸质书的大众市场。这对喜欢在屏幕上读书的人来说是好消息，而对不喜欢的人来说则是坏消息，对那些喜欢从 AbeBooks 和 Alibris 这些旧书网站买书，那些喜欢在硕果仅存的二手书店里横扫破旧的廉价悬疑小说的人来说同样是坏消息。但如果喜欢实体书的人们真心认为好的装帧、纸张和设计对于他们的阅读体验至关重要，那他们将产生对于制作精良的精装本和平装本的某种肉眼可见的稳定需求,而出版业如果具备敏锐的市场嗅觉,就会满足这种需求。问题在于,出版业是否真的具备敏锐的市场嗅觉?业界近期一些行为令人生疑,但让我们怀抱希望吧。此外,总会有"小印数图书",会有非企业化的独立出版社,其中很多都极富品味与头脑。

另外一些关于书之死的哀叹更多涉及网络带来的直接竞争。"指尖下的娱乐世界"让阅读被淘汰。

在这类讨论中,"书"往往指文学作品。现阶段,DIY 手册、烹饪菜谱,以及这个那个指南,绝大多数都被屏幕上的信息取代了。《大英百科全书》已死,可以说是被谷歌杀死的,但我不觉得自己会立刻埋葬第十一版《大英百科全书》。书中信息是它那个时代(一百年前)的产物,这些信息与搜索引擎提供的信息很不一样,后者同样是自己时代的产物。那些年度电影/导演/演员百科全书,也在几年之前被网上的信息网站杀死了——网站很好,但不如沉迷在百科全书中那么有趣。我们保留了 2003 年度电影指南,因为我们自己作为老古董,觉得用指南比用任何网站都更有效率,即便它已经死了,仍然这么有用,而且有趣。除了书,还有什么东西的尸骨能够这样来形容?

我不知道为什么会有一些人,不管是否相信天要塌下来了，都相信《伊利亚特》或者《简爱》或者《薄迦梵歌》已死或者将死。是的，如今伟大的文学作品比过去面临更多竞争，人们会去看改编电影，以为这样就能知道书里说了什么，这些书会被指尖的娱乐世界排挤（displace），但没有什么能够取代（replace）它们。只要人们还在被教授如何去读（在资金不足的学校里也许难以保证），特别是被教授有哪些东西可以去读，以及如何用有智慧的方式去读（这些作为基础技能的延拓，如今往往在资金不足的学校里被忽视），那么其中总有些人会选择去读所有指尖能触及的文字。

他们会去读书，无论是在纸上还是屏幕上，会去读文学，为了现存的文学能带来的乐趣和自我扩展而读。

同时，他们也会尝试让书能够继续存在，因为连续性是文学和知识的重要方面。书征服时间的方式与大多数艺术和娱乐都不同。说到持久性，或许只有建筑和石雕比书更胜一筹。

于是在这里，电子和纸张之间的对决重新进入讨论。大多数人类文化的传递，仍旧依赖于书写之物的相对持久性。过去四千多年来一直如此。书的最高和最为紧迫的价值，或许仅仅在于其稳固的、难以改变的、物质性的存在。

现在我打算少谈点"书"在2012年美国的情况，多谈谈在世界上其他地方，其他很多地方的电力经常中断，或者完全不存在，或者只供富人使用；多谈谈五十年或一百年后的情况，如果我们继续以目前的速度威胁和破坏我们的生存环境的话。

复制一本电子书并发送到其他地方是容易的，这一点可以保证它的持久性，只要阅读它的机器能被制造出来并启动，但我们最好记住，电力并不像阳光那样可靠。

容易复制且可以无限复制，这同样会带来风险。印在纸上的书本内容无法被轻易更改，除非对现存的每一册书都一一分别修改，而这些修改会留下无可置疑的痕迹。而那些被修改的电子文本，无论是有心还是无意（盗版电子文本常有许多不可思议的数据损坏错误），都几乎不可能在没有纸质版的情况下确认何为原初、真实、正确的文本。那些盗版、错误、删节、省略、添加和混乱越是被容忍，能够理解何为文本完整性的人就越少。

那些在意文本的人，如诗歌或科学专著的读者，知道文本的完整性至关重要。我们不识字的祖先也知道这一点。要把诗里的每个字都念得和你学到的一样，否则诗就会失去力量。三岁孩子都知道得这样读。爸比！你读错了！花栗鼠说的是"I did not do that"，不是"I didn't do that"！

实体书或许能维持好几个世纪。即便是一本印在纸浆纸上的廉价平装本，也要过好几十年才会字迹模糊到无法阅读。而在电子出版阶段，来自技术、升级、有意报废和企业掌控的持续变化，则带来一堆在任何机器上都无法阅读的文本残骸。此外，电子文本需要定期更新才能避免文本退化。做电子文本档案库的人们不愿告知需要多久更新一次，因为情况变化很大；但任何一个积攒了几年电子邮件的人都会承认，熵增带来的无序其实速度很快。一位大学图书管理员告诉我，以目前的情况来看，他们预期每八到十年就得把图书馆里的所有电子文本更新一遍，永无止境。

想想看吧，如果我们也需要对纸质书这么做会怎么样！

如果在现有技术阶段，我们选择把所有的图书馆藏都替换成电子档案，一种最坏的情境将会是，信息和图书馆文本在我们未曾同意且不知情的状况下被替换，在未经许可的情况下被更新或毁坏，被印刷技术变得不可读，除非定期更新并重新发放，否则在几年或几十年内，注定会走向一团混乱，或者在眨眼之间就不复存在。

但这是在假设技术不会进步,不会变稳定的情况下,让我们期待它可以进步。即便如此,为什么我们要进入非此即彼的模式?这样做既没有用,甚至往往有害。电脑或许是二进制的,但我们不是。

或许电子书和驱动它的电力将会遍布全世界,让每个人都能永远获取,这将是一件大好事。但按照目前或即将到来的情况,能够以两种不同形式获取书,从现在和长远来看都只可能是一件好事。冗余是物种长存的关键。

不管指尖有多少诱惑,我都相信,会有那么一小群固执而坚忍的人继续存在,正如长久以来一直存在那样,他们一直都在学习读书,也将会继续在纸上或在屏幕上读书——只要能有什么办法在什么地方找到书。读书的人大多希望分享书,并且令人费解地认为分享书很重要,因此他们会希望,无论如何,无论在哪里,书会继续陪伴子孙后代。

注意,是人类的子孙后代,而非技术的子孙后代。现如今,每一代技术的生命周期越来越短,比沙鼠还短,甚或不如果蝇。

而一本书的生命周期则更像马或者人类,或者橡树,甚至红杉树。正因为如此,与其哀叹书之死,不如欢庆书如今有了两种而非一种方式活下去,传递下去,万世长存。

> 本文原为一篇发表于2012年的博客文章,2014年发表于《技术:作家读本》(*Technology: A Reader for Writers*,J. 罗杰斯主编,牛津出版社,2014)时有修改,收入本书时又略作修改

勒古恩的假设

Le Guin's Hypothesis

在《纽约客》一篇关于文学和类型的文章中,阿瑟·克里斯托称阅读类型小说是一种"罪恶的快乐"。我在博客中回应说,这个短语"成功地同时表达出自嘲、自喜和密谋串通的意味。当我说起自己罪恶的快乐,我坦白认罪,但同时我知道你也有罪,挤眼,我们这些罪人不可爱吗?"

所以,文学是你需要在大学里读的严肃玩意儿,而类型则是你为了快乐而读的玩意儿,所以你感觉罪恶。

可是不罪恶的快乐又是什么呢?真正的快乐可能来自任何一本小说,不管类别如何,这又怎么说呢?

将文学作品与类型作品对立起来的问题在于,这种区分不同小说的方式看似合理,却隐藏着某种不合理的价值判断:文学高级,类型低级。这只是一种偏见罢了。我们必须用一种更加智性的方式来讨论文学是什么。许多学校的英文系已经不再为捍卫自己绕满常春藤的象牙塔而击落每一艘胆敢靠近的宇宙飞船。许多评论家意识到,大量文学正发生在现代主义现实主义(modernist realism)的神圣密林之外,然而,文学与类型的对立依旧牢不可破。在此情况下,虚假的文类价值判断就会阴魂不散。

为了摆脱这种无聊的束缚,我提出一条假设:

> 文学是指全部现存的书写艺术。
> 所有的小说都属于文学。

这部小说是文学,那部小说是类型——这种区分方式会消失,随之消失的是隐藏其间的价值判断。精英将流行与商业并为一谈的自命不凡、清教徒区分有道德的"高雅"快乐和有罪的"低俗"娱乐的自命不凡,这些偏见都会变得无关紧要,难以自圆其说。

尽管没有哪种类型从分类上来说内在地高级或者低级,但类型确实存在,不同形式、不同样貌、不同种类的小说的确存在,的确需要被理解。

构成虚构文学的类型包括悬疑、科幻、奇幻、自然主义、现实主义、魔幻现实主义、绘本、异域、实验、心理、社会、政治、历史、成长教育、浪漫传奇、西部、战争、哥特、青少年、恐怖、惊悚……此外还包括大量跨类型和亚类型，譬如恶托邦—郊区—家庭—半真实—自白小说、暗黑政治程序小说，以及有僵尸的平行历史小说。

这些名目中有些是对现存事物的描述，有些则主要是市场标签。有些严重限制了创新，有些则鼓励创新。有些旧，有些新，有些朝生暮死。

任何读者都可以选择某些特定类型，不喜欢或排斥其他类型，但任何宣称说一种类型在分类上就比其他类型高级的人，必须准备好并有能力为自己的偏见辩护。这就需要知道那些"低级"类型究竟在讲什么，知道它们在本质和形式上的卓越之处。这就需要阅读它们。

如果我们将所有的类型小说都当作文学处理，就可以终结那些针对不是依照现实主义条条框框写作的流行作家的费时且恶意的抨击与嘲笑，终结专业艺术硕士课程中对于想象性写作的禁令，让无数英文教师可以在课堂上教授那些人们实际上在读的东西，让人们不再为实际上读了它们而毫无必要地不停道歉。

如果批评家和教师们不再坚持认为只有一种文学才值得阅读，就可以节省出更多时间去思考，文学能做哪些不一样的事情，又是如何做的，在此基础上，去思考为什么每一种类型中都有那么一些特定的作品，在过去几百年中，在未来，比同类型中的其他大部分作品更值得阅读。

因为这里存在真正的迷思。为什么某一本书能提供娱乐，另一本书令人失望，而这一本书则发人深省而又带来长久的欢乐？什么是书的品质，什么让一本好书好，一本坏书坏？

答案不是书的题材，不是书的类型。那么，又是什么呢？这就是好的批评，好的关于书的讨论，一直以来要处理的问题。

然而，我们不被允许推倒"文学"与"类型"之间的墙，因为出版商和书商认为他们的生意离不开这些墙——资本依靠这种有罪的快乐原则运作着。

可是现如今，所有形式的出版都被超大企业把持着，它们只想将书当作商品出售，对其内容和品质毫不关心。在这些大企业的大举进犯之下，出版商和书商又能顽抗多久呢？

> 本文原为一篇博客文章，2012年6月14日发表于我的个人网站和"观书咖啡"网站；重写之后，于2013年3月在西雅图的"Sigma Tau Delta会议"上发表相关演讲

编故事

Making Up Stories

感谢各位邀请我来参加第一届的风土节（Terroir Festival），我希望以后还能成功举办更多届风土节，特别是当我们都学会了"Terroir"这个法语词应该如何发音的时候。我学过些法语，知道不应该发成"terwha"。Terwha 可能是莫莉·格罗斯（Molly Gloss）小说里东俄勒冈一个郡的名字吧。但如果我一整天都在试着按照法语念成"terrroirrr"的话，我的喉咙可受不了。好吧，谁会在乎发音呢？这里可是俄勒冈。我们在这里举办一个写作和文学的节日，这是一件美妙的事。

我说好来讲讲编故事，我生命中最好的时光都花在这件事上。然后我希望我们可以聊聊你们想聊的话题，但请不要问我我的点子是从哪里来的。这么多年里，我一直努力不让人们知道我的点子是从哪家公司买来的，现在也不打算泄露这个秘密。

好吧，言归正传。故事主要分两种：一种讲的是发生过的事，一种讲的是没发生的事。

第一种故事包括历史、新闻报道、传记、自传和回忆录。第二种则是虚构——你编出来的故事。

作为美国人，我们对第一种故事的接受程度要高得多。我们不信任那些编故事的人。我们更接受那些讲"真实事件"和"真实生活"的故事。我们想要那些告诉我们何为"真实"的故事。我们如此想要，以至于哪怕我们排演并拍摄的明明是完全虚假的情景，却还是要把它称作"真人秀"。

所有这一切的问题都在于，你的真实不是我的真实。我们感知真实的方式并不一样。其中有些人实际上根本感觉不到真实。只要你看"福克斯新闻"，就一定会发现这一点。

或许正是因为我们定义真实的方式存在着这些不同，于是有了虚构。

事实本应是我们共有的基础，我们的共识。但实际上，事实是如此难以获取，如此依赖于人们的视点，如此富于争议，因此我们更倾向于在虚构中寻找共享的真实。我们通过讲述——或者阅读——对于某个并非真实,却可能曾经存在或者将会存在的人来说,没有真正发生,却可能曾经发生或者将会发生的故事,来打开想象力之门。而想象力则是最好的,或许也是唯一的方式,让我们能够了解彼此的思想和心灵。

在故事写作工作坊里,我遇到过许多作家,他们只想写回忆录,只想讲他们自己的故事、自己的经验。他们总是说:"我不会凭空编造,这太难了,但我可以讲真正发生过的事。"对他们来说,似乎从自身经验中直接获取材料,要比使用自身经历为材料来编故事更容易。他们觉得自己只能写那些发生过的事。

这看似有道理,但实际上,再造经验是一件非常棘手的事,既需要技巧也需要实践。你或许会发现自己并不了解你想要讲述的故事中某些重要的事实或因素。或者对你来说如此重要的私人经验,对其他人可能并不是很有趣,你需要技巧才能让读者为之思考和感动。又或者,那些关于你自己的经验,会与自我纠缠不清,或因为自己的一厢情愿而被篡改。如果你尝试本本分分地讲述发生过的事,那么你会发现,事实非常顽固,非常难以处理。但如果你开始造假,开始为了讲述一个好故事而篡改事实,你会误用想象力。你把发明创造出来的东西当作事实,可连小孩子都知道,这叫作撒谎。

虚构是发明创造，但它不是撒谎。它在一个既不同于寻找事实也不同于撒谎的层面上运作。

这里我想谈一下想象力与一厢情愿的区别，因为这一点对写作和人生来说都很重要。一厢情愿是从现实中逃离，是一种自我沉溺，最多不过是孩子气，但也可能很危险。而想象力，即便是最天马行空的想象，也并非与现实脱离：想象承认现实，从现实出发，最终回归并丰富现实。堂·吉诃德沉溺于成为骑士的渴望，直到自己脱离现实，把生活搞得一团糟。这就是一厢情愿。塞万提斯通过书写和讲述一个创造出来的故事，展现一个梦想自己是骑士的人，从而极大丰富了幽默和人类认知的宝库。这就是想象力。一厢情愿是希特勒的千年帝国梦。想象力是美国的立宪建国。

无法看到这种区别，从根本上来说是危险的。如果我们假设想象力与现实并无关联，只是逃避，并因此不信任它，压抑它，那么它将会因此变形错乱，会缄口不语或者胡言乱语。想象力就像任何基本的人类能力一样，需要练习、纪律和训练，童年时如此，有生之年也如此。

训练想象力的最好方式之一，或许没有之一，就是聆听、阅读、讲述或书写虚构的故事。好的创造，即便看似异想天开，却兼具与现实之间的一致和内在一致。空有一厢情愿的故事，或者暗藏强制性说教的故事，缺乏智性上的一致和完整：它便不是一个整体，不能自圆其说，不能对自己诚实。

学习阅读或讲述对自己诚实的故事，是人类心智所能获得的最好教育。即便在美国，很多人也会给孩子想象性的故事去读——《爱丽丝梦游仙境》，或《夏洛特的网》。在高中校园里，科幻与奇幻至少能在英文课上得到认可。如果孩子们被要求写的题目不仅仅有《我在假期里做了什么》，也包括《我在假期里没做什么》，那该多好！一旦孩子们超越孩子气的一厢情愿（我击落了四十架敌机！我成了火星女王，还骑了独角兽！我在笨蛋杰基·比森眼睛上揍了一拳！），他们将从想象力之父那里得到训练，学习聪明地使用想象力，正确地使用想象力。他们会知道，想象是进入现实的方式。想象是不可或缺的为人之道。

如果身为写作者的你，能够摆脱对于编造故事的清教徒式恐惧——如果你意识到，并不需要长篇累牍地直接讲述自己的人生经历，而是将人生经历作为编故事的材料，作为想象力的材料——那你或许会发现，自己突然间自由了。你的故事不再是"你的"故事。它跟你没关系。它只是一个故事——你可以自由地跟随它去它想去的地方，让它找到自己真正的形态。

加里·斯奈德讲过一个意象,经验好比堆肥。肥料是由各种废物和垃圾堆放一段时间之后沤成的。这一过程需要寂静、黑暗、时间,以及耐心。靠着这些肥料,花园里的草木才得以繁荣生长。

写作就像园艺,这是一种很有用的比喻。你种下种子,但每一棵植物都会按照自己的方式生长。园丁掌控全局,这没错,但植物却是活生生的自在之物。每一个故事都需要找到自己的方式去迎接阳光。你作为园丁的最好工具就是你的想象力。

一些年轻作家常以为——这都是从什么地方学到的?——一个故事开始于一则信息。我的经验并不是这样的。当你开始写故事的时候,重要的仅仅在于,你有一个想要讲的故事。有一棵幼苗想要生长。有什么内在经验中的东西想要破土向阳。你可以关切地、细致地、耐心地鼓励它,让它发生。不要强迫,要相信。看着它,浇灌它,让它成长。

写故事的时候,如果可以顺其自然,可以完整而诚实地讲述,你将有可能发现它真正的内涵,发现它说的是什么,自己又为什么想要讲它。它将可能出人意料。你也许以为自己种下的是一株大丽花,却看到长出来的居然是棵茄子!小说不是信息传输;小说不是发消息。写小说对于作者来说永远都是出人意料的。

故事就像诗歌一样，只能以它唯一能被讲述的方式来讲它要讲的东西，而那唯一的方式就是构成故事的文字。这就是为什么文字如此重要，为什么需要这么多时间来学习如何正确地使用文字。为什么你需要寂静、黑暗、时间、耐心，以及关于英文词汇和语法的知识基础。

来自经验的诚实想象可以被识别，被读者共享。想象的伟大故事具有超越任何信息的意义，能够被古今中外所有人理解。《奥德赛》、《堂·吉诃德》、《傲慢与偏见》、《圣诞颂歌》、《指环王》、《蜂蜜之角》、《决胜湾》(*The Jump-Off Creek*)：这些故事都不是真实发生的，都是纯粹的虚构。同时它们又都与我们有关，都是我们的故事。它们将我们放入一个更大的故事中，人类的故事，关于做人的真实。

正因为如此，我热爱虚构并鼓励人们去编故事。我花时间去学习如何正确地使用文字。学习使用文字很花时间。这需要实践。这需要下工夫，长年累月的工夫。你写的东西或许一直不能发表出来。即便发表了，也几乎一定不足以维持生计。但如果这就是你想做的事，那么再没有什么，这世界上再没有什么，会比写故事，比写作本身——比知道你自己写了，你把字写对了，你编了一个故事并诚实地讲了出来，更加物有所值。讲真话是一件伟大的事,也是一件罕有的事。祝你愉快!

再说几句与这个网络美丽新世界中的阅读有关的话吧。我们在这里一直都在谈论写作,同时每个人都在说,没有人读书了。专家学者哀叹书之死。老百姓不仅不会阅读,而且不愿意阅读了。美国人每十年每人只读四分之一本书,或者类似这样的统计数据。荷马如何能与平板电脑竞争?没有人读《堂·吉诃德》,因为不能发到推特上。那我们在这个写作节上干什么呢?

类似的事,作家过去一直在做。我们为阅读的人写作,而他们一直都是少数。我不是在说"精英",而仅仅在说"少数"。这世界上的大多数人从不曾为了读书的乐趣而阅读,将来也永远不会。有些人做不到,有些人不愿意。

没有必要为此捶胸顿足。这世界上有各种各样的人。坐几个小时看男人们用棒子击球,对我来说不是乐趣,对世界上其他很多人来说也不是。但这并不意味着棒球——甚至板球——死了。

我们陷入了关于阅读的不必要的恐慌,但发生变化的其实并非阅读,而是出版。在出版业,一些恐慌并非空穴来风。我们的技术远远将我们的大脑甩在后面，以至于我们几乎丢掉了那些可靠的办法，让读者能够自由地获得可读之物，让作者能够充分地获得面包。那些大出版商曾经很擅长这两件事，却因为自己的错误，导致如今被巨型企业控制，后者只要求出版那些卖得快死得也快的东西——那些投机商对书或作者毫无兴趣，而只关心以盈利为目的的市场操控，以及市场中所售卖的商品。版权作为作者和出版商维持生计的唯一保障，正面临被弃置的风险，并且没有替代方案。资本主义增长天生对手艺人和艺术家不利。版权曾经提供了某种允许我们在资本主义内部偷生的漏洞，但大企业却通过利用政府中的反动因素，积极寻找方法来侵害版权，来剥削我们，来控制我们所写的东西。

我们应该怎样让电子出版和互联网为我们所用，让我们能够写自己想写的东西，并从中获得报酬？我已经太老了，想不到任何办法。在座的你们要想办法找出解决之道。你们会找到的。人们是想阅读的。有时候看上去似乎人人都想写作，但相信我，想要阅读的人比这更多。而在巨大的资本主义技术机器中，总有漏洞和裂隙，让作者和读者能够找到彼此，正如我们过去所做的那样。如果你们意识到，希望寄托在你们身上，那你们一定会找到办法实现。我祝愿你们勇气满满，愿你们有世间最好的运气。

本文原为 2013 年在俄勒冈州麦克明威尔市举行的写作与文学风土节（Terroir Festival of Writing and Literature）上的一次演讲，发表时略作修改

自由

Freedom

对于将这枚美丽奖章授予我的人们,我致以发自内心的感谢。我的家人、文学代理和编辑,知道我能够站在这里,是他们所有人和我本人共同努力的结果,因此这枚美丽奖章也是授予他们的。我为接受它而深感欣喜,并与所有迄今为止一直被排除在文学界之外的作家共同享有它——那些写奇幻和科幻的作家同伴,那些写想象性作品的人,过去五十年间,他们一直都只能看着这枚美丽奖章落入那些所谓的现实主义作家之手。

艰难的时代要来了,在那样的时代里,我们将会需要另一些作家的声音,他们能够看到与我们当下不同的生活方式,能够穿过我们饱受恐惧之苦的社会,穿过其对技术的痴迷,去看到其他生存道路,甚至能够想象希望的真正土壤。我们将会需要能够记住自由的作家——诗人，富有远见的人——能够把握一种更大现实的现实主义者。

而现在，我们需要了解为市场生产商品和践行艺术之间区别的作家。为企业利润最大化和广告收入而写那些符合商业策略的东西，与负责任的图书出版和创作不是一回事。

而我所看到的，是营销部门掌管着编辑行业。我看到我自己的出版商，出于无知和贪婪导致的愚蠢恐慌，为一本电子书向公共图书馆所收的钱，比向普通消费者的收费要高出六七倍。我们刚刚看到一个投机商试图惩罚一个拒绝服从的出版商，看到作者受到企业签发的江湖追杀令威胁。我还看到我们中的许多人，许多创作者、许多写书和做书的人，接受了这一切——默许卖货的投机商把我们像除臭剂一样兜售，告诉我们应该出版什么，应该写什么。

书不仅仅是商品；盈利的企图往往与艺术的目标相冲突。我们生活在资本主义之中，它的力量看似无可逃避——但话说回来，君权神授也曾如此。任何人类的力量都可以被人类自身抵抗和改变。抵抗和改变往往从艺术开始，更往往从我们的艺术开始，从书写文字的艺术开始。

我曾度过漫长的作家生涯,作为一个好作家,有一群好伙伴。如今到了这生涯的最后阶段,我不想看到美国文学被出卖。我们这些以写作和出版为生的人,希望能够获得,也应该获得属于我们的那份收益;但我们应得的美丽奖章,它的名字不是利润。它的名字是自由。

谢谢。

> 本文为2014年11月接受国家图书基金会"美国文学突出贡献"奖章时的演讲稿

书籍导读与作者评论

这一部分中关于不同作者的文章，大部分都是为某一本书的某个新版本而写的导读，也有一些是独立文章。我将它们按照作者姓氏的首字母排列在这里。

关于若泽·萨拉马戈的文章《尊严的榜样》，是本书中唯一一篇与最初发表形式截然不同的文章。乔·约翰内森在编撰本书的时候，将我发表于不同年代的两篇文章与两篇书评合并为一篇，精简了其中重复的部分。这些文章的初版可以在其发表的期刊中，或在我的个人网站中找到；关于萨拉马戈两部长篇小说的书评，它们没有被并入这篇文章，可以在下一个部分"书评"中找到。

我不会答应为一本自己并不喜欢的书写导读，也不会为一位无法深深吸引我的作者耗费笔墨，因此本节中的文章可以大致展现出我喜欢什么样的小说。但它们完全无法代表我读过的书，也无法囊括我最爱的作家。人们觉得我是科幻作家，因此经常邀请我写关于科幻的文章，这没什么不好，但问题是——为什么这里会有三篇关于H. G. 威尔斯的文章，却没有一篇关于弗吉尼亚·伍尔夫？

有两篇文章的对象是我自己选的。一是H. L. 戴维斯的杰出西部小说《蜂蜜之角》，《锡屋》杂志慷慨地邀请我写一本自己喜欢的书，于是有了此文。另一个是查尔斯·L. 麦克尼科尔斯的《疯狂天气》，法罗斯书屋的哈利·科奇勒邀请每位作家挑选一本绝版书，写一篇介绍文章，告诉大家为什么它值得再版，然后发表这篇文章。一次成功的冒险，最终产生了一份妙不可言的出版名单。

一部非常好的美国小说：
H. L. 戴维斯的《蜂蜜之角》

A Very Good American Novel:

H. L. Davis's *Honey in the Horn*

密西西比以西的作家都反对这样的东部观念：密西西比以西的所有地方，或许斯坦福除外，都长满仙人掌。许多东部人还认定，"地方性"小说是等而下之的小说，认定"地方"是指东部之外的任何地方。你无法打败这样的逻辑。所以 H. L. 戴维斯的《蜂蜜之角》居然早在 1936 年就能获得普利策奖，是一件令人惊奇的事。然而此后他就被彻底忽视，被文学界遗弃，以至于当读者发现肯·凯西（Ken Kesey）的《永不让步》(*Sometimes a Great Notion*)、唐·贝里（Don Berry）的《查斯克》(*Trask*)，以及其他写西部文学的严肃作家，包括倍受赞颂的华莱士·斯泰格纳，竟然都有效法他的风格和语调时，或许会大吃一惊。莫莉·格罗斯在《决胜湾》和《群马之心》(*The*

Hearts of Horses)中的写作,则真正师承于他,我想他应该也会乐于承认这种传承关系。

戴维斯获普利策奖的杰作是《蜂蜜之角》。主人公克雷是一位讨人喜欢、倔头倔脑、困惑的男孩,大约十八岁左右,已然经历了太多,却并未完全封闭内心。他本质正派,却陷入非法状态,并且热情地参与追捕并以私刑处死他不中用的父亲,而后者很可能只是他的叔叔。他的女朋友鲁斯是书中最生动的角色,是直率诚实和谨慎狡黠的完美结合。他们之间的爱情故事写得很好,总是在可能性与悲剧之间走钢丝。克雷和鲁斯都有能力杀人,这让故事始终充满紧张感。他们都同样天真、聪慧、年轻,却已然被毁了,被各种糟糕的错误纠缠,被过去的黑暗追逐,却依旧挣扎着在生活巨大的复杂性中寻找某种道德意识。那些他们遇到或一起旅行的形形色色的人,有些心甘情愿陷入犯罪深渊,大多数徒劳无功,有些只是不安于现状,而有些则像克雷和鲁斯一样,继续懵懵懂懂地摸索向前,寻找一种更清晰的为人标准,一种更好的生活方式,或许只要翻过那些群山……

克雷对这个世界抱有鲜活的兴趣,通过他,戴维斯以一种具有欺骗性的随和笔调,向我们展现出他本人对于各种人和地方惊人的生动感知。在以下这段文字中，我们跟随克雷骑马穿过一片硬土荒漠：

> 盐碱地绵延起伏，反射出澄澈的靛蓝色天空，他骑马穿过这片蓝色，将其一分为二，于是当胯下母马前行时，天空便轻柔地擦过她的两条前腿，洗刷她的四蹄。在有些地方，清冽的空气受热膨胀，放大远处的景物，令它们看上去只有几英尺远，而它们还在继续扩张，变成庞然大物，以至于几只正在啃食草茎的地松鼠，变得好像小马驹那样大；转眼间它们又消失了，仿佛溶解在水中。

戴维斯是一个慷慨而倔强的男人，酗酒成性，就像人们眼里的记者和男作家应该有的样子。他写过很多优秀的长篇和短篇小说，包括令人难忘的《裸露的冬天》("Open Winter")，所有这些故事都与俄勒冈郡，以及在那里谋生的人有关。他曾说过，希望《蜂蜜之角》能够呈现1912年俄勒冈的人们从事的每一种工作。这句话将我们带回一个遥远的世界，那里有无穷无尽的艰难且需要技巧的手工劳动，譬如牧牛、打铁、为农场工人做饭，或者手持鱼叉，在瀑布中甩下绳子钓鲑鱼，又或者将谷袋的开口缝上。这部小说写作于大萧条时期，那个时候工作是人们极为关心的事。书中描写的时代距离现在已有一个世纪之久。考虑到技术变革的速度，这应该是人类历史上最漫长的一百年。对于有些人来说，戴维斯描绘的画面毫无意义，对于另一些人来说则引人入胜。无论如何，我们都应该意识到，从人类文化的起源一直到一两代人之前，所有人都曾生活在戴维斯描绘的那样一个充满各种手工劳动的世界中；而我们只要读小说就能不费吹灰之力地回到那里。

生动鲜活的语言，诙谐的冷幽默，通过寥寥数笔描绘出的壮丽景色，还有那些脾气火暴吵吵闹闹的角色，不断给自己和方圆两座山之内的每一个人找麻烦，除了所有这些之外，这本书给我的最核心的感受是孤独（loneliness）。或者用一个美国式的说法：孤寂（lonesomeness）。孤寂的人。得不到世界认可。我们或许会奉承孤胆英雄，却并不想成为他。是无所不在的电视、手机和社交媒体挽救我们远离孤寂。与此同时，许多人来到西部正是为了寻找孤寂——找地方、找空间、找寂静。我们是社交动物，却又渴求在独处中塑造我们的灵魂。美国人珍视自己的想法不亚于珍视自己的灵魂，而想法如果能在远离人群环绕的地方扎根，就会生长出壮大且奇异的枝叶。戴维斯乐此不疲地描绘出这一切。

他也有一些属于自己的强大想法，譬如他对"开发商"的评价不高。这些人将西部变成令人向往的房地产生意，在盐碱地里插满白色小木桩，标记出尚未开始修建的大道与歌剧院，他们愚弄那些怀抱希望的人，空谈着十英尺厚的肥沃土壤，注定会建成的铁路，发财致富，蓬蒿丛中的柑橘园。开发商是资本主义忠诚而积极的仆从，这一点毫无疑问；或许这也解释了戴维斯对他们的看法。

今天提及非白人种族时使用的充分体现尊重的语言，即白人种族主义者蔑称为"政治正确"的语言，对戴维斯和对莎士比亚来说都是一样闻所未闻。但戴维斯对每个人都一视同仁。没有什么人不是因为其自身言行才得到他的尊重。他说起美洲土著时，并非隔着一厢情愿的鸿沟，而是出于一种对于差异的个人认知，这一点在小说中极为罕见，以至于会令今天的人们震惊（或许就是这部分导致了《蜂蜜之角》没有进入文学经典）。小说中的各种印第安族群之间，呈现出鲜明生动的差别。譬如在写到一个沿海村落时，他这样描写一个小小的与世隔绝的阿萨巴斯卡族群：

> 这个伟大的族群已走到穷途末路，毫无希望，他们被困在这样一个地方，这里没有任何东西能

让他们费脑子想一想,也没有什么人能有机会动动脑子;这里没有任何可做的事,除非是在一个也许仅有不足百人的破烂小镇上当个镇长;这里到处是奇怪的人和奇怪的语言,令他们永远无法离开。

这倒没什么可悲哀的。他们并不想离开,他们在这里已经待了近千年,他们从不怀疑这世界上是否还有其他地方,会比他们自己这块两英亩见方的土地更好或者更有意思。

戴维斯忽视了一种可能性,即这个村落就像俄勒冈海岸边的许多村子一样,因为白人带来的疾病而刚刚失去了八到九成人口;同时,作为一个荒漠男人,他也无法想象对多雨地区的喜爱。在此之外,他嘲讽这些原住民正如嘲讽其他人一样——对于这个印第安村落附近的白人定居者,他的态度同样不留情面。戴维斯对世俗的伪君子毫无敬意,却痴迷并尊重文化差异,因此他可以同情这些印第安人,却并不感觉自己有义务分享他们对生活的看法。更重要的是,他知道自己的判断并不重要。这样一种公正而直白的言说,极容易被种族主义/反种族主义的情绪化畸变消声。《哈克贝利·费恩历险记》因为使用了"黑鬼"这个词而被禁止、诋毁和删改,即便书中的"黑鬼"吉姆分明是一位道德楷模。既然如此,其他名气稍逊的书又如何能够幸免?

这本书中的角色都没能实现任何目标,甚至没能做成任何有意义的事,但他们的生命却炽烈如火——可叹可悲、有痛有笑、激烈又暴躁。透过俄勒冈壮丽而冷漠的群山和土地,戴维斯给我们带来一群列队行进的特立独行者与孤独者,一支充满不和谐音的疯狂交响乐,一次属于顽固灵魂的朝圣之旅。带着几分抗拒、几分释然,甚至几分欣喜,我从他们之中看到我的同胞,仿佛只有在最遥远的西部,在美国这片探索如何做人的伟大试验场的最远端,才能把他们看清楚。

初次发表于《锡屋》,2013 年

菲利浦·K. 迪克:《高堡奇人》

Philip K. Dick: *The Man in the High Castle*

《高堡奇人》出版于1962年末,早于即将到来的"六十年代",更远远早于科幻被视作美国文学的一部分。这本书面世时,携带着一丝火药味,一缕革命气息。之后它果然参与摧毁了传统思想,从而带来六七十年代的社会动乱,也同时参与推倒了批评家设在"现实主义小说"和更加广义的现实主义小说之间的高墙。

由于彼时的评论者鲜少能翻越那堵墙,导致只有科幻社群对这部小说给予大量关注。虽然也有科幻类型之外的读者,但它却往往被边缘化,被视作一部"邪典"作品(这是评论家所青睐的用于表达不屑的形容词之一)。1982年的电影《银翼杀手》号称改编自迪克1968年的长篇小说《仿生人会梦见电子羊吗？》，却在极大程度上牺牲了原著中的智性和伦理复杂性，使之让位于博人眼球的效果和暴力场景，然而，电影的成功毕竟为迪克增加了知名度。到了二十世纪九十年代，一些更有见地也更包容的评论者，开始赞扬《高堡奇人》令人不安的能量与力量。

时而笨拙、时而晦涩、完全不可预测——名副其实地由扔硬币或扔蓍草棍来决定情节走向，然而却又完全受到理性的、道德的意图支配和驱动——这样的一部作品，始终令评论阐释者和普通读者着迷。它或许是科幻对于美国文学第一份巨大且持久的贡献。

它的形式，"架空历史"（alternate history），对真实且熟悉的事件进行重新编排，而非引入新技术或外星世界，从而向那些害怕科幻的人保证，可以安全地将这本书当作一部常规历史小说来读；实际上，这种保证仅仅是一种陷阱和欺骗：迪克正精于此道。他对"二战"后果的重新编排，在历史逻辑上并非完全可能，但以小说的方式可怕地令人信服。阅读本书就是被拖入一个感觉栩栩如生的幻境，一场令人晕头转向却又始终深信不疑的噩梦。自1963年起，我便总是无法忘记，纳粹德国和日本会有可能分别占领（或者已经占领了？）美国的东海岸和西海岸。同时，我也总是被非洲变为一片寂静牧场的幽暗回忆纠缠。

菲利普·金德里德·迪克比我年长一岁,在我所成长的城市伯克利度过青春期。1947年,我们同时从伯克利高中毕业。那里大约有三千多个学生,这或许能解释为什么我从未听说过他的名字,尽管这看起来有点奇怪。我认识的高中同学中,没有任何一个人记得他。是因为他太孤僻吗,因为他经常生病吗,还是因为他在小商店里读书的时间远比在学校课堂上的时间多?毕业册里有他的名字,却没有照片。在迪克的人生里,在他的小说里,现实仿佛总是难以抓牢,而本可确证的事实最终会变成充满争议的断言,或者空洞的标签。

许多年后,我和他曾通了几年信,大多数时候是聊写作;他知道我有多仰慕他的作品。我们也曾在电话上聊过两三次,但从未见过面。

我们这一代的美国男作家——因为年轻,都没上过战场——常常为了证明自己的男子气概而大费力气,他们去做伐木工,做货船上的工作,打猎,搭车旅行,过着夸张的艰苦生活,诸如此类。菲尔·迪克不是这样。在高中混了一阵后,他在电报大道的一家音像店里当过几年学徒。他跟五个女人结过婚。除此之外,他几乎就没做过什么写作之外的事。他从一开始就以写作为业。为了谋生,他写得很卖力,却得不到多少来自出版界的鼓励。就像许多西部作家一样，他缺少与以东部为中心的文学圈的私交，只能靠坚持和运气才能找到愿意要他稿子的编辑。斯科特·梅雷迪思文学经纪公司拿走了他最初的几部长篇（写于二十世纪五十年代，参照现实主义文学经典标准写成），却于1963年把五部小说都退还给了他，彼时《高堡奇人》已经出版了。这些早期作品中，只有一部于他生前出版，尽管它们现在都能读到，也获得了人们的赞赏。在我看来，发表上的失败迫使他不幸却又幸运地远离了五十年代死气沉沉的现实主义，走向了想象力的边疆地带，他将在那里找到自己的路。

他出生时有个双胞胎妹妹。六周之后，妹妹死了。他写过，也谈过这种羁绊和失去，仿佛它们是可以被重复读取的记忆，有时他会暗示说，妹妹一直活在他体内。双胞胎、复制、幻影，在他的作品中随处可见。他身上无疑包含着迥然不同而又互不兼容的各种要素，以至于他对自己的身份既不确定，又过于自信。他任由别人指责他不可靠，指责他身上那份缺乏算计、毫无益处却又真实的表里不一。在他的写作生涯中，那个他一度渴望的人格——受到世俗尊重的、成功的文学作家——变成苍白的影子。成为现实的是那个写纸浆小说的作家，那个为了挣钱疯狂写稿的科幻作家。

像海明威那样的知名作家鼓吹自己纯粹为钱写作是一回事，不知名作家将写作当作唯一饭碗又是另一回事。我对后者保持敬意。以写小说为生是一种艰难的营生，精心完成的作品往往赚不了几个钱。对具有脱俗才华的作家来说，这过程几乎就和奴隶一样艰苦。然而就像任何技艺或艺术一样，它会奖励认真的学徒，让你知道怎样才能做到自己能力的上限；或许还有额外奖励，让你获得某种内在信念，自己正在将这件事做到其自身的上限。许多迪克最好的作品，包括《高堡奇人》，其中的一种结构性要素，就是他对于诚实朴素的手工艺人的深切尊重。他自己在很长一段时间里曾经就是这样的人。我并不知道，在艰难的五十年代，他是否充分意识到了自己那些纸浆杂志作品中颇有一些品质不俗。当然，他曾与市场对于低标准和持续生产的需求搏斗，但他却一直在探求属于自己的脉络，寻找，深入开掘，直到他一铲子挖出《高堡奇人》这块富矿。

这本书获得了雨果奖，该奖是在每年一度的大型科幻集会上，由该领域的读者、作者、编辑、出版商和文学代理们票选出来的。不过科幻圈中的大多数人都仅仅将迪克视作一位勤奋的作者，后来才慢慢认识到他的才华。或许因为他对出版商和编辑们缺乏影响力；或许因为他的写作与当时公认的成功作家截然不同，后者，即所谓的"科幻黄金时代"，包括罗伯特·海因莱因和艾萨克·阿西莫夫等作家，他们在很多年里都主导着科幻写作的风格和思想。与这些人不同，迪克的写作可以被指责为"太文学"。科幻圈的老男孩和年轻工程师的顽固程度不输给任何一位英文系教授；一边是对类型的偏见，另一边是对类型的捍卫，两边的路都被堵死了。

然而，许多与迪克同时代的，以及更年轻的作家，彼时正在积极创造所谓的"新浪潮"。新浪潮事实上是一浪接着一浪，最终汇聚为汹涌波涛，冲垮人为制造的类型边疆，令其无可避免地重新汇入"故事的海洋"，汇入文学性虚构的整体，而在此之前几十年里，它们一直被批评理论和类型自身的狭隘联手强行分开。我不知道菲尔·迪克在何种程度上将自己视为造浪者中的一员。但我猜测，他并不认为自己属于任何群体或圈子。他需要的是追寻一种孤独的愿景，是将自己交付给一位只对他一个人说话的天使。

到了二十世纪七十年代，所谓的"消遣性"药物被普遍使用，甚至对一些人来说，成为某种社会义务，而彼时流行的神秘主义则试图用化学手段的捷径来免除修行与戒律，在这些因素之下，些许不稳定的人格会因为自我诱发且未经甄别的幻觉而变得极度不稳定。我还记得大约四十多年前，在我们的一次电话中，菲尔跟我谈起他与圣约翰之间的对话，用的是希腊语，一种他不懂的语言。他对直接从圣人那里接受智慧的热切狂喜，和对其重要性的确信，会让人无法对他生气。

1969年之后，类似这样的神秘启示在迪克的思想与小说中显著增加。这些内容受到了和他本人一样认真的对待，但我却未能——即便是在他自己的《神学解释》（*Exegesis*）中——看到它们被成功地整合在一起。对一些迪克的仰慕者来说，神秘思想和通灵体验对他作品的影响是积极的，甚至是超越世俗的，就像布莱克的"先知书"（Prophetic Books）一样。对另一些人来说，他的思想太不连贯，他的想象世界太无序，难以成功融入他的艺术中。在我看来，这些东西令迪克陷入一种天才而又疯狂的唯我论，越来越远离那种对于普通人，对他们普通的道德痛苦的卓越感知，而这正是我对他小说最为看重的地方。

这种敏锐的感知必然会成为难以背负的沉重负担。我想，《高堡奇人》中的田芥先生，或许正反映出作者复杂人格中的这一面向。田芥先生是一位普普通通、循规蹈矩、能力有限、本分得体的中年生意人，他不得不去感知，去试着正视那可怕的人类罪恶。他的恐惧、他的勇气和耻辱，都令他迥异于那些外太空探险故事中手持射线枪的英雄，也同样迥异于那些曼哈顿上城中遭遇各种性问题的反英雄。或许"英雄"这个词，就像"女士"一样，已经走到了尽头。我们需要另一个词，一个更深刻、不那么浮华、不那么做作的词，来形容像田芥先生这样的人。

迪克的行文透明、朴实，往往过于平淡。它避免了复杂的语法和花哨的词汇，只是不时用一些冗长的荣格式术语，或者其他行业黑话。二十世纪五六十年代的科幻界普遍认为，只有装腔作势的作者才追求"风格"。真科幻作家只会平铺直叙（即便"平铺直叙"的内容完全是虚构出来的）。这种立场很可能影响了迪克，但他鲜明直接、不事雕琢、仿佛新闻纪实一样的语言，也掩饰了其中微妙、惑人的艺术。法国人早在英语世界的批评家之前就开始追捧迪克，他们写了不少关于他的文章，与此同时，他在美国仍然要靠纸浆杂志的收入努力活下去。法国人同样为爱伦·坡疯狂；我想这或许是因为，法国人的耳朵听不到坡诗歌中的粗疏之处。或许他们也同样听不到迪克行文中的粗笨。但或许也正因为这样，他们可以自由感受他的风格与内容之间惊险却有效的紧张关系。

无论如何，在《高堡奇人》中，迪克使用了一种奇怪的电报式风格。小说每次使用一个人物的视角来讲故事（第三人称限知叙事，自亨利·詹姆斯时代以来一直主导小说的叙事模式）：我们通过故事中人物在想什么来了解故事进展。这些人所想的句子中经常不加冠词"a"和"the"，有时候连代词都没有。考虑到这些人大部分要么生活在日本统治下的北美西海岸，要么是日本人的子孙后代，这种处理有可能是以一种极为粗糙的方式，来展现日语对人物的影响。然而，当读者发现，来自德国统治下的东海岸的人物也同样以没有冠词和代词的方式思考时，一定会停下来陷入沉思。

一个与之类似却也更深邃的谜团是：为什么这些日本殖民者和他们的北美臣民都要按照中国的《易经》来生活，而《易经》在日本文化中并不是十分重要。据说迪克在写《高堡奇人》时，将每个情节的决定、故事走向的每个选择，都交给这本古老的卜卦之书来决断，如果这个说法属实，只会让谜团进一步加深。

对合理性的漠视，多种随机的可能性，以及什么看似真实、什么看似不真实之间日益增长的彼此渗透，将我们带往迪克式危机的边缘——那是可能性与不可能性、真品与仿品、历史与虚构的断裂之处，是已发生过的、可能发生过的、没有发生的、可能会发生的事物之间的无人地带，一处非地之地，没有坚实的根基，也没有任何东西靠得住——一处精神旋涡，迪克的想象力对此非常熟悉，并且可以用直言不讳、极有说服力的方式，用一种平淡无奇的语调，讲给读者听。

他冷静地剖析我们所了解的世界，就像别的小说家描述一次散步或一场晚宴。他就是有这样可怕的颠覆力量。

整部小说贯穿着对历史真实性，对伪造性，对什么令真者为真、假者为假的思考，它们深切地驱动着情节，驱动着人物的思考与选择。这些思考和由此产生的行动并没有走向任何最终的答案或解决，它们未被解决，从而始终充满生命力。田芥先生对位于"我们"现实中的旧金山有过可怕的短暂一瞥，在这个现实中，德国和日本输掉了战争；令他进入幻景的中介物是一件朴实无华的金属首饰，来自一名犹太工匠之手，后者过去以伪造工艺品卖给日本收藏家为生。标题中的"高堡奇人"并没有住在高城堡里，而是住在怀俄明郊区的一座房子里。他写了一部科幻小说，也是一部架空历史小说，小说中德国和日本输掉了战争。小说的标题《蝗虫成灾》无疑出自于《圣经》，有点像是《传道书》中的一个说法。在漫长的悬疑铺垫之后，这部小说的作者终于出现在小说临近结尾处，清晰地引出最后的戏剧性场景——但那出戏又发生得几乎有点随意，并以安静而巧妙的反高潮的方式走向终结。

小说中充满可怕的紧张气氛，一次又一次爆发意外的谋杀，但它并不以刺激为理由，也不以暴力为解决方案。菲利普·迪克充分意识到人类之恶的力量，也熟悉各种各样的（至少是初期的）精神错乱，他同时受到两样东西的诱惑，一个是无限不稳定带来的晕眩，另一个则是唯一坚实之物的存在可能性：友好、善良，以最平凡的方式，出现在最普通的人身上。我们来之不易的善意究竟是唯一可以信任的东西，还只是将我们引向地狱，迪克以模糊的笔法避免直接说出答案。但我想，这本杰作的核心事件，应该正是他笔下那些人物为了把事情做对而做出的种种半吊子的愚蠢尝试。

弗里欧书社（Folio Society）2015 年版导读

赫胥黎的苦旅

Huxley's Bad Trip

当《美丽新世界》于1931年问世的时候,它并未被称作"科幻",因为这个词彼时还很少被使用;在那之后,它也很少被称作"科幻",因为这种标签往往意味着一部作品没有文学价值。既然评论家最终放弃了这种关于类型的偏见,那我们不妨按照这本书的实质来称呼它:一部令人目眩神迷的早期科幻作品。

奥尔德斯·赫胥黎试图让这部小说成为一个关于未来的警示,但它做到了更多:它自己活到了未来,在出版后的几十年里,这本书始终在文学界具有巨大影响力。它成功地为二流作家提供了一种"未来主义"写作模式,或许在千禧年之后的读者看来,这种写作显得解释太多且容易预测。1931年对读者来说是新的、具有大胆原创性的东西,现在早已变为陈词滥调。大量小说和电影早已让我们或多或少熟悉了这些元素:巨大的实验室、瓶中成熟的胎儿、被设计好的孩子、永远年轻性感的女人、成群结队难以区分的克隆人,一个纯粹物质的天堂幻境,那里除了想象力、自发性和自由之外什么都不缺。有时我们甚至能在每日电视新闻中看到那些被设计好的、身穿制服的孩子,看到那些笑容满面的克隆人整齐划一地锻炼身体。

无论是在现实还是在小说中,理性乌托邦和以其为原型的理性恶托邦都以极为相同的模式运行。并且它们都是一些很小的地方,极度缺乏变化。赫胥黎关于完美天堂即是完美地狱的悖论性描述极为出色;但无论天堂还是地狱,只要是以理性和政治的方式构想出来的,都无法给我们的想象提供太多东西。只有诗人,像但丁或弥尔顿那样的诗人,才能够发现天堂和地狱的壮丽,并满怀激情地呈现出来。

《美丽新世界》有没有超越其理性恶托邦的限制,走向更加宏大的诗的意象世界呢?我不能说它做到了,也不能说它没做到。

这部充满警示的小说做到了很多人认为所有科幻小说会做的事:它预测了未来。写预测性作品的作家直接从现实出发进行外推,不管其中有多少戏剧化或反讽的夸张。他们相信自己知道未来会发生什么，不论是好是坏，并且他们希望读者也能相信。然而，也有很多科幻小说与未来无关，而只是一种或有趣或严肃的思想实验，就像H. G. 威尔斯的《星际战争》或雷·布拉德伯里的《火星编年史》那样。思想实验者利用小说将现实的各个方面重新组合成新的形式，对它们不应该按照字面意思理解，而要理解为只是为了打开思想，拥抱可能性。他们并不在意读者相信与否。

当我意识到赫胥黎本人似乎完全相信他自己的预言时，就更深刻地感受到这种区别。

1921年，在苏联社会实验初期，叶甫盖尼·扎米亚京在他伟大的恶托邦小说《我们》中描绘出一幅强有力的画面，让我们看到一个完全由政府控制的过度理性的社会。早在那之前的1909年，E. M. 福斯特已写出想象力惊人的短篇小说《大机器停止》，而赫胥黎肯定读过。可以说，《美丽新世界》在反极权主义恶托邦这一特定传统中有着值得尊敬的前辈。1931年，当大部分亚洲和部分欧洲都被独裁者统治或接管时，将极权政府视为对任何形式的自由最直接、最可怕的威胁是再现实不过的事。

然而直到1949年，赫胥黎仍然认为他的小说不仅仅是一个警世故事，更描绘了正在诞生的现实。

《一九八四》出版后，他给乔治·奥威尔写信，慷慨地称赞这本书"很好，很重要"，但为了在奥威尔更为微妙却也更为残酷的恶托邦面前维护自己的想象，他又补充说：

> 我相信，下一代的世界领导人们将会发现，婴儿培育和麻醉催眠作为统治工具，要比棍棒和监狱更有效，对权力的欲望不仅可以通过鞭笞踢打从而让人们服从的方式，也可以通过让人们爱上被奴役的方式而得到彻底满足。

显然，他仍相信"睡眠教学法"（hypnopaedia），即世界国公民接受心智调控的核心技术，是一种被证实的有效方法，将会被投入使用。当时的心理学理论，譬如 B. F. 斯金纳的"操作制约"（operant conditioning），可被用来支持这种想法，同时大多数证明"睡眠学习"无效的实验还没有出现。但另一方面，也从来没有任何实验被认为可以证明这一点。对于赫胥黎来说，睡眠教学法与其说是一种虚构的发明或科学假说，不如说是一种信仰。

为什么他如此热切地投入一种不可靠的理论，还把它叫作科学？他对科学的基本态度究竟是什么？

他的祖父托马斯·亨利·赫胥黎,"达尔文的斗牛犬",以及他的兄弟安德鲁和朱利安,全都是杰出的、信奉人性的生物学家。托马斯·亨利·赫胥黎发明了"不可知论"这个词来命名并创造出一个属于精神(spirit)的开放空间,正如科学为心智(mind)提供开放空间一样。理想情况下,科学家寻求知识,寻求更多知识,也由此放弃了对于最终知识的任何主张。一个可靠的假设需要被永无止境的检验支持和修正(譬如哈维的血液循环理论,或者达尔文的进化论),科学由此不断走向确定性。科学家不研究信仰。

奥尔德斯·赫胥黎当然知道这一点。他还知道,很少有科学家能达到不可知论者那样理想的开放心态,并且许多科学家说起话来的样子,就好像只有他们才知道那些值得知道的事。现实世界中的许多人就像世界国的技术员一样,表现出对自己不容置喙的正确性的狂妄自信,这种情况在实验室里就像在神学院里一样普遍。

赫胥黎的小说大多数是愤世嫉俗的,但他的恶托邦作品描绘的可怕的科学主义,却揭示了某些比愤世嫉俗更激烈的东西。对某些性情的人来说,开放的心态、接受最终的不确定性,这些不仅不足够,反而既吓人又可恨。赫胥黎对科学的了解可以让他小说中的发明显得足够可信,但无论使得他不喜欢和不信任科学技术的原因是什么,他在小说中赋予后者的角色都是专横和邪恶的。他似乎将科学视作没有心也没有感情的理性主义,并且认为,对科学的追求永远不可能抵达真正的意义或做真正的善事,而只能无可避免地为邪恶服务。作为伟大的人文科学传统的继承人,他将科学描绘成人类的敌人。

……

在这里,他也引入了一个元素,极大程度上增强了作品的情感和生命力量。在他笔下的世界里,每个人都被确保享有完美而乏味的快乐,而作者却向其中引入了一个与之相反的角色。

矮小、卑鄙、沮丧的伯纳德·马克斯,一开始看上去像是这样一个离群者或者叛逆者,结果却只是一个引路人。那个对于幸福如此陌生的人,那个悲惨的局外人,他就是约翰。他被称为野蛮人,但更准确的称呼应该是清教徒。尽管约翰在世界国之外的"原始社会"中度过悲惨的童年,却从中看到足够多真正的爱与幸福,因此他确信,没有捷径可以通往对真实的体验。

……

清教徒是摒弃身体和身体享乐来拯救自己灵魂的

人。《美丽新世界》在多大程度上是一本隐藏在政治和权力议题之下的,研究厌恶身体、放弃世界,以及自我惩罚的神秘主义小说呢?

小说中最为经典的乌托邦片段,是野人约翰与"世界主宰者"之间的一段漫长对话,后者有个邪恶非常的名字,叫作穆斯塔法·蒙德。我们很难不把主宰者看作陀思妥耶夫斯基《卡拉马佐夫兄弟》中宗教大法官的有力对手。"在九年战争之前,"主宰者轻快地开始谈话,"曾有个东西叫作上帝。"野人在一个天主教和原始宗教狂乱混杂的环境中长大,对上帝相当了解,从而能够一直跟上对话。当他们谈论到上帝的本质时,他问:"现在他以什么样的方式显现呢?"穆斯塔法·蒙德回答道:"哦,他以不在场的方式显现。"他们继续争论到人类的精神需求,约翰坚持认为,我们需要上帝来保证美德和自我克制的价值,而主宰者则把它们视作"政治效率低下的症状",统统抛在一边。"没有大量令人愉快的恶习,就没有持久的文明。"他这样说。

……

约翰要求上帝、诗歌、危险、自由、善良和罪恶,他宣称自己有不幸福的权力,这一幕是整部小说的高潮;但高潮之后紧跟着跌落。可怜的野蛮人将会得到他的不幸福。

因此,他可能是小说中唯一一个能够以活生生的人的形象,而非一个寓言人物或智性结构的形象留在读者心中的角色。当我重新读这本书的时候,我已经把穆斯塔法·蒙德、伯纳德·马克斯和身材火辣的莱妮娜都忘记了。我很高兴能重新发现他们。但我却足足记了野人约翰五十年。

……

《美丽新世界》冷静地描绘出赫胥黎身处的阶级和文化,却又带有一种炙热的紧迫感;它在令人眼花缭乱的科技发明展示背后,隐藏着隐晦的或未经审视的动机;它将快乐展现为无可逃避的恶心和退化,将自由展现为盲目的许可,却并未提供逃离这个肮脏世界的方向,在这个世界里,除了快乐与自由别无选择。这是一本问题重重的书,一本带来问题的书,一本焦虑年代的杰作,一份关于二十世纪痛苦的生动记录。它也可能是一个超前且有效的预警,让我们看到人类文明沿着当前轨道继续前进的风险,而奥尔德斯·赫胥黎早在八十多年前就看到了它的开端。

弗里欧书社 2013 年版《美丽新世界》导读

斯塔尼斯瓦夫·莱姆:《索拉里斯星》

Stanislaw Lem: *Solaris*

《索拉里斯星》首次出版于1961年,1970年被译介为英文。它令我们这些美国人眼前一亮,不仅因为书本身,也因为当时我们对作者一无所知,尽管如今我们知道,他那时在自己的国家已经家喻户晓,并且名声传遍整个欧洲。斯塔尼斯瓦夫·莱姆?我们只听说过 LEM 这个缩写,"月球旅行舱"(Lunar Excursion Module)——对科幻作家来说倒是个很好的名字。而《索拉里斯星》无疑是他的一部杰作。

莱姆的其他几部小说很快被翻译成英文,其中包括无与伦比的《伊甸》,这些作品得到了来自批评界的好评。1973年,莱姆被美国科幻作家协会授予荣誉会员称号,但当时正处于冷战的幽暗阴影下,许多协会成员都强烈反对接纳一个共产主义国家的公民。显然，即便莱姆是波兰人而不是俄国人，即便可以从他的书中读出对斯大林主义强有力的颠覆性批评，但这对他们来说都没什么区别。整件事变成了一个小小的轰动事件。一份杂志调查了科幻作家对越南战争的态度，结果显示鹰派与鸽派各占一半，而对莱姆的态度也差不多如此。双方唇枪舌剑彼此谴责，我当时也参与其中。最后，协会官员以技术问题为由撤销了莱姆的荣誉会员资格。我摆出的高道德姿态让自己下不来台，于是我决定拒绝由协会成员票选并决定颁给我的星云奖，而得奖的作品——非常讽刺——是关于知识分子和政治压迫的。于是，奖杯就落入票数第二的艾萨克·阿西莫夫之手，而他正是一位吵吵嚷嚷的冷战斗士，这将整场风波推向一种近乎莱姆式的反讽。

对许多美国人来说，1972年上映的塔可夫斯基的电影《飞向太空》，很不幸地掩盖了这本书的光辉。那是一部思想深邃的美丽电影，但我认为它在思考的广度和道德的复杂性无法与小说媲美。实际上，尽管莱姆浓墨重彩地描绘出覆盖整颗索拉里斯星的海洋创造出的各种奇怪形状，让人联想到皮拉内西刻画的那些超自然的建筑，或者埃舍尔版画中的博尔赫斯式世界观，但这本书不应该以电影的方式解读，因为它从根本上不是以视觉，甚至不是以感官的方式被构思出来的。它归根结底是一部关于心智的作品，一部关于心智运作方式的作品。

重读这本小说，我再一次感受到，为什么人们会立即将其视为一部继承了前辈大师传统的、真正严肃的科幻作品。莱姆大胆的发明创造，以及他即便以第一人称叙述时也未曾改变的那种庄严或者说冷漠的笔调，都有儒勒·凡尔纳的影子。而他对于同时代科学前沿的警觉，以及那些寓言故事中的社会内涵，都与H. G. 威尔斯如出一辙。同时，就像凡尔纳和威尔斯一样，他是一个问心无愧的优秀的说书人，会用一整套隐藏和揭示信息的技巧，让读者始终身处于悬念之中。他有创作一部字面意义上"宇宙寓言"的野心，这一点让人想到奥拉夫·斯特普尔顿。

在 1970 年美国版《索拉里斯星》的后记中，达科·苏恩文——彼时少数能够欣赏莱姆的英语世界批评家之一——颇为敏锐地提出了一种或许最具揭示性的文学类比，将这部小说称作十八世纪"哲理小说"（conte philosophique）的变体。这个术语是极为准确的描述，也为本书提供了一种有用的解读路径。

不过，莱姆看待这个世界的方式却与伏尔泰清晰而幽默的视角不同。他的叙述迅速营造出一种混乱、神秘、紧张、悬疑的气氛。第一章，主人公抵达索拉里斯星，这部分充满震惊与暗示、一闪而过的恐怖、显而易见的幻觉、无法解释的事件和神秘的行为。这些谜题的含义在整本书中逐渐发展，走向结局，本该像侦探小说一样，最终为读者提供理解真相、解决谜题的强烈而简单的满足。然而，所有这些解决方案却依然处于未解决的状态：因为这些解释仅仅提供了一些暗示，让我们瞥见更深层次上的更多秘密。小说展示的是人类的理解力没有能力抵达知识的最终阶段；或许这也意味着，人类的理解力最多只能理解自身，却对自身之外的东西一无所知。

作为控制论和信息理论的早期专家，莱姆在《索拉里斯星》中创造了一种极其精妙的叙述结构，以此来展示追寻理解的渴望如何遭遇挫折。这些紧凑、生动、清晰且充满暗示的文字，引领我们穿过狂乱、意涵丰富、连续不断的意象，一个理论接着一个理论，一个问题接着一个问题，最终却只抵达了一片由语言构成却又无言的沉默。

其中有一处地方，会让任何一个读过大量所谓"学术研究"的人感到高兴。对此类读者来说，迄今为止尚属未知的"索拉里斯学"看起来简直再熟悉不过。莱姆富于反讽的机智，在他带领我们浏览索拉里斯学全貌的过程中达到极致：专家的主张，学者的争吵,无止境的解释取代解释,旧的理论被新的理论挤下舞台——所有这一切都浓缩在精彩的短短几页里。

无论是乔纳森·斯威夫特式的讽刺,伏尔泰式的哲理小说,还是寓言式的科幻,都可以给我们带来更多光明,而非温暖。在探寻关于人性的普遍真理的同时,这类故事必须放弃人类个性中那些无可动摇的顽固特质,而这正是其他小说赖以生存的东西。这些叙事模式也同时具有强烈的男性化倾向。它们可能会诋毁女性;可能会将女性作为刻板印象来呈现,好像女性只有在围绕男性角色的关系中才存在;可能会完全忽略女性。所有这一切在十八世纪和之前所有世纪的文学中都屡见不鲜(只有长篇小说存在例外)。而更为常见的是,科幻创造的"未来"往往只属于一半的人类,从而限制了这一类型的智力与道德潜力,令其仅仅被视作男孩们的天真冒险故事。

图书馆里的索拉里斯学科学家和学者似乎都是男性;当前驻扎在索拉里斯站的科学团队都是男性;很明显,先前的各批队员也是如此。在一部写于二十世纪后期的严肃小说中,建立一个完全不包含女性的知识领域,意味着一种有意或无意的忽略。读者有理由怀疑,难不成这个知识领域是通过排斥女性建立起来的？难道一旦女性进入，它就会崩溃？小说是在暗示这一点吗？

莱姆并不天真。《索拉里斯星》展示了一个独一无二的、极为有趣的没有女性的宇宙样本。而整本书的核心却是一位女性。她无疑是一个关键人物，虽然她在本质上是被动的，但其行为却被证实是具有决断能力的。即便她甚至都不存在。

她不仅是男主角凯尔文的妻子，更是他不可分割的一部分，是属于他的，比一个妻子，即便是死去的妻子，更不可分割。哈丽作为神秘的索拉里斯海洋的产物，是一个根据凯尔文的记忆被组建出来的虚构之物，一个拟像。她具有一定程度的思考和选择能力，即便她的存在完全依赖于他的存在：她在事实上的确无法离开他而存在。那么，他心中产生的对于她的爱，又是什么样的爱呢？我们知道，在现实生活中，他曾让她自杀；现在，如果她再一次试图自杀，再一次……？这些强大且感人的场景，这种模式，在叙事中的作用是什么？他们两人之间的关系（又或者只是一种自闭症状？）与索拉里斯学，或者与追寻终极意义之间到底有什么关系？哈丽的牺牲与凯尔文在全书结尾处达到的那个脆弱而初步的救赎瞬间之间，存在任何必要的联系吗？又或者，只有当破坏性的女性力量被排除在外，当整个宇宙能够再一次被还原为纯粹的、"无性别的"——也就是男性的——心智游戏的时候，才能够达到救赎？

对某些读者来说，这可能是这本书中最迷人的问题，甚至比它表面上提出的那些悖论更加迷人，它用密集而奇妙的意象戏弄我们，让我们不再相信所有信息，引领我们从幻象走向未来愿景，而后者本身可能只是错觉而已。提出那些必须提出却尚不能够被回答的问题，创造那些既无法被遗忘也无法被解释的意象——这是最勇敢的艺术家具有的特权。

2002年为慕尼黑海恩出版社德语版《索拉里斯星》所作，收入该书时译为德语

乔治·麦克唐纳：《公主与哥布林》

George MacDonald: *The Princess and the Goblin*

乔治·麦克唐纳生于 1824 年，在他成长的那个世界，人们过着一如既往的生活——徒步或骑马旅行，在房子里生火取暖，点蜡烛照明，用鹅毛笔写字。他们除了自己的邻居之外谁也不认识；相距五十英里的城镇，可能彼此之间完全陌生。与我们的世界相比，那个世界似乎没有时间，没有变化，然而，它远比我们的世界更充满神秘、危险、黑暗和未知。

那里依然是我们的民间传说、童话和大多数幻想故事发生的世界。想象力依然在那里栖居。很多当代人都希望抹除所有汽车、飞机、电力和电子产品的痕迹，从我们制造出来而现在又控制我们的机器中逃离开，希望有一个故事能带领我们迈入那属于传说和幻想的永恒绿色王国。

我们很早就已了解那些王国。我们的向导是那些为孩子们写故事的作家，在他们开始写作的时候，永恒的绿色世界正开始消失，成为过去的世界——时间之外的世界——在那里，"曾经有一个小公主……"

乔治·麦克唐纳是最早的这样一批作家之一。《公主与哥布林》如今已经是一本老书了，但它是写给年轻读者看的。故事的女主人公八岁，男主人公十二岁，而叙事语言则大部分颇为朴实直白。不过，麦克唐纳也使用了"谋划"（excogitation）这样有点生僻的词。他的一些句子很复杂，一些句子的意思则更加复杂。他为孩子们写作，而不仅仅是写"给孩子们的故事"。他没有把年轻和头脑简单混为一谈。我想，他应该是希望读者要么能理解"谋划"这样的词，要么就去查字典，这样，任何一个爱思考的孩子，都能逐渐明白他那激动人心的故事背后的深层含义。

他常常是严厉的；他可以温柔，但绝不软弱。他的绿色王国也并非四季如春：那里更像是他成长的苏格兰北部，广袤、多山石、多风雨，到处是高山和贫穷的农场，一片孤独而美丽的高地，在云雾与彩虹中徜徉。对于空中的魔法和地下的哥布林来说，这里都是最适合不过的地方。

麦克唐纳对于什么是"高贵"也持有严厉而明确

的态度。高贵与金钱或社会地位无关。公主就是举止高贵的女孩，而举止高贵的女孩就是公主。矿工柯迪则是一位王子，因为他勇敢又善良，举止（或努力让自己的举止变得）高贵又聪明。国王之所以是国王，是因为他是个好人。不允许其他定义。这是一种激进的道德民主。它与那些懒得费脑子的故事完全不同，在那些故事里，某些角色被称为好人，另一些角色被称为坏人，但他们的行为方式却完全一样，区别只在于好人赢了，坏人不仅输了，还相貌丑陋。麦克唐纳的哥布林之所以丑陋，是因为他们举止低贱。他们受到不公正的对待，却没有站出来维护自己的权利，而是躲入地下，在黑暗中怨憎愤懑，所以他们的身体都变了形，诡异的脚上没有脚趾……

这是一个很好的故事，我很喜欢，但我最喜欢的却是那些哥布林。

2011年海雀经典版导读

可能性的狂风：冯达·麦金泰尔的《梦蛇》

The Wild Winds of Possibility: Vonda McIntyre's *Dreamsnake*

从某些方面来说，《梦蛇》是一本奇怪的书，它和其他任何科幻小说都不一样，这可能也解释了一个更加奇怪的事实：它目前已经绝版了。

当人们问我，有哪些科幻书影响了我，或者哪些书是我最喜欢的，我总是会提到《梦蛇》。每次我都会得到一个热情而迅速的回应——哦，没错！——并且人们还会告诉我，从第一次读到现在，这本书都对他们意义重大。但如今，许多更年轻的读者却不知道它的存在了。

这本书由一篇曾获 1973 年星云奖的短篇改编而来，一经问世就大获成功，并一直受到人们喜爱，至今如此。它的道德紧迫感和激动人心的冒险故事丝毫没有过时。这本书本该不断再版，平装本一本接一本。

为什么事实并非如此呢?

对此,我有以下几点看法:

看法一:恐蛇症。这种症状很常见,甚至会扩展到蛇的图片,甚至提到蛇都不行;而这本书甚至在书名中提到蛇。一个让蛇在她身上攀爬的女主角,而她居然以蛇为名?呃,恶心……

看法二:性。这是一本成人读物。尽管女主角舞蛇的年纪几乎就是个孩子,却已开始踏上自己第一次非凡能力的试炼之旅,因此年轻女性应该能够怀着愉快或渴望的心情认同她,她们也的确认同她,就像认同琼·M.奥尔的《洪荒孤女》中的女主角艾拉一样,不过舞蛇对男人的品味远比艾拉要好得多。可是,这本书能在学校里得到批准吗?书中的性观念和其中的社群形态一样多元,其中包括一些非常异端的习俗,而舞蛇的性行为既是高度符合道德的,也是完全不受约束的。她可以无所畏惧,因为她的族人知道如何通过生物反馈来控制生育,如何通过一种简单的、可以通过学习获得的技术来避免受孕。唉,只可惜我们没有这样的技术。考虑到学校里对于"巫术"和"色情"(即阅读想象类文学和与性有关的现实主义书写)原教旨主义式的无情打击,在1980年代,一旦有哪位右翼家长得知舞蛇姑娘在书中的所作所为,势必引发一场暴风骤雨，因此很少有教师敢于冒这样的风险。不涉及性的硬科幻，或者表现温顺少女的海因莱因式幻想则要安全得多。我认为，正是这一点扼杀了这本书作为阅读材料在初中或高中被广泛阅读的机会，甚至今天依旧无法进入青少年阅读市场。

看法三："再版是看性别的"假说。男性写的书会比女性写的书在更多年里更频繁地再版，这似乎是一条通用法则。如果的确如此，那么海因莱因一直以来都比麦金泰尔得到更多照顾，并且会一直如此。

另一方面，优秀之作往往比平庸之作更长久，真正的道德质疑往往比咆哮狂吠和一厢情愿更长久。《梦蛇》以一种清晰明快的散文风格写成，其中简洁、抒情而强烈的风景段落，将读者直接带入那个既熟悉又陌生的沙漠世界，同时也有对人物情感状态、情绪变化的细腻描绘。书中对于这些角色也相当宽容，这一点很不寻常，尤其是在努力朝精英主义靠拢的科幻作品中。

以"生物反馈控制生育"的想法为例——这当然是一个伟大的技术想象创新，也得到了来自众多麦金泰尔读者的赞赏，尽管男性批评家都倾向于忽视它，因为它不是硬科技，并且会颠覆男性的性别主导地位。麦金泰尔没有将其处理成一个值得庆祝、兴奋或质疑的议题；它被视作理所当然，事情就是这样。故事中的舞蛇遇到了一个年轻男人，他接受的教育太过糟糕，不知道该如何控制自己的生育能力，舞蛇因此感到震惊，但也很同情对方。她知道他因此遭受了多少痛苦的耻辱，因为这只能被视作某种个人的失败，就像阳痿一样，但却又比阳痿更糟，因为对他来说，异性之间的性关系很可能会带来对于另一个人的伤害。

他们一起解决了他的问题。

的确，这本书里是有些一厢情愿的成分，但它却极为全面且周详地通过社会与个人行为得到落实，从而令人信服地展现出人类本性中绵延不绝的善——既不多愁善感，也不愤世嫉俗。

作家莫伊·鲍斯特恩（Moe Bowstern）转给过我一句口号，让我颇为欣赏："用善意颠覆。"这话乍看愚蠢，但细想一下就不会这样觉得了。这句话值得我们深思。通过恐怖、震慑和痛苦来颠覆是很容易的——即时满足，过去一直如此。用善意颠覆则是矛盾的、缓慢的、持久的，同时也是难以察觉的。作为一位道德方面的革命者，麦金泰尔改写了那些我们其他人仍在遵循的规则，她以如此高超的技巧颠覆我们，没有一丝一毫张扬，让我们几乎察觉不到。也正因为这样，她几乎从未获得过那些本应获得的女性主义荣誉,她给许多作家指了路,却未能从后者那里得到荣誉。

为什么说难以察觉呢?这里我以一个叫马利德斯(Merideth)的角色为例。第一次读《梦蛇》的时候,我觉得马利德斯这个奇怪的拼写意味深长,于是一直想弄明白,为什么这样一位神秘而强大的人物会被称作"快乐的死亡"(merry death),却完全忽略了这个人物真正奇怪的地方。在这个三元婚姻颇为常见的社会里,马利德斯与一男一女共同组成家庭——当然,这没什么——但我们并不知道马利德斯是丈夫还是妻子。我们不知道马利德斯的性别,自始至终都不知道。

我一直没有意识到这一点,直到后来,在谈论这本书的时候,我才意识到自己一直以来都把马利德斯当作男性——只因为我知道,梅瑞狄斯在威尔士是一个男性名字。除此之外,没有其他任何方法进行判断,并且麦金泰尔还以轻松优雅的方式,一处不差地避免了全部性别代词。

琼·阿诺德(June Arnold)的《厨师和木匠》(*The Cook and The Carpenter*)于1973年出版,受到女性主义者的盛赞,也主要被女性主义者们阅读。《梦蛇》在五年后作为科幻作品出版,被每个读科幻的人阅读。这些读者中,有多少人曾经注意到,书中一个角色的性别究竟是男是女,是交由读者来选择的,又或者甚至根本拒绝选择?我依然记得当我意识到自己被彻底颠覆时的震撼。所有那些我们讨论的东西,关于性别是一种社会建构,是一种期望,一直根深蒂固地盘踞在我脑海中,那一刻豁然开朗。我的思想由此而豁然开朗。

我希望这本美丽而强大,且非常有趣的书能够得到重印,为了曾错过它的这一代科幻读者,也为了所有准备好让自己的思想被可能性的狂风开启的年轻读者。《梦蛇》是一部经典之作,值得珍藏。

2011年6月发表于"观书咖啡"网站

写对了：查尔斯·L. 麦克尼科尔斯的《疯狂天气》

Getting It Right: Charles L. McNichols' *Crazy Weather*

我从没见过像查尔斯·L. 麦克尼科尔斯的《疯狂天气》那样的小说。我觉得再不会有第二本。这本书写的那些独一无二的知识和人生经验，都来自一个远离世俗常规的地方。

它的独特性既是它的优点也是它的缺憾。它与其他任何一本书都不同，因此找不到现成的定位，无论是在书店的书架上、在图书馆里，还是在文学评论家的头脑里。但这样的一本书，却往往能在那些有幸读到它的读者心中占有一席之地。

一位作家写一个与自己不同的族群，往往会面对两种风险。第一种是误解、歪曲——理解错了。另一种是剥削、征用——做错了。那些属于主导性群体的作家，如果自以为有权利代表较弱势群体成员说话，就容易洋洋得意地无视后者存在。这种无知，无论意图多么良善，都注定没有好结果。

哥伦布把白人的信念带到新大陆，他们相信，按照自然和上帝的意志，白人是一切事物和一切其他人种的统治者、所有者、合法的剥削者。从那以后，印第安人就始终要面对这份巨大的特权意识。

为那些被迫沉默的人说话是一回事；模仿他们的声音，或者用你的声音淹没他们的声音是另一回事。这种错误一直以来都在发生，或许再多的真诚善意，再多好的工作，也无法完全澄清那些白人小说家（或者回忆录作者，或者人类学家）写作中，对于印第安人的剥削嫌疑。罪恶感存在于全部印第安—白人关系史中，无可避免。

罪恶感是没有用的，除非承认它能让你远离它，去往更好的地方。过去一个世纪里，我们慢慢朝着那个更好的地方前进，这主要得感谢印第安作家和活动家孜孜不倦地用行动唤起公众对此事的认知。白人作家逐渐意识到，热情的认同可能会是一种严重的僭越，理想化可能会像妖魔化一样造成冒犯。现如今，很少有人会天真地以"印第安人的视角"来写小说。

纳瓦雷·斯科特·莫马迪于1994年为《疯狂天气》

写过一篇导读，那是一种最伟大、最仁慈的慷慨行为，她不仅充满深情地介绍了麦克尼科尔斯的书，也赞许地提到更早之前一些白人作家关于西南印第安人的小说。我按照她的提示找到了一些过去不知道的好作品。同时，我想冒昧地在她的书单中加上劳拉·亚当斯·阿默的儿童读物《荒泉山》，这本书温柔地描绘了一个年轻的灵魂，在纳瓦霍人的世界中找到家园，找到宁静。

然而，《疯狂天气》讲述的却是一个没有找到家园和宁静的灵魂：主人公"南方男孩"尚未成年，生活在两个世界之间，不知道应该去往哪一个。

我没能找到太多关于《疯狂天气》作者的资料。他曾于"一战"期间在海军服役，曾是一名记者，曾写过电影剧本，却只出版过这一部小说。关于莫哈维印第安人，关于那个荒僻的西南部角落里的居民，他所知甚多，但他不是印第安人。

他的年轻主人公同样不是印第安人。南方男孩还没有真正弄清楚自己是谁，是什么，莫马迪在导读中说他是个"混血"，尽管他的父母都是白人。我们在小说中听到各种人的声音，印第安人、墨西哥人、白人，我们听到他们说话、唱歌、喊叫、对我们诉说，但我们只知道一个人的想法。我们通过南方男孩的双眼来看所有事和所有人。

他由一位印第安养母喂养长大，正如他的莫哈维朋友哈维克所说："奶会变成血和肉。你喝了印第安人的奶，就变成真正的印第安人。你梦见什么，就成为什么样的人。"南方男孩生活在莫哈维乡下一个偏远的牧牛场，在印第安人中长大，他学到的绝大多数东西都来自印第安人，他的绝大部分思维方式也像印第安人一样。但他不是印第安人。他不是血统混杂，而是在文化、思想和心灵上混杂。他有两个灵魂。十五岁的时候，他意识到自己将不得不选择一个而离开另一个，永远离开。

也许成长总是既意味着找到自己的族群，又意味着流放。

我的父亲是一名人类学家，他对《疯狂天气》既喜欢又赞赏。他说过一句话："我认为麦克尼科尔斯理解对了。"我不记得他对其他任何一部关于印第安人的小说有过类似评价。我父亲的意思是，我们通过书中人物的所作所为获得的关于莫哈维人的生活、思想和宗教的理解是对的。我父亲曾在莫哈维乡村生活过一段时间，与那里的人们一起工作过，记录他们关于在梦中旅行的神话,后者也在这本书里被讲述,他对讲述者和他们讲述的故事都有强烈的感情和尊重。

正是他的赞扬,促使我在1944年该书首次出版后的一两年内读完了它。那时我大约十五岁。我非常喜欢它,尽管只是一知半解。我在那个年纪读过的书绝大多数都是这种情况,要说有什么特别之处,那就是我从未忘记过它,并且七十多年后重读,我对它的喜爱有增无减,也对它有了更多理解。

需要理解的东西很多。书里没有简单化的对立,不是土著的智慧对抗白人的无知,也不是聪明天真的年轻人对抗愚蠢邪恶的成年人。作者对所有人物的看法都是讽刺、同情、复杂的。他通过一系列快速而激动人心的事件和人物展开这个成长故事,与此同时,也引导我们走进一种几乎不为人知的生活与思考方式,这种方式与任何白人文化传统都截然不同,却又毋庸置疑是属于人类的方式。

麦克尼科尔斯信手拈来,举重若轻地带领我们深入一个复杂的社会,深入社会成员复杂的头脑和心灵之中,对此我有说不出的钦佩。他对莫哈维神话的重述轻松而准确,充满同情却并不恭敬。他从未不尊重莫哈维人的生活方式,却又像郊狼一样冷酷无情。他的幽默又冷又质朴,就像印第安人一样。或许这正是

1945年我读不懂这本书里的很多内容的原因之一。

如今,《疯狂天气》可能会被作为青少年小说出版,这种市场类别默认将更年长的读者排除在外,假定关于青少年的故事就是写给青少年读的。难道《哈克贝利·费恩历险记》和《罗密欧与朱丽叶》都是如此吗?……说到底,所有十五岁以上的读者都曾十五岁。我们应该感谢像麦克尼科尔斯这样的作者,他带领我们进入一个十五岁男孩的世界,他有着强烈的感知和恼人的困惑,他发现自己的力量在觉醒,却不知道该如何运用,他的无畏和脆弱,他的跌宕起伏和痛苦的激情,他尽情挥洒的人生,我们可以在几天甚至几小时之内领略这一切。

南方男孩戏剧性的成人礼发生在四天之内,可怕的沙漠热浪孕育发展为毁天灭地的雷暴——穿行在疯狂天气中的一段危险而美丽的疯狂之旅。

这个故事所展现的世界,从某种意义上来说,是一个即将终结的世界。对于西南部永恒不变的大地山峦和千古流传的习俗来说,由基督教主导的二十世纪带来的是灾难性的迅猛变化。南方男孩和他的朋友哈维克欢欣鼓舞地出发,渴望能在与皮尤人的战斗中表现英勇,但这场战斗最终却变成对一个悲惨的精神失常者无组织的追捕。光辉岁月已经过去了。"因为当伟大的日子走到尽头时,我们就变得和那些郊狼一样。"伟大的老战士"黄路"这样哀叹。"世界末日!世界末日!"曾经可能是白人的"摩门教仇恨者"这样喊道。狂风暴雨中,被困在一条正在崩塌的悬崖小径上的莫哈维男孩们大声唱道:"扔掉他们的梦。"而南方男孩则试图用他们的信念战胜自己对死亡的恐惧——但他母亲仿佛来自地狱般的诅咒翻涌上来,击垮了他:

> 他犯了罪——他的长头发,异教徒世界的标志和象征,正抽打着他的脸。在所有嘈杂的声音中,他只听见自己的声音在喊:"哦上帝,我会剪掉头发的——我会剪头发!"然后风就停了,好像从来没有发生过一样。

一种迷信与另一种迷信在死亡之际的碰撞,耻辱与荣耀的冲突,伟大的行为同时也是荒谬的错误,白人与印第安人之间,或者印第安人与印第安人之间友谊与敌意的混合,崇高不可避免地与彻底的荒谬彼此融合——整个故事都由这样一些鲜明的对比不可思议地交织而成。它像莎士比亚的悲剧一样充满戏剧性,却又像《伊利亚特》一样毫无浪漫色彩。

故事的结局是偶然的，却也是不可避免的，就像故事中发生的其他事一样。在老战士奇怪而狂野的葬礼上，在风暴中，在风暴之后，南方男孩看清了自己必须要做的事。这件事会带他去该去的地方，让他成为该成为的人。这是一个启示，一种走出迷茫的方式，一条通往成年的道路。但选择这样一条路进入未来，就意味着放弃所有其他的路。在准备和哈维克分手的时候，他这样想：

> 去年，在"大哀号"——每年为当年的杰出死者举行的纪念活动——举行期间，他们两个和其他男孩们坐在一起，为"奔跑的年轻人"举着带羽毛的魔杖。第二年夏天，将会为伟大的黄路举行纪念仪式，人们会唱歌、奔跑、"布道"、演出歌颂英雄壮举的戏剧，上演一出伟大事迹的戏剧，哈维克将会成为"奔跑的年轻人"中一员。而南方男孩则会骑在马上，与那些白人待在一起，看着这一切。

故事的最后几页迅速转向一个令人满意的结局，一个大团圆结局。南方男孩做出了选择，找到他的族人。读完这本书很久之后,我才突然想到,他在自己的族人里叫什么名字?

我们始终都不知道。

纳瓦雷·斯科特·莫马迪告诉我们,要慢慢读《疯狂天气》,细细品味,她是对的——但这对于第一次读这本书的人来说可能很难。当两个男孩骑马进入这片神话与冒险、梦想和危险的奇妙土地之后,事件节奏突然加快,悬念迅速积累。你必须和他们一起骑马,一起奔跑,一起闯入和穿越暴风雨。

在那之后,也许过一段时间之后,你可以重新再读一遍。现在你可以按照祖母说的那样做:慢慢读。你可以发现其中的丰富之处,思考那些陌生之处,你可以想一想,如此多的错误、曲解、愚蠢和悲伤,何以叠加在一起,组成一个如此强大和美丽的故事。

2013 年灯塔(Pharos)书店版导读

评帕斯捷尔纳克的《日瓦戈医生》

On Pasternak's *Doctor Zhivago*

五十年前的这个九月,鲍里斯·帕斯捷尔纳克的小说《日瓦戈医生》的英文版在美国出版。他无法在自己的国家出版这本书。

那一年十月,它成为我的生日礼物——我的二十八岁生日。它令我震撼。二十世纪五十年代的冷战令人们思想混乱,因此那时候我无法真正理解这本书复杂的政治立场——但它是一本你可以通过情感去理解的书:它充满智慧,但必须用心去理解。

帕斯捷尔纳克是一位神秘的现实主义者,他有能力向我们讲述人类历史上一个奇怪的时代——在1917年的伟大革命期间,那些普通的俄罗斯人日复一日的生活是怎样的:思想和理想的巨大混乱,一切都变了,熟悉的一切都成了废墟,一种新秩序被残忍地建立又被突然打破，无休止的派系斗争和破坏——而普通民众又如何以其精神韧性挨过这一切，日复一日。

重读这些伟大的段落是多么令人愉快啊，譬如尤里·日瓦戈带着妻子和孩子，与其他难民一起挤在运货车厢里，踏上从莫斯科到乌拉尔的长途火车旅行。这本书里充满令人难忘的画面，譬如西伯利亚的雪地里，长而空旷的火车停在铁轨上，漆黑、死寂；还有那些安静而可怕的句子，描述成熟的麦田如何起伏摇荡，发出沙沙声，却不是因为有风，而是因为老鼠——村民们都死了；麦穗无人收割，数以百万的老鼠在其中繁殖——尤里独自一人，徒步穿过这些麦田，走在从乌拉尔回莫斯科的路上。

整部小说都由旅途、离别和相聚构成——几十个角色消失又出现，他们因为热恋而结合，但无法长久维系，强烈的恨就像爱一样把他们紧紧联系在一起，他们相遇，分离，哭泣，再次相遇，却浑然无知。这并非无序，而是一种疯狂又复杂的相互联系，就像巨大火车站里的轨道——所有交错的命运，所有怀抱赤诚之心的灵魂，都像尘埃一样无助，被革命的狂风裹挟着。

现在我才意识到，自己从帕斯捷尔纳克那里学到那么多写小说的技巧：如何跨越巨大的距离和时间，在几英里之外或者数年之后，选择一个正确的地方落笔；如何通过细节的准确性来让情感变得具体；如何通过省略和留白来呈现更多东西……

这是一本巨著。五百页的篇幅，对于刻画整个俄罗斯、四十年的历史、一个人的生活和梦想来说并不算长。但它极为广阔，如同一个人的灵魂。它承载着巨大的痛苦、背叛和爱。我喜欢这本书，它有可能是最后一部伟大的俄罗斯小说，是来自一个恐怖世纪的美丽而高贵的见证。

> 本文创作于 2008 年 5 月，原为全国公共广播电台的"这本书你必须读"节目而写

尊严的榜样：
对若泽·萨拉马戈作品的思考

Examples of Dignity:

Notes on the Work of José Saramago

我的朋友，诗人娜奥米·雷普兰斯基（Naomi Replansky）在信中说，她正在读一本很棒的小说，若泽·萨拉马戈的《失明症漫记》。我知道他曾于1998年获得诺贝尔文学奖，然而，却是娜奥米的评论让我跑去买了一本。

翻开第一页时，那些古怪的标点符号令我望而却步。萨拉马戈喜欢不停顿的长句子，省略引号，还不喜欢分段。在我看来，标点符号是人类为数不多的没有不良副作用的发明之一，并且我非常喜欢这些小圆点和曲线，甚至曾专门为它们讲过一整节写作课。而在萨拉马戈的书中，一整页从上到下密密麻麻，仿佛不透风的灌木丛，只有逗号隔开的几条小路，这对我来说实在太难读，让我一度心生厌恶。

紧接着，当我在灌木丛中摸索前行时，开始感到害怕。这个故事，委婉地说，就是一场噩梦，我读过的那些冷硬惊悚小说与之相比简直就像小甜饼。故事的设定是，一座城市里所有人都突然失明了，不是同一时间，而是几天之内先后随机失明，这个想法本身就已足够恐怖；萨拉马戈通过一个又一个普通人的眼睛（完全是字面意思）来描述这一过程，用平和安静的叙述口吻将恐怖推向极致。尽管政府试图控制（或者不如说正因为试图控制），这座城市很快开始崩溃——失明的司机驾驶汽车，住宅中发生火灾，惊恐万分的士兵面对惊恐万分的市民。一座被用来关押早期失明者的废弃精神病院，很快就变成一个地狱般的地方，恐惧和软弱可以在人们身上唤起的所有最坏的事情都汇聚于此——欺凌、奴役、无端的残忍、强奸……我读到这里就停了下来。我实在无法忍受。

要继续读下去，要有意去读那些可怕的残酷文字，我必须毫无保留地信任作者，就像信任普里莫·莱维描写集中营的回忆录一样。我必须相信，萨拉马戈不仅仅是在利用自己对读者施加的力量上演一场恐怖秀。我已准备好承认他的力量，承认他陀思妥耶夫斯基式的传递痛苦的天赋，但我需要足够信任他，需要相信这份痛苦值得忍受，才能听他把这个可怕的故事讲下去。要知道他是否值得这样的信任,唯一的方法就是阅读他的其他作品。我也正是这么做的。

于是,我读了能找到的萨拉马戈的全部英文作品。萨拉马戈用葡萄牙语写作,那是他的母语。通过探索他的其他长篇小说,我对他本人有了一些了解;在他优美、诚实、雄辩却又缄默的诺贝尔获奖演讲中,他告诉了我们他认为我们需要知道的一切。他于1922年出生在一个农民家庭,十四岁之前连双鞋子都穿不上。他的外祖父母养了六头猪,这是他们唯一的生计;寒冷的夜里,他们把身体较弱的小猪仔抱进被窝。贫困迫使他离开正规大学教育,进入职业学校,在开始以文学为职业之前,他做过好几年机械师。在那篇诺奖演讲中,他这样说道:

> 那些我知道的普通人,他们被教会欺骗,后者既是国家与地主势力的帮凶,也从中受益,他们永远处于警察的监视之下,他们无数次因为独断专行的虚假正义而成为无辜的受害者。……我还没有失去希望,至少现在还没有失去,希望能多从那些尊严的榜样中获得一些伟大的力量,而这些榜样是阿连特霍的广阔平原提供给我的。

他成为一名共产党员，也终生是一位共产主义者。四十四岁那年，他出版了第一本诗集；他为多家报纸撰稿，发表社论和杂文，还做过多年翻译工作，把不同作家的作品翻译成葡萄牙语，从柯莱特（Colette）到托尔斯泰。1980年代，萨拉马戈六十多岁时，终于可以将全部精力都投入到长篇小说创作中；他的第一部作品《修道院纪事》在国际上取得了巨大成功，自那之后他再也不用走回头路了。他对美国支持下的以色列政策的直率批评，让他在一些批评家那里颇受诟病，尽管批评家们看似常常忽视他的政治立场，甚至对这个时代居然还能有人认真坚持社会主义原则的想法嗤之以鼻。的确，只有性格顽固、永不妥协的人才能做到这一点。但萨拉马戈并不是真正的政治小说家，也不善于说教。他的主题都很复杂，既朴实又难以捉摸。

我的阅读过程整体很成功——《里卡尔多·雷耶斯离世那年》（也出了英文版）、《石筏》、《洞穴》，以及其他几本书（这部分的阅读时间要晚得多）。于是我又拿起《失明症漫记》，从头开始读，这时候我已经习惯了萨拉马戈的词语丛林，并且相信无论他带我去哪里，无论路有多难走，都将会是值得的。

其他人可能不会像我一样，觉得这本书这么可怕。有太多的小说家，就像太多的电影人一样，会洋洋自得地在故事中塞满无情的暴力，会试图打破越来越高的震惊门槛，会利用残酷来帮助卖书，来"刺激"读者，而这部分读者已经习惯于认为除了"动作"之外的一切都是无趣的，或者习惯于为了控制自己身上的恶魔而将其释放到别人身上。太多的现实主义者将"不丑陋的东西就不可能真实"奉为原则，他们像消防队长一样警惕，要确保任何一丝体面、一线希望都立即被熄灭。在这一点上，我更倾向于与济慈站在一边，所以我通常避免这样的小说——因此我更喜欢非现实主义作家，也因此我最初拒绝信任萨拉马戈那个痛苦而丑陋的故事。那些习惯于虚构的暴行和鲜血飞溅的电影画面的人，不会像我一样，对他们认为理所当然的恐怖感到恶心。这其实是个遗憾，因为这样一来，他们就不会有我最终一口气读完《失明症漫记》时的体验，那是一种真正的神迹体验，从可怕的黑暗中升起，进入一片清晰而真实的光明。

我用"神迹"这个词，并不是想暗示任何超自然的干预；这并不是萨拉马戈的路线。他对上帝总是很客气，他关于耶稣的小说总是对耶稣充满深情，但却把耶和华当作一位应该被审判的铁面法官来审判。他不寻求天堂的帮助。在《失明症漫记》这个黑暗的故事里，那一线微弱的光芒，来自一个孤独的人类灵魂试图做正确的事。她可以做正确的事，可以保护她的丈夫，但却只能通过做错误的事，通过撒谎来实现。她假装像其他人一样看不见，但她其实没有失明，因此她必须目睹难以忍受的恐怖。在她的困境背后，是那句愤世嫉俗的古老格言："盲人国，独眼称王。"H. G. 威尔斯最好也最奇怪的故事之一，正是为了驳斥这句话。萨拉马戈进一步继续驳斥，从而造就了过去五十年来最有力的一部道德小说。对我来说，这是一部几乎难以忍受的动人寓言，也是二十世纪最真实的寓言。它彻底改变了我对这个处于危机中却全然无力的奇怪时代里文学可以是什么，又能够做什么的看法。

萨拉马戈于 2010 年夏天去世，享年八十七岁。那年秋天，霍顿·米夫林·哈考特出版公司出版了他所有长篇小说的电子版，应该有这样一个版本，一种虚拟存在，因为萨拉马戈本人就曾在一篇博客文章中首次提到"虚拟文学"——一种"为了更好地揭示现实中看不见的神秘，而看似与现实脱节"的小说。他认为博尔赫斯发明了这种文学类型，但他自己却为之赋予了博尔赫斯小说所欠缺的伟大品质：对普通人，对人类日常生活充满热情和同情的兴趣。

或许我们并不是真的需要那么多文学分类，但虚拟文学这种分类可能会有用，它不同于科幻小说和推测性小说的外推倾向，也不同于奇幻小说中只有完全想象出来的现实，或讽刺文学中改良性的愤怒，或魔幻现实主义的南美洲本土性，或现代主义现实主义对于陈词滥调的执着。我认为虚拟文学与所有这些类型都有共通之处，并且它们实际上都彼此重叠，但其不同之处在于，如萨拉马戈所说，虚拟文学的目标是揭示神秘。

他作品中的揭示，是最为世俗也最为朴实的一种——没有宏大的顿悟，只有光明汇聚，缓慢到来，仿佛日出之前的时刻。被揭示的是日光之下的秘密，是看清这个世界的秘密，是真正每天都在发生的神秘。

萨拉马戈在六十多岁的时候写了他第一部重要小说，在去世前不久完成了最后一部小说《该隐》。我不得不继续用现在时态来谈论他，因为此刻他依然栩栩如生地活在他自己的作品中，一位"资深公民"的作品，而这个词是我们对"老人"这个可怕词汇的一种居高临下的委婉说法。他非凡的创造和叙述天赋，他激进的智慧、机巧、幽默、良好的判断力和善良的心，将会照耀任何一个珍视艺术家身上这些品质的人，但他的年龄却给他的艺术一种独特的优势。他把消息带给我们所有人，包括那些厌倦了听年轻人或自以为年轻的家伙说话的老年读者，而那些所谓年轻人说的，不过是我们年轻时曾跟所有人说过的话。萨拉马戈已把那些沉重的岁月抛诸身后了。他已经长大了。对崇拜青春的信徒来说这似乎离经叛道，但他实际上超越了年轻时的自己，更像一个男人，一个人，一个艺术家。他已走到更远的地方，学到更多东西。他见证了二十世纪的绝大部分，并有时间来思考，决定哪些是重要的，学会如何讲述它。他的讲述展现出的能量和掌控力是一个奇迹。在我们这一代人之中，他是唯一一位能告诉我某些我不知道的事的小说家，或者更确切地说，是某些我不知道自己知道的事：他是唯一一位我至今仍在向其学习的小说家。他有时间和勇气，去获得那种微妙而又谦逊的理解，对此我们只能姑且称之为智慧。但智慧通常会被等同于巧言令色的宽慰。萨拉马戈却完全不提供宽慰。尽管他并不会鹦鹉学舌地重复那些关于绝望的忠告，但对于那个善良的骗子——希望——他也几乎没有什么信心。

所谓的"激进"，意味着"追根究底"，而萨拉马戈正是一个扎根于大地的人。在瑞典国王的王宫里接受诺贝尔文学奖时，他用激情和简朴的语言谈到阿连特霍平原上的外祖父母，谈到农民，谈到非常贫穷的人，终其一生，他们对他来说都是受人爱戴的存在和道德榜样。他对祖国的热爱是他创作《葡萄牙之旅》的动力，也是这部电子文集中唯一的一部非虚构作品。《葡萄牙之旅》是一本从北到南穿越这个国家的详细旅行指南，也是一次发现之旅，一次重新发现之旅，是去往也是回到这个国家的一段旅途，而为了抗议政府的宗教偏见，他曾自我放逐离开这个国家多年。他是真正意义上的极端保守主义者，而后者与他所鄙视的新保守主义的反动庸俗毫无关系。作为无神论者和社会主义者，他为之呼告和忍受痛苦的，不仅仅是信仰或意见，而更是理性的信念，它建立在清晰的伦理框架之上，可以缩减为仅仅一个句子，却是一个具有极端复杂的政治、社会和精神内涵的句子：伤害比你弱小的人是错误的。

他的国际声誉因其坚定地反对以色列入侵巴勒斯坦而受损。他认为，铭记着犹太人所受苦难的以色列人，应该停止让他们的邻国遭受同样的苦难，这让那些将反对以色列侵略政策与反犹主义混为一谈的人们不再支持他。对他来说，此事与宗教无关，而犹太人的历史恰正支持了他的论点：这是一个强者伤害弱者的问题。

萨拉马戈有句名言："上帝是宇宙的寂静，而人类则是赋予这寂静以意义的呐喊。"他不常说这种戏剧性的警句。我会把他通常对上帝的态度描述为好奇、怀疑、幽默和耐心——这与你所想象的专业无神论者的激辩相差甚远。但他的确是一个无神论者,反对教权,不信宗教,虔诚的当权者当然憎恶他,他诚恳地回报以厌恶。在他迷人的《谎言的年代》(收录了2008到2009年间写的博文)中,他严厉谴责了沙特阿拉伯的宗教权威穆夫提,批评他们允许与十岁女孩结婚的立法是令娈童合法化,他也谴责了罗马教皇,批评他放任教士们的娈童行为——依旧是强者伤害无力抵抗的弱者的问题。萨拉马戈的无神论与他的女性主义立场是一致的,他对虐待妇女、贬低妇女和工资过低的状况,对男人滥用社会赋予他们的权力对待妇女的方式表示强烈愤慨。这一切都内在于他的社会主义立场。他选择站在弱者一边。

他从不多愁善感。在他对人的理解中,有一种非常罕见的东西——一种允许爱和钦慕生长的幻灭,一种看清世事之后的宽恕。他对我们不报太多期望。在精神和幽默感方面,他可能比此后所有小说家都更接近于我们第一位伟大的欧洲小说家塞万提斯。当理性的梦想和正义的希望走向永无止境的失落时,犬儒主义是一条容易的出路;但萨拉马戈这个顽固的农民是不会选择那条出路的。

他当然不是农民。他出身于寒门，曾是一名汽车修理厂技工，一路奋斗成为一名有教养的知识分子、文学家、编辑和记者。作为一位多年的城市居民，他热爱里斯本，他以局内人的立场处理有关城市和工业生活的问题。但他也经常在自己的小说中，选择从城市之外的某处来看待这种生活，在那里，人们用自己的双手谋生。他并不诗情画意地歌颂田园生活，而是提供一种现实感，让我们看到那些普通人在什么地方，以何种方式，真正地与我们共同的世界剩下的那些部分联系在一起。

他的小说中最明显的激进之处，就是前面提到的标点符号。读者们可能会像我一样望而生畏，因为他只用逗号不用句号，又不分段，让整页文字密不透风，让大段对话分不清谁在说话，令人迷惑。这是一种朝向字词之间没有间隔的中世纪手稿的激进回归。我不知道他为什么会有这些怪癖。我学会了接受它们，尽管并非心甘情愿。他使用的方法，会被中学老师们称为"用错逗号"或者"句无停顿"，这会让我读得太快，以至于无法把握句子的形状和对话中的间歇节奏。但当我放声朗读的时候，就几乎没什么困难，或许是因为阅读速度被放慢的缘故。

如果接受他的这点怪癖，那么他的文笔（这方面我是从他出色的译者玛格丽特·朱尔·科斯塔那里了解到的）可以说是清晰、可信、生动而粗犷的，非常适合叙事。他惜字如金。他是一位了不起的说书人（再说一次：试着放声朗读），并且他所讲的故事与其他任何人都不同。

这里有一些简短的笔记，记录了我自己在学习如何阅读萨拉马戈过程中的反思，这是一门上不完的课。

《修道院纪事》于1982年在葡萄牙出版后，迅速在欧洲获得好评。这是一部狂野的历史幻想小说，充满各种意料之外且难以预测的元素，包括音乐家多梅尼科·斯卡拉蒂、瘟疫、宗教裁判所、女巫与飞人，它古怪、迷人、滑稽、有趣，讲述了一个讨人喜欢的爱情故事。在我看来，它仿佛是其他更伟大的小说到来之前的暖场之作，却为作者赢得了声誉，并且许多人都认为这是他最好的作品之一。

在他所有的书中，我感觉最难读的是《里卡尔多·雷耶斯离世那年》。这是萨拉马戈最能展现出他的博尔赫斯式聪慧，或许也是他最具葡萄牙特性的一本书。它要求读者，即便对书中的主题缺乏了解（作家费尔南多·佩索阿、葡萄牙文学文化，以及里斯本城市），也至少要对面具、替身和假身份有某种痴迷，萨拉马戈无疑具有这种痴迷，而我却完全没有。一位拥有这种痴迷的读者，会发现这本书（以及后来的《双生》）是一座宝库。

关于他的下一本书，他在诺贝尔奖演讲中只是简单提及："葡萄牙政府对《耶稣基督福音书》（1991）进行审查，以这本书冒犯了天主教为借口，禁止它获得欧洲文学奖，因此，我和妻子搬到了加那利群岛的兰萨罗特岛居住。"大多数为了抗议暴虐专制而离开自己祖国的人们，难免奋臂高呼，手舞足蹈。而萨拉马戈只是"搬到另一个地方居住"。我承认，这本书的主题并不是我最感兴趣的，但它是一部微妙的、亲切的、悄无声息、令人不安的作品，是那么多关于耶稣的小说中出类拔萃的一部（它们中的第一部，正如这本书的标题所暗示，可能正是《福音书》本身）。

《石筏》是一部科幻小说，这部动人的小说被极其幸运地拍成一部动人的电影，拍摄地点在西班牙。欧洲从比利牛斯山脉处裂开，伊比利亚半岛奇妙地、灾难性地发生漂移，越过加那利群岛向美洲而去。萨拉马戈充分利用这个机会来取笑政府和媒体，在面对那些超出官僚与专家职责范围之外的事件时，缺乏耐心而又无能的夸张反应，同时也探索了一些我们称之为"普通人"的面目模糊的市民，面对这些神秘事件时的反应。这是他最有趣的书之一。并且在这本书里，我们还发现了第一只重要的"萨拉马戈的狗"。

《失明症漫记》里也有一只狗。书中的人物都没有名字，而狗也仅仅被称作"舔泪水的狗"。它是一只令人难忘的狗。我相信，萨拉马戈所有最好的作品里都有一只狗。那些狗体现了他故事中一种深刻而基本的元素。它们不会说话，因此无法告诉我们那是什么；它们的沉默也是自身重要性的一部分。我不知道自己为什么倾向于认为，他那些有狗的小说比没有狗的小说要更胜一筹，或许与他拒绝把人视为万事万物的中心有关吧。有时候，人们越是执着于人性，似乎就越缺乏人性。我由此学会，每次翻开一本萨拉马戈的新书时，都希望能看到狗的出现。

接下来——这时候他七十多岁，每隔一两年就写一部小说——是《里斯本围城史》。我第一次读这本书的时候很喜欢，但同时觉得自己愚笨且能力不足，因为它讲述的是，或者看上去似乎是葡萄牙历史中的开创性事件，而我对葡萄牙的历史一无所知。我读得太粗心，以至于完全没有意识到，我的无知对于阅读这本书根本毫无影响。重读这本书时，我发现读者需要知道的一切其实都在小说里——十二世纪基督教徒围攻里斯本的摩尔人，这段"真实"的历史与"虚拟"

的历史交织在一起,通过一个词的改变,从"否"变为"是",一名生活在二十世纪里斯本的校对员雷蒙多·席尔瓦有意犯下这个错误,想以此颠覆"历史真相"的权威,由此而产生一本新的《里斯本围城史》。雷蒙多是"一个简单的普通人,他与芸芸众生的唯一区别,在于他相信一切事物都有可见的一面和不可见的一面,除非我们把两面都看清楚,否则就对它们一无所知。"校对员雷蒙多是这个故事(以及其中爱情故事)的主人公,仅此一点就深得我心。

紧接在这个轻松而发人深省的故事之后的,就是《失明症漫记》(它的葡萄牙标题的意思是"失明散记");之后不久,他又出版了《未知岛传说》,一部可爱而诙谐的寓言故事集;之后不久,他又出版了《所有的名字》,这本书讽刺了怪物般的官僚机构,或许是他所有小说中最具卡夫卡风格的一部。然而,将萨拉马戈与卡夫卡进行比较是一件棘手的事;他比卡夫卡更冷峻,也更温柔,他的愤怒既深沉又节制。我无法想象萨拉马戈会写《变形记》,就像我无法想象卡夫卡会写爱情故事一样。《所有的名字》中,那令人难忘的民事登记总局带领我们回到无法穿透的黑暗中,而主人公若泽先生作为一名小职员,对登记总局档案里的成千上万个名字中的一个名字产生了无可抑制的兴趣，想找到名字背后的人，如果这不算一个爱情故事，那也是一个关于爱的故事。

在上文提到的《葡萄牙之旅》后，萨拉马戈写了《洞穴》，从某种程度上来说，这是我最喜欢的一本书，因为我很喜欢里面的人物。2009年5月，萨拉马戈在《谎言的年代》中揭示了这本书的主题，尽管他并没有直接谈到这部作品，而是谈到自己眼中的世界：

> 每天都有物种在消失，植物和动物，语言和职业也在消失。富人总是越来越富，穷人总是越来越穷……无知正在以一种真正可怕的方式扩张。如今我们正面临严峻的财富分配危机。矿产开采已达到糟糕透顶的程度。跨国公司主宰着世界。我不知道究竟是阴影还是图像将我们遮蔽在现实之外。也许我们可以永无止境地讨论这个问题；足够清楚的是，我们已经失去了分析世界上正在发生什么事的判断能力。我们好像被关在柏拉图的洞穴里。我们放弃了思想和行动的责任。我们把自己变成惰性的存在，没有愤怒的感觉，没有对服从的拒绝，没有抗议的能力，而这些都是刚刚过去的时代里我们曾拥有的最显著特征。

我们正在抵达一个文明的终点,但我并不想听到它最后的号角。在我看来,新自由主义是一种伪装在民主之下的极权主义的新形式,却只是徒有民主外表。购物中心是我们这个时代的象征。但是,还有另一个正在迅速消失的微型世界,那就是小型工业和手工业的世界……

这就是《洞穴》的框架,这是一部极其丰富的恶托邦作品,运用科幻外推的绝妙技巧,为微妙且复杂的哲学思考服务,与此同时,最重要的是故事中的人物强而有力。主要角色之一正是一只狗。

2004年出版的《复明症漫记》,采用了《失明症漫记》的背景和部分人物,但方式却完全不同(没有人能指责萨拉马戈把同一本书,或者看似同一本书写了两遍)。这是一部沉重的政治讽刺作品,非常黑暗——矛盾的是,它的结局和内涵都比《失明症漫记》要黑暗得多。

在他的诺贝尔奖演讲中,这位自称"学徒"的作者说:

这位学徒想到:"我们都失明了。"于是他坐下来写了《失明症漫记》,以提醒那些可能读到这本书的人,当我们羞辱生命的时候,我们就扭曲了理性,提醒他们人类的尊严每天都在被这个世界上有权有势的人们侮辱,提醒他们无所不在的谎言已取代了众多真理,提醒他们当一个人失去对同类的尊重时,他也就不再尊重自己。

表面上看,这样描述《失明症漫记》有些奇怪,因为在那本书中,是那些无权无势的人们在侮辱人类的尊严,那些因为发现自己和其他人失明并失去控制从而感到恐惧的普通人。有些人的行为愚蠢、自私而残忍,只顾自己活命,甚至抛弃了自尊和人类的体面,譬如那些接管精神病院并虐待其中成员的人,他们是权力腐败的缩影。但这个世界真正有权有势的人们甚至没有出现在《失明症漫记》中,而《复明症漫记》则正是关于这些人的,这些扭曲理性的人,这些无所不在的骗子。

很明显,萨拉马戈的小说并非简单的寓言。要"解释"《失明症漫记》中所有人(除一个人之外)看不到的是什么,或者《复明症漫记》中的市民看到的又是什么,必然会有失草率。可以确定的是,他们是同一座城市里几年后的同一群人:前一本书对后一本书的启发,我只刚刚看出这一点。

故事从那些普通市民开始讲起，不久之前，他们刚刚恢复了视力和平静的日常生活，做着一些看似与视力或失去视力全然无关的事。在投票日当天，83%的人早上没有去投票站，而是下午晚些时候去投了一张空白票。我们看到官僚们的沮丧，记者们的兴奋，以及政府的歇斯底里。这个讽刺故事一开始很有趣，让我以为自己在读一部轻松的伏尔泰式故事，但我其实错过了重要信息。

大多数英国人和美国人都并不熟悉投空白票这一行为代表的意义，因为他们还不习惯在一个让投票完全失去意义的政府统治下生活。在一个正常运转的民主体制里，人们会把不投票视作一种偷懒的抗议行为，很可能会被当权者利用（譬如工党的低投票率让玛格丽特·撒切尔获得连任，而民主党的冷漠则让乔治·布什两次当选）。我很难承认投票本身并不是一种行使权力的行为。因此，我一开始对萨拉马戈笔下那些不投票者表达的意思视而不见，然而当国防部长宣布这个国家正面临恐怖主义的威胁时，我才终于开始明白。

其他部长表示反对，但他还是得偿所愿，宣布国家进入紧急状态。一枚炸弹爆炸（当然是恐怖分子干的，媒体这样报道），炸死了不少人。另外17%投了票的选民试图离开这座城市，但疏散行动却以失败告终，因为政府忘记告诉封锁道路的军队让难民通过。那些没有投票的人，那些所谓的恐怖分子，帮助难民把所有他们想带走的东西带回家，小心茶具、小心银盘子、小心肖像画、小心爷爷……

幽默依旧温柔，但调子却开始变暗，变得越来越紧张。角色和人物都开始逐一出场，他们都没有名字，除了那只名叫"忠贞"的狗之外，也就是《失明症漫记》中"舔泪水的狗"。一名警督受命来到城中，寻找一名四年前失明症爆发期间没有失明的女人，她被怀疑与"白色失明症和空白选票症"之间的联系有关。于是这名警督成为我们的视点和中间人；我们开始跟着他一起看。他将我们带到那位没有失明的女人身边，《失明症漫记》中那位温柔的提灯者，然而，如果说前一个故事开始于可怕的黑暗，之后一点一点走向光明，那么后一个故事则一头坠入黑暗。《复明症漫记》比我读过的任何小说都更能反映我们所生活的时代。

这个时候的萨拉马戈已年过八旬，他毫不意外地选择写一本关于死亡的书——一个老人对于死亡具有的那种近在咫尺的理解，是年轻的作家无法匹敌的，无论后者与多少头公牛搏斗，或从多少架飞机上跳下去过。《死亡间歇》（也有译作《间歇死亡》的）的前提是死亡的不可抗拒。死神（在这本书里不是一个人，而是很多人，每个人负责一个地区——毕竟，官僚主义无处不在）厌倦了她的工作，决定给自己放假。这是萨拉马戈的一个重要主题，卑微的小职员决定做一点点出格的事情，就这一次……所以在这位特定死神负责的区域内，没有人死去。有一阵子，这个调子温和的古怪故事似乎陷入滥套，讲述着政府与官僚体制内的明争暗斗，让人很难不想到美国国会。紧接着那只狗出现了，我于是放下心来。会有人和狗一起到来，真正的人，他们会做出勇敢、愚蠢和不可预测的事。他们会坠入爱河，会做爱，会拉大提琴，会犯错，他们会是属于萨拉马戈的角色，他们会是愚蠢的、痛苦的、高尚的、纯粹的人类。即使其中一个人——那个唯一有名字的人——是死神。

2010年，萨拉马戈去世后不久，《大象旅行记》的英文版出版。这或许是他最完美的艺术作品，就像一首莫扎特的咏叹调或一曲民歌，纯洁、真实、坚不可摧。

根据历史记载，1551年，一只大象完成了从里斯本到维也纳的旅行，这是葡萄牙国王若昂三世送给奥地利马克西米利安大公的礼物。在小说中，大象所罗门和他的驯象人苏布赫鲁（大公为其改名为弗里茨，这对真实的哈布斯堡王朝来说是个不祥的名字*)在各种官员和军人的陪同下,从容不迫地穿过各种风景,他们一路上遇到许多村民和市民,后者对大象突然闯入他们生活这一谜团有形形色色的解释。故事就是这样。

这是一本非常有趣的书。老萨拉马戈的写作技巧高超,举重若轻,其幽默是温柔的,其讽刺被耐心和怜悯调和得恰到好处,仿佛蜇刺被收起,却依旧充满机智。

驯象人与葡萄牙船长讨论宗教的那一段特别有意思。苏布赫鲁解释说,自己或多或少算是个基督徒,接着他开始给士兵们讲象头神的故事。你显然对印度教很了解,船长说。或多或少,先生,或多或少,驯象人说,然后接着描述湿婆神如何砍下他儿子象头神的头,并用大象的头取代。"童话故事。"一个士兵说。接着驯象人说:"就好像一个人死去之后,第三天又复活了,类似这样的童话故事。"附近村里的农民们听得津津有味。他们一致认为:"大象没什么了不起的,真的,只要你绕着它走一圈,就能看得一清二

---

* 哈布斯堡家族首领、神圣罗马帝国的末代皇帝名号即为弗朗茨二世(Franz II)。

楚。"但这场宗教讨论唤醒了他们,于是他们跑去叫醒神父,告诉他一个重要消息:"上帝是一头大象啊,神父。"牧师很是不满,并承诺对大象进行驱魔。"让我们团结一致,"他对他们说,"为我们神圣的宗教而战,记住,只要团结一致,就永远不会被打败。"整段情节是一系列包含着荒诞的奇迹,是从深刻的、顺从的、深情的智慧中发出的安静笑声。

在他的诺贝尔演讲中,萨拉马戈说:"因为我不能,也不渴望去我那一小块耕地之外的地方冒险,因此剩下能做的就是向下挖掘的可能性,向地底深处,向根部挖掘。我自己的根,也是世界的根,如果允许我这样大言不惭的话。"正是这种艰苦而耐心的挖掘,才使这本如此轻松愉快的书,具有如此的深度和分量。一头大象穿越十六世纪欧洲的愚昧和迷信之旅,这像是一个寓言故事,又不仅仅是一个寓言故事。它没有道德训诫。没有幸福的结局。是的,所罗门会抵达维也纳;两年之后它会死去。但它的足迹可能会留在读者脑海中,仿佛一串又深又圆的印记留在泥土中,它们并不通向奥地利皇宫,也不通向任何已知的地方,而是指向另外一个或许更值得长久追寻的方向。

这些足迹如今不仅印在泥土中,印在书页上,印在脑海里,也印在电子媒介中;它们如今在我们的电脑中跳动，在我们的屏幕上闪现，对于所有想要看、想要读和想要追随的人来说，它们就像光自身一样既真实又无形。萨拉马戈的写作充满智慧，充满令人心碎的尊严，和一位完全掌控自己艺术的伟大艺术家的纯朴。让我们聆听来自一位真正年长者的声音，一位饱含泪水的人，一位智慧的人。

> 本文由以下几篇文章构成：《尊严的榜样》(《卫报》，2008年)、我为萨拉马戈的电子版长篇书系写的导读（哈考特出版社，2010年)，以及关于《复明症漫记》和《大象旅行记》的两篇书评(《卫报》，2006年3月，2010年7月)

阿卡迪·斯特鲁伽茨基与鲍里斯·斯特鲁伽茨基:《路边野餐》

Arkady and Boris Strugatsky: *Roadside Picnic*

这篇导读的一部分,摘自我1977年为《路边野餐》写的书评,那一年这本书的英文版首次出版。我想记录下自己身为读者在那样一个时刻的反应,在苏联审查制度最糟糕的日子还记忆犹新的时候,类似这样在知识和道德上都很有趣的俄罗斯小说,依然闪耀着不畏风险的魅力。同样在那个时候,一篇关于苏联小说的积极评论,在美国就是一则虽小却真实的政治声明,因为在我们的科幻圈里,一部分人加入冷战的方式,就是假设每一个身处铁幕另一边的作家都是意识形态上的敌人。这些保守派通过不读那些思想毒草,以保持他们的道德纯洁性(保守派通常都是如此),因此他们不必正视这个事实:许多苏联作家多年来一直借助于科幻小说,从而能够在与政党意识形态至少保持相对自由的位置上,来书写政治、社会,以及人类的未来。

科幻小说很容易对任何现状进行想象性的颠覆。那些不敢放任自己想象力滋生的官僚和政客们,会认为科幻不过就是射线枪和胡说八道,只适合小孩子看。一位作家可能只有像写《我们》的扎米亚京那样公开批评乌托邦,才会招致审查。斯特鲁伽茨基兄弟并不如此明目张胆,也从来没有(根据我有限的认知)直接批评他们的政府。他们做的事,是我从那时到现在都一直最为钦佩的:他们以对意识形态仿佛毫不关心的方式写作,而这一点是我们西方民主国家的许多作家都很难做到的。他们就像自由的人一样写作。

《路边野餐》是一个与众不同的"第一次接触"故事。外星人——故事中的"造访者"——来过地球又走了,留下几个散落各种遗弃物的着陆区域(被称作"造访区")。野餐的人已经离开;喜欢收集东西的小老鼠小心而又好奇地靠近那些皱巴巴的玻璃纸碎片和闪闪发光的啤酒罐拉环,试图把它们带回家。

这些神秘的废弃物大多数极其危险。其中一些被证明是有用的——譬如可以源源不绝提供动力的永续电池——但科学家们始终不知道,他们是不是将这些设备用于正确的用途,还是将盖革计数器当作手斧,将电子元件当作鼻环。他们无法弄清这些人工制品的原理，无法理解它们背后的科学。一个国际基金会资助相关研究。黑市应运而生；"潜行者"们潜入被封禁的造访区，冒着以各种可怕的方式残废和死亡的风险，偷走一星半点外星垃圾，带出来卖掉，有时候卖给那个基金会。

在传统的"第一次接触"故事中，交流是由勇敢且敬业的宇航员完成的，交流的结果或是知识的交换，或是军事胜利，或是一笔大生意。但在《路边野餐》中，来自太空的造访者即便注意到我们的存在，也显然对交流不感兴趣；对他们来说，我们或许是野蛮人，或许只是老鼠。没有沟通，也不可能有理解。

然而，理解又是必要的。"造访区"影响着所有与之相关的人。对造访区的探索中充满腐败和犯罪；从其中逃离的人们始终被灾难尾随；潜行者的孩子们发生了基因变异，看起来几乎不像人类。

故事建立在这样黑暗的设定基础之上，却生动、活泼、不可预测。故事背景像是北美，或许是加拿大，但人物却没有特定的民族特征。然而，他们每个人都极为生动可爱；那个靠潜行者牟利的最狡猾的老家伙，具有一种令人既厌恶又喜爱的活力。人物关系都很真实。没有超级聪明的知识精英；都是凡夫俗子。

故事的核心人物雷德，是一个平凡到难搞的家伙，一个铁石心肠的男人。故事中的大多数角色都是粗鄙之人，过着毫无指望的堕落生活，没有表现出丝毫多愁善感，也没有愤世嫉俗。没有对人性的赞颂，却也没有贬低。作者的笔触是温柔的，仿佛充分意识到人性的脆弱。

在这本书问世的年代，用普通人作为主要角色在科幻中是非常罕见的，即便是现在，科幻也很容易滑向精英主义的窠臼——超级聪明的头脑，非凡的才能，故事发生在军官而非船员身上，在一等舱的走廊而非三等舱的厨房里。那些希望科幻保持特殊——保持"硬"科幻——的作者，往往偏好这种精英主义的风格。而那些将科幻仅仅视作一种写小说方式的作者，则更欢迎托尔斯泰式的写作，在那里，战争不仅通过将军们的视角得到描写，也通过家庭主妇们的视角，囚犯们的视角，十六岁男孩们的视角，而外星人到访的故事，也不仅通过学识渊博的科学家们，更通过其对普通人的影响而展开。

人类是否能够或者将能够理解我们从宇宙中接收到的信息（甚至所有信息），绝大多数漂浮在科学主义浪尖上的科幻作品，都会给这个问题以毫不犹豫的肯定回答。波兰作家斯塔尼斯瓦夫·莱姆将其称作

"我们关于认知普遍主义的迷思"。《索拉里斯星》是他关于这个主题的书中最著名的一本,故事中,人类角色无法理解外星信息和外星造物,于是羞耻地败下阵来。他们没有通过测试。

"更高级"的物种可能对人类完全没有兴趣,这样的理念很容易导致过于直白的挖苦,然而,两位作者的语气仍然是反讽的、幽默的、同情的。他们在伦理与知性方面的成熟,通过小说后半部分的一场精彩讨论得到淋漓尽致的体现,讨论发生在一位科学家和一位幻灭的基金会雇员之间,内容则是关于外星人造访的影响和意义。不过,故事的核心却是一个人的命运。点子小说的主人公通常都是牵线木偶,但雷德却是一个有血有肉的人。我们关心他,而他的生存和救赎都处于危急中。毕竟,这是一本俄罗斯小说。

斯特鲁伽茨基兄弟对莱姆关于人类理解的问题进行了拓展。如果人类处理外星人遗留物品的方式是一种测试,或者,如果雷德在故事结尾处的可怕场景中通过了生死考验,那么被测试的东西究竟是什么呢?我们怎么知道自己究竟是通过了还是失败了?到底什么是"理解"?

小说最后的承诺,"幸福!免费的幸福!人人都有!"这句话无疑带有苦涩的政治意味。然而,这部小说不可能被简化为一则关于苏联失败的寓言,甚至也不能被简化为一则关于科学的普遍认知梦想失败的寓言。雷德在书中说的最后一句话(对上帝或对我们说)是:"我从没有把灵魂出卖给任何人!它是我的,它是人类的灵魂!你自己搞清楚我想要什么吧——因为我知道,它不可能是什么坏念头!"

芝加哥评论出版社(Chicago Review Press)2011年版导读

杰克·万斯：《帕奥诸语言》

Jack Vance: *The Languages of Pao*

杰克·万斯喜欢虚构精致华美的服饰、礼仪、种姓和阶级，喜欢讲述强者策划和争取权力的历史，他的故事都发生在地理状况奇妙，且名字充满异国风情的国家，发生在遥远的世界、遥远的未来。多年之后，我重新回到那些万斯的世界，惊奇而又感动地意识到，它们竟如此熟悉。尽管故事中充满太空飞行和各种高科技的科幻式设备，但它们其实并不是外星世界或未来世界。那是我们自己失落的世界。是飞机出现之前的地球，在那么多个世纪中，地球曾是一个浩瀚无际、充满无限神秘与陌生的地方——那时候地图上依然有大片空白，撒马尔罕、廷巴克图或加利福尼亚依然是传说中的名字，马可·波罗依然是一个来到中国的陌生人，巴格达依然是一个大盗出没的地方……

之后我们开始摧毁那个世界，努力把它缩减到一个主题公园或者购物中心那么大，大约正是在那个时候，我们开始写外太空的世界，写那些外星生物和外星文明。当《国家地理》不再有异国情调的时候，科幻小说取而代之。杰克·万斯似乎非常享受这种补偿性的发明本身；他以一种真正的《一千零一夜》式的才华去创造那些世界，用看似一板一眼的现实主义风格去写最优秀的旅行者传奇。

在我二十世纪六十年代买的万斯的许多小说中，《帕奥诸语言》是我最喜欢的一本，因为我喜欢它的主题。万斯一直注意到语言是一件多么有趣而又多么棘手的事情——不像很多科幻作家那样不假思索地设定，整个星球甚至整个星系只有一个族群，说着同一种语言。自银河帝国建立以来，所有人都说英语，这种想当然的解释要比现实主义地考虑宇宙中的巴别之乱要容易得多。然而问题在于，单一语言的宇宙是被简化的，是人为建构的——它将我们又带回到主题公园和购物中心。和万斯同一代的大部分科幻作家，普遍有着帝国主义和简化主义的思维方式，认为多样性并不重要。万斯与他们不同，他很享受多样性；他笔下的不同族群会说不同的语言，并且他们的名字也展现出其各自语言的不同音韵特点。

对于万斯的写作风格来说，文字的意义和声音都非常重要。他拥有一种真实而个人化的文学风格，这在1958年的科幻写作中实属罕见。他笔下的对话往往典雅而正式，甚至到了有些造作的地步；他的人物会这样说话："此事确凿无疑，不容否定。"可以说有些掉书袋，但如果你能接受，却相当讨人喜欢。他叙述的节奏平静、稳重、富有音乐感，他的描写段落直接而准确。他让你知道天气是怎样的，事物的颜色是怎样的，他让你置身于这样一幅画面中："在耸立的岩石斜坡上方，小而苍白的太阳在灰色的高空中疯狂旋转，仿佛一只被风吹动的锡盘。伯兰循原路返回。"

这一小段文字非常典型，第一句话的景物描写生动、诗意、准确而含蓄；第二句话则略带古意而又简洁。万斯并不浪费笔墨。他尽可能远离那种拳打脚踢的动作小说流派，但他却又是一位以动作见长的作家：他的情节不急不躁，稳步向前推进，具有一种带领读者一起前进的动力。他全盘掌控自己的故事。人物、情节、场景、描写、动作，全都在控制之下。而控制，也许是他最出色的主题之一。

《帕奥诸语言》关注的是一场争夺民族控制权的斗争：一场政治冲突，一场道德辩论。和他的其他作品一样，这本书涉及大量的人，但舞台中央却只有几个人物。其中一位是男孩伯兰,他是一颗星球上的帝国继承人,却沦落到只能依靠一位拥有巨大力量之人,帕拉福克斯。故事情节实际上是经典父子关系,复杂之处只在于,这父亲实际上还有好几百个儿子。父亲无情的妄自尊大与男孩苦苦挣扎的正义感,万斯通过二者的对立,巧妙建立起一种冲突感。帕拉福克斯尽管拥有力量,却完全被塑造他的邪恶社会控制,甚至被赋予他力量的语言控制;与此同时,伯兰则不被任何一种选择限制,因此有获得自由的希望。

贯穿全书的推想性科学元素,就是所谓的"萨丕尔-沃尔夫假说",简单地说,该假说认为,我们的精神结构是由我们的语言形成的:一个人能够如何思考,在很大程度上取决于他用来思考的那些词语。因为语言学是一门"软科学"或者说社会科学,因此保卫"硬科幻"的死硬派一定会将这本书斥作奇幻;但这样的吹毛求疵却变得越来越不可理喻。《帕奥诸语言》使用了一种尽管饱受质疑却仍经久不衰的科学假说作为故事核心元素,因此能够满足科幻的合理标准,是一部优秀而扎实的科幻。万斯了解萨丕尔—沃尔夫假说,他对其进行谨慎的运用,同时也给出令人信服的阐述,并由此出发编织出一个生动的故事。

我觉得《帕奥诸语言》有某种复古气质。也许它一直都在，一直内在于万斯典雅的语言、从容的叙事节奏，以及他对无处不在、无缘无故的暴力场面的回避中。但这也可能与万斯无可避免的大男子主义有关——这在当时几乎是科幻类型的普遍问题。故事中即便有女人，也被认为依附于男人而存在，是男人的附属品。书中一位神秘的女孩吉坦，扮演一个短暂出场的被动角色。一些无名的女性作为帕拉福克斯欲望的受害者被一带而过。伯兰有父亲却没有母亲，他既不想娶妻，也没有找到一位妻子。男人的兴趣是唯一关切，男人做家务之外所有的事，男人占据所有的领导职位；甚至疯狂也是有性别的，帕拉福克斯想靠自己的儿子们开枝散叶占领这个世界的疯狂计划，不过是将男性的性冲动，将自私的基因进行了夸张处理。女人想要什么、感受什么、思考什么、是什么，书中完全没有提到。当然很多小说都是如此，即便现在，即便小说里出现一些有名无实的女性角色。万斯对世界上一半人口都不感兴趣，至少他没有用伪善的虔诚来掩饰这一点。

我尊重他的写作，因此尝试把这个故事看作是对男性统治地位的批判，它当然可以被这样解读，却无法令人信服，因为书中完全没有具有行动力的女性角色。所以这部优秀的小说，从一种更加现代的视角来看，似乎有其不足之处。它是善意和体贴的，却毕竟忽略了女性作为半数人类所发挥的作用，这一点削弱了小说原本正义、精妙和慷慨的道德立场。

杰克·万斯并没有假装自己是文学巨匠，但我认为，他为自己设定的文学标准，比同时代大多数通俗与类型作家都要高得多，并且他忠于自己的理想。因为这一点，他应该得到永远的荣耀。希望新一代读者能在购物中心和主题公园之外，在帕奥八大洲之上，在裂星的荒凉高地上，发现旅行的乐趣。

地下出版社（Subterranean Press）2008 年再版导读

H. G. 威尔斯：《月球上的第一批人》
H. G. Wells: *The First Men in the Moon*

"类型"和"文学"通常被认为是互不兼容的特定类别，因此许多评论家、出版商，甚至作家，出于商业利益或者拜高踩低的心理，会拒绝承认具有文学性的科幻是科幻，并为前者发明出各种花哨的名字。但赫伯特·乔治·威尔斯将自己的早期作品称作"科学传奇"（Scientific romance）时，却并非出于这种神经质的心态。在他写科幻的年代，这一文类还没有名字，而威尔斯只是像一位优秀的生物学家一样，以此方式给一种难以形容的新发现生物贴上准确的标签。

"科学传奇"是一个恰如其分的林奈式双名，由属和种构成。"传奇"一词指向琉善、阿里奥斯托和西哈诺·德贝热拉克的叙事传统，从而将威尔斯故事中古老的、想象性的、纯粹幻想的元素,与其中推想性和智性的"科学"元素联系在一起,而后者在此之前并无先例。

威尔斯是第一个众所周知的以科学家身份写小说的作家,他是从科学内部,而不是从一个局外人的角度,带着兴奋、自满或恐惧之情来看待十九世纪科学革命的启示和影响。珀西·雪莱看到了科学揭示的美;玛丽·雪莱看到了其中的道德暧昧;儒勒·凡尔纳则将其视作无穷无尽的技术狂欢;但威尔斯却看穿了科学的本质。他是第一个在一位科学巨匠指导下,通过对科学的热情研究而形成自己思想的文学作家。1884年,他在科学师范学院*跟随托马斯·亨利·赫胥黎学习时,现代生物学正在定义自身和重新定义世界,如威尔斯自己所说,这段学习经历塑造了他的世界观。

这种世界观的暧昧性贯穿在他的写作生涯中,主要来自他对生物学科面临的道德困境的忠实反映。

在1891年的一篇文章《重新发现唯一性》("The Rediscovery of the Unique")中,威尔斯写道:

> 科学是人类刚刚点燃的一根火柴。他觉得自

---

* Normal School of Science,帝国理工学院的前身。

己身处一个房间中——对于虔诚的人来说，像是身处一座庙宇——火光反射回来，映照出刻有美妙秘密的墙壁，以及刻有和谐的哲学体系的柱子。现在最初喷溅的火花已化为猎猎燃烧的火苗，这个人怀着一种奇妙的感觉，看见他自己的双手，继而隐约瞥见他自己，瞥见他自己立足的方寸之地，而在他周围，在他期待为人类找到舒适与美丽的地方——依旧是一片黑暗。

他写下这段话的时候，那些依旧在被牛顿照亮的祥和宇宙中喜不自胜的物理学家，还没有发现那片黑暗；但生物学家却发现了。那黑暗就环绕在达尔文点燃的火柴周围。威尔斯的全部科学传奇，都可以被解读为对进化论假说的光芒揭示的无边黑暗的探索。

威尔斯的故事中有明显不可能的事物，有不可靠的浪漫元素，他曾因此遭到诟病。《月球上的第一批人》出版于1901年，其中的反重力物质"卡沃尔素"并不比早期登月故事中的做梦、狮鹫、人造翅膀和气球更现实——这与乘坐飞毯上天没什么两样。威尔斯曾在《七部著名小说》(*Seven Famous Novels*)一书的前言中，以其典型的自嘲口吻（这一点被太多缺乏训练的批评家们当真）说，他的方法是"诱骗他的读者在无意间接受某些看似合理的假设前提,然后一边维持幻觉,一边继续故事"。类似这样的把戏,是科幻叙事的典型策略:让某一不存在的实体或者不可能的前提被读者接受(往往通过听上去很"科学"的术语,譬如心灵感应、地外文明、卡沃尔素、超光速),然后遵循某种真正现实主义的、内在一致的逻辑,对其效果和影响进行描述。

当然,对不存在的事物进行准确叙述是所有小说的基本手法。从可能延伸至不可能,这是奇幻故事的应有之义,但由于我们很少能确凿无疑地知道,什么是可能的,什么又是不可能的,所以这也是科幻的合法元素。如果……会怎样?这是一个科幻小说与实验科学都会提出的问题,并且它们都用同样的方法来回答:提出一个假设,然后仔细观察它的结果。

如果有某种发明可以让我们去月球会怎么样(用不了六十年我们就可以做到,尽管并不是靠卡沃尔素),如果月亮有大气层会怎么样(威尔斯知道实际上并没有),如果月球居民是具有高级智能的物种,并且已经将自己的社会进化过程掌握在自己湿冷的手掌中,那又会怎么样?

最后一个"如果"是最重要的。凡尔纳的主要策略是从当前技术外推至一种未来可能出现的技术,与之相比，威尔斯所做的工作则要大得多，风险也大得多。当凡尔纳欣喜地对未来的机械奇迹发出惊叹时，威尔斯则在思考，进化的非道德力量将引领我们走向何方，更有先见之明的是，思考对进化进行有意识的、理性的控制会产生怎样的社会和道德影响。这是一百年后的我们，看着企业科学随心所欲地改变植物、动物和人类的基因密码时，才刚刚开始提出的问题。

在1896年的一篇文章《人类进化：一个人工过程》("Human Evolution, an Artificial Process")中，威尔斯设想达尔文的进化过程不再是盲目的随机过程，而是由人类进行管理，也即是"非自然选择"，他是最早提出这一设想的人之一。在此之前一年，在《时间机器》中，同一年，在《莫罗博士岛》中，五年后，在《月球上的第一批人》中，他通过小说探索了这一愿景。

在《时间机器》中，如果人类变为冷酷的莫洛克人和软弱的埃洛伊人这两个截然不同的物种，是有意将社会阶层等级编入人类基因造成的，那么它的结果则适得其反，因为贵族最终变成了工人阶级的食物来源。《莫罗博士岛》中的思想实验，其结果也并没有好到哪里去。这部前孟德尔时代的小说，其主旨一言以蔽之：被一位鬼迷心窍的科学家操纵的进化，其结果是可怕的失败,只能产生各种怪物。

在《月球上的第一批人》中,实验的方式与前两部作品中不同,其结果则是暧昧的。这一次为了各种用途和好处而对自己进行选择和繁殖的不是人类,而是外星人,月球上的人。月球人是理性和实际的,这一点毋庸置疑。那些社会昆虫们在数千年的随机选择中被塑造成完美适应其任务的各种形态,而月球人们则通过基因编辑,通过对胚胎或婴儿的改造,有意识地培育和塑造自己,从而形成一个高效、和平、融洽、没有贫穷或暴力的社会。他们的不同个体身体高度分化,在人类眼中显得怪诞可怕,但这更多地反映出我们的偏见,而不是他们的道德有什么缺陷。从美学角度来看,他们对我们而言恐怖骇人;但从伦理的角度来看,或许他们比我们更优越,不是吗?

威尔斯把这个有趣的问题交给两个特别不善于做出道德判断的叙述者,从而把最终的判断权留给读者。

小说的主要叙述者柏德福,是一个唯利是图、自鸣得意的笨蛋,什么都敢干,却什么都干不好。尽管他蛮性大发的时候令人厌恶,但由于他是如此无能,却又对自己的无能一无所知,因此他对读者来说主要是一个喜剧角色,而不是一个恶棍。在独自返回地球的旅途中,他曾有一刻产生了对宇宙和对自我的深刻认知——"我看不起柏德福……他是头畜生……是许多代畜生的后代"——但这些想法很快就烟消云散了。回到地球之后,他又故态复萌。

科学家卡沃尔则只会干一件事,却干得非常好。他几乎和那些月球人们一样专业。他的无私程度就像柏德福的自私一样。"他只是想知道……"他被一个人留在月球上,却把所有见闻都发回地球,这份智勇令人钦佩;他会坚持观察记录下去,直到丧命那一刻。但他创造了一种对知识的信仰,将其置于道德价值、社群责任和实践后果之上,而正是这种盲目的信仰最终背叛和摧毁了他。

第一批来到那些奇怪的月球生物中的地球使者,自己也早已变得面目全非,一个是因为无情的资本主义,另一个则是因为无情的科学主义。这是一部极其黑暗的喜剧,让人回想起斯威夫特的愤愤不平,但又具有一种从威尔斯的时代直达我们时代的双重讽刺。

柏德福轻松、欢快、冷血无情的讲述风格,让这个故事读来妙趣横生,节奏轻快,很有意思。它超越了纯粹的冒险故事,不仅因为智性思考方面的大胆和复杂,也因为其中的美学力量,后者在全书中参差不齐,但在某些场景中——在那些充满高密度炫目描写的时刻——却是无与伦比的。《月球上的早晨》这一章,或许本身就回答了这样一个无论是出于傲慢还是严肃意图而被提出的问题:人为什么要读科幻?我对这个答案的解释是:是因为希望能读到这样的文字——令不可见之物得到极其准确的刻画,令人感受到完全出乎意料却不可或缺的美:像科学家知晓的那样进行揭示。

这段文字同时也是对那些平庸批评家的回应,他们认为威尔斯对文学技巧一无所知,对审美价值不感兴趣。而另一位更加细心的读者,达科·苏恩文,则在《作为科幻传统转折点的威尔斯》("Wells as the Turning Point of the Science Fiction Tradition")一文中,指出威尔斯写作中的诗学特质:"这样的诗,以科学认知朝向美学认知的惊人蜕变为基础,从艾略特到博尔赫斯等一系列诗人都曾对此致敬。"惊人这个词用得很好。这样的转变至今仍然难得一见,足以令人屏息。

另一个令人难忘的场景出现在故事后半部分,是通过卡沃尔较为枯燥的语气讲述的。他的月球人向导给他看那些月球婴儿:

> 他们被关在罐子里,只有上肢伸在外面,通过这样的方式,他们被压缩成一种管理特殊机器

的人。在这个高度发达的技术化教育系统中,这些被延长的"手"通过注射得到刺激和营养,而身体的其他部分却得不到养分。……我知道这很不合理,参观这些月球人的教育方法对我产生了不愉快的影响。我希望这些感觉会过去,让我能更多看到他们美妙社会秩序中关于个体分化的这一方面。那些看上去十分可怜的手——触手从罐子里伸出来,仿佛是在对种种失去的可能性表达一种软弱无力的诉求;尽管这幅画面一直困扰着我,但说到底,比起我们地球上的教育方法,比起让孩子们长大成人,然后再把他们做成机器,月球人的方法要人道得多。

这段极具讽刺意味的文字,通过展示如何最为经济地实现所谓的"劳动分工",从而对整个劳动分工问题提出质疑。任何读过奥尔德斯·赫胥黎的《美丽新世界》的人,都能看出托马斯·赫胥黎的孙子从他祖父的学生那里学到了什么。在我看来,威尔斯的讽刺比赫胥黎的更加尖锐,也更富有同情心。

之后,我们跟随卡沃尔见到了"月球大王",它有着巨大的、"直径足有好几码"的大脑,像一个巨大的气囊,在月球最深的洞穴里,在充盈着蓝光的黑暗中若隐若现，一个没有身体只有智能的形象，它是关于纯粹心智的终极梦想。"这个脑袋真大。大得可怜。"卡沃尔这样想，但他引以为自豪的客观性，让他无法认识到他所看到的形象其实正是他自己：孤立的心智，没有身体，没有爱，被困在黑暗中，困在丑陋的过度肥大的脑袋里。"理性沉睡，群魔四起……"

2002年现代图书馆版导读

H. G. 威尔斯：《时间机器》

H. G. Wells: *The Time Machine*

《时间机器》出版于1895年，并且一直没有绝版。这是一位年轻人的第一部重要作品，而他后来将成为二十世纪早期最著名的作家之一。事实上，正是这部作品令他崭露头角。

然而，为什么在1931年的兰登书屋版中，威尔斯自己写的序言，语气却如此低调？"这显然是一个缺乏经验的作家写的作品，"他这样说，并矜持地承认，"如今还有些出版商，甚至还有些读者对它感兴趣。"他继续用第三人称写了两页，直到终于忍不住改口说"我的故事"，并把它称作"大学时代的演出"。谦虚是一种稀缺的好品质，但谦虚到这种程度就未免有点过分：他的措辞几乎就像提到自己为费边社写的第一篇报道一样低姿态，说他一边读一边恨不得钻到地缝里去。只有在序言结尾,在把这篇小说一通贬损之后,他才用一种放松的语气称其为"亲爱的老《时间机器》"。

H. G. 威尔斯是一个古怪的人,一个古怪的混合体。在一本传记的封面上,有他 1920 年的肖像,我从那张脸上看出了两副面孔:一副可爱、热情、和蔼,另一副焦虑、敏锐、难以捉摸。他清澈的目光看似直率,但并不看向你。如此丰盈,如此复杂的生活,不应该用一个词来概括,然而,在阅读他的生平和重读他的作品时,我的脑海中不断浮现的一个词,那就是难以捉摸。威尔斯就像水银:致密、沉重、闪亮,但你无法将其固定下来。哦,这就是他,这就是他说的话,你这样想,然后你意识到这不是他,也不是他要说的话。

也许他对这个故事态度严厉,与之保持距离,是因为他希望自己的声誉能够建立在自己的现实主义小说之上,建立在后期那些他称之为"关于可能性的幻想故事"中体现的社会与政治思想之上。一位作家会被一个太过成功的故事纠缠,直到他再也不想听人提起。在为了完善自己的思想和艺术而努力思考和工作了三十年后,他有理由希望未来的读者们不要被自己二十八岁时匆忙完成的一篇小说占据了视线。

然而，他留给后世的影响似乎越来越多地集中在那些早期的科学传奇中，它们距今已有一个世纪或更久的历史了：《时间机器》《星际战争》《月球上的第一批人》和《莫罗博士岛》。这些故事，尤其是前两个故事中的意象，是如此深入人心，如此广为人知，以至于成为某种真正的"原型"，不仅以电影场景的形式，更是以小说原作中那些具有深刻暗示和共鸣力量的语言意象的形式流传。一个人如果没有读过这几部作品，就无法将科幻当作文学来写作或谈论；它们作为科幻之根基的程度，即便凡尔纳的写作也无法企及，只有玛丽·雪莱可与之相较。它们建立了某种虚构文学中的神话倾向，自那之后我们一直在对此进行探索。这里我用神话一词，并非意味着轻飘飘的"空想"或"编造"，而是用其正统意义：神话是一种必要的故事，关涉那些对一个民族来说重要的现实，同时带来道德感知和道德阐释。

这些道德感知包含的内容，当然只能通过神话故事本身才能得到充分表述。故事不是幸运饼干，打开就能从中得到一张写有信息的小纸条。感知就是故事。对于故事的阐释将会因读者和时代的不同而不断变化。

于是人们一直争论，威尔斯究竟是乐观主义者还是悲观主义者，这个问题显然也困扰着他本人。他热爱科学，他遇到科学的时候，正是后者最有前途、最令人激动的时候，是现代物理学、化学、天文学和生物学充满无限希望的青春期。他想要相信科学，相信理性，相信它会带人类去往一个光明的乌托邦；他努力让自己相信这一点。但正如他在1933年说的那样，"虽然很少承认，但时不时地，宇宙向我展现出一副骇人的鬼脸。"他承认了自己不想承认，这是一种勇气。他是一位如此诚实的艺术家，因此不会隐瞒这一点。他直面那副骇人的鬼脸，正是那份黑暗带来的恐怖，正是因为看到"造化中盲目的折磨"，赋予那些科学传奇以沉甸甸的力量。

他写过充满希望的未来故事，譬如《彗星来临》和《现代乌托邦》，前一部相当沉闷，后一部则如同那些关于理性乌托邦的写作一样，掉入难以容忍的精英主义。他还写过有可能是第一部真正的恶托邦小说——《当沉睡者醒来》，展示两个世纪的社会与技术"进步"是如何走向极权主义企业国家的死胡同。即使是像《托诺-邦盖》(*Tono-Bungay*)这样一部描写平凡当代生活的现实主义小说，也以一种鬼魅般的可怕方式预见到，放射性会成为一种无法控制的癌症。

他热爱英国乡村，后者在他的一生中被不断重建和掠夺，他带着一种怀旧之情生动地描写乡村，这种怀旧之情颠覆了理性技术统治的所有美好愿景。他惧怕未来，当他看到未来完全不可掌控时；有时候他努力寻找某些政治意识形态来管理未来，有时候则退回到科学家的坚忍态度，接受那些必然来临的事物。他在自己的小说中考察和想象了各种可能性，却并不流连于其中任何一种。他面对，逃避，重新定位，重新转身面对自己害怕的东西。

他似乎总是有一种要摆脱自己的冲动，在他的生活和他的小说中都是如此，尽管他既不试图否认，也不试图背叛这种冲动。或许，这种无法安定或拒绝安定下来的状况，在他对时间本身的态度上表现得最为明显。许多他的同时代人都认为自己生活在一个时代的结束和另一个时代的开始之间，这样想无可厚非。威尔斯的小说展现出一种强烈的时间性痛苦，这痛苦属于一个感觉自己存在于"两个时代之间"的人，他在两个时代之间彷徨于无地，却始终无家可归。生活在两个时代之间，彷徨于无地，这是一个在他漫长的职业生涯中贯穿始终的近乎无法摆脱的主题。

而在这里，在他的第一部小说里，这一主题的精髓已然出现。

我不记得自己第一次翻开那本厚厚的深绿色封皮

的《七部科学传奇》(Seven Scientific Romances)的时候是几岁,也不记得自己在童年和青少年时期重读过多少遍《时间机器》。白色斯芬克斯雕像下被杜鹃花丛环绕的那片草坪,就像我从小居住的房子里的花园那样熟悉。小说语言直接、清晰、自信的韵律(与那些东施效颦者所谓的"维多利亚式散文"截然不同),至今仍堪称典范。威尔斯的叙事者这样描述时间旅行者的故事,"如此神奇,如此不可思议,却以如此可信和清醒的方式讲述",这样的描述不仅适用于这部作品本身,也说出了科幻小说叙事手法的特点:以清醒的方式讲述想象之物,让不可置信之事变得可信。

在这个故事中,除了像穿越空间一样穿越时间这一极其荒谬的概念之外,还有很多不太可信的东西,其中就包括时间旅行者惊人的随性。童年时我读这本书时,并没有注意到时间旅行者居然没有带笔记本,没有带任何口粮,甚至没有穿户外鞋就出发前往未来了,但现在想来这一点非常奇怪。他的口袋里有火柴,因为他喜欢抽烟斗,但我不确定他是不是把烟斗也带上了(《指环王》中的比尔博肯定会带上烟斗的)。来到八十万年之后,他责问自己:"为什么我没有带上柯达相机?"为什么不带呢?而且为什么是八十万年呢？大多数时间旅行者都倾向于先去一个世纪之后，或者最多一千年后，不是吗？人类的全部历史也只能追溯到大约五千年前。他却选择去往八百个一千年之后。究竟是什么让他这么做的呢？

这个问题没有答案，只有一个美学上的解释，它对我来说是充分且令人满意的。他走得这么远，是因为这趟旅行本身是如此的不可抗拒。

威尔斯对第一次伟大的时间之旅展开浓墨重彩的描述，当黑夜追逐着白天，"像黑色翅膀飞速拍打"，太阳"跃过天空"，随后时间旅行者看到"树木像一团团雾气般生长变化，黄了又绿；它们成长、伸展、凋零，然后枯死"。山丘融化、流动，太阳轨迹在冬夏之间循环往复……难怪他要如此不顾一切地"冲向未来"。

之后，在故事结尾处，他又一次毫无理由地"迈着一千年或者更久的巨大步伐"，向未来越走越远，直到他抵达地球的时间尽头，那片笼罩在"遥远而可怕的暮色"之中的海滩。这一场景是如此荒凉宏伟，如此非人，无疑是有史以来最精彩的纯科幻想象段落。

科幻几乎是唯一真正承认世界并非由人类（神灵、动物，或者行为举止都与人类一样的外星人）主宰的故事类型。它让我们偶尔举目望向那些人类行为无足轻重、人类关切亦微不足道的领域，望向无限的宇宙，望向卢克莱修所说的"光的疆域"*，也许在那一瞬间，你会瞥见一种超越安慰的自由。

时间旅行者来到公元802701年残存于世的那些病态的人类后裔中间，而他身为人类，其行为既不聪明，也不令人钦佩；他不仅不做笔记，不收集样本，还弄丢了时间机器，害死了一个朋友，在那之后，虽然或多或少并非出自本意，他却一时兴起杀了许多人——就仿佛预演了未来电影版中的场景一样。另一方面，他通过误解逐渐积累起对于那些花孩般的埃洛伊人和他们残忍的看守者莫洛克人的了解，也尝试理解人类究竟如何变得如此分裂，如此堕落，这些描写都能唤起读者的共鸣和信服，主要因为这些猜想并非最终结论。时间旅行者的传奇故事给我们留下了太多悬而未决且令人不安的问题。

除了一两段情节剧式的暴力场面之外，整个故事都是用一种轻逸、迅捷、可靠的笔法呈现的。文中有不少优雅的笔触，譬如时间旅行者唯一带回家的那两

---

* 此处英文原文为 coasts of light，拉丁语原文为 luminis oras，指出生之后的状态，这个在卢克莱修的《物性论》中一再出现的说法出自恩尼乌斯的《编年纪》。——该译法与注释均参考自李永毅译《物性论》，华东师范大学出版社2022年版

朵花，"与硕大的白锦葵有几分相像"，又譬如描写时间机器回到实验室的时候，如何停在不同于出发地点的另一个角落，以及为什么会停在那里。这些细节同样是科幻想象的精髓。它们真实可靠，无可挑剔。小说中的整座花园都是想象出来的，而里面的蟾蜍却是真实的。

《时间机器》的标题起得很好：从十九世纪到二十一世纪，它依然没有一丝衰老的迹象，那些象牙与镍的手柄，那些水晶棒依然完好无损，那些黄铜横杆依然笔直，而那些语言和画面依然与一百零七年前它出发时一样新鲜。如果我不知道这是一段可以反复重温、可以不断发现新东西的旅行，那么我一定会羡慕所有那些第一次乘坐它的人。

2002 年现代图书馆版导读

威尔斯的大千世界

Wells's Worlds

赫伯特·乔治·威尔斯出生于1866年，维多利亚女王统治的全盛时期，并于第二次世界大战刚结束时去世，享年八十岁。像我们大多数人一样，他也有着这样的经历，只是人们往往对此不屑一顾，以为是科幻小说里才有的情节：在那些彼此互不相容的世界中生存，通过时间旅行抵达一个未知的星球。

在过去几个世纪里，那些活到三十多岁的人，可能会突然之间或者逐渐意识到，自己身处一个彻底改变且难以理解的世界中，对一切都感到陌生。难民们在流亡途中飘零，国家遭受战争蹂躏的人们在城市废墟中偷生，未经训练的头脑在高科技迷宫中彷徨，穷人们透过商店橱窗或电视机表面的玻璃幕墙，凝望那个无比富庶的世界。从十九世纪早期开始，前工业社会浑然一体的宇宙变成了多元宇宙,而且变化的速度不断加快。

H. G. 威尔斯经历了这些转变,并且一生都在写这些转变。

他不是被动的观察者。他通过长期努力的工作来改变他的世界——首先,第一步,是让自己进入一个更好的环境。他出生在一个等级森严的社会里,来自仆人阶层,他的父亲是一名园丁,他的母亲则在一所名为阿帕克(Uppark)的乡绅宅邸中做贴身女仆。这个聪明且雄心勃勃的男孩摆脱了自己的成长环境(却总是带着爱意回顾童年时可爱的英格兰乡村)。他也摆脱了在一位布商那里做学徒的命运(他从这段经历中学到了很多关于中下阶层的事),回到学校——教育为他提供一条向上的通道。他为自己赢得一笔奖学金,进入科学师范学院,在那里跟随托马斯·赫胥黎和其他人学习生物学,科学的新世界,以及属于专业地位的社会和知识领域都向他敞开了大门。伤病令他从教书转向写作。三十五岁左右时,他已成为一位越来越成功的作家,很是受人尊重。他为自己建了一座漂亮的新房子,距离阿帕克的仆人宿舍遥不可及。

他还雄心勃勃地为其他人改善世界。他成了一位社会主义者,并曾短暂地加入过费边社一段时间,但后者对他来说还不够激进；他是一位乌托邦未来主义者，一位（一定程度上的）女性主义者，一位针对社会、非正义、以及资本主义商业主义的批评者，一位失败的工党候选人，一位不知疲倦的灾难和社会进步预言家。他在临近八十岁的时候写了《走投无路的心灵》(Mind at the End of Its Tether)，在经历了各种斗争和两次世界大战之后，在扛过了伦敦大空袭之后，他仍在为人类寻找希望，尽管他只能在一种关于新人类的理想中寻找，在一种变得更好的物种中寻找："适者生，不适者灭，自古以来，都是自然界无可变更的铁律。"

他在一位伟大名师的门下受教，成为一名生物学家。对于达尔文关于生存与进化的互动观点，他始终从未动摇——生命不仅仅是社会达尔文主义者眼中为了争取统治地位的斗争，也不仅仅是基督教达尔文主义者眼中被提升到终极目标高度的人性，生命就是进化，是必要的、永不停息的变化。不变意味着消亡。适应意味着延续。越能灵活适应，就越能走得长远。开放就是一切。改变可能是愚蠢和残酷的，也可能是聪明且有建设性的。道德只有通过思想的考量和选择才能成为体系。威尔斯的未来想象既有黑暗也有光明，因为他的信条允许两者都存在，却并不能担保任何一种会实现,因为他八十年的人生中充满无数智力与技术成就,也充满骇人听闻的暴力和破坏。

在威尔斯自己看来,他一生中那些最重要的虚构作品都是现实主义长篇小说。它们围绕观点展开,观察社会阶层和社会压力,具有话题性和煽动性,往往有讽刺意味,有时表达出强烈的愤慨,像《安·维罗妮卡》(Ann Veronica)和《托诺-邦盖》这样的作品,都可与萧伯纳的戏剧媲美,尽管其经久不衰的程度不如后者。威尔斯是一位古怪的,有时略显笨拙的小说家,他的大部分长篇小说,尽管有趣且不乏闪光之处,却都过时了。最终流传下来的,是那些他自己并未有任何期望,也曾被评论家们嗤之以鼻的作品,那些"科学传奇"——那些奇幻和科幻中短篇小说。

这些作品都是在他创作现实主义作品之前写的,大部分写于他四十岁之前。他早年的名声正是建立在这些作品基础之上。后来他对这些作品很是不屑,部分原因自然是来自一位艺术家总是听到人们谈论那些几十年前的作品而感到不快,部分原因是他对自己严苛的自我批评,知道自己早期的许多故事都是为了糊口而写的粗劣之作。除此之外,现代批判标准排斥所有非现实主义小说,认为它们天生低人一等,而威尔斯是一个白手起家的人，争强好胜，对低人一等的诽谤非常敏感。也许他曾说服自己相信，想象性小说不如社会观察的小说有力量和有用。毕竟，他接受的是科学训练，不是艺术训练，而科学家们被教导要把观察放在首位。但他的志业却是艺术，而非科学，他的本质是一位幻象师，能看见不可见、不可观察之物。他永远不会满足于我们所看到的这个世界。他必须改变它，重新发明它，或者找到一个新的世界。

《时间机器》《月球上的第一批人》《星际战争》《隐身人》《莫罗博士岛》——这些就是 H. G. 威尔斯这个名字对今天绝大多数人的意义，这也无可厚非。这些短长篇或者中篇小说确立了不止一种类型。它们留下了一系列不可磨灭的生动图像、意象和原型，留在一代又一代读者心中，电影人心中，图像艺术家、漫画爱好者、电视科幻迷、流行文化粉丝和后现代文化专家的心中。

早在"科学幻想"这个名字出现之前，威尔斯就在写这类故事了。他称其为"科学传奇"，后来又称为"可能性幻想"（fantasy of possibility）——或许比"科学幻想"这个名字更好些。他的独创性和创造力令人吃惊。无论你看哪一类的科幻，你都很可能在威尔斯的故事中找到先例——往往是第一个先例。他没有区分科幻与奇幻,因为在当时和其后的很多年里人们都并不区分;但他发明了一种文学样式,因为他是第一个以科学家身份写小说的人。他的想象力来源并受益于对生物学的研究,这门学科彼时正迎来发现和扩张的黎明,于是他把这种有趣而又恐怖的无限可能的感觉,带入他对其他那些大千世界的思考和探索中,那些只有思想才能前往的大千世界。

之后他转向社会评论、政治劝诫,以及精心设计的乌托邦,并且不再写短篇小说。这本选集中的几乎所有故事,都写作和发表于十九世纪最后十年和二十世纪第一个十年间、第一次世界大战之前,并且其中很多故事都发表于维多利亚女王去世之前。这足以让人重新思考"维多利亚时代"这个词汇的含义。

一些学习写科幻的人坚持认为,其特殊品质只取决于"点子",而除了流畅清晰和叙事驱力以外的文学因素,或者与刻板印象背道而驰的角色塑造,对于这些内容的关注只会削弱或稀释科幻的品质。的确有一些令人难忘的故事能够支持这一观点,而威尔斯也写过不少这类故事。然而,他对社会和心理学的兴趣,以及他较高的文学标准,则使他得以远离对"点子驱动情节"的狭隘关注。

在为自己的短篇小说选集《盲人国》(1913)所

写的导读中，威尔斯讨论了短篇小说及其与自己的关系。他引用了吉卜林、亨利·詹姆斯、康拉德和其他许多人的作品，称1890年代是短篇小说的高潮，"抒情的简洁和生动的结尾"是它的优点，并认为超唯美主义（hyper-aestheticism）意味着短篇小说的死亡。彼时，契诃夫还没有被译介到英文世界，让人们看到短篇小说的无限可能性；莫泊桑冷峻、紧凑、简洁的故事是人们普遍接受的模式。威尔斯不会对此感到满意。"我认为短篇小说应该像其他艺术领域一样，更松弛，更多样。在我看来，坚持死板的形式和严苛的整一，正是不育者对于多产者的本能抵制。"他这样写道。"我完全拒绝承认短篇小说有任何人为规定的标准样式。"他这样说当然没有错；然而，当他近乎傲慢地将短篇小说描述为"紧凑而有趣"的时候，这样的描述几乎不包括亨利·詹姆斯、吉卜林，或者他自己那些最好的故事，尽管对于那些不那么好的故事来说倒是恰如其分。

他当然知道其中的区别。1939年，在谈到他如何对《盲人国》（可能是他最好的小说）进行修改时，他写道，他已经失去了对"点子故事"（the idea story）、叙事花招和诡计结尾的容忍——这样迎合市场的粗劣制作，他曾写过很多。"你几乎把所有能用上的玩意儿都摆弄了个遍,嗡嗡作响的发电机、上下飞舞的蝙蝠、细菌学家的试管……在周围撒上一点人类反应,再放进烤箱,大功告成。"他说自己本可以一直这样写下去,但却感觉到,"短篇小说不仅可以是一种美好的、令人满意的、重要的存在,更应该如此。如果一个短篇小说不像活的生命那样完整,而是像用来做脚凳的半码印花棉布那样被裁开来卖,那它就算不是劣质的假货,也是暴殄天物"。然而,"现如今已经不再有人欣赏那些与众不同的短篇小说了",他尝试写一些不去迎合市场的故事,投稿却被编辑们拒绝了,于是他"离开了这个行业"。

他十七岁那年结束了学徒生涯之后,就不再一码半码地卖布了。一页两页地卖字让他成为一名作家,却也可能令他对短篇小说本身失去耐心。短篇小说在1890年代昙花一现,之后走向平庸,事实当然并非如此,因为整个二十世纪它一直在继续发展和繁荣。我想,或许阻止他创作的原因,与其说是编辑缺乏对与众不同作品的鉴赏力,还不如说是评论家越来越多地将文学性虚构局限于社会和心理现实主义,而将其他一切都视为亚文学的娱乐置之一旁。不管他的小说有多好,如果其主题是幻想性的,或者取材于科学、历史或任何知识学科,就会被贬入"类型小说"的范畴。

即便到了今天,这依然是每个写想象性作品的作家都要冒的风险,而渴望文学声望的作家们仍然急于否认他们写的科幻是科幻。至少威尔斯还站在他想象力的枪炮旁边。

但他不再扣动扳机了。

与此同时,《时间机器》在过去的一百多年中从未绝版。尽管只有少数威尔斯的短篇小说接近真正的文学永恒,但其中最好的那些故事至今依旧生机盎然,从未过时,有时候呈现出令人不安的先见之明,像噩梦,或像明亮却不可复返的梦境般萦绕徘徊。

约翰·哈蒙德编辑的《H. G. 威尔斯短篇全集》篇幅宏大、价值非凡,共收录了八十四篇小说,我从中选择了二十六篇。我判断一篇作品是否杰出,当然不是根据现实主义的标准,后者在这里派不上用场,相反,我关注的是它作为类型小说是否杰出。这个故事能否因其智力挑战,或者道德激情,或某种特殊的美德,某种奇异之处,某种与众不同的美脱颖而出?它是同类故事中最出众的吗?这一类故事有意思吗?它是否具有影响力和生命力?是否引导其他作家写出了其他作品?我不是那种只推崇"杰作"的读者,而对这类读者来说,"杰作"意味着不可模仿,独一无二,断了后人的路。在我看来,艺术是一种在时间和地点上延续的集体事业,并且我相信,能带来更多艺术的艺术比后无来者的杰出更有价值。

有些故事我不得不忍痛割爱。一个是《未来的故事》("A Story of the Days to Come"),里面有很多有趣的东西,但篇幅太长,如果收入则有可能会占据整本书的一半。此外我本想收录几篇讽刺性的玩笑之作,威尔斯很擅长这些,譬如《隆鸟岛》("Aepyornis Island")和《爱的珍珠》("The Pearl of Love"),但有点太不正经了,只好也淘汰出局。

由于威尔斯的几乎所有故事都属于类型小说,也由于我珍视它们作为类型小说的意义,因此在这本书中,我没有按照时间顺序排列,而是按照类型或亚类型分为几部分。每部分都附有简短介绍,说明这些是哪一类的故事,这一类别是如何产生的,后来又衍生出了哪些。

要想将这些故事整合在一起是很困难的。威尔斯是一位难以捉摸的作家。当然,读者可以看到他独特的风格贯穿全书。很多故事都是用新闻的口吻讲述的,轻松活泼,极为自信却又不矫揉造作,清晰明了,以绝妙的节奏向前推进——所有这一切都看起来很简单,很朴实,而这正是作者想要的。他不相信那种高雅的美学做派(他和亨利·詹姆斯的友谊中一个迷人的亮点是，两人都承认自己经常产生改写对方故事的渴望）。但他是一位细心的作家，一位不知疲倦地不断重写的作家，他敏锐地意识到自己在做什么，对于写作技巧敏感而熟练。他可以像给一段音乐变调一样有效调整自己作品中的语调。

　　人们经常说，在那些比起揭示个人经验或性格，更侧重于制造娱乐，或提供信息，或刺激想象力的故事中，情节是提供结构的必要条件，而动作是最重要的。威尔斯的故事情节巧妙，动作场面生动有力，扣人心弦；但我认为，他真正了不起的地方，正在于一种非常难写，却一直被低估，甚至被恶意中伤的叙事元素，即视觉性描写。威尔斯能让你看到他想让你看到的东西。而你看到的东西有时候并不真的存在，是幻想性的场景，是一个梦或一个预言，这时候他的力量显得近乎诡异。他是一个字面意义上的幻象师。也许他所写过的最好的文字，是《月球上的第一批人》中那个不可思议的月球清晨，是《时间机器》结尾处对于末日世界的惊鸿一瞥，在他的短篇小说中，同样生动的场景一次又一次出现，朝向另一个世界的惊鸿一瞥，恐怖、灿烂，或者异乎寻常的世界。这些幻象在人们的记忆中，仿佛亲眼所见那样真实。一队飞机飞过那不勒斯上空（比莱特兄弟在基蒂霍克的第一次试飞还要早两年!)……两个男人对着周围那些冻结在时间中,无法看见他们的人大笑着做鬼脸……墙上的一扇门后隐藏着一座梦的花园……盲人国中那些居民的面孔……

2003年现代图书馆版H.G.威尔斯短篇小说选集(由我本人选编)导读

书评

这里的很多篇书评都与最初发表的版本在细节上有所不同,我将这组文章编入本书时,对其进行了少许修订。只有一篇文章我进行了全面修改(主要是更新信息),即为西尔维亚·汤森·华纳的《多塞特故事集》写的书评。

我曾犹豫是按时间顺序还是按字母顺序排列这些书评,最后还是决定按字母顺序,这样读者就可以轻易找到他们想要找的作者。大多数书评的最初发表版本都可以在我的个人网站上找到,它们首次发表的出版信息则列在每篇文章的末尾。

我喜欢写书评,为了坚持写下去,我曾很多次答应为那些直到翻开之前都对其一无所知的作品写书评。有些时候,当试读版送到时,铺天盖地的宣传都宣称它是一首扣人心弦的旷世之作，结果翻开时却不忍卒读，这种情况自然令人难受。但大多数时候我都很幸运，被邀请写书评的书要么来自一位我此前已产生兴趣的作者，要么虽然原本没有太多期待，但读过之后却令我倾心。

其中大部分书评都发表在曼彻斯特的《卫报》上，我很感谢编辑们给了我那么多机会来评论好书，感谢他们灵巧而聪颖的工作，也感谢他们远在八千英里之外。纽约/东海岸的文坛已经够内向、够狭隘了，让我一直很高兴自己不是其中一员；但当我住在伦敦的时候，英国文学小圈子的关系之紧张、竞争之恶劣、行为之野蛮，确实是把我吓坏了。这种残忍的状况可能已经有所缓解，但无论何时，每次为《卫报》写一本英国书的书评时，我都很高兴自己住在俄勒冈州。

但说到底，我一直都喜欢住在俄勒冈的感觉，除了那些对加利福尼亚产生思乡之情的时候。

玛格丽特·阿特伍德:《道德困境》

Margaret Atwood: *Moral Disorder*

　　大多数收录同一位作者短篇小说的集子都像是大杂烩,但也有一些能够接近或达到某种真正的整体性;这是一种不同于长篇小说的整体性,并且值得关注。故事与故事之间存在裂隙,没有明确的连续性,这让整本书的支撑结构无法由传统的情节来提供。如果这些短篇小说共同讲述了一个故事,那么读者不得不在那些裂隙之间,在吉光片羽之间阅读这个故事——这是一种有风险的开局,但它反而提供了独特的走棋自由和更多可能性。

　　在这样一幕幕的叙事中,人物、地点,以及/或者主题,取代情节成为将各部分统一起来的元素。伊丽莎白·盖斯凯尔的《克兰福德》和萨拉·奥恩·朱厄特的《尖枞之乡》,都是围绕一个小镇和一些强有力的人物展开。两本书似乎都开始于那些为报刊写的一两篇"地方色彩"故事,其成功让作者开始进一步探索克兰福德和邓尼特兰丁这两个地方,从而意识到自己实际上是在创作一部具有相当长度和跨度的作品。这两本美妙的书都摆脱了维多利亚时代长篇小说的情节套路,以一种轻盈和微妙的方式展开对地方性和人物的刻画,这在当时是罕见的,现在依旧罕见。

虽然在我看来,这样一种形式是真实存在的,但它却没有公认的名字,也许因为它是一种例外,而不是一种对号入座的规范。许多假装自己具有某种整体性的短篇合集,仅仅是伪装成这种形式。这类故事的确有一个名字:"小说拼盘"(fix-up)——通过事后加入某些说明性文字,将一些短篇故事黏合在一起结集出版,或者指望仅仅通过某些场所、人物、主题的重复出现或者相似之处,将碎片化的故事拼凑在一起。雷·布拉德伯里的《火星编年史》就是这样一个例子:各篇故事的光彩掩盖了彼此之间的矛盾和时代错误,但这些故事并没有真正讲述一段连贯的历史,部分比整体更令人难忘。然而,"小说拼盘"这个名字,对《火星编年史》这本美妙的书来说,似乎有些不必要的轻蔑意味,而对《克兰福德》来说,更是完全不合适。我们需要给这类通过多个短篇故事来讲一个故事的书想一个名字。或许我们可以叫它"故事组曲"（story suite）？

《道德困境》由十一篇小故事组成。它是一部选集，一部小说拼盘，还是一部故事组曲？在我看来，应该是组曲。在这本书里，地点（或许是这类故事组曲最常见的黏合剂）并不是很重要，但这些故事的主角是同一个人，一位核心人物——或者我认为应该是同一个人。她反复无常，难以捉摸，甚至有点狡猾。毕竟，这本书的作者是玛格丽特·阿特伍德。

其中七个故事是由某个不知道名字的"我"讲述的，另外四个故事以奈尔的第三人称视点讲述。我们很容易将奈尔放入所有故事中，因为它们是按照时间顺序从童年到成年来排序的，核心人物总是女性，而且有明确的线索表明奈尔就是主角，即便没有提及她的名字。这些线索是必要的，因为在以第一人称讲述的童年和青春期故事中，并没有太多内容能把讲故事的女孩和后面几个故事中名为奈尔的女人联系起来——没有关于角色或者其命运的强烈暗示，也没有压倒性的理由让我们相信这是或者不是同一个人。最后两个故事是关于一个女人的经历，她的父亲罹患老年痴呆，母亲年事已高。故事中的女儿很有可能是奈尔，这对父母很可能是较早几个故事中那个孩子的父母，但我并没有相认的感觉，没有感觉是在同样一些角色的生命后期与他们重逢。对我来说，这本书并没有构成一个整体，一套完整结构，一段即便零散却有始有终的人生故事。那些吉光片羽都极为出彩，但彼此间的裂隙也是巨大的。

奈尔身上发生了很多事；她接受所有这一切；这些故事并没有着意刻画一个强有力的角色，而或许更像是对许多女性共同经历的暗示。因此人物并非强有力的纽带，地点则只把少数几个故事联系在一起，如果说这些故事是通过主题联系起来的，那我还没有看出究竟是什么主题。这些故事的共同之处是一种清晰的洞见，一份绝妙的巧思，以及对于语言臻于化境的使用，除了少数令人炫目的时刻，你几乎无法察觉到那些语言技巧。

有一个故事极为不同寻常。从第二个故事开始，我们跟随奈尔走过她与姐姐和父母一起度过的童年，走过半正式婚姻的沧桑——狄格究竟有没有和他可怕的妻子离婚，和奈尔结婚呢？我们其实并不知道——经历了业余务农和高龄生育的考验，最后步入中年，成为那对行将就木的父母的女儿。但书中的第一个故事按照时间顺序却应该放在最后，它描绘了奈尔和狄格年老时的情境，他们两人成为一对行将就木的父母。我不知道这样逆转顺序为什么如此有效；或许因为《坏消息》这个故事对全书来说是一个令人惊叹的开场，充满智慧和活力，以及阿特伍德对恐惧和痛苦的敏锐感受。她从来不曾像这样尖锐、冷酷、幽默、悲伤过。不把这个故事放在最后是明智的，因为最后两个故事是关于死亡和终结的，而这个故事不是——尚未（Not yet）。

> Not yet是送气音，就像honour这个单词中的h一样。Not yet本身不发音。我们不会大声把它说出来。
>
> 如今我们用时态来定义我们两个：过去时，"当时"；将来时，"尚未"。我们生活在二者之间的小窗口里，这一点空间，我们直到最近才意识到它将"永远"存在下去，而且实际上也并不比别人的更小。

这种毫无怨言且绝对精确的态度是最令人钦佩的。《坏消息》确实为其读者带来了一些消息。

其他几个故事则没有完全脱离常规，而我从不希望用"常规"这个词来形容阿特伍德。这些故事的主题与第一个故事相似：童年的痛苦与困惑，城市人在自给自足的农场学习生活，功能失调的家庭成员，老年痴呆症。这些故事并非都那么容易提前猜到，但却也差不太多，尽管在其叙事语调中有一种不常见的耐心和善意。阿特伍德并没有带来什么惊喜，没有那些她最为擅长的叙述技巧，只有第一个故事除外。在这个故事中，这对加拿大老夫妇悄无声息地变成一对罗马老夫妇，住在一个名叫格兰纳姆的法国南部小镇上，而奈尔与狄格曾经作为游客来过这里。无论是在多伦多还是在格兰纳姆，早餐都很好，但世界的状况却并不好。恐怖主义、野蛮人威胁着帝国。所有的消息都是坏消息——消息总是千篇一律，总是坏消息，而两个老人又能怎么办呢？故事在这里温柔地滑向似是而非的幻想，却由此深化了现实，这正体现出阿特伍德最狡猾和最甜蜜的地方。的确没有人能像她一样。

2006 年 9 月发表于《卫报》

玛格丽特·阿特伍德:《洪水之年》

Margaret Atwood: *The Year of the Flood*

在我心目中,《使女的故事》《羚羊与秧鸡》和《洪水之年》都体现了科幻的特点之一,即运用想象力从当前的趋势和事件外推至某种一半像预测,一半像讽刺的近未来。但玛格丽特·阿特伍德不希望她的作品被称作科幻。在她最近出版的一本优秀的文集《移动靶》(*Moving Targets*)中,她说自己小说中发生的一切都是可能的,甚至可能已然发生,因此它们不可能是科幻,而科幻意味着"讲述那些现在不可能发生的事"。这种独断的限制性定义,似乎是为了保护她的小说免于被归入一种依然会被墨守成规的读者、评论家和文学奖评委回避的类型。她不希望文学界的偏执分子把她排挤到文学贫民区。

谁能怪她呢?我觉得自己必须尊重她的意愿,尽管这也迫使我陷入一种错误的境地。我本可以更自由、更真实地谈论她的新书，如果我可以将它当作科幻来谈论，可以使用属于现代科幻评论的生动术语，可以给予它应有的称赞，将它视作一部不同寻常的警世想象和讽喻之作。但事实上，我必须用那些适用于现实主义小说的术语和期待来限制自己，即便这会迫使我采用一种自己不那么喜欢的立场。

好吧，总之，这部小说开始于纪元二十五年，洪水之年，没有解释这是哪一个纪元的第二十五年，并且有一阵子也没有解释"洪水"这个词。稍后我们将会从一些只言片语中推断出，这是一场"无水的洪水"（Dry Flood），而这个词显然是指，除了极少数幸存者之外，人类物种因为一种无名的流行病而彻底灭绝。书中没有描述这种疾病的本质和症状，只提到咳嗽。描述是不必要的，因为类似这样的事件本就是历史或者读者亲身经历的一部分；只要提一下黑死病或者猪流感就已足够。但在本书中，作者没有描述这种疾病的本质和它危害最严重的那些日子，使得流行病成为一种抽象元素，在小说中无足轻重。或许正是基于阿特伍德的原则，即她小说中的一切都是可能的，或许已经发生，已经被读者熟知，所以作者提供的有用信息极为零星。有时我觉得自己正在经受一场测试，测试自己是否足够聪明，可以根据暗示进行猜测，可以读出字里行间的意思，可以辨认出那些暗中指向上一部小说的线索，但我没能做到。

《洪水之年》是《羚羊与秧鸡》中故事的延续，但并非后者的续集。《羚羊与秧鸡》中的一些人物，以及"上帝的园丁"和"公司"这样的机构都出现在《洪水之年》中。"园丁"是一个生态宗教小团体，他们在屋顶上种植植物，共同抵御街道上的帮派和掠夺者。作者以兼具讽刺和同情的笔调呈现园丁们如何在文明崩溃的过程中寻求与自然和谐相处的生存之道，这份巧思令人难忘。这里的"公司"不是我们今天熟悉的那种以多少有点鬼鬼祟祟的方式控制着我们的政府的公司，因为在这部小说中，似乎并没有正常运作的国家政府。故事背景可能是美国西北部地区或加拿大，却没有提供与地理或历史有关的信息。这些公司，尤其是它们的安全部门"公司警"，彻底掌控着一切。就像在《羚羊与秧鸡》中一样，所有科学技术都属于公司，服务于进一步的资本主义增长，确保普通民众安于现状，同时以越来越快的速度破坏地球的资源和生态平衡。基因工程源源不断地产生出或无用或有害的怪物，譬如绿兔、浣鼬和拥有一定理性能力的猪。

你会发现，纪元二十五年的世界并没有比另一部伟大的现实主义小说《一九八四》中的世界有所改善。前者甚至有可能比后者更压抑，大多数人类已经死了，少数幸存者艰难求生，显然看不到任何希望。即使是贝克特也无法写出这样横跨几百页的凄凉场景。小说大部分内容都是倒叙，一直上溯到纪元五年，那个时候情况很糟糕，但还没有那么糟糕。同时故事因为其中的人物而生动，我们通过这些人物的眼睛看到那些凄凉的场景。也许一年后，我对这本书的记忆将不是那些可怕的事件，而是那两个女人，托比和瑞恩。

如果要将"通俗"小说与"文学"小说区分开，那么其中一个特征应该是小说中角色的性格。在现实主义小说中，我们期待看到一些复杂的个体个性；而在西部、悬疑、浪漫爱情或间谍等类型小说中，我们则会接受或者说欢迎那些套路化的，甚至是刻板化的人物类型，譬如牛仔、好胜的女英雄、黑暗忧郁的领主。当然，在任何一种情况中，我们都可能遇到与预期相反的情况。现实主义小说的角色往往可能会套路化，而类型小说的角色往往可能很复杂，因此这种假定的区别几乎没什么意义。但的确有一类小说，其中复杂且不可预测的个体非常罕见。这就是讽刺小说，而讽刺正是阿特伍德最强大的写作脉络之一。

《羚羊与秧鸡》中人物的性格和情感很少引起人

们的兴趣，他们都是为一出道德剧服务的人物形象。《洪水之年》的语调没有那么讽刺，不那么像某种智力练习，也不那么尖刻，但却更痛苦。整本书绝大部分是通过女性的眼睛来呈现的，弱小的女性，她们每个人的个性、气质和情感都生动有力，令人难忘。其中霍加斯式的讽刺较少，而戈雅式的人物刻画较多。

我不记得《羚羊与秧鸡》中是否有任何饱含情感的人物关系，但在《洪水之年》中，可以强烈地感受到爱和忠诚，角色之间的情感关系令人难忘。这种忠诚尽管困难重重，但毫无疑问是被肯定的，它就像托比、瑞恩、阿曼达和园丁们做的那些事一样，终将伴随所有人类意图的残酷失败而消逝，然而，这些忠诚就像三月的嫩芽一样不断冒出来。在这架末日的天平上，这一星半点轻如鸿毛的绿色中，我们不断看到巨大的、非理性的希望。我想，正是在这里，在这种非理性的对于忠诚的肯定中，隐藏着这部小说的核心。

或许正是因为这样，书中那些每隔三章都会与园丁"亚当第一"的布道词一起出现的《上帝园丁口传赞美诗集》，可以被解读为对嬉皮士神秘主义、绿色组织和天真的宗教狂热的善意嘲讽，但同时也可以被严肃看待。这些赞美诗的韵律和布莱克式的隐晦，与诗中的感伤相一致，但却并不像初看之下那么简单。

> 唯独人类寻仇报复，
> 将抽象律法刻入石碑；
> 定立虚假的公义，
> 折磨五体，压碎骨骼。
>
> 这岂是上帝的形象？
> 以牙还牙，以眼还眼？
> 噢，假如复仇取代了爱，
> 推动星辰运行，星辰将黯淡无光。*

在本书最后的尾注中，阿特伍德邀请我们去该书网站上聆听那些谱曲演唱的园丁赞美诗，并欢迎大家"出于非专业信仰或者环保目的"使用这些赞美诗。这似乎意味着她想表达的就是诗中所说的意思。

然而，为了捍卫这份肯定，作者会召唤出铁丝网、燃烧的剑和红眼猎犬来组成警戒线。故事中充满暴力和残忍。没有一个男性角色是足够立体的；他们扮演各自的角色，仅此而已。女性角色都很真实，却令人

---

* 译文引自陈晓菲译《洪水之年》，上海译文出版社 2015 年版。

心碎。瑞恩的章节是关于一颗温柔的心灵遭受无尽折磨却保持无尽耐心的陈旧故事。托比的性格更坚强，但也被逼到走投无路的地步。也许这本书根本就不是要肯定什么，而是一声悲叹，一声对于人类那一点点好东西——那些被我们傲慢的愚蠢、猴子般的小聪明和疯狂的仇恨碾碎的爱意、忠诚、耐心和勇气的悲叹。

故事中的基因实验设计出用于取代人类的人形生物，这无法带来任何安慰。谁会希望被那些发情时就会变蓝的人种，那些一直挂着巨大的蓝色生殖器的男人取代呢？（谁会相信包含这样情节的故事不是科幻小说呢？）

全书最后几句话出乎我的意料，不是看似不可避免的残酷结局或死亡，也不是机械降神式的救赎，而是一种惊喜、一种神秘。那些举着火把唱着歌走来的人是谁呢？在无水的洪水之年，只有园丁们唱过歌。可园丁们不是都死了吗？也许我又漏掉了什么线索。你必须去读这本非凡的小说，然后得出自己的答案。

2009 年 7 月发表于《卫报》

玛格丽特·阿特伍德：《石床垫》

Margaret Atwood: *Stone Mattress*

二十世纪，很多人得到的教育是，严肃的诗人只写诗，不写小说。纯粹主义者容不下歌德。与此同时，现代主义小说批评家则断言，创作想象性文学会剥夺你作为严肃作家的资格。现实主义者容不下玛丽·雪莱。教授和颁奖者们更喜欢纯粹的文学，因此那些特立独行的作家们，那些才华横溢的跨界者们，总是不断被铁丝藩篱困住。

年轻的玛格丽特·阿特伍德轻松地跳过了那些藩篱，她早年间就曾凭借自己的诗歌和小说两度获得过加拿大总督文学奖，也得到文学批评界好评。但她的《使女的故事》却遇到一座很高的藩篱，这本书就像赫胥黎的《美丽新世界》或奥威尔的《一九八四》一样，是近未来社会-讽喻-警示模式科幻的一个绝妙典范。赫胥黎和奥威尔并没有遇到麻烦,但到了二十世纪八十年代中期,关于近未来的故事就被逐出了文学领域。任何在意文学奖项的出版商都害怕"科幻"这个标签。作为一个身段灵活的女人,阿特伍德在当时和后来都付出了一些代价,从而避开了这个标签,与此同时,她灵活多变、聪明绝顶且极度任性的才华,一直在远离常规现实主义的地带漫游。如今,她可以自由地在不同类型之间玩耍,而观察她去往何方则像过去一样有趣。

在她的第十一本短篇小说选集《石床垫》中,阿特伍德乘坐讽刺的翅膀,在恐怖的黑暗沼泽上载歌载舞、尽情玩乐。她希望唤起震惊的大笑,也如愿以偿,震惊之余却也不失优雅。整本书几乎都是关于老年人的场景和漫画式呈现,就像贺加斯的绘画一样准确生动。这些故事大都有某种统一的模式:曾经在二十多岁时亲密相知的人们又在七十多岁时重聚,青春时代的性、幻想和犯罪带来的各式各样或荒谬,或梦幻,或可怕的后果,应验在这些老年人身上。

前三个故事通过一种叙事手法联系在一起,这种手法可以让同一事件中的不同参与者以迥然不同、有时候甚至不可调和的观点重述事件。亨利·詹姆斯的《螺丝在拧紧》以独具特色的微妙笔调运用了这种手法；黑泽明在其电影中将之运用得如此出色，以至于后来人们常常称之为"罗生门效应"。这种手法本身就很迷人，与此同时，也很适合用来在现代语境下书写奇幻或超自然故事，因为所有的证据都只来自口头讲述，并且作者也从来不需要确证任何一种说法是否可信。这一点对阿特伍德来说很重要；但我认为更重要的原因在于，她喜欢写鬼故事，那些尖刻的漫画式描绘，那些罪有应得的惩罚，那些童话般的幸福结局，她喜欢写这些故事就像我们喜欢读它们一样。

阿特伍德从来没有像她同时代的许多人那样沉溺于残忍。她避免被人猜到，并用一种轻盈而机智风趣的笔调写作。然而，这些故事不仅详细描述了老人们如何用各种拙劣的小花招来掩盖身体的衰老和对死亡的恐惧，也同时展现了他们关于杀人的幻想。这些老糊涂很是危险。他们血腥的想象和行为普遍来自与性有关的愤怒，这并不好笑，但阿特伍德保持了她的轻松语气，而相比起斯蒂格·拉森笔下那些在性愤怒中自我放纵的故事来说，阿特伍德的暴力并不至于让读者困扰。

在《石床垫》这个极为有趣的短篇故事中，女主角突然间通过天空中一只秃鹫的眼睛看到她自己："一个老女人——好吧，面对现实吧，她现在的确是个老女人了——由于一份随着逝去的岁月而逐渐消散的愤怒，她即将杀死一个比她更老的男人。这件事微不足道，很恶毒，也很普通。生活就是这样。"*

讽刺作品经常游走在刀锋两侧，在控制愤怒和无法控制愤怒之间，在选择性攻击和全面攻击之间，讽刺作品背后的义愤越强烈，带来破坏的风险就越高。阿特伍德和斯威夫特面临同样的风险，他们释放的净化之火可能会把一切都烧尽。在我看来，最后一个故事《焚尽余灰》，无论作为喜剧还是警示性讽喻都是一部失败之作，除了盲目的恐怖、暴力和绝望之外，没能提供其他选择。"乐趣在于不知道结局会如何。"在此前的一个故事中，一个角色脑中冒出这句话，我想这句话或许是代表阿特伍德说的。然而在最后的故事《焚尽余灰》中，乐趣在于告诉我们，结局就是这样，不要自欺欺人，残酷的老天要干掉你，她言出必行。勇气和友谊，慷慨和温柔，这些在之前的篇章中被赞扬过的品质其实毫无价值。死亡让生命变得毫无意义。

阿特伍德称这些小说为"传奇"（tale），用她的话说，这个词让一个故事"远离日常工作和生活的领

---

* 译文参考自邹殳葳译《石床垫》，河南大学出版社 2018 年版。

域,因为它能够唤起那个民间故事和神怪传奇的世界"。小说将生活还原到卑微和邪恶的层面,往往缺乏幽默感。但很多民间故事都对血腥和微不足道的残酷报以大笑,而在喜剧和讽刺中,怪诞、可怕和平庸总是混合在一起。

看看这些传奇故事吧,先是八根清爽冷冽的砒霜冰棍,最后是一块洒满炭疽的烤冰激凌蛋糕,这一切都以无可挑剔的风格和泰然自若的方式奉上。好好享用吧!

2014 年 9 月发表于《金融时报》

J. G. 巴拉德：《天国来临》

J. G. Ballard: *Kingdom Come*

《天国来临》是以理查德·皮尔森的口吻叙述的，他是一位广告人，刚刚失去工作和父亲。据说他的父亲是一起随机枪杀事件的受害者，枪击发生在布鲁克兰的一个大型购物中心，位于威布里奇和沃金之间。皮尔森去那里终止公寓合约，同时尝试对他所知甚少的父亲多一点了解。一路上，他遇到一系列种族骚乱的迹象，尽管布鲁克兰被描述为"一处宜人的地方，舒适的住宅、时尚的办公楼和商业区，是每个广告人心中二十一世纪英国的代表形象"，但在那里，他却发现父亲的死因暧昧不明，发现小镇是种族偏见和流氓帮派的温床，帮派首领身穿印有象征英格兰的圣乔治十字图案的衬衫。在这个宜人的地方，一切都不怎么宜人。

然而，皮尔森的叙述完全不可靠，这让他的故事很难理解，有时甚至前后不一致到了自相矛盾的地步。考虑到他的职业，这一点并不奇怪，但对于读者来说却未必是好事。很多时候，我们都只能把他的判断和描述解读为歇斯底里或偏执狂的症状，尽管他的写作常常看似辞藻华美，譬如他描述一位出现在大屏幕上的评论员，"他的微笑在弧光灯的光晕中消失，他的虚伪中流露出真诚"。他遇到的每个人说话方式都和他差不多；譬如一位中年律师这样描述布鲁克兰，这个他成长的地方："没有人去教堂。何苦呢？他们在'新世纪中心'找到精神上的满足，汉堡吧过去左手边第一家。我们曾经有很多社团和俱乐部——音乐、业余戏剧、考古，但很早之前都关闭了。慈善机构、政党？无人问津。圣诞节的时候，'地铁中心'会雇用一支圣诞老人机动车队。他们在街上巡游，高声播放迪士尼的圣诞颂歌。收银台女孩打扮成《彼得·潘》中的小叮当，露出大腿。装甲部队上演最可爱的表演。"对此，皮尔森回答道："跟英国其他地方差不多。那又怎么样呢？"

这种充满仇恨和蔑视的夸张描述，加上感情冷漠的反应，正是整部书的典型基调。皮尔森似乎与那些杂乱扩张的城区中的居民们站在一起，共同反对死气沉沉的伦敦，那些居民是他的广告所针对的消费者："真正的英格兰人"。然而他对这些人却充满冷酷的不屑一顾的判断："他们喜欢谎言和气氛音乐"，希思罗郊区是"一座充满精神变态者的动物园"。这一点很能体现一位广告人的双重性思维，然而当他反复表达对于伦敦人和那些高速公路沿线城镇居民的看法时，这种歇斯底里的语调始终徘徊不去，在他看来，二者是同样堕落的两个物种，彼此相互憎恶和蔑视。

在他眼中，在布鲁克兰这个消费主义的天堂，人们除了消费无事可做，这种消费主义达到登峰造极的程度，以至于让人们感到无聊：他们坐立不安，渴望暴力，甚至渴望疯狂，渴望一切能带来刺激的东西。正是因为这样，那些身穿圣乔治十字图案的流氓帮派才会大行其道。这些面目不明的乌合之众，生活中只有购物和观看体育比赛，他们正是孕育法西斯主义的温床。

这让我想到了若泽·萨拉马戈的《洞穴》，后者也展现了一座巨大的超级商场，一个消费主义的典范，但却比地铁中心更邪恶，因为至少后者摧毁的一部分人看上去还有人类的样子。他们尽一切可能，保持着艰苦的日常生活和牢固的情感纽带，并通过这种纽带走向精神世界。萨拉马戈在题记中引用了柏拉图的话:"你描述的场景多么奇怪,那些囚犯多么奇怪。他们就像我们一样。"

J. G. 巴拉德创作《天国来临》的动机,可能和萨拉马戈创作《洞穴》的动机差不多,但巴拉德的叙述者却不太合格:他自己并没有去做任何值得做的工作,也没有去寻求除了性之外的任何羁绊;他是一个彻底异化的人。他眼中的布鲁克兰人只是对他自己的戏仿。工作和家庭对于他或者他们来说毫无意义;他一遍又一遍告诉我们,消费主义就是他们的宗教。地铁中心的穹顶成为他们的圣殿,人们在那里参拜巨大的泰迪熊。这一幕既让人同情又让人信以为真,但在语气上却如此夸张,以至于颠覆了它的喜剧潜力。

在一部小说中,尤其是在一部科幻小说中,如果你期待世界末日,很可能会如愿以偿。在一场小型革命中,一场充满非理性、暴力和扭曲的宗教狂热的人为制造的地方冲突中,理查德·皮尔森与这些人沆瀣一气。这场运动的领导者在地铁中心的巨大穹顶下,用几千名倒霉的购物者作为人质,把自己围在中间,长达两个月的时间里,政府多少有些敷衍地试图控制他们,或等他们弹尽粮绝之后束手就擒,但他们扛住了。这本书最后一部分充满一系列栩栩如生的超现实场景。随着围困持续,随着肉店和蔬菜店里的食物腐烂，随着空调被关闭，水被耗尽，巨大穹顶内逐渐衰败的生存境况被描绘得活灵活现。当一切都开始死亡时，叙述者却变得生气勃勃。毫无疑问，这就是他一直在等待的场景。

当围困结束，当暴力和种族主义攻击逐渐平息，当电视节目的内容又回到居家小窍门和读书会讨论，皮尔森告诉我们："一旦人们开始认真讨论这部小说，自由的希望就破灭了。"然而下一页，这本书的最后一句话却是："假以时日，除非理智的人觉醒过来，团结起来，一个更加自由的理想国才会打开大门，通往诱人天国的旋转门才会开始转动。"在这里，"自由""理智"和"理想国"三个词的含义是如此无力，以至于毫无意义。对于这位叙述者来说，没有什么东西有意义，没有什么东西是其所是。但让一位公关专家来讲述你的故事，其问题在于，读者有可能向叙事者提出那个他自己问过的问题："那又怎么样呢？"

2006年7月发表于《卫报》

罗伯托·波拉尼奥:《佩恩先生》

Roberto Bolaño: *Monsieur Pain*

我躺在床上,读着由克里斯·安德鲁斯新近翻译的罗伯托·波拉尼奥的长篇小说《佩恩先生》,突然间感到一阵不安,不安中夹杂着对某物或者某人(我不能确定是什么或是谁)的巨大同情。这种感觉可能与台灯持续却几乎无法察觉的闪烁有关——又或者那只是外面的天光,在某部老电影中街景的灰色光泽与某个多云的十二月周二的平常天色之间诡异震荡?更令人不安的是,我有一种找不到具体原因的感觉,似乎我曾经有许多次,在许多地方,读过某些与这本书很像的内容,但却想不起究竟是什么。我是不是在电影院看过?是不是在皇家路上的电影院里,当时有两个戴着宽檐帽的西班牙人径直来到我身后,匆匆跟着我,在我沿着黑暗的过道寻找座位时紧紧贴着我,终于我看到一个空座位，连忙溜进去，我的心怦怦直跳，眼前一片模糊，是这样吗？从头至尾，他们一直坐在我背后抽烟，闪闪发光的烟头就像遥不可及的星星。电影中的男主角追寻着某些语焉不详的目标，穿过曲折的小巷和走廊，最终奇怪地来到一间病房里，这里无菌的白色和完美分隔的空间，似乎只是为了反衬出那个黑色的剪影，现在我知道（尽管并不想知道为什么），他将会在门口，或者在我读书的床边现形……

超现实主义叙事是一种左右互搏的文学形式；超现实主义的首要策略就是切断联系，而故事则是一种创造联系的过程，不管这些联系有多么令人出乎意料。接受现代艺术中那些自我消解元素的读者们，可能会发现《佩恩先生》中的超现实主义手法比连贯的叙述更吸引人。我则觉得这些手法太过老旧，太过电影化，并且太接近于自我戏仿。但这本早期的波拉尼奥小说有一种强烈的道德和政治紧迫感，迫使我接受它黑色电影式的陈词滥调。它以曲折的方式接近不可说之事，从而揭示邪恶的真面目，而不是像通俗文学和电影常做的那样浓墨重彩地展现邪恶。通过迂回曲折，它避免了沉溺一气。

用简明直白的语言进行内容概括会歪曲这本书，

因为我们知道的"发生了什么"全都是叙述者告诉我们的,而他并没有区分现实和幻觉。他是佩恩先生,一位法国绅士,他在"一战"期间肺部受了伤,在1930年代中期的巴黎做催眠师以维持生计。他爱一个女人,却因为太害羞而无法得到她。她带他去了医院,她的朋友巴列霍因为一种神秘的疾病濒临死亡,他的打嗝总是治不好。阿拉戈医院的白色走廊迂回曲折,宛如噩梦。两个西班牙人不断尾随佩恩先生,并且贿赂他,让他不要治疗巴列霍。他接受了贿赂。之后他回到医院,却被迫离开那里,进入一个(迂回曲折、宛如噩梦的)仓库,遭受生命威胁。他尾随一个西班牙人进入一座电影院,观看了一部超现实主义电影,从其中一个镜头段落中认出一个朋友,一位多年前死去的物理学家;另一个他的旧相识也加入西班牙人一伙,坚持要重新认识佩恩先生,他带佩恩出去喝一杯,微笑着告诉他,他正在为西班牙法西斯分子"治疗"那些共和党囚犯。佩恩朝他脸上泼了一杯酒。他徒劳地寻找巴列霍,最终找到一条路,回到医院梦一般的走廊中;他躲在一个空房间里,目睹了一场显然极为重要的对话,但却无法透过窗户听到对话内容。不久之后,他所爱的女人和她的新丈夫回到巴黎;她告诉佩恩,巴列霍已经死了,他是个诗人。在这些叙述之后,是一组简短的讣告,暗示故事中一些人物的死亡。

塞萨尔·巴列霍,被一些人视作最伟大的南美洲诗人。他是一位活跃的共产主义者,被他的祖国秘鲁政府迫害,后半生一直流亡海外;1938年,他在巴黎死于一种未能确诊的疾病。他的妻子为了救他的命,曾带来一些"另类"的医师。

罗伯托·波拉尼奥,现如今常常被称作博尔赫斯和加西亚·马尔克斯的继任者。他在独裁者皮诺切特掌权后离开了祖国智利,在流亡中度过余生。他于1983年,自己三十岁的时候写了《佩恩先生》,于2003年去世。

想象的藤蔓从事实的种子里生长出来,蜿蜒纠缠,投下阴影,结出时甜时苦的果实。

2011年1月发表于《卫报》

T. C. 博伊尔：《当杀戮完成》

T. C. Boyle: *When the Killing's Done*

在最早那些带有幻想色彩的地图上，加州是一个岛。从生态学的角度来看，这些地图是正确的。这里被海洋、内华达山脉和大片沙漠隔离，有几十种对于其他地方的人来说闻所未闻的物种，在温和的气候中繁衍生息，直到白人到来。之后，在一千多种外来物种的冲击下，本土物种开始衰落或者灭绝。

如今，加州人已经不满足于在沙漠中的公寓楼周围种植草坪，更想连根拔起所有金色的西班牙野生燕麦，让印第安时代的大片绿草再次覆盖山坡。林务局虽然没有那么纯粹主义，但却始终坚持不懈地激烈抵抗一系列入侵物种，除了植物之外，还有动物。

T. C. 博伊尔清楚地意识到，美国人喜欢把每件事都看作是针对某样东西的战争。即使是圣巴巴拉附近浓雾弥漫、与世隔绝的海峡群岛，也可能是一片战场。这是内战，最糟糕的那种，因为战争双方其实一脉相承：他们都热切地想要拯救岛上的野生动物。

政府机构相信拯救在于控制，在于细致的科学管理。动物权利倡导者则认为，人类的干预弊大于利，并且在道德上是错误的。双方的争论火花四溅，有理有据。

一种典型的困境是这样的：林务局必须在其中一个岛上设陷阱捕杀金雕。为什么要迫害这些美丽的鸟类呢？因为，在这座岛被圈起来用作养殖绵羊的牧场之后，茴香大量生长，导致野猪数量猛增，而当DDT杀虫剂导致不太捕猎的本土白头鹰死光之后，肉食性的金雕就从陆地来到岛上捕食那些野猪（野猪、茴香，还有绵羊，当然都是白人带来的破坏性物种——而白人自己就是一种入侵物种）。当人类为了清除野猪而将它们成群射杀之后，金雕没有东西吃，只好捕猎唯一幸存的本地物种，一种可爱的侏儒狐。怎样才能拯救狐狸呢？只能消灭金雕，这样就可以重新引进白头鹰。

动物权利保护者拒绝这种痛苦的、片面的、干涉的解决方案。事情很简单：别插手、别干涉、别杀生。我们造成的破坏够多了，让那些动物自生自灭吧。

所以就让狐狸灭绝,把这个岛留给野猪吗?所以就否认我们的责任,让我们已经造成的破坏成为留给地球的全部遗产?

这种可怕的复杂性,这些无法解决的问题,当然不仅仅局限于加州。这是人类这个物种在全球面临的困境。对于一部小说来说,这是一个巨大的主题。同时也是一个非常戏剧化的主题。

T. C. 博伊尔并不是一位缺乏戏剧性的作家。本书从一场精彩的海难—漂流者—幸存者场景开始,在几代人的故事之间,在环境问题的交战双方之间来回穿梭,清晰、干脆、节奏紧凑,绝大部分都以现在时态呈现,通过接连不断的动作展开。没必要开门见山——因为一路都是山。一段时间后,我发现那种持续的紧张和压力,那种在一个又一个令人窒息的、痛苦的、可怕的场景之间疾驰的动力,开始逐渐自我瓦解,甚至从悲剧转向情节剧。对于那些习惯于肾上腺素飙升的读者来说,这种方式无疑会更加有效。

我们会发现故事中大多数角色都是女性,棱角分明且坚强,或多或少具有同情心。戴夫是当地动物权利保护者的领袖,一个男人,他的愤怒、缺乏耐心和对人类的蔑视,是他对于动物自由认同的反面。他过分自信,极度无能,企图伤害那些他认为是敌人的家伙，因此给他的盟友，甚至给那些他认为自己可以单枪匹马拯救的动物带来了灾难和死亡。另一位主人公，代表林务局那一边的阿尔玛聪慧而尽责，她人很可爱，却又如此神经质，如此没有一刻放松，如此自我折磨，以至于她的意识流读起来几乎和她恶意的对手一样让人筋疲力尽。

书中没有安详，没有和平。每一次加州明媚阳光下的早餐，每一次去往海峡群岛那些可爱而孤独的海岸和山坡的旅行，都因为某些不祥之兆而变得沉重，都被即将到来的灾难挤到一边。任何幸福都是虚幻的，都如此短暂，如此没有意义。尽管这部小说充满活力和紧迫感，在历史叙述方面兼具准确性和广度，有着出色的动作描写和对当代语言与生活的完美再现，但却凄凉得令人心寒。在这点上，小说诚实地反映出大多数人的情绪，这些人看到我们对这个世界做的一切，并试图为此承担责任。一个以海难开始，以黑暗中的响尾蛇结束的故事，并没有给希望留下多少空间。

2011 年 4 月发表于《卫报》

杰拉尔丁·布鲁克斯:《书之人》

Geraldine Brooks: *People of the Book*

在美国入侵伊拉克后不久,我们当地的报纸上刊登了一张我无法忘记的照片。照片中,一名伊拉克男子匆匆离开巴格达图书馆,穿过一条烟雾弥漫、混乱不堪的街道,他的怀里抱满了书,沉甸甸的,几乎要抱不下了。这些书——其中一些又大又重,像艺术图册或者某种古文献——有可能是稀世珍宝,也有可能只是他在燃烧的大楼中、在一片混乱中能摸到的随便什么书。他可能是一位图书管理员,也可能只是一位读者。但我知道他不是趁火打劫之人,因为他的脸上不仅流露出忧虑和恐惧,也流露出强烈的悲痛。

杰拉尔丁·布鲁克斯的《书之人》,讲述正是一本从图书馆的毁灭中被拯救出来的书,当我得知这件事的时候,便迫不及待地想要读这个故事。一个令人无法抗拒的主题，因为其时机而充满紧迫感，又因为其矛盾之处而显得尖锐：因为这部小说来自一个真实的故事，关于一位穆斯林图书管理员从大火中拯救出一本古代犹太手抄本的故事。

萨拉热窝《哈加达》，波斯尼亚收藏品中的骄傲和荣耀，当塞尔维亚人开始炮轰萨拉热窝的图书馆和博物馆时，它被偷偷带出图书馆，藏在一个银行保险库里。但这已经是它第二次获救了：半个世纪前，它在纳粹的鼻子底下被偷运出来，藏在一个村庄的清真寺里。1941年，一位伊斯兰学者戴赫维施·科尔库特拯救了它；1992年，拯救者是一位穆斯林图书管理员恩维尔·依玛莫维奇。不久之后，依玛莫维奇的一位同事试图把书从着火的图书馆里抢救出来（就像那个我无法忘怀的照片里的伊拉克人一样），却死于一名狙击手的枪下。她的名字叫艾达·布图罗维奇。

萨拉热窝《哈加达》在犹太教圣书中极不寻常，因为它有插图，就像基督教的《时祷书》一样，那些插图都极为精致美丽。抄写和插图是在十四世纪中期的西班牙完成的，但人们对它的早期历史一无所知。1609年的威尼斯，一位神甫在上面写下"revisto per mi"（我已审阅/批准）几个字，并签上自己的名字，使得这本书免于被宗教裁判所焚毁。显然，对于它如何从威尼斯到达波斯尼亚,又如何在二十世纪经历了两次虎口脱险的拯救,我们所知甚少,甚至可以说一无所知。

这背后当然有故事可以讲。杰拉尔丁·布鲁克斯为《华尔街日报》报道欧洲、非洲和中东的战争和麻烦,对历史题材有广泛爱好,并曾获得普利策奖,看上去正是写这本书的合适人选。她的表现一定会让许多读者满意。这个传奇故事充满复杂的曲折与跌宕,甚至在结尾处出现了少许神秘情节;故事中有性,有一个相当脆弱的爱情故事,也少不了对于暴力行为的描述。小说的奇数与偶数章节在当下和过去之间交替穿插,后者上溯至几个世纪之前,穿越真实与想象的悲欢离合,直到这本手抄本的起源,并涉及大量历史中的角色。然而,主线故事却是随着时间推移展开的,主人公是一位生活在当代澳大利亚的珍稀书籍专家,一位名叫汉娜·西斯的聪明又老成的女性。她被带到萨拉热窝去分析(虚构的)《哈加达》,并爱上了(虚构的)拯救这本书的图书管理员。我们追寻这本书的冒险穿越五个世纪,其中穿插着汉娜的故事,她的专业职责,她与一位并不爱她的母亲之间的麻烦,她出乎意料地发现自己所继承的民族遗产。故事枝蔓丛生,但都经过仔细的计划与安排——或许太过仔细了些。

汉娜的章节以第一人称叙述，充满对话，具有一种活泼而干脆的新闻风格，即便在文辞优美方面不算突出，依然非常好读，明白晓畅。不幸的是，这种自信确凿的笔调在沿时间线上溯的第一步（1940年的南斯拉夫）就消失了，而这一章的主人公是一位加入游击队的犹太女孩。这里的风格变得笨重，仿佛能听见轴承摩擦的吱呀声。到了1492年的巴塞罗那，对话已经下降到布尔沃·利顿的水平——"我不知道在你的想象中我做过什么！"——而叙事则已变成一堆有用的信息、预料之中的行为，以及大而化之的描写，沉甸甸地混合在一起，它们就像外套口袋里的石头一样拖累了许许多多历史小说。

这些章节就这样继续下去，充满行动，却没有幽默，没有展现心理，也没有生动的语言来突出描写。对于一部历史小说来说，最令人遗憾的是，它对于思想与情感的地方色彩缺乏敏感，对于那些能够令过去再度恢复活力的人类差异也缺乏足够的开放性。

布鲁克斯处心积虑，试图将一种现代的正义感和伦理判断带入那些与这种正义感格格不入的地方和时代。人们把这种焦虑称作"政治正确"，这个词曾经具有意义，如今却往往只反映出一种反动的嘲笑。布鲁克斯真诚的善意值得尊重，但事实是，一部小说想要摆脱这种格格不入，只能设法令其隐而不现，而布鲁克斯试图纠正过去错误的努力则太过明显。同样地，她在一种善意的女性主义驱动下，试图去创造那些对这本奇书的创作和存续至关重要的女性。要在那些掌管宗教与书籍事务的老男人中安插女性角色，未免强人所难，但她却坚持己见；于是我们发现，创作这些美丽插图的艺术家竟是一位女性，还是一位黑人。这本身并非不可能；书中的解释也颇有道理；我愿意相信，却无法相信。这个人物，这位艺术家，这位艺术家的世界，并没有真实到能让我相信。这只是一厢情愿罢了。它没有达到真正虚构中的激烈现实。

所以最后我不禁想到，如果作者作为一位经验丰富的记者，放弃一切个人创造，而只是遵循萨拉热窝《哈加达》背后真实而惊人的故事，是否会让这本书变得更好。我希望有人能为艾达·布图罗维奇的生与死写一个故事或者一首诗，因为我知道自己永远不会知道那个照片中伊拉克人的故事，他的怀中抱满书，脸上充满痛苦。

2008 年 1 月发表于《卫报》

伊塔洛·卡尔维诺:《宇宙奇趣全集》

Italo Calvino: *The Complete Cosmicomics*

我最喜欢的夏日读物,要么是一本厚实美妙的长篇小说,可以躺在床上翻阅,沉浸其中,要么是许多美妙的短篇故事,像一篮夏天的水果,可以每次从中捡一两个吃,充分品尝。而这本来自伊塔洛·卡尔维诺的书,正是这样的一大篮短篇故事——油桃、杏子、桃子、无花果,应有尽有。

这本书收录了英文版《宇宙奇趣》(1968)中的故事,七个新近从意大利语版《世界的记忆》(1968)译为英文的故事,《时间和猎手》(*Time and the Hunter*, 1969)中的全部故事,四个来自《黑暗中的数字》(*Numbers in the Dark*, 1995)中的故事,以及一些未结集出版的故事。能看到所有的宇宙奇趣故事被收入同一本书里,是一件开心的事,而且书做得很好，封面也很漂亮。超过三分之一的故事我都从未读过，对大多数英语读者来说应该也是如此。有些故事像珠宝一般瑰丽。威廉·韦弗、蒂姆·帕克斯和马丁·麦克劳克林的翻译无可挑剔，而来自麦克劳克林先生的导读，作为这些令人眼花缭乱的奇特故事的介绍简直再好不过。

伊塔洛·卡尔维诺是什么人呢？一位"前-后现代主义者"（prepostmodernist）吗？也许是时候抛弃"现代主义"和所有那些前缀了。他在纳粹占领意大利期间是一名年轻的共产主义抵抗战士，之后成为一位始终充满原创性和知识性的幻想文学作家。那么"宇宙奇趣"这种他在写作生涯中期发明的形式又是什么呢？很明显，它是科幻小说的一个亚种，通常包含一段关于某科学假设的陈述（往往是真实的科学假设，尽管有一些当时并没有被普遍接受），而故事则由此展开，叙事者往往是一个叫作 Qfwfq 的人。譬如《一切于一点》是这样开始的：

> 通过埃德文·P.哈勃对各星系退行速度的运算，我们可以确定曾有一个时刻，整个宇宙的物质都集中于一点，之后开始扩张，形成空间。
>
> 当然，我们都在那儿，老 Qfwfq 说，不然

还能在哪儿呢？那时候没有人知道空间可能会存在。对于时间也是一样：我们都像沙丁鱼一样挤在那一点上，又能拿时间做什么呢？*

请注意"沙丁鱼"。它们是卡尔维诺创作方法和风格的特点和本质。故事从这个开头完美地按照逻辑展开，当然前提是你对逻辑的定义不仅包括现代天体物理学，也包括芝诺的悖论、博尔赫斯的阿莱夫，以及疯帽子的茶会。

卡尔维诺后期的作品很可能不被视作传统意义上的小说，而被视作"奇谈"（conte）：用叙事来阐发一种理性的感悟、一种想法或理论，甚至一种幻想。奇谈是启蒙运动最喜爱的工具，可以被运用于讽刺和喜剧；伏尔泰的《老实人》就是这一类型中的杰作。它呈现的更多是漫画形象而不是角色，是反讽而不是同情。个性和情感可以悄悄潜入其中并发挥力量，但它也可以冷血无情。卡尔维诺的奇谈用科学、时间、空间和数字玩文字游戏；而在其中一些奇谈中，游戏就是一切。一位热爱游戏的读者，一位或许对维特根斯

---

* 译文参考自张密、杜颖、翟恒译《宇宙奇趣全集》，译林出版社2012年版，有改动，下同。

坦或艾柯着迷的读者，会发现《时间与猎人》中的奇谈特别有趣；而那些被人必有一死困扰的读者，可能会感觉这些故事因过于极端的抽象而干瘪乏味。然而卡尔维诺的想象力，其过人之处正在于极端。在《追杀》("The Chase")中，他是如此开门见山（cut to the chase），杀手追逐被杀者的过程不再是一部惊悚电影的高潮片段，而是整个故事——世界被缩减为一条高速公路，情绪被缩减为悬念，完全没有任何上下文或者人物性格刻画，仿佛整个过程都完全来自臆想。

卡尔维诺的《看不见的城市》同样来自一个想法，一个概念。年迈的马可·波罗回到中国，向年迈的可汗讲述那些他在旅途中没有看到的城市，这个概念本身是那么滑稽、那么诗意、那样充满无限的暗示，从而引导作者写出了可能是他最美丽的一本书。如果说有一部分宇宙奇趣故事有些古怪，那么大部分故事则非常有趣，有一些达到了真正的卡尔维诺式崇高：智慧、幽默、辛酸、讽刺，凝缩为夺目的光芒。

这些故事的主题五花八门，直到空间和时间的尽头，而温暖和幽默则通过各种缝隙、怪事和技巧渗入其中。卡尔维诺轻快、干练、清晰的行文以光年为尺度翩翩起舞，描绘出一幅幅朴实而生动的画面。譬如关于沙丁鱼的比喻；譬如居住在地球内部的人头顶上的石头天空,"有时候,一道炽热的痕迹曲曲折折穿过黑暗:那不是闪电,而是一条烧热的金属沿着矿脉蜿蜒而下。"

对我来说,这种文风的一个缺点,是其中那些出于开玩笑或讽刺目的而总是出现的无法发音的名字。如果我无法念出或者听到"Qfwfq"(念作kefoofek?),又怎么能听到那些包含有这个名字的句子的韵律呢?在这里,卡尔维诺的抽象倾向威胁到了语言本身,把它缩减为字面意思上不可言说的数学符号。这个游戏有风险。但我们却因为叙述者的幽默和泰然自若而轻松接受这一切,特别是那位无处不在,喋喋不休的Qfwfq,我们被他的朋友和亲戚吸引——所有那些一开始就在那一点上的人,因为除此之外他们还能在哪里呢?譬如他的祖父,老Eggg上校,他和妻子在我们这个太阳系形成的时候就搬来了。"他们来到这里已经有四十亿年了,多少已经定居下来,还认识了一些人。"而他们的邻居卡维其亚一家却要搬走,搬回阿布鲁佐去,祖母也想四处走一走,或许去仙女座星系看看自己的母亲,"但咱们和他们可不一样。"祖父抗议道,于是两人为此争吵起来,无休无止地争吵,直到时间尽头。"'你总认为你是对的'和'这是因为你从来不听我说',没有这些争吵,宇宙的历史对他来说就没有任何意义，没有回忆，没有滋味，这夫妻之间永恒的争吵，如果它也终有一天会结束，那该是多么荒凉，多么空虚啊！"

在卡尔维诺笔下，二元性和对立项的存在，几乎都与性有关。它的结果并非二者合一，而是一个永恒的过程，就像太极中的阴和阳，完美地体现在夫妻之间的争吵中。Qfwfq是男性，无论他以什么形式呈现，一颗下落的原子，一位宇宙旅行者，或者（在《螺旋体》这个美丽的故事中）一只小小的软体动物。规则告诉我们，此外必然还有一个女性实体，她的本质不仅仅是差异，更是分歧、抵抗、逃避，她不能被占有，被他所爱却并不爱他。故事从来不从她的视点展开，因此卡尔维诺的宇宙多少有些大男子主义。在我看来，更可爱也更有用的，是他笔下不断出现的那些关于永生不死、无限延续的意大利家庭的隐喻。但在《石头的天空》，及其改编版《另一个欧律狄刻》等故事中，性别二元论得到丰富的展开，具有强烈的情感。男性在真实欲望所在之处看到竞争，于是二元性扩展为永恒的三元性——真正的永恒。

卡尔维诺在很多方面都领先于他的时代，直到今天，在他去世二十五年后，他的作品才不被绝大多数人视作边缘的幻想小说，而被视为小说界的里程碑，被视为大师之作。在他写作的时代，科幻在文学界面前不会被提及，而漫画书则更不被接受。很少有文学评论家会去认真讨论它们，这种情况一直延续到1990年代末。如果他们注意到卡尔维诺给这些故事起的名字，Cosmicomics，自然会认为其意义在于强调宇宙"喜剧"（comedy）。但卡尔维诺同时也明确无疑地让我们去思考那些轻快的表现手法，那些跳跃和极端简化，那些存在于画框、卡通和漫画中的图像叙事。其中一个故事，《鸟类的起源》，直接运用了这种漫画手法，以一种非常有特色的方式引导读者："你们最好还是自己去试着想象，想象一连串画格，所有小小的人物各安其位，在被清晰勾勒出来的背景前面，然而你必须同时努力不要去想象那些人物，也不要去想象背景。"

就这样，我们得到一组彻底自相矛盾的指令。如果我们能遵从这些指令，或许可以抵达某种在济慈看来最为有效的"消极能力"状态。在我心中，伊塔洛·卡尔维诺已经很大程度上达到了那种境界。

2009年6月发表于《卫报》

玛格丽特·贾布尔:《海女郎》

Margaret Drabble: *The Sea Lady*

玛格丽特·贾布尔的十八九部长篇小说,每一部都用故事发生时代的语言,准确而忠实地记录了那个时代,然而她却一直没有真正地流行过。敏锐的批判性思维使她对潮流保持敏锐的觉察,并且她从不逆潮流而行;但我认为她小说中有价值的特点,无论是称其为"现代主义",还是今天说的"后现代",都不能令人满意。当然我会尽量避免使用"老派"这个说法,因为我担心这在贾布尔心中是一个禁忌词。但除此之外又能怎么说呢?一种扣人心弦的叙事驱力,直截了当却又微妙有趣;一种道德力量,清晰却未必诉诸语言;对社会、性别、礼仪、时尚敏锐而有趣的观察;强烈的角色性格,而性格可能就是角色的命运。上帝,我说的难道不是简·奥斯汀吗?

前段时间，贾布尔似乎有点误入歧途，沉迷于一些伪问题，譬如连环杀手应该对我们所有人都具有某种吸引力；我认为这对她的小说有负面影响。我很高兴在读《海女郎》的时候，再一次感受到那个狡猾、机灵、不被愚弄、固执、写了《针眼》(*The Needle's Eye*)的作者。

吹毛求疵到此结束，接下来我会将反对意见集中于《海女郎》中的一个角色，或者说一个声音，或者说一个人物之类的身上——此人是一个公共演说家，男性，偶尔出现，用一种自觉的姿态对这个故事发表评论，有一点像元小说的介入性作者，又有一点像萨克雷式的旁白，还有一点点像班扬。关于这个角色的一些段落颇为雄辩：

> ……演说家的权力是有限的。他们能做的仅限于规划筹备，限于邀请观众、布置舞台、选择场地、面对公众。在那之后，演员则拥有另一种可怕的自由。他们可以写自己的剧本。演说家的正式剧本已经写好了，但演员却可以写自己的非正式对白，当他们在拥挤的房间里相遇时，当他们沿着硌脚的鹅卵石台阶往上爬时。这很冒险，这很可怕。

这的确很冒险，同时这也很有启示意义。但我不确定这种启示是否与这部小说本身有关。这段话强调了故事中的角色是被作者塑造出来的，但同时也有其自主性，这样一来，我们就不能批评作者心软；但既然贾布尔勇敢地将故事的副标题命名为"迟来的浪漫"（A Late Romance），那么就算不借助这位演说家之口为自己辩解，她也应该有勇气讲好这个故事。顺便说一句，这位演说家与另外一个真正的角色有关（但二者不能混为一谈），而我对那个角色也有一些反对意见：这个角色出现得太晚了，也没有说服力。奥卡姆剃刀也许能对后者网开一面，但应该把演说家连根清除。既然有了艾尔萨和汉弗莱这样两个生动鲜明的角色，就没有必要再增加实体了。

艾尔萨就是标题中的那位"海女郎"，小说中她第一次亮相时，身穿缀满银色亮片的衣服。"她肌肉光洁，浑身波光粼粼，就像一条鱼。作为一个六十多岁的女人，她的穿着很是大胆。"她的确是一个大胆的女人——一个在知识分子圈里招蜂引蝶的明星。她穿着鱼鳞装去颁发一个文学奖，之后她将开车北上，去一所小型大学里接受荣誉学位。这位海女郎，她曾经爱上一个热爱鱼和大海的男人，一个海洋生物学家，跟他结了婚；后来他们又离了婚，几十年没有见过面，但凑巧的是（不过并非偶然），他将乘火车前往北方，在同一个仪式上接受荣誉学位。他们的轨迹在此交汇。

艾尔萨聪明绝顶却又虚伪，她有点像个怪物，像来到陆地上的美人鱼。汉弗莱则真诚本分，脚踏实地，是一个具有强烈道德感的优秀科学家，一个善良且负责任的男人。她是一个彻头彻尾的演员，做什么都是出于争强好胜；他则拒绝将科学视为一场获得认可的竞赛，因此放弃了自己领域的最高荣誉。两个人都功成名就，都不得不勉强接受多少有些可疑的回报。但他们也曾有一段不简单的历史。早在他们结婚之前，在他们还是孩子的时候，在第二次世界大战刚刚结束的时候，在他们即将相遇的同一座北方海滨小城里，他们就已经认识彼此。

赋予这个故事深度和重量的那些最为精华的部分，是关于汉弗莱童年时代在奥恩茅斯和芬斯特内斯度过的两个夏天。这几个章节灵动、稳定而准确的叙述令人惊叹，这部分故事引人入胜。认同儿童视角的叙事，往往导致像《麦田里的守望者》那样喋喋不休地发牢骚，但贾布尔总是能够作为一个成年人来写儿童。她可以大方而真诚地、不多愁善感地书写童年，这非常罕见。汉弗莱是个很好的男孩子，他度过了一个无比快乐的夏天——要写好快乐并不容易。发生在第二个夏天里的背叛、焦虑和可疑的收获多少在意料之中，但给人的感觉同样真实。

这一百多页的内容是如此令人满意，以至于整本书的其他部分都难以与之匹配，特别是当叙事方向变得更加复杂，不断在过去与现在之间来回穿插的时候。汉弗莱长大了，成为一个很好的男人——好人也同样不容易写。然而，但当他和艾尔萨（不是一个很好的女人，但却是一个有趣的女人）成年后初次相遇，陷入爱河时，这部分内容的深度却不如奥恩茅斯之夏的章节。情欲来了又去，这并没有什么。但从整部小说的结构来看，这段经历只不过是一段插曲，夹在精彩而充满现实感的开头与谨慎而暧昧不明的结尾之间，在沙滩上的孩子们与那两位微笑着接受赞誉的年过六旬的公众人物之间。也许，他们最终会得到真正属于他们的回报。

2006年7月发表于《卫报》

卡罗尔·艾姆什维勒:《莱多伊特》

Carol Emshwiller: *Ledoyt*

1997年的一天,我在图书馆的"新近小说"书架上看到了《莱多伊特》,作者是卡罗尔·艾姆什维勒。艾姆什维勒?我暗自思忖——我知道的那位艾姆什维勒?她写了一本新书,出版至今已有两年,我却从未听说过?

我其实不应该感到惊讶。艾姆什维勒的读者都知道,她是一位重要的寓言家,一位了不起的魔幻现实主义者,也是小说界最强大、最复杂、最始终如一的女性主义声音之一。但她的书大多由旧金山一家优秀的小出版商水星书屋出版,并没有得到广泛关注。部分原因可能在于她那种平静的创造性。绝大多数评论家都更喜欢能对号入座的作家,就像会回笼的鸽子和会钻洞的兔子。如:艾姆什维勒可以说就像是伊塔洛·卡尔维诺（智力游戏）、格蕾丝·佩里（绝对诚实）、费伊·韦尔登（机智过人）和豪尔赫·路易斯·博尔赫斯（纯粹明晰）的混合——但事实并非如此，她的声音完全属于她自己。她和任何人都不一样。她与众不同。

在谈到《莱多伊特》（一部很不一样的作品）之前，我想先谈谈艾姆什维勒的其他作品（每一部都很不一样）。

1990年之前，我只在科幻出版物上看到过她的作品。她不是科幻小说作家，但她知道如何用科幻题材玩精彩的游戏。我读到她的第一本书《近乎相关》（*Verging on the Pertinent*，咖啡书屋出版社，1989年）是一本寓言故事集，诙谐、冷静、恐怖。读完这本书后，我感觉她是一位令人印象深刻而又老练的作家，令我仰慕，却算不上喜欢——不过我很喜欢选集中的第一个故事《育空》（"Yukon"），讲述一个生活在遥远北方的女人从丈夫身边逃离，和一头熊共同度过一个舒服的冬天，并且遇到她的真爱，一棵恩格曼云杉，又或者是一位姓恩格曼的酷似云杉的男人……在艾姆什维勒的故事中，你往往可以按照你希望的方式去理解。她不会要求你按照她希望的方式来。尽管她机智过人，却是个善良的作家。她的很多故事都有幸福的结局。至少如果你想要幸福结局的话，就可以按照幸福结局去理解。我不确定恩格曼先生是否真的是女主角的真爱，但我上次读这个故事的时候正是这样理解的，或许下次再读的时候会有截然不同的理解。

《卡门狗》出版于1990年，这是一部关于女人变成动物和动物变成女人的长篇小说，或许是她作品中最有趣也最残酷的一部，有点像女性主义版本的《老实人》。无辜的女主角普茨*，她的善良最终战胜了残酷，迎来幸福结局——至少如果你希望如此的话。就连普茨的孩子们都很好，"都是塞特猎犬，都是公的"。我不知道它为什么不是一本女性主义经典，也许它是。也许正因为如此人们才没有听说过它。它应该成为所有高中和大学里关于性别的必修教材。

2001年春天，我在圣何塞州立大学的文学课上讲了《卡门狗》。我获得了复印该书前三章供课堂使用的许可，因为水星书屋已经让这本书绝版了，并且似乎对我们需要十五本书这件事全然不在意。全班同学都非常喜欢这本书，并要求我允许他们复印这本书的其余部分，还自己动手找到了好几本。教这本书让我意识到，它甚至比我此前以为的还要好，并且书中没有

---

* Pooch，也有"狗"的意思。

任何残酷的东西。有真理吗？有的。有趣吗？当然！

继《卡门狗》之后，是令人惊叹的选集《一切终结的开始》(*The Start of the End of It All*)，她的疆域和声音都在其中变得更加宽广深厚。像《环形石图书馆》("The Circular Library of Stones")或鬼魅的《比尔卡班巴》("Vilcabamba")这样的故事，不免会被拿来与博尔赫斯比较，也会形成对比。在艾姆什维勒的寓言故事中，虽然发明同样占据主导地位，但关于人类痛苦的元素却没有那么遥远，她的幽默则比博尔赫斯更狂野。选集的标题故事就是一个绝妙的例子，让我们看到一位真正的女性主义者可以用科幻来做什么。没错，这是一个关于外星人来到地球的故事，但与《第三类接触》和《E. T.》这类科幻电影之间毫无共同之处。女主角和艾姆什维勒的大多数女主角一样，顺从又轻信，自尊心很低，是那种"被拒绝过、离过婚、日渐衰老、被遗忘的人"。一个名叫克林普的外星人（或者好几个外星人），欺骗她生下他（它/他们/它们）的后代，许多像小鱼苗一样的外星人；但她的猫把它们都吃了，只留下一只。她留下它，以她父亲的名字查尔斯（或者亨利）为它命名，从此不再沉溺于对外星人的幻想。如果你愿意的话，这简直就是个完美的幸福结局；如果你不愿意，那它就毫无幸福可言；但无论选择哪一种理解，这个故事都极其有趣。

好吧，这就是我自以为认识的卡罗尔·艾姆什维勒，一位善良、可怕、有趣的女性主义寓言家。我从"新近小说"的架子上取下《莱多伊特》（水星书屋，1995年），注视着封面：不是女金刚爬上帝国大厦，不是鸟-狗-女人混合体，没有什么狂野和想象出来的东西，只有一幅手工染色的照片，上面是一位非常年轻的女人，穿着传统西部骑手服装，在沙漠里读着一封信。

这幅封面对本书来说是很恰当的介绍。我说过，《莱多伊特》不同于作者的其他作品，也不同于大多数当代小说。它属于某一种脆弱且不连续的传统，即由十九世纪末二十世纪初，生活在遥远西部的女性所创作，或描写这群女性的小说。但首先我想说的是，这是一个爱情故事。

我们倾向于认为爱情故事很普通，是一种塞满"言情"书架的思想简单的文学类型，只有极少数才能在勃朗特或者奥斯汀那样的作家手中成为艺术品。但实际上，究竟有多少故事是关于爱情的呢？我从来没有问过这个问题，直到我把"一个爱情故事"作为一次写作工作坊的作业布置下去。我从那组学员手中收到了十四个关于情欲的故事。下次我再试的时候,得到了十一个情欲故事,两个仇恨故事,还有一个关于一个女人爱上自己侄女的爱情故事。

考虑到我们拥有那么多种不同的爱,却总是在小说中,将爱作为一种性欲望来探索,或者作为一种通过性获取权力从而达成的或虐待、或剥削、或强迫的关系,这着实很奇怪。

《莱多伊特》是一个爱情故事。它讲述的是一对夫妇对彼此充满激情却从未得到保障的爱,以及一个年轻女孩洛蒂对她的继父、她的母亲,以及同父异母的弟弟满怀愤怒和抗拒的爱。家庭之爱,如同一段旅途,穿越未经勘探、满是沉船和宝藏的无边海洋。这是怎样一个故事啊!比麦当娜的百变造型更有趣!这样的故事与我们大多数人现实中的爱情生活又是那么相近——毫不浪漫、永无止尽的调整、失望与再调整,盲目的残忍和盲目的温柔,错综的纠结与罗网,愤怒、忠诚与反叛,来自平常人的平常热情,尝试与他人一起生活,尝试彼此相爱。

位于故事核心的两个人,莱多伊特,那个肮脏却温柔的牛仔,不敢相信自己的运气,因此一直在逃,还有年轻的洛蒂,她把自己点燃,对一个男人开枪,还把莱多伊特画成长胡子的马……莱多伊特和洛蒂的母亲奥丽娅娜结了婚。奥丽娅娜被自己受人尊敬的未婚夫强奸之后逃跑了,来到西部,生下女儿,而这个女儿将会毁掉这个家庭,从她身边逃跑。我们国家的历史中,有一大部分都是关于人们逃跑的故事,这并不意味着他们不是好人。他们中的一些人是的。

还有故事的背景。生活在美国东部的人们,倾向于把牛仔和蓬蒿遍地的牧场视为男性电影的道具,而不是严肃小说的背景。难道真的有人住在那种地方吗?

艾姆什维勒笔下1905年的加州山区,与路易斯·拉摩笔下的西部相距甚远,与好莱坞之间更有天壤之别;但从玛丽·奥斯汀的《少雨的土地》却可以抵达。这是一个"成功"毫无意义的国度,只有干旱的农田与贫瘠的牧场,在这里,每个孤独者都认识其他孤独者。这些人几乎不报什么期望,只有无数失败和逃亡,他们是沙漠居民。在这片冷漠、危险而又美丽的风景中,那些打破寂静的声音或手势,对于人类的行为和关系来说至关重要,但艾姆什维勒并不推崇沙漠生活。她像牧场主一样了解这片国度,将它视作土地而非风景;她将那里的人们视作个体,而不是原型。她知道如何倾听它的沉默,以及他们的沉默。

我母亲那边的家族,来自山区和沙漠的遥远的西部人,他们正像艾姆什维勒笔下写的人们一样。小洛蒂有一本日记在小说中反复出现。我阅读的时候,总是不断想起我的姨姥姥贝琪,她于1880年左右出生在怀俄明州,我在日记中仿佛听到贝琪的声音。贝琪应该认识这个女孩。贝琪就是这个女孩。对于一个西部人来说,在小说中发现自己的同胞,听到同胞们说话的方式,仍然是一种罕见的经历。有一些生活在这个世纪初的女性作家了解这些人;玛丽·哈洛克·福特就是其中之一,华莱士·斯泰格纳在自己的一部小说中挪用了她的作品,却没有说明出处。H. L. 戴维斯的《蜂蜜之角》和莫莉·格罗斯的《决胜湾》对西部地区及其特征表达出不曾让步的诚实。像卡罗琳·西(Carolyn See)、朱迪思·弗里曼(Judith Freeman)、戴尔德丽·麦克纳默(Deirdre McNamer)和艾莉森·贝克(Alison Baker)这样的作家,推动这一传统与时俱进。最终,西部被一点一点征服,并且主要是由女性作家征服的。

然而艾姆什维勒,她的故事是如此具有纽约味道,如此成熟,她在纽约大学教写作,这样的人又是如何知道关于我姨姥姥的一切呢?我猜想,或许这就是身为一流小说家的能力吧。小说作者归根结底要动用想象力,正是这一点令他们不同于回忆录作者。艾姆什维勒对小说的背景了如指掌,她知道农庄里的生活是什么样子，知道应该从哪一边上马。在书封底的一张照片中，她一边大笑一边举着一只马鞍，朝一匹帅气的阿帕鲁萨马走去。但照片背景处的那些树或灌木，可能位于巴斯托附近的河床，可能在长岛，也可能在其他任何地方。我只确定，她知道她在《莱多伊特》中写的是什么，她知道那是值得写的，知道没有别人写过像这样的东西。

我很遗憾地告诉大家，到我写这篇文章的时候，《莱多伊特》依然没有再版。如果你去那个如今每个人都认为应该从那里买书的地方查一查，你可能会得到和我一样的结果：一个名为《莱多伊特》的标题，和一段描述，说这是一本关于白俄罗斯的书。于是我们又遇到同样的情况——泛舟于亚马逊却没有桨。我只希望有出版商能有心重新发行《莱多伊特》：一幅猛烈而又温柔的少女成长画像；一幅悲伤而有爱的男子肖像，他的才华正在于爱和悲伤；一部西部片，一个毫不感伤的爱情故事，一幅美国过往的真实写照，一部艰难、甜蜜、痛苦而真实的小说。

> 1997年首次发表于《女性书评》，2002年修订，收入本书时再次修订

艾伦·加纳:《骨地》

Alan Garner: *Boneland*

　　《骨地》是艾伦·加纳于 1960 年和 1963 年分别出版的两本儿童读物的成人续集。在《布里森门的奇石》(*The Weirdstone of Brisingamen*)和《戈拉斯的月亮》(*The Moon of Gomrath*)中,科林和苏珊是一对十二岁左右的双胞胎,他们不断遭遇不可思议的冒险,忍受着失眠、危险和痛苦,以近乎超人的平静接受那些超自然事件。在第二本书的结尾,苏珊似乎命中注定被赋予一种异于常人的命运或角色。

　　但在第三本书的开头,苏珊却不见踪影。她的哥哥科林已增长了三四十岁年纪,而创造他们的作者则老了将近五十岁。

　　在创作"地海"系列时,我曾在两本书之间等了十七年,好看清故事去往何方,而写完整个系列则花了三十三年。五十年对于两本书之间来说是一段很长的时间；然而，这对艾伦·加纳来说却似乎再自然不过，用五十年岁月回到他出发的地方，回到充满传说的阿尔德利艾奇，从而跟随他的故事进一步深入人类心灵，深入时间的黑暗逆流与深渊中。

科林已经成为一位杰出的天体物理学家、鸟类学家和全能学者，拥有五六个硕士学位，同时也是一名出色的厨师、木匠和社会异端。他能清楚记得十三岁之后发生在自己身上的每一件事，却丢失了在那之前的全部记忆，也忘记了他的妹妹和自己的勇气。那个近乎冷漠的无所畏惧的孩子，已经变成了一个痛苦、超级敏感、自我中心的人，几乎要被自己没来由的强迫症逼疯。

科林寻找妹妹和自己理智的过程是一种真正的求索，因为世界的良善秩序也处于危险之中。科林的祖先曾在阿尔德利艾奇跳舞唱歌，以保持星星的运行，令太阳从冬日中死而复生，他是一个萨满巫师，是冰河时代和更久之前那些萨满巫师的继承人。他需要找到自己的平衡，因为他的工作是保持世界的平衡。那座位于柴郡的三叠纪砂岩礁石上的岩石和洞穴，正是平衡的轴心，宇宙的肚脐，是必须保持稳定的中心。

当然，中心不仅在这里，也在德尔福的一座洞穴中,在加州克拉马斯河上的一座小岛上,在地球上一千个不同地方,而宇航员拉斯特·施韦卡特则在一次太空行走中发现,中心就在地球自身——中心在人类感觉到与世界之间的深度连接,并把它当作一种神圣责任的地方。

然而,对这种普遍联系的感知又充满深刻的地方性,这个地方是神圣之地,艾伦·加纳更像一位神话创造者而非奇幻作家,他精细地为自己选中的真实地貌命名,从一处到另一处,从一块石头到另一块石头,他品味那些古老的地名和庞大的地质学词汇表,将它们编织在一起,变成一连串永无休止的重复,让终结永不会到来,变成世界边缘的韵律之舞,维持着世界运转。阿尔德利艾奇是一场永恒仪式上演的场所,无知而短命的凡人必须一遍又一遍地重演这仪式,个人的悲剧与救赎都包含在这种宇宙视野中。

难怪,他故事中的人物与其说是角色,不如说是面具、类型、原型。然而,当想象性文学重新占领现代主义现实主义禁止它进入的领域时,当它从精灵国撤回曼彻斯特郊区时,就踏上了一片危险的土地。那些不仅仅为冒险而来的读者,期待的是那些行为和反应都能够被人类理解的角色。科林与苏珊这对双胞胎孩子,是幻想传奇中没有什么角色特征的演员。成年科林是一个患有严重精神疾病的射电天文学家，同时又是一个被从同龄人中选出来"守护边缘"的男人——如何在现代小说中的一个人物身上协调这两种角色呢？一个命中注定如此不合时宜、情感上又如此残缺的人，如何才能让他的心灵痛苦被理解呢？

作者的成功部分在于他将这个角色一分为二——二十一世纪的科学家科林，与一个没有名字的石器时代祖先。但最终，成功与否取决于读者是否愿意在暗示、征兆、谜题，以及语焉不详的对话与地点等各种小花招的提示下，穿越这座想象力的迷宫。科林康复的过程令人着迷，包括治疗的各个阶段，将图像中的图像一层层拆解出来，然而叙事的要求却意味着读者必须让作者操纵和控制，就像科林被分析师操纵一样。

而最终，分析师却仿佛一位女巫或女神一般，消失在一股烟雾中。在一部严肃小说中，这是一件冒险的事情。

艾伦·加纳可以依靠读者的信任和仰慕来陪他度过难关。我的信任和仰慕虽然不少，但并不总能保证足够。无论如何重读《骨地》，我都依然没能搞明白前八行的意思。好吧，总有一天我会明白的。那位无所不知、爱说俏皮话、骑摩托车的精神分析师是丑陋的老巫婆还是月亮母亲？苏珊是"昴星团"中的一员吗？唉，好吧。是否正如加纳所言，真理不能通过知识，而只能通过信仰获得？唉，或许吧。

对我来说，所有的花招和风险，都在那个影子故事中得到了回报，故事讲述的是很久很久以前，一个"守护边缘"的男人，他是冰河时代孤独的艺术家萨满。这些章节是用一种情感强烈、简洁而象征化且高度具体的语言讲述的："他割开岩石的面纱；马蹄踏过脚下奔腾的河水，在黑暗中咔嗒作响。灯火令月光从剑锋上滑落，剑锋令公牛从岩石上跃下。冰响了。"

你继续读下去，就会逐渐明白这一切的意义。这不仅仅是解谜；就像读诗，像学习另一种语言，像学习不同的观看和思考方式一样，要求与回报既强烈又真实。正是本书中的这一要素，将会让我再次重读《骨地》，因为我知道，自己将在那里找到其他小说家从未给过我们的东西。

2012 年 8 月发表于《卫报》

肯特·哈鲁夫:《祝福》

Kent Haruf: *Benediction*

人们心目中和海报上的科罗拉多,到处是山峰与风景如画的滑雪小屋,但如果你从东部开车进入科罗拉多,你会开始疑惑,落基山脉究竟藏在什么地方。平原上的斜坡不易察觉地越升越高,广阔而单调,不时出现一两个丑陋的小镇。美国西部超越了一切风景画上的美景,而它的崇高并非流于表面。

其中一个丑陋的小镇,霍尔特,是由小说家肯特·哈鲁夫创造的。读过他的三部长篇小说《素歌》(*Plainsong*)、《黄昏》(*Eventide*)和《祝福》的读者们自然知道这个地方,知道那里的每一条街道,每一位居民。我发现,哈鲁夫笔下的人物,就像皮埃尔、娜塔莎或者哈克·费恩一样,长久地留驻在我脑海中;我总是想着这些人。他们的谈话枯燥而平淡,带有一种轻松的西部韵律,而作者的叙述也是如此。人物说的话前后不加引号,委婉地强调出这种连续性。它是一种克制的声音,一种安静的音乐。

许多霍尔特人天生孤僻,他们的热情受到美国小城镇压抑的传统,以及贫穷、无知和终日辛苦劳作的束缚,这热情有时会通过暴力,有时则通过施展同情的行动(或尝试行动)而突破束缚。暴力在当今的小说中很常见,同情则不那么常见。哈鲁夫处理人际关系的方式是激烈的、含蓄且微妙的,他探索愤怒、忠诚、怜悯、荣誉、胆怯和责任感;他处理复杂的、几乎未曾说出口的道德问题,或许将其推向一种未能诉诸语言的神秘主义。他偶尔会冒着多愁善感的风险,我想也有那么一次或两次,他会在这方面失手,但在作为一个整体的这些霍尔特小说中,他在探索爱的平凡样貌(长久的挫败、忠诚的长期成本、日常情感带来的安慰)方面所展现出的勇气和成就,是我所知道的任何当代小说都无法企及的。

《祝福》最好与另外两部小说放在一起读,其中有一些反复出现的人物,但更主要的联系则是对霍尔特这座小镇及其周遭乡村的非凡呈现,通过每一本书中一个又一个细节逐步建立起来。这是三个不同的故事,但不断积蓄力量。《祝福》的故事,正如其标题一样,暗示着某种完结,但霍尔特的生活将继续下去,因为书中呈现出的时间绵延感和其在地感一样强烈。

前两部作品提供了生动的动作和一些更加传统的"西部"做派,譬如《黄昏》中那个将公牛从畜栏里赶出来的场景。这场戏结束于一位老人之死,就像《名利场》中滑铁卢一章中的最后一句话一样令人震惊[*]。《祝福》则更加安详;其中也有一位老人去世了,但却是慢慢死去,并且刘易斯老爹也不是牧场主,而只是个店老板。他在霍尔特开了一家五金店。他不讨人喜欢,也不是很有趣——一个心胸狭窄、脾气暴躁、快要死于癌症的老家伙。

如今,讲述某种疾病或痴呆症的痛苦过程的回忆录和小说层出不穷,且充满令人沮丧的熟悉感;但刘易斯老爹去世的过程不仅揭示出肉体苦痛的平凡和谦卑,更揭示出一种异常开放的、光明的看待神秘的方式,以及一种近乎无法把握的冷幽默。

老爹的意识里还有未竟的心愿。那些缠着他的鬼魂——他死去的父母,失踪的儿子——来到他的床边,

---

[*] 指《名利场》第三十二章最后一句:黑暗降临到战场,笼罩了城市;爱米莉亚在城里为乔治祈祷,而乔治脸朝下躺在战场上,已经死去,一颗子弹打穿了他的心脏。——译文引自荣如德译《名利场》,上海译文出版社 2013 年版

坐在木头椅子上和他说话。他们都和他一样暴躁。他的父亲，一位生活在堪萨斯州贫瘠之地的老农夫，这样对他说：

啊，你给自己在这里弄了一栋很好的大房子。你做得很好，不是吗？你这房子真大，真漂亮，真让人喜欢。

这是我努力挣来的，老爹说。

啊当然。当然没错。我知道，老农夫说。也有些运气成分吧，我想。

我是有点运气。但我工作很努力。我挣来的房子。

是啊，当然。很多人都努力工作。可现在只这样不够了，对吧。你总得有那么点运气。

妈的，我是也有点运气，老爹说，但运气也是我挣来的。

老爹的儿子也许已经死了，也许还没有，他并不知道答案，但他拒绝承认这种可能性。他与儿子之间痛苦且毫无结果的对话，揭示出他们关系中再普通不过的悲剧：无法表达的爱，无法获得的原谅。刘易斯老爹冷酷而徒劳地与那些鬼魂搏斗，就像雅各布与天使搏斗一样，不肯放他们走，直到他们祝福他为止。

故事围绕这个中心人物反复展开，将各种支线故事，各种人物和各种代际编织在一起，形成复杂而丰富的脉络。哈鲁夫温柔地将那些女孩和女人们作为个体来书写，却并不将她们理想化。他对青春期的痛苦有一种不加判断的同情，对粗俗和虚伪则明察秋毫。他展现那些不涉及性的关系中的深切情感，也同时从父母与孩子的视角出发去描写亲子关系，这些技巧既不同寻常，又受人欢迎。

事实上，哈鲁夫是一个在很多方面都具有惊人原创性的作家。他的独创性很容易被许多传统的批评家们视而不见。他不故作姿态，也不提高嗓门。他安静而亲密地、同时也有所保留地诉说，就像一个成年人对另一个成年人诉说一样。他小心地让故事以正确的方式被讲述。他做到了，正确无误；他的故事听上去如此真实。

2014年2月发表于《文学评论》

肯特·哈鲁夫：《晚风如诉》

Kent Haruf: *Our Souls at Night*

书写日常生活是一项艰苦的工作。那些非同一般的、惊心动魄的、离经叛道的经历，本身就具备引人入胜的魅力，但只有勇敢的作家才敢于去描绘那些如此平凡，甚至都算不上特别不幸的生活。幸福——不是性满足，不是抱负实现，不是狂喜，不是极乐，只是日常的幸福——实际上已经从小说中消失了。或许是因为我们不相信它，将它视作多愁善感，将真实与虚假的幸福混为一谈。的确，幸福并不容易写。要让人感觉真实，即便是描写那些最卑微的成就和满足，也都必须充分意识到人类的弱点与残酷，意识到那些随时可能出现的疾病、毁灭和死亡。一个不真实的字眼就能让整个故事变得不可信。

我认为肯特·哈鲁夫的《晚风如诉》里没有哪怕

一个字是假的。全书行文通俗易懂，故事简单明快，其中也没有哪个词给人油嘴滑舌或者陈词滥调的感觉。

我在读一部小说时，通常对其写作背景并不太感兴趣，但这本书却不同，想到它是作者在临终之际写成的，我会感动甚至敬畏。它是一份报告，来自遥远的人生边缘，来自黑暗的边缘，是在某种责任意识中写成的。哈鲁夫是在为我们见证。他比我们走得更远，并想要告诉我们，在那里什么才是重要的。他对自己处境的了解，以及我在阅读这本书时对他处境的了解，让我感恩能有如此荣幸聆听这样一个人的声音，除了该说的话之外，他已不需要再说别的什么。

书中的叙事语调很安静。所有的黑暗都在那里，但我们看到了光明。来自科罗拉多小镇卧室里的一盏台灯。

哈鲁夫的长篇小说都是以霍尔特这个小镇为背景的。前两部小说比较传统。而在第三部《素歌》中，他找到了自己的声音：非常美国式的韵律，而那些意料之外的诙谐和沉静缄默则充满西部风味。《素歌》和之后的几部小说，就像薇拉·凯瑟的作品一样，生动地描绘出那片辽阔土地上的孤独，描绘出那里的人们充满矛盾的局限性，也描绘出他们的脆弱。暴力是短暂的，不可避免，令人震惊，但从不作为某种奇观被幸灾乐祸地展示。角色中总有一些孩子，作者以非凡的现实主义笔触，饱含同情与强烈的感情描绘他们。这些年轻人躁动不安、神经紧张、缺乏引导。年纪大些的男人们做着自己的工作，始终保持戒备。通常都是女人们维持着一切，虽然偶尔也会有某个女人精神崩溃或者突然逃到丹佛去。但那里也有乐趣，艰苦的乐趣——冒险的乐趣，责任的乐趣。柔情在这些人中间得到庇护，就像一棵小树，慢慢地将根扎向深处去吸收水分。

霍尔特距离纽约很远，也许比伦敦或布拉格离纽约的距离还要远。对许多美国东部的人们来说，西部只意味着仙人掌和好莱坞，适合做西部片而非文学作品的背景。哈鲁夫对灰头土脸毫无时髦可言的霍尔特的忠诚，或许正中眼界狭隘的都市评论家们的下怀，导致他深思熟虑、微妙而娴熟的作品得不到应有的关注。或许他并不介意。他选择不去玩追逐成功的饥饿游戏，也不在公共名人制造工厂中接受批量生产出来的喝彩，而是继续固执地做肯特·哈鲁夫，继续做他的工作，继续保持戒备。他可以继续书写那些你认为正确却不太清楚要如何去做的事，写坚持做那些事有多么艰难，写我们如何努力地与彼此相处，与自己相处，写我们大多数人如何努力地工作，写我们如何渴望很多，却往往只能满足于得到的那一点点。

这些都是扎实的、令人满意的小说题材，而哈鲁夫在他的最后一本书中，则增添了某些极为罕见的东西。许多小说都是关于追求幸福的，但唯有这一部因其真实的呈现而光耀夺目。

"于是有那么一天，艾迪·摩尔拜访了路易斯·沃特斯。"故事就这样开始了。艾迪，一位寡妇，来找她的鳏夫邻居，问他是否愿意时不时来她家和她一起睡觉。

"什么？"路易斯自然有些吃惊，"你是什么意思？"于是她回答说：

> "我的意思是，我们都是孤身一人。我们已经独处太久了。有好多年了。
>
> "我很孤独。我想你可能也一样。我想知道，你愿不愿意晚上来我这里，和我一起睡觉，一起说话。"

就这样，在科罗拉多州，霍尔特市，雪松街，一间卧室里亮起了灯。一份幸福以极为谨慎、勇敢而温柔的方式被攥在手中，但并不是以我们期望的方式，而要更加复杂,其中也牵涉到其他许多霍尔特的居民。也许幸福比痛苦更难以预测,因为它与自由有关。同时,就像自由一样,幸福从来都不稳妥;它不可能永远稳妥。但幸福可以是真实的,在这部美丽的小说中,我们可以分享它。

           写于 2016 年,此前未发表

托芙·扬松:《真诚的骗子》

Tove Jansson: *The True Deceiver*

在凭借"姆明一族"幻想故事获得持久的国际成功之后,芬兰作家-艺术家托芙·扬松从六十多岁开始创作现实主义成人小说,这些作品一段时间后才在斯堪的纳维亚半岛以外获得广泛关注。有一种居高临下的假设,认为她给孩子写的书都不错("不错"在这里意味着道德上黑白分明,文体上幼稚天真),而持有这种假设的批评家、评论家和奖项评委们,则往往认为写儿童书的作家们没办法严肃地为成人写作,这种偏见转换到绘画艺术中,恰正与《真诚的骗子》中的情节彼此呼应。

任何对托芙·扬松作品略有了解的人都知道,以任何理由看轻或者居高临下地对待她的作品都是不明智的。她为孩子们写的书复杂、微妙、狡黠、有趣又令人不安；书中的道德虽然从不和稀泥，却也并不简单。因此，她转向成人小说创作其实并不算什么太大变化。她笔下的普通芬兰人就像北欧神话中的巨魔一样奇怪，而她笔下冬天的芬兰村庄则像所有奇幻森林一样美丽而危险。

如果说确实有转变发生，那么变化之处在于她写作的本质，她的语言比以往任何时候都更简洁、紧凑、惜墨如金。然而，这些形容词却很好地形成一种现代叙事性散文风格——时髦的极简风格，非常适合惊悚故事、警察程序推理故事和存在主义黑色小说，但应用范围非常有限。扬松对此种风格的应用范围，虽然控制得毫不费力，但却极为广大。她驾轻就熟的准确性不仅能表达紧张和压力，也能表达深切的情感、伸展、松弛与平静。她的描述从容不迫，准确而生动，是属于艺术家的视野。她的风格一点也不"诗意"，恰恰相反，这是最高级别的散文。纯粹的散文。透过它宁静的清澈，我们能看到无法企及的深度，令人生畏的黑暗，可望而不可及的宝藏。这些句子在结构、运动和韵律上都很美。它们毫无差错。而这是通过英文翻译读到的！托马斯·蒂尔的名字理应与托芙·扬松的名字一起出现在扉页上。他创造了真正的翻译奇迹。

我真希望能在这里整页地引用原文；至少必须得

引用这一整段：

> 如果天气真的很冷，就没有必要继续工作了。船坞并不保温，炉子也不够暖，无法让他们的手不被冻僵。他们锁起船坞回家了，但在朝向停靠船的海边那一侧，门上的门闩很容易打开。马特兹会借用自己的鳕鱼钩走到冰上去，当四周看不见人的时候，他就进入船坞。有时候他会继续自己的工作，往往是一些太过琐碎的、没有人注意到是否已经完成的细节。但大多数时候，他只是悄无声息地坐在宁静的雪夜里。他从不觉得冷。

故事中的主要人物有安娜·艾美林，一位成功的童书插画家，以及卡特丽，她唯一关心和在乎的只有自己的弟弟，害羞、迟钝又温柔的马特兹。此外还有诚实的造船匠里杰伯利、聪明的尼加德夫人、心怀恶意的店主、一群村庄里的孩子，还有卡特丽的狗。这只狗没有名字，沉默无声，长着黄眼睛，对同样黄眼睛的卡特丽言听计从。她对别人有狼一样的优越感，并且以此为荣："我和我的狗鄙视他们。我们隐藏在自己的秘密生活中，隐藏在我们内心最深处的野性中。"

村子里没有人像是结过婚的，而两个孤独的女人，卡特丽与安娜之间将要形成的关系，虽然激情澎湃，极度不稳定，充满毁灭性和变革性，却与性无关。

安娜比卡特丽富有得多，她虔诚地让父母的房子保持原样，并按照出版商提供的文字为那些小书画插图。她的画以令人叹为观止的真实笔触描绘林中大地、树叶纹理、树枝、苔藓、地衣……她还将出版商文稿中的可爱兔子加入这些画中。她花很多时间回复那些小读者们的来信，却从不花时间关心自己的商业利益。她一直睡，睡过整个冬天，直到春天来临时，她才睁眼看到生机勃勃的大地，画下它的样子。

年轻的、像狼一样的卡特丽，决心为弟弟提供安全保障，并为他弄到那条渔船，那是他唯一的心愿。她假装洗劫安娜的房子，好让安娜对独自居住心生畏惧，以此为契机照顾和保障安娜的生活。很快她便似乎掌握了全局，扔掉了所有的旧家具，让安娜无法舒适地安眠。然而当安娜觉醒过来的时候，却并不像她表面上看起来那么小白兔，而卡特丽也并不是真正的狼。她们的故事通过真诚与欺骗、纯洁与复杂、冰雪与融化、冬天与春天之间的生动对比和互动展开，从而造就这部我今年读过的最美丽、最令人满意的小说。

2009年12月发表于《卫报》

芭芭拉·金索沃:《迁徙路线》

Barbara Kingsolver: *Flight Behavior*

有一些最优秀的美国小说，其写作目的，至少一部分目的，是希望带来道德上的改变。从《哈克贝利·费恩历险记》《汤姆叔叔的小屋》，再到《愤怒的葡萄》等作品，都贯穿着一条清晰而明亮的弧线，即对于贫困和社会不公的关注。芭芭拉·金索沃的《迁徙路线》是这类作品中一位值得尊敬的新成员，其关注通过这部满怀激情和智性的小说中那些生动的角色而得到体现。新颖之处在于，作者对社会不平衡的精细入微的描绘，与对环境不平衡的迫切关注紧密交织在一起——已经没有哪位严肃作家可以继续对环境问题这场持续不断的灾难保持视而不见了。

不出所料，颇有不少评论家们认为金索沃虽热心却天真无知，或斥责她不知道帝王蝶在哪里过冬，这些人显然不知道该如何阅读这样一位天赋异禀的作家，她能够看清并描绘社会困境的对立两面，同时又擅长基于确凿知识的文学创作。这位受过科学训练的小说家用想象来阐释现实，用反讽来超越反讽。传统的巴洛克式怪诞"南方小说"，在她手中获得了拉美魔幻现实主义的广度和沉着。

为英国读者描述《迁徙路线》是一个难题。在幽默方面尤其困难，因为它非常美国，充满地域特征和方言——就像美国人阅读那些非常英国的小说时，总希望能抓住其中的含意和细微差别，却知道自己没能抓住。小说的韵律对于那些能识别它们的耳朵来说是完美无缺的。譬如女主角的朋友说："跟你说个事儿。你看起来好辣。我能借你那件毛衣吗？"或者她的婆婆说："万军之主耶和华啊，这姑娘蒙了恩！"——这些语言中的复杂意指和引用能被大西洋彼岸的读者理解吗？希望可以吧，因为这些意指充满启发性，而其中的细微差别也非常有趣。

我曾有机会问作者，是否觉得目前为止评论家们遗漏了这本书的哪个方面。她思考片刻，说："阶级。"我的另一个问题与此有关：美国的阶级定义比英国要模糊得多，也不太被关注。不过在哪里都一样，哪里都有穷人，而金索沃说的没有错：评论家们谈到蝴蝶，却不谈人物，不关注这部小说如何以惊人的复杂方式展示各种社会因素——阶级、教育、特权、宗教如何控制个体与那些我们称之为自然的过程、那个我们生活于其中的世界展开互动。

如今，许多美国人宣称他们"不相信"全球变暖、进化论，或科学，是什么导致了如此愚蠢而又危险的否认？将其归咎于无知、愚蠢、共和政治或南方乡巴佬主义，其实是以一种极为傲慢和怯懦的方式回避这个问题。金索沃正面回应这个议题，因为她了解并尊重那些她笔下的人，那些生动的、脆弱的、陷入困境的、被忽视的乡巴佬们，他们没有钱也没有社会地位，在尝试理解世界和他们生活环境的时候，他们得不到任何帮助，只有各种虚假信息。

故事的女主人公和视点人物已经在她自己说的"世界底层的陷阱"中生活了二十多年——不至于饿肚子，却只能靠盒装奶酪通心粉维生，节约每一美元，却一直没能还清债务，用着二手汽车，穿着二手衣服。她的母亲给她起名叫德拉罗比娅（Dellarobia），本希望这个名字跟圣经有点关系，却最终发现它的意思是黏在纸板上的橡子花环。直到德拉罗比娅发现这个名字可能也与一位意大利艺术家有关的时候，才对此感觉好一些，但总的来说，她对自己感觉不是很好。她觉得自己不行，不配。她觉得自己没能力，没价值。她想去上大学，却因为怀孕而不得不与小虎（Cub）结婚，后者的确人如其名。那个孩子流产了，但她后来又有了两个孩子，如今一个六岁，一个两岁。被生活压垮的她看不到出路，于是决定与那位英俊的电话接线员私奔。在这本书第一章中，她在去见他的路上，当穿过一片黑暗的冷杉林时，她周围的山坡着火了，橙色的烈焰熊熊燃烧，吞噬一切。恩典在此时降临。

"耶稣啊，"她喃喃，却没有祈求耶稣救他，她和耶稣没有那么亲密，但她让自己发出声音，因为除此之外再无法做什么有意义的事……火焰盘旋上升，像漏斗云的旋涡……

有一种不可思议的美出现在她面前，使她在路中间停下脚步。这些橙色的树枝只为她一个人举起，这些长长的影子只为她一个人升起光芒。

那些在墨西哥或者加州的帝王蝶聚集地拍摄的影片，让我们看到那明亮的影子。圣迹发生的场地很快就变成了朝圣之地，尤其是在电视台派遣装扮优雅的蒂娜去采访全然不知所措的德拉罗比娅之后。她站在成千上万只蝴蝶组成的旋涡中，面向摄影镜头承认，她本打算放弃自己的生活离开,但看到这些景象时,她意识到:"这里有更重要的东西。我必须回来,过一种不一样的生活。"

这张新闻图片在网上疯传:蝴蝶圣母。而德拉罗比娅的公公,一个无法理解哪个混蛋有权阻止他砍伐杉树以偿还债务的家伙,发现自己成了一部可怕的环境戏剧中的反派。

蒂娜回来采访鳞翅目动物学家拜伦博士,他来这里研究这种前所未见(实际上可以说是一种噩兆)的帝王蝶越冬现象,因为这些蝴蝶与它们祖先的迁徙路线是如此的不同。可以想见,德拉罗比娅被这位科学家迷住了,因为他是第一个注意到她有思想的男人。他尊重她,教导她,给她一份工作,对她的孩子也很好。但面对蒂娜无情而迟钝的提问时,他却失去了自己谨慎的超然。这是一场很好的对抗戏:蒂娜眨了眨眼睛,问:"我们在这里谈论的是全球变暖吗?"科学家回答"是的,没错",话刚出口,她就关掉了摄像机;她油腔滑调地反复贬低他说的每一句话;他越来越强烈地拒绝逃避或承认。这是我们从未在电视上看到过的场景,因为即便发生了也不会播出。蒂娜和摄影师怒气冲冲地离开房间去毁掉这段影像资料,科学家则因为毁掉了唯一一个展示自己观点的机会而羞愧地捶胸顿足，这时德拉罗比娅的朋友德芙举起她的智能手机。"嘿，伙计们，"她说，"别担心，我全拍到了。现在就发布，在YouTube上发。"

这是一个美妙的时刻，一种简单的提供戏剧性满足的方案。这本书充满了这种朴实无华的乐趣。但它提供的深刻而持久的满足，则在于它以平静却并不妥协的方式展现这样一个宏大的主题：作为人类，我们迫切需要开始过一种不一样的生活。

2012年12月发表于《文学评论》

李昌来:《在这样辽阔的大海上》

Chang-Rae Lee: *On Such a Full Sea*

恶托邦本质上是一片沉闷且荒凉的国度。对于早期探险者来说,那里充满发现的兴奋,而这种兴奋始终令他们的写作新鲜且有力——E. M. 福斯特的《大机器停止》,叶甫盖尼·扎米亚京的《我们》,以及奥尔德斯·赫胥黎的《美丽新世界》。但在过去三十多年里,恶托邦成了一个热门旅游景点。每个人都可以去那里一趟写本书,并且这些书往往大同小异,因为那里幅员有限,本质又单调。

恶托邦最令人熟悉的景象是一片荒野,遭到一定程度上的毁灭性破坏或遗弃,荒野中有一些人类栖息地,彼此相隔遥远,与大自然,与其他物种,有时甚至与外面的大气相隔绝。这些飞地藏在地下,或穹顶内,或高墙后,它们就像住满人类的蜂巢,由政府和程序控制，维持着一种严格管制的、受庇护的、安全的、高度不自然的，且往往颇为奢侈的"乌托邦"生活。飞地内的人认为生活在外面的人是原始的、野蛮且危险的。尽管事实的确如此，但那些人也往往保留着关于自由的希望。因此恶托邦故事中的英雄，往往是一个去往"外面"的"内部人"。

李昌来的恶托邦旅游指南，正如同人们对一位创意写作教授笔下作品的期待一样，充满对预料之中的主题的巧妙变化，并采用如此复杂微妙的视角来展开叙事，从而让读者能至少在表面上对那片国度产生新的理解。这本书沿用了通常的内部／外部模式。一个面目模糊的名为"理事会"的组织维持两种飞地：拥挤且忙碌的工人阶级聚居地和名为"特许者"的上层阶级聚居地，前者生产各种必需品，以维持后者争相攀比的奢侈生活。在这些保护区之外，是被称为郊县的无政府主义荒野。故事的叙述者－导游用第一人称复数形式来讲述，它代表着"毕摩"（即巴尔的摩）人们的声音。毕摩是一群亚裔工人的聚居地，他们为特许者们种植粮食。这个自称为"我们"的叙事声音不知为何能够知道并讲述那位去往外面的英雄的旅途和情感。

这部小说中的许多内容对我来说都无法解释，譬如北美洲如何以及何时变成这样，国家和宗教发生了什么，原材料如何产生，以及人们如何在没有火车或高速公路的情况下，依然能拥有咖啡、汽油、电子设备、塑料袋装食品、氯丁橡胶潜水服、塑料一次性餐具与器具——多亏庞大的全球工业生产网络，才能让2014年的我们能够享用这些不可持续的高科技奢侈品。但在一个七零八落的破碎文明中，这些东西究竟从何而来？

当想象性小说被贴上"文学"标签时，这类对于合理性问题的忽视就仿佛有了借口，甚至被视作理所当然。由于本书作者是公认的文学作家，他或许也能够享有类似特权。然而，社会科幻小说却不允许这种不负责任的表现，而一部关于强大政治控制下的未来社会的小说就是社会科幻。与科马克·麦卡锡等作家一样，李昌来不负责任地、流于表面地将科幻这种严肃类型中的基本元素用于自己的创作。结果，他的想象世界几乎没有多少现实的分量。整个体系太过自相矛盾，无法起到警告或讽刺的作用，甚至在全书结尾处，连叙述者都开始怀疑它的不真实性。

主人公是一位名叫范的年轻女子，她怀着一位名叫雷吉的年轻男子的孩子。一组名为 C 的致命疾病危害着特许者聚居地和那些荒野中的郊县，雷吉是唯

——个对这种疾病具有免疫力的人,因此他被特许者们带走,特许者们妄图在他身上做研究,发现免疫力的秘密。于是范离开家乡去寻找雷吉,尽管她并不知道他在哪里,也不知道要如何找到他,如何在荒蛮危险的外部世界中生存下去。她相信自己惊人的体力和惊人的机智。或许她依靠的只是自己身为超级英雄的品质,这种品质确保你能够安全渡过任何难关。她的超级英雄主义经由那个神秘莫测的第一人称复数叙述声音,被赋予一种神圣的色彩,那叙事声音来自她家乡那些勤劳、谦虚、耐心的工人们。或许她代表着他们的美德。我可以相信那些美德,但我无法相信范。

李昌来的文笔温和细致;他的故事自然流淌;对事件的叙述生动鲜活,尤其是那些接近于民间恐怖故事的暴力和夸张的部分;也有令人愉快的沉思时刻。那些可以接受其中时代错误和不真实感的读者或许会喜欢这个故事,或许会从中找到对于沉闷乏味的老恶托邦的新鲜视角和新鲜解读,虽然我未能找到。

2014 年 2 月发表于《卫报》

多丽丝·莱辛:《裂缝》

Doris Lessing: *The Cleft*

一位尼禄时代的罗马学者有一份来自上古时代的神秘手稿——他认为那是他们祖先的时代,尽管那个时代与罗马的、甚至人类的历史和神话都迥然相异。《裂缝》一书是他对这份文件的翻译,附有他的评论,以及间或出现的一点自传性内容。

在某个地方,某个时代,有一种仿佛介于女人和海象之间的生物,叫作"裂缝族",她们在海滩上懒洋洋地打滚,在那里生育后代。她们应该是通过一种不太明确的孤雌生殖机制孕育后代的,因为群体中没有男性。她们除了打滚、生育和哺乳之外什么都不做,只是偶尔会献祭一个年轻的女性,将她推下一座高高的岩石,而那块岩石也被称为裂缝。那是一种田园诗般的生活。

可是，突然间，不知怎么回事，其中一位女性生下了一个长着"管子"而不是"裂缝"的孩子。这些海象女人们一直受某种无意识本能的支配，她们感到不安。随着越来越多的裂缝人生下这样的怪物，她们模糊地意识到麻烦即将到来——变化、进步，甚至可能是某种好像智能的曙光（虽然也不是那么像）。她们试图抛弃那些男婴，试图阉割他们，诸如此类；但她们还是不断生下怪物，巨大的老鹰不断把男婴叼走，将他们安全地放在山那边的河谷里。在那里，一些男婴靠着一头极为耐心且奶水充沛的母鹿喂养，最终活了下来。

一段时间后，这些男性长大了，一个女性翻过小山发现了他们，也发现了性。只有性。故事中完全没有任何地方表明这些生物知道什么是爱、感情或者友谊，或者任何一种比一群鱼之间更高级的群体感情。并且，正如多丽丝·莱辛其他的推测性小说一样，自由意志从不是一个选项。人们并不选择或者决定任何事，而是被自然，或者上帝，或者来自其他星球的什么人的无可违抗的强制性命令所驱使。那些年轻的裂缝女人们就这样被驱使，她们变得更苗条、更像陆地上的人，于是抛弃了那些又胖又老又丑陋的海象女人，开始为男人们操持家务。自然，她们会接连不断地生下孩子。男人们既不操持家务也不生孩子，而是去做勇敢和冒险的事。

很久以后——故事中的时间流逝被有意弄得含糊不清——在一个名叫霍沙的男人带领下，一些男人乘木筏和独木舟出发，去探索他们岛屿之外的世界。一群不听管教的小男孩沿着河岸步行尾随其后，因此男人们的船队无法离岸太远，他们每晚都会上岸，与那些小男孩，以及那些为了性而跟来的年轻女人待在一起。没有人知道他们为什么要乘船旅行，不过最终他们看到了一处更加遥远的海岸，霍沙和唯一的一个同伴一起扬帆前往那里，却遭遇一场风暴，铩羽而归。之后整个探险队跌跌撞撞地从陆地上返回最初的栖息地。在那里，一些年轻男人们毫无缘由地摧毁了那座名为裂缝的巨大岩石，霍沙和女人们的领袖马罗娜，一起将栖息地迁移到另一处海岸。故事就这样结束了。

故事中还有其他一些名字——麦尔、阿斯特和梅夫（都是凯尔特人的名字，正如霍沙是盎格鲁-撒克逊人的名字一样令人疑惑不解）——但是却没有人物：作者小心翼翼地避免了所有个性化的处理。描写一律使用最普遍性的词汇。气候是温暖的。景物有树木和洞穴。还有野生动物。没有生动的描绘，没有任何细节。

也许多丽丝·莱辛认为不确切是神话的典型特征，或者说，缺乏地方色彩可以赋予寓言更普遍的适用性。对此我无法苟同，因为在我看来，神话的力量往往在于它惊人的直接性，并且我认同威廉·布莱克所说的："所有的崇高都建立在最细微的区别之上。"

我对于把这个故事称为寓言有点犹豫，因为它说的和我认为它说的可能不是一回事。它似乎像德斯蒙德·莫里斯一样充满说教意味，甚至比弗洛伊德本人还要更本质主义。解剖特征决定一切。性别是绝对二元的。女人是被动的、缺乏好奇心的、胆怯的，而且以抚养后代为天性；如果没有男人，她们就无法摆脱动物般的蒙昧无知。男人则是智慧的、有创造力的、大胆的、鲁莽的、独立的，他们需要女人，只是为了释放力比多和繁衍更多男人。男人成事；女人絮叨。关于这方面的很多表述都与厌女症的文献如出一辙。对"老女人们"的描述（书中难得一见的生动描述）充满嫌弃与厌恶。男孩们的劣迹被大书特书，而女孩们的所作所为却被忽视。

这种厌女的声音当然有可能来自那位罗马学者，尽管他自传中那些思考让我们觉得他应该是个正派的人，但他归根结底是从一个男人的视角来重述这个故事。他意识到这一点，而且经常提起。但这对我们来说又意味着什么？它仅仅意味着，我们无法将这些文字当作反讽或者讽刺文学来阅读。

书中有一些奇怪的疏漏。我们的罗马学者应该会对那些从不战斗，没有一点战士的模样，对自己的儿子也缺乏管教的男人们感到惊讶——按照罗马人的标准，这些都是很不男人的行为。同时，生活在受希腊影响的时代，他可能也会疑惑，为什么同性间的性行为只被视作男孩们无法接近女人时的权宜之计。

如果这个故事意在提供一则关于人类性与性别的起源神话，那我恐怕无法接受。它是不完整的，也是非常武断的。如果有人能证明我对此有误解，那么我会非常高兴，因为在我看来，它不过是重新加工了一种无聊的科幻滥套：如蜂群般盲目的女性，因为某种男性之力的神奇冲击而得到唤醒和提升（提升到与女性能力相匹配的低层次上）。这是一个睡美人的故事——区别只在于她们并不美。她们只是一群流口水的海象，直到王子出现。

2007年3月发表于《卫报》

唐娜·莱昂:《受苦的小孩》

Donna Leon: *Suffer the Little Children*

在着手为唐娜·莱昂的"基多·布鲁内蒂探长系列"(Commissario Guido Brunetti series)中的第十六部悬疑小说写书评之前,我重读了该系列的第一部《凤凰剧院死亡疑案》(*Death at La Fenice*),想知道二者之间是否有很大区别。我很高兴地发现,第一本毫无生涩之处,最新一本也全无陈旧或敷衍了事的迹象。莱昂一开始就极为出色,随意而优雅,并一直保持至今。

所有长年累月创作的系列小说都必然会有一个问题——人物的年纪是会伴随写书的时间一同增长呢,还是说他们永远生活在一种没有时间流逝的当下?莱昂的小说主题一直随时代更新,并与1992年以来的意大利历史和政治密切相关;但布鲁内蒂家的孩子们却显然被永远困在青春期，并越来越被排除在故事之外。这是一个遗憾，因为拉菲和基娅拉是最迷人的两个角色，而且我希望能看到他们父母的婚姻能随时间推移而变化。一个家庭的肖像画，连同对威尼斯微妙而生动的刻画，以及对威尼斯人饮食的诱人描绘，这些内容是莱昂作品的核心，赋予它们温暖活力，并与其中的黑暗议题达成平衡。

当然，这些都是悬疑故事，有犯罪和巧妙的破案方式，但很少像侦探小说中的谜底那样理性，那样令人欣慰，那样小儿科。莱昂书中的罪行有时候反对的是人类而非某个人；其中的道德问题或许不可能通过逮捕或刑罚得到彻底解决；而故事中的罪犯可能比那些藏身于大企业和政府中的幕后黑手们更遵纪守法。

事实上，人们可以通过这些书了解意大利的腐败、惰性、偏袒、裙带关系和玩世不恭。莱昂作为一个直到二十世纪八十年代才在意大利定居的美国人，看上去却十足意大利，她的眼光冷峻而清晰，她与笔下的主要人物一样，能够在对政府、对未来、对生活本身的彻底绝望中，依旧尽情享受日常生活，依旧热爱自己生活的城市。我从她的网站上看到，她的作品被翻译成二十种语言，却唯独没有意大利语。她说这是为了避免成为当地名人,但威尼斯并不是一个很有文学氛围的城市,我怀疑她并不会真的为此烦恼。她的沉默一定有更深层次的原因。如果她不想让警局知道她说过哪些关于他们的坏话,我对此不会有任何意见。

在《受苦的小孩》中,莱昂对宪兵队的态度甚至更加严厉。意大利有太多的警察组织,它们为着不同目的彼此掣肘,最终以挫败告终,而这就是官僚主义的最高成就。在我的印象中,依旧携带着墨索里尼时代污点的宪兵队,是这些警察组织中最不受欢迎的一个,尽管他们的制服是最华丽的。无论如何,他们在这本书里的表现都不太好,他们闯入私人住宅,把婴儿带走,扔进孤儿院。

然而故事中的婴儿是被非法收养的。宪兵们尽管犯下道德上的暴行,却是为了追究一桩严重的罪行。围绕收养计划和警方行动,那些彼此交织的政治、情感与道德复杂性,以及布鲁内蒂对这一切背后动机的缓慢而耐心的探寻,构成一种典型的莱昂式情节。对于我们这些对故事比对情节更感兴趣的人来说,小说的魅力在于通过布鲁内蒂周围的人际关系网络而轻松展开的叙事,在于他与其他男女警察,与老朋友和线人,与妻子和妻子家人之间的复杂关系。同样有趣的,是他与这座非凡的城市,与它的街道与运河,它的宫殿与贫穷之间紧密而复杂的联系。

这本书中我最喜欢的一段,是两个威尼斯人在一座内陆城市中搭乘出租车出行的短暂经历。他们发现由汽车创造的景观,就像我们大多数人眼中的贡多拉一样充满异域风情,但却更加可怕。"天哪,"一向泰然自若的埃雷特拉小姐说,"人们怎么能过这样的生活呢?"布鲁内蒂回答说:"我不知道。"我想应该没有什么人知道答案。

2007年4月发表于《卫报》

扬·马特尔:《葡萄牙的高山》

Yann Martel: *The High Mountains of Portugal*

在扬·马特尔的长篇小说《葡萄牙的高山》中,所谓"葡萄牙的高山"其实并不是高山,而只是高地草原;而这本书其实也不是一部长篇小说,而是三个故事。这些故事被巧妙地联系在一起,但在调性和质感方面都极为不同。前两个故事几乎没怎么展现出作者的叙事技巧,可能更容易诱导读者半途而废,而不是继续读下去。我更喜欢最后一部分,更希望它可以是一个独立故事。

在马特尔的畅销书《少年 Pi 的奇幻漂流》中,故事中的作者告诉我们,他去往印度,本打算写一部以葡萄牙为背景的小说。后来他遇到那个给他讲述 Pi 的故事的印度人,就把葡萄牙抛诸脑后。在本书第一部分中,葡萄牙被重新想起,有时候细致入微:"他沿圣米格尔街进入圣米格尔大道，随后到圣若昂广场街，再穿过耶稣门。"——这一串街道名字或许会让里斯本居民高兴，但对其他人来说，有趣之处只在于，主角托马斯是倒退着行走的，并且一直如此。之后是一段关于倒退行走基本原理的阐述，以及托马斯与一根灯柱之间的滑稽碰撞，这时候我们得知，他之所以行走时"背对世人，背对上帝"，并不是为最近突然连续离世的妻子、孩子和父亲默哀，而是因为"他是在抗议"。

除了街道名称之外，所有这一切，有多少能让读者信服？在读一个故事的时候，我总希望能够悬置怀疑；越多关于作者可信度的问题向我涌来，叙事的说服力就越弱。这是一种略显天真的进入小说的方法，被视作理所当然，但却很难，因为智力、聪明、魅力、机敏、巧思，甚至事实，都无法掩盖不可信的问题。对现实主义小说来说，可信度当然非常重要，但对幻想小说来说或许更为重要，因为如果故事不可信，读者就会被从书中踢出去，掉在没有鸟儿歌唱的冰冷山坡上。

然而，如果一个作家的创作原则是虚构意味着不真实，而读者也接受了这条原则，那么任何事都可以发生。托马斯可以倒着步行穿越里斯本，就像向前走一样轻松。超现实主义很像一厢情愿的想法，你可以随心所欲地制定规则，只要使用"不知为何"这个魔咒。因此，一个习惯倒退行走的人可以继续担任国立古代艺术博物馆的副馆长。他可以根据一本十七世纪日记中的一段话，发觉在几内亚湾的一个小岛上，有一件雕塑"会把基督教搅得天翻地覆"。尽管他不知道这个雕塑是什么，只对它在哪里有极为模糊的概念，但他马上着手开始追寻它的下落，当然一路上倒着走，直到他的叔叔借给他一辆"全新的十四马力四缸雷诺汽车"。他完全不会开，却开着车上路，经过一系列或多或少有些滑稽可笑的场景，前往葡萄牙的高山，最终在那里找到了他寻找的东西。

这本书的第二部分发生在大约三十年后，1938年的里斯本（那本为了写少年Pi的故事而被放弃的小说，本应该写1939年的里斯本）。这个故事从对宗教的专题探讨开始，转向对一次尸体解剖的令人极度反胃的描述，最后完全进入超现实主义，一个活着的女人，连同一只黑猩猩和一只熊崽，被缝入一个死去男人的身体里。关于宗教、悲恸和动物的这些主题，将这个故事与之前和之后的故事联系起来。

我毫不犹豫地讲述这些事件，因为如果没有因果关系，也就没有情节；如果一切都是惊喜，也就没有惊喜可言。第三个故事，也是本书最后一部分，在一个不一样的、更深刻的层次上展开。尽管故事中同样存在一些极端偶然、极端不可能的东西，但它更照顾读者希望能相信故事中那些事的想法；它更成功地将事件与情感联系起来，将奇迹与纯粹的非理性区分开。叙事不再有那么多洛可可式的繁复；场景不再只是为了制造滑稽或震惊。关于动物的主题，关于人类与动物的关系，来到最主要的位置，在这个主题上，马特尔是一位原创的、奇怪的、细致入微的思想家。

这是一个很及时的思想主题。我们有幸能看到这些才华横溢的作家们，用小说来思考一个我们迫切需要考虑的悖论——人与动物之间不可逾越的鸿沟和牢不可破的联系，以及我们自我异化于世界的不可能性。凯伦·富勒的长篇小说《我们都发狂了》（入围2015年布克奖短名单）以现实主义的手法来处理猿类和人类的关系，带有强烈的潜在悲剧感。马特尔则更快乐、更随和，而他半超现实、半荒诞的模式，很适合探索这一悖论。最终，他故事中的道德和精神内涵，具有一种徘徊不去的柔情。

写于2016年，此前未发表

柴纳·米耶维:《大使镇》

China Miéville: *Embassytown*

有些作家的小说中充满了未来主义场景和术语,却想方设法甚至不遗余力地否认自己写的是科幻小说。不,不,他们才不会写那种龌龊玩意儿,甚至碰都不会碰一下,他们写的可是文学。尽管他们不知为何对于自己瞧不上的科幻类型中的那些修辞和套路很熟悉,但他们使用起来却那么笨拙,那么轻率地无视各种术语的含义,那么洋洋自得地不断重新发明轮子,以至于他们的努力似乎只能证明,不去学习如何写小说,就注定不可能写出小说。

柴纳·米耶维知道自己写的小说属于什么类型,他直言不讳地说出它的名字:科幻小说。他展示出科幻作为一种妙不可言的文学形式的全部优点。近些年来,科幻被困在两种障碍之间,一边是出版商力图打造"安全"的阅读市场，另一边是各种形式乃至于无形式的后现代主义承诺的令人眼花缭乱的变化和增长。看到这位年轻作者得到承认，看到他将科幻创作的技艺带出一潭死水，对我来说是一桩乐事。《大使镇》是一件十全十美的艺术品。

只有垃圾科幻才会毫无挑战，全在意料之中。好的科幻，就像所有好的小说一样，不适合懒惰的头脑。现实主义小说的复杂性体现在道德和心理方面，而科幻小说的复杂性则体现在道德和智力方面；单个角色往往并不重要。但米耶维笔下的角色们却刻画得异常精妙，而故事的叙述者——主人公阿维斯，也比乍看之下更加微妙。她身上没有任何行为展现出传统的女性（或者非女性）特征，这意味着，当人类发现自己在面对真正的他者时，性别有可能会以不同的方式被构建。

时至今日，仍有些男人从未学会该如何与女人交谈。我们又该如何与完全不同的人——外星人——交谈呢？《大使镇》中的阿列凯人跟我们截然不同。交流沟通、语言的本质和说真话的问题，是这本小说的核心。

当一个故事中的一切都是想象出来的，且相当陌生的时候，就会有太多的东西需要解释和描述，所以科幻小说的技巧之一就是发明词语百宝箱，读者必须打开箱子，才能找到意义和寓意的宝藏。依靠想象力的飞跃解读这些发明，欣赏其中的智慧，可以给读者带来很多乐趣。柴纳·米耶维将想象力飞跃的标杆设得相当高，但他的大多数新词可以带来揭晓新知的震撼。我最喜欢的一个词是"浸"（immer），它之于我们这一重时空，正如海洋之于陆地：也就是说，穿越空间就像浸入海中。其他优美的意象层出不穷，因为这本书出自一位热爱语言的作家之手。此外还有对普通词汇的新用，譬如阿维斯意识到自己是一个"明喻"（simile）。在她会说阿列凯语之前，阿列凯人就已经把她变成自己语言中的一部分，一种修辞手法，就像我们人类文化中那个喊"狼来了"的男孩一样。她就是那个面前有什么就吃什么的女孩。

阿列凯人需要明喻，因为他们的语言天生就不允许说谎。就像斯威夫特笔下的"慧骃"一样，他们不会说与事实相悖的东西。这与我们所知的语言的本质相矛盾——对我们而言，语言是非真实的美妙载体，或许也是发明创造——跃向尚未存在之物——的必要载体。但为什么所有语言都应该像我们的语言一样呢？只能说真话的阿列凯人过得很好，他们培育出一种高级生物技术，米耶维用欢快的诗意笔法对此进行了描绘，那些长有寄生家具的有生命的房子，那些在照料者身后沿着乡间土地起伏的大农场……我会想，如果阿列凯人只能按照现实所是的方式思考，又如何会想到创造出这样的生物呢。但这个问题可能已经被间接地回答了：看上去他们似乎渴望着现实所不是的东西，渴望着无法被思考的非真实，渴望着谎言。

我们人类已经在他们的星球上建立了殖民地，并且我们毫无疑问有资格教他们如何撒谎。他们渴望学习，却完全不擅长。一种与我们不同的人类作为大使被派往大使镇，他们可以给阿列凯人想要的东西——或者给他们一种令人迷醉的仿制品，故意误用他们的语言以制造出一种虚假的谎言。这些自相矛盾的话一旦被说真话的人们听到，就会像海洛因或冰毒一样对他们产生影响，会彻底破坏他们对现实的掌控，并且上瘾致死。

因为普遍的毒品上瘾而导致社会动荡，彻底崩解，这种毒品甚至会感染房屋和农场，因为它们与阿列凯人都有生物学上的亲缘关系，这幅大规模的末日图景竟然无比美丽，每一个栩栩如生的细节都如此陌生，却又在心理和社会方面如此熟悉。科幻就像所有虚构作品一样，归根结底是一种讨论我们究竟是谁的方式。

整个故事尽管一开始有点难懂，但很快就呈现出完美的推动力和节奏。如果过去的柴纳·米耶维知道如何将一部小说建立在一个奇妙的隐喻之上,却不太知道该如何使用它,那么现在他已经成长了不少,而他对暴力的依赖也大大减少了。在《大使镇》中,他使用的隐喻——在某种意义上正是隐喻本身——在每一个层面都发挥作用,带来紧迫的叙事,智性方面出众的严谨和冒险,道德方面的成熟,语言文字方面美妙的烟火与杂耍表演,甚至带来某种老派的满足,满足于看到主角变得比一开始预设的样子更加丰满立体。毕竟我们一直以为她仅仅是个明喻而已。

2011 年 4 月发表于《卫报》

柴纳·米耶维:《一次爆炸的三个瞬间》

China Miéville: *Three Moments of an Explosion*

许多当代奇幻故事都很暴力,或许是为了赢得那些以为奇幻里只有仙子和小精灵的人们的尊重;但我怀疑这不足以解释为什么柴纳·米耶维的那么多作品都如此令人不适。更有可能的是,他迎合的读者早已习惯于那些暴力电影与电子游戏中的无尽杀戮和感官刺激,从而变得如此嗜血,如此享受。然而,我知道他是一位公开宣称致力于马克思主义社会正义原则的作家,对于当代道德与情感复杂性极为敏感,并通过清晰雄辩的演讲和文章展现出自己的深思熟虑,因此我想,他或许在一定程度上将恐怖元素当作一连串绚烂夺目的空包弹射出,以隐藏与黑暗面之间某种更加微妙而深刻的纠缠。

绚烂夺目:谈到米耶维时,你不能不提到这个词。

或许是智慧的光辉,譬如像《乌托邦的极限》("The Limits of Utopia")那样,为我们思考未来打开真正崭新的途径,又或许是他那绚烂夺目的行文,在这本新故事集中展现得淋漓尽致。写作风格上的绚烂夺目往往意味着某种冷漠,某种旁观者姿态。读者不需要去认同和同情那些角色,而只要看着烟花绽放,吸一口气,赞叹一声"哇!"。的确有一些故事就是纯粹的烟火表演。一声巨响,火光四溅,某种图像凭空闪现,不可预测,留下优雅的瞬间,随即不见了。许多作家,乃至许多读者,除此之外别无所求。

幸运的是,对于像我这样读书慢条斯理的人来说,这本书并不全是烟火表演。全书在写作笔法方面极为出色,二十八篇故事中采用了多种叙事语调,有些引人注目,有些则不然。有些地方使用了拼贴戏仿手法,却如此熟练,几乎让人注意不到。真正重要的话题被处理得举重若轻,却并不油腔滑调而减少其严肃性。有一些角色甚至会让人偷偷地洒一把同情泪。然而,却没有一个角色会让人为之高兴。幸福目前并不在米耶维的菜单上。

但他的智慧闪耀夺目,他的幽默生动有力,他的想象力呈现出的纯净活力令人惊叹——甚至在诸如《节日之后》("After the Festival")这样充满僵尸和满脸腐肉的恶心故事中也是如此，而在另一些故事中，那些令人毛骨悚然的设想更能体现作者的才华，譬如《混蛋提示》("The Bastard Prompt")中，伪装出的疾病症状开始真正具有传染性，又或者《可怕的结果》("The Dreaded Outcome")中，一所精神病学学校把谋杀作为日常治疗手段。这些故事本质上都是恐怖故事，被这一类型的古怪目标限制。那些无法因为惊吓或者恶心本身而感到满足的读者，或许会喜欢那些更有野心的故事，譬如《科维希特》("Covehithe")，以一种不可思议且令人紧张的诗性的正义感，描写那些荒废塌陷的石油钻塔爬回地面上吸取更多的油，然后返回大海里产卵。作者凭借这样一个题材，以戏谑却又带来深切不安的方式指涉我们给这个世界带来的糟糕时代，唤起的不是一种令人相信不存在之物的愉快震颤，而是一种我们宁愿假装自己其实没有感觉到的真正恐惧，一种并不仅仅来自非理性的恐惧。

精华往往在于浓缩。我在读《绳子就是世界》("The Rope Is the World")的时候，一直忍不住想象这个故事可以如何轻易写成一本五百页的科幻长篇小说，其中充满详细的科学与技术奥秘，有涉及权势者阴谋诡计和宇宙企业或宇宙帝国命运的复杂情节，并不时穿插对各种性活动的描写。但是米耶维并没有选择走容易的路。他只用了五页来写这一切。

这信手而为的密度极为出彩:

> 最初的花费显然无比巨大,但是用电梯让一吨货物摆脱日常重力来到轨道上,总比用火箭、航天飞机或外星人之力要便宜很多倍——简直不可同日而语。既然现在太空电梯、天钩,以及相对地球静止的缆索运输阵列都如此方便可行,所有研究项目都只为实现人类精神,只因为"太空就在那里"。在这些说辞面前,谈论节省下来的开支显得那么庸俗,实际上也的确庸俗。

这简直是科幻的 n 次方。要展开所有这些细节需要几个小时,而结果也会很无聊。

下一个故事《鹰蛋》("The Buzzard's Egg"),是用一位无知的老奴隶安静而散漫的声音讲述的,他在一座寺庙/监狱里供奉那些在战争中俘获的神灵。作为那些神灵的牧师和狱卒,他自己就是一个囚徒。他独自一人,和距离他最近的神灵-囚徒谈话。这种单方面的对话,或者忏悔,或者冥想构成了整个故事。我觉得它很迷人,充满联想与暗示,非常美丽。

书中最后一篇的篇幅较长,名为《设计》("The

Design"），其主题别具特色，令人不安，这与讲述该主题的朴实、清晰、从容的史蒂文森式行文，以及叙述者受压抑的、只有一次得到流露的情感形成鲜明对比。但在所有这些故事中，我最喜欢的是仅有两页半的《规则》("The Rules")。读一读这个故事吧，你不会后悔的，也一定难以忘怀。

2015 年 7 月发表于《卫报》

大卫·米切尔:《骨钟》

David Mitchell: *The Bone Clocks*

七月的一天,我坐下来为一本即将于九月出版的长篇小说写书评,却得知它刚刚得到布克奖提名,这消息一下让我泄了气。我觉得自己应该说一句:"奔向荣耀吧!"然后就此扔下这本书。

当然,这本书获得提名是预料中的事。将近六百页的篇幅中,充满元小说的恶作剧和无与伦比的行文,《骨钟》触及许多敏感话题,从恐怖的伊拉克战争到永恒的善恶之战,再到发生在近未来的文明衰落。它从许多方向准确无误地瞄准成功的靶心。在书中某处,甚至出现关于它自己的评论,我很难忍住不引用这段文字:

一、(作者)无所不用其极地想避免陈词滥

调，以至于每个句子都像美国告密者那样饱受凌辱。二、全书以"世界现状报告"的方式呈现，却又与其中的奇幻支线强烈冲突，叫人不堪卒读。三、还有什么比作家创作一个作家角色更能证明其创造力的蓄水层正在枯竭呢？[*]

这篇书评太过恶毒，有失公正，但它出于自我保护目标的嘲讽，确实为这本书的一项杰出品质——自我意识——提供了一个很好的例子。这部小说的巨大创造力，它对流行文化中那些刻板印象的巧妙挪用（还记得那些吸食灵魂的吸血鬼吗？），它在大屠杀之间轻快跳跃的方式，都让我想起迈克尔·夏邦的《卡瓦利与克雷的神奇冒险》和《犹太警察工会》。但在夏邦真正随心所欲的地方，米切尔的大胆却多少让人焦虑。他总是小心翼翼地看着脚下的路。读夏邦，我什么都不担心；读米切尔时，我却小心谨慎，充满不确定。整个故事通过五个叙事口吻截然不同的第一人称视角讲述，分别来自六个不同的时间点，从 1984 年到 2043 年。其中包括一个十五岁的女孩，用青少

---

[*] 译文参考自陈锦慧译《骨钟》，上海文艺出版社 2016 年版，略有改动，下同。

年惊悚故事的常用口吻写她的经历;一个在自嘲方面登峰造极的傻瓜(他的第一部小说叫作《脱水的胚胎》),用英语和汉语写作;还有一个能不断更换身体、近乎永生不死的家伙。这些时间和人物的剧烈转换让我感到阅读困难,尽管我愿意悬置怀疑,但却不确定应该什么时候悬置。我应该像相信关于企业资本主义痛苦垂死的现实主义描写一样,去相信盲眼卡萨尔的秘密邪教搞的把戏吗?或者我应该分别用不同的方式去相信它们?

但这又有什么关系呢?这只是一本小说,不是吗?

也许吧。但究竟是多少部小说呢?

也许只有一部,只是我不明白其中各部分之间是怎么联系在一起的。或许关键正在于各部分之间并没有联系在一起,而我没有理解这个关键之处。情况正是如此:作者的焦虑让读者也焦虑。

《骨钟》在时间上的飞跃,以及意识流(或者可以说是"自我意识流")的叙事,可以跟伍尔夫的《岁月》与《海浪》相提并论,但《岁月》是用过去时态来讲述的,而《海浪》的叙事声音也总是指向过去:金妮说了,路易斯说了。然而在《骨钟》这部与时间密切相关的小说中,几乎没有过去时态。

现如今，许多小说读者都认为用现在时态来叙述是理所当然的事，因为他们读到的所有东西，从网络新闻到短信，都是现在时态，但篇幅如此之长的文章用现在时态，恐怕不太行得通。过去时态的叙述往往暗示事情发生在过去，并延伸至各种可能性的分支：虚拟语气、条件句、未来时态；然而，假装由一个始终不间断的目击者提供的叙述，却几乎不承认时间的相对性，也不承认事件之间的联系。现在时态是黑暗中一道窄窄的手电筒光芒，将视线限制在下一刻要落脚的地方——现在，现在，现在。没有过去，没有未来。这是婴儿的世界，动物的世界，也许也是永生不死者的世界。

当我们了解到，有一些角色的确几乎永生不死的时候，我们看到这样一个场景，对我来说，它默默无声地从令人眼花缭乱的文字、万花筒般炫目的图像和陈词滥调的电影桥段中脱颖而出。在一段充满暴力的高潮段落到来之前，我们再次看到这个场景。全书似乎没有任何情节直接建立在这一幕之上，也没有对其进行任何呼应，但我放下这本书时，却感觉它正是整本书的中心所在，是所有一切疯狂的活动中那个静止不动的中心。

"幽冥，"阿卡帝说，"生与死之间的幽冥。我们从高棱线上看到它。很美丽，也很可怕的景象。所有的灵魂，所有那些苍白的光，它们横渡幽冥，被向海之风吹往最后之海。当然，那根本不是真正的海……"

……从西侧的窗口，可以望见外面足有一英里或者一百英里的沙丘，直达最远处的高棱线和白日之光。荷莉跟着我过来。"看到那上面了吗？"我告诉她，"我们就是从那里来的。"

"那么那些小小的苍白光点，"霍莉悄声问，"那些正在横穿沙地的光，都是灵魂吗？"

"是的。成千上万个灵魂，每时每刻都有。"我们走到东边的窗口，那里沙丘绵延起伏，不知道有多远，穿过昏暗的暮色，一直延伸到最后之海。"那就是他们要去的地方。"我们看着那些小小的光点进入没有星星的尽头之处，然后消失，一个一个又一个。

虽然只是三言两语，但这些描写对我来说，是一种真正的洞见。无论有多少关于通过转换身体和吞噬灵魂来逃避死亡的无稽之谈，但死亡才是这部小说的核心。尽管大卫·米切尔用自己精通的口若悬河与生花妙笔奋勇地掩盖这一内核，但整部小说的深度和黑暗之处就藏在那里。不管它赢得或者错失什么奖项，《骨钟》都必将获得巨大成功，它理应如此，因为一定会有很多人非常享受阅读它。即便我不太确定整本书究竟是在讲什么，但我知道这是一个无比庞大的故事。在这个故事中，在所有高音喇叭、萨克斯管和爱尔兰小提琴的喧闹之下，是那隐秘而迂回的寂静居于中心。在眩目的叙事烟花和言语强光背后，是那令整个故事显得真实的阴影。

2014 年 9 月发表于《卫报》

简·莫里斯：《哈弗》

Jan Morris: *Hav*

1985 年，当《哈弗的最后来信》(*Last Letters from Hav*)出版(并获得布克奖提名)时，简·莫里斯作为一名旅行作家当之无愧的名声，以及许多现代读者对于何为虚构的不熟悉，让一些旅行社遇到了未曾预料的烦恼。他们的客户想知道为什么不能订一张便宜的机票去哈弗。

问题当然不在于目的地，而在于出发地。你无法从伦敦或莫斯科出发前往那里。但从卢里塔尼亚，或者奥尔西尼亚*，或那些看不见的城市出发，只要找到一班合适的火车就能解决问题。

---

* Orsinia，勒古恩虚构的一个中欧国家，有十一部短篇以此地为背景展开。

现如今，二十年后，简·莫里斯回到了哈弗，并为她的旅行指南增加了最后一部分，"密尔米顿人的哈弗"("Hav of the Myrmidons")，从而令整本书更加充实，更加深刻，也更加令人困惑。说它不符合普通读者对于长篇小说结局的期望，这并不是在质疑其虚构性（这一点确凿无疑），也不是在质疑作者的想象力（这想象力生动而准确）。

故事由一些松散的片段构成，完全缺乏一般意义上的行动或情节；这些所谓的叙事必备要素，完全被整本书强大且集中的方向或意图取代。它还缺乏另一种所谓的长篇小说必备要素——人物，即便这些人物可能代表某种抽象之物，却也凭借自己本身的存在令人难忘。像任何优秀的旅行作家一样，莫里斯与有趣的人们交谈，并写下这些对话。我们在《哈弗的最后来信》中遇到的人们，这里又再次出现，带领我们参观游览，亲自展示他们的国家都发生了什么，但我得承认，再次见到他们时，我几乎记不起他们的名字。莫里斯的才华不在绘制人物肖像方面，她笔下的人们不是作为个体，而是作为典型的哈弗人被我们记得。

这种缺乏情节和人物的情况在传统乌托邦中很常见，学者和其他喜欢对号入座的人们或许会把《哈弗》与托马斯·莫尔等人相提并论。这是一个值得尊敬的位置，却不是这本书应该去的地方。也许莫里斯本人不会因为我这样说而感谢我（当然她的出版商更不会）:《哈弗》实际上是科幻，类型归属清晰可辨，且质量颇高。书中涉及的科学或者说专业领域是社会科学——民族学、社会学、政治学，特别是历史。哈弗这个地方作为一面镜子而存在，反映出泛地中海地区几千年的历史、习俗与政治。它是一面聚焦镜，其形成的微缩影像同时强烈地汇聚了观察和猜测。我们过去在哪里，将来又要去哪里？这些都是书中提出的问题。它通过创造一个无法在地图集或历史中找到的地方而提出这些问题，通过将这个地方平和且真实可信地引入现有的世界，从而给予我们一个遥远的、讽刺的、启示性的视角来看待周围的一切。这种模式不是讽刺性幻想，不像格列佛访问过的那些岛屿；它极为现实，其观察细致入微，其对于沙特阿拉伯、土耳其或唐宁街过去和现在的情况了如指掌。严肃科幻是一种现实主义而非幻想模式;《哈弗》在运用架空地理方面是一个绝佳的例子。如果你被那些对科幻一无所知且又不屑一顾的专家们的愚蠢势利影响，而拒绝读《哈弗》，那会是一种耻辱和损失，而只要阅读这本书，很容易就能避免这样的耻辱和损失，并将其变成纯粹的收获。

这本书不容易描述。正如作者经常哀叹的那样，哈弗本身就不容易描述。当作者带着我们进入她的探索之旅时，我们逐渐开始熟悉那令人愉快却也有些自相矛盾的1985年的哈弗。我们爬上迷人的城堡，黎明时分，亚美尼亚号手在那里为第一次十字军东征的骑士奏响卡图里安的挽歌《骑士的荣耀与牺牲之歌》。我们造访威尼斯人的商馆、赌场、哈里发、神秘的英国机构，以及居住在高崖洞穴中的克雷特夫人，而作为哈弗与欧洲其他地区之间唯一陆路交通的火车，每天都从高崖上一条曲折的隧道中穿过。我们看到铁狗，我们观看激动人心的屋顶赛跑。但我们学得越多，就越需要学习。一种对于隐藏在表面之下的事物无法理解的感觉，开始隐约出现，甚至带来某种隐隐不安。我们已进入一座迷宫，一座历经千年构成的迷宫，带领我们不断回返，回到阿喀琉斯的时代，回到斯巴达人修建运河和在港口建起铁狗的时代，回到在那之前更加久远的克雷特夫人的时代，他们与熊为伍。这个迷宫也不断向外延伸，延伸到半个世界之外，因为哈弗的诗歌似乎曾经深受威尔士人的影响，而沿着海岸则是所有古代中国人最西边的定居点，马可·波罗对此不感兴趣。"关于远温国（Yuan Wen Kuo）没有什么可说的，"他这样写道，"现在让我们去其他地方吧。"

阿喀琉斯与马可·波罗还不到那些来访者中的一半。伊本·巴图塔来过哈弗，当然，所有伟大的旅行者都来过哈弗，留下过评论，并被哈弗人和莫里斯不断引用。T. E. 劳伦斯或许曾在那里发现过秘密行动；欧内斯特·海明威曾来捕鱼，并带走了六趾猫。哈弗的光荣岁月在"一战"前和"一战"后，彼时火车曲曲折折地穿过隧道，满载着欧洲社会的精英、百万富翁和右翼政客；但希特勒是否真的曾在那里住过一晚却仍有争议。1985年的哈弗政治本身就极富争议。那里的宗教多种多样，因为在过去几个世纪里，曾有那么多东西方大国统治过它；清真寺和教堂友好共存；实际上精神生活的场景是如此无足轻重，以至于看似无用——一小群据说终日沉浸在神圣冥想中的隐士，事实证明只是享受禁欲主义的快乐且自私的享乐主义者。然而，然而，还有伽他利派。在莫里斯第一次访问哈弗的后期，她被带往黑暗隐秘之处，目睹了哈弗的伽他利教徒们的静坐，一次奇怪的秘密仪式，由戴面纱的女人和戴头巾的男人组成。从他们一些人身上，莫里斯依稀辨认出自己认识的朋友们、向导们、那位号手、那位隧道领航员……但她无法确定。她什么都无法确定。

二十年后，当她回到哈弗的时候，有些事情似乎已变得太过确定了。过去的哈弗已经不在了,毁于一场名为"干涉"的语焉不详的事件。火车也不在了,一座巨大的机场正在兴建中。船来到一处名为"拉萨雷托*!"的度假胜地(标点符号是名字的一部分),是最为平庸的那种豪华奢侈,正如一位中年女游客的评论,这地方让人感觉如此安全。奇怪而古老的中国大师之家现在已是一堆烧焦的废墟;新地标是一座名为密耳弥冬塔的巨型摩天大楼,"一种对于无耻、无节制,以及技术上无可比拟的粗俗的大师级展演"。英国使节至少和他的前任英国代理人一样阴险卑鄙。这座城市绝大部分是用混凝土重建的。曾经在洞穴里隐居的克里特夫人如今住在清洁卫生的别墅里,而熊也已经灭绝了。后现代主义时代已经到来,与之伴随的是其标志性的粗野而阴险的建筑和宣传,其充满广告和模仿的还原主义文化,其市场资本主义,其永远携带着恐怖威胁的派系主义和宗教狂热。然而我们很快便发现,哈弗仍然是哈弗:那些曲径、那座迷宫,始终都在那里。就连密耳弥冬塔的电梯也无法直达。到底是谁在统治这个国家,伽他利教徒吗?但谁是伽他利教徒呢?密耳弥冬塔上的 M 究竟代表什么?

---

* Lazaretto,字面意为"隔离检疫所"。

简·莫里斯在后记中说,如果哈弗是一个寓言,那么她并不确定它究竟在讲什么。我却完全不觉得它是寓言。在我看来,这本书精彩地描绘出最近两个时代东西方之间的十字路口,出自一位真正了解这个世界,并以比我们大多数人多一倍的热情生活在这世界中的女性之手。它的神秘是它准确性的一部分。我想,这是一本非常好的二十一世纪早期指南。

2006 年 6 月发表于《卫报》

大塚朱丽:《阁楼里的佛》

Julie Otsuka: *The Buddha in the Attic*

> 我们船上的一些人来自京都,纤弱而美丽,终其一生都住在房子后面黑暗的房间里。一些人来自奈良,每天向祖先祈祷三次,发誓自己仍然能听到寺庙的钟声。一些人是从山口来的农户女儿,手腕粗壮,肩膀宽阔,从没有在九点以后睡过觉。

这段文字或许能给我们一些线索,告诉我们大塚朱丽的书应该如何阅读。她说这是一部长篇小说。它细密周详地建立在真实历史的基础上。那些以小说笔法得到栩栩如生描绘的面孔、场景、片段和声音短暂地浮现,让你无法停留在任何地方或任何人身上。书中有信息,大量信息,以最优雅且不可见的方式得到呈现，而历史则得到讲述。然而这本书既没有长篇小说对于个人经历的直接呈现，也没有对于历史的广泛概览。它的语调往往具有某种咒语般的魔力，虽然语言直接了当，并不复杂，几乎没有隐喻，但我认为，它真正的且不同寻常的优点，在于我们称之为诗歌的那种难以定义的品质。用第一人称复数进行长篇叙事是一件冒险的事。它带来的是那些使用熟悉的第一或第三人称单数时根本不会想到的问题。一方面，读者很容易认同叙事者"我"或者主人公"他/她"，尽管一些评论家对于因同情而产生的认同嗤之以鼻，一些小说家乐于为此制造麻烦，但它依然是构成故事乐趣的基本元素。然而，要对整个群体产生强烈的认同感却很难，即便某个人对这个群体感兴趣，即便这个群体中的各个成员都令人同情。

并且"我们"这个称呼区分了两个群体："我们"和"他们/你们"。有些语言会在兼容并包的"我们"（意思是"我和你们所有人"）和限制性的"我和不包括你在内的其他人"之间作出区分。《阁楼里的佛》中的"我们"是一个人造的，不包括"我"在内的文学建构。小说中以"我们"身份说话的，是二十世纪初日本的"照片新娘"。这些女人们通过中介嫁给在美国工作的日本男人，她们坐船被运到太平洋彼岸，嫁给只在照片上看到过，也只通过照片被对方看到过的丈夫。这种安排针对的是那些没有其他办法娶到妻子的男人，和那些大多年轻且极其贫困，希望在黄金遍地的加州过上更好生活的女人。这种做法持续了几十年之久；而小说中的这群女人则似乎是在第一次世界大战后不久来到美国的。

照片新娘们完全不知道，美国的种族偏见会把她们和她们的丈夫一起隔绝在外，也不知道在之后的余生中，她们只对彼此才是"我们"，"我们这些在美国的日本人"。对美国白人来说，他们永远是"他们"。

这就是大塚以一种不同寻常的、困难的方式讲述这个故事的理由，一个强有力的理由，并且它极为有效地在无需说明的情况下点出主题。

在船上，在三等舱里，这些女人们确实组成了一个群体，尽管彼此之间充满差异。当她们到达应许之地时，就彼此分散开来，去往各自的丈夫身边，而丈夫们则特意用"他们"来指代，不是"我们"。

> 那天晚上，我们的新婚丈夫迅速占有了我们。他们不声不响地占有我们。他们轻手轻脚，却态度坚定，不发一言。……他们把我们放平在廉价汽车旅馆光秃秃的地板上。……在我们准备好之

前,他们就占有了我们,血流了三天三夜。

之后,她们继续过着艰苦而贫穷的生活,在加州的田地里"埋头苦干",在劳改营或中产阶级雇主的厨房里工作,但那些白人们的绝对他者性依然没有让她们和丈夫融为一个整体。甚至当她们的孩子出生时,虽然一开始与母亲很亲密,但令人心碎的是,他们往往依然不是"我们"。

初夏的时候,在斯托克顿,我们把他们留在附近的沟渠里,然后挖洋葱,装袋,开始摘第一批李子。我们离开的时候,会留根棍子给他们玩,会时不时呼唤他们,让他们知道我们还在附近。别去招惹那些狗。别去碰蜜蜂。……当一天结束,天光散去的时候,我们从他们睡觉的地方把他们叫醒,拂去他们头发上的灰土。该回家了。

不久之后,当孩子们长得比他们的父亲还要高的时候,当他们忘记日语,只会讲英语的时候,当他们吃快餐,喝牛奶,往土豆上倒番茄酱,以自己的父母为耻,不再向父母鞠躬的时候,鸿沟越来越宽——"日子一天天过去,他们似乎从我们手中滑走,越来越远。"孩子们加入了"他者",那些美国白人。

但随后日本袭击了珍珠港。

大塚讲述了日裔美国人在那几个月中经历的与日俱增的敌意和猜疑,讲述他们的恐惧和怀疑,直到他们作为外国敌人被剥夺财产,被遣送到拘留营。这可能是本书最好的段落,其中充满痛苦的辛酸与克制。

遗憾的是,在此之后的最后一章里,她突然改变了叙述方式,不再跟随那群女人。小说视点发生了巨大变化,"我们"突然间变成了白人:"日本人从我们的小镇上消失了。"

"日本人从我们的小镇上消失",从我的家乡伯克利消失那一年,我十二岁。彼时我对这件事的毫无察觉和无从理解,多年来一直萦绕在我脑海中,一直困扰着我。作为一个美国白人,我必须自己应对这份无知和否认。大塚朱丽不能为我代劳。我只希望她能一路陪伴她的女主人公们踏上流亡之旅,去往荒芜的沙漠和山区,去往那些监狱般的城镇。对于那些地方,"我们"从未涉足,甚至无从想象,直到有人从那里回来开始为我们见证。

2011 年 12 月发表于《卫报》

萨曼·鲁西迪:《佛罗伦萨的神女》

Salman Rushdie: *The Enchantress of Florence*

从故事的海洋中,我们的渔夫大师打捞出两件彼此缠绕着的闪耀珍宝——其中一个是关于洛伦佐·德·美第奇时代三个来自佛罗伦萨的男孩的故事,另一个则是关于莫卧儿王朝最伟大的皇帝阿克巴的故事,他建立了一座美妙而短命的城市,胜利之城西克里,也建立了同样美妙而短命的宗教宽容政策。这两个故事都涉及讲故事本身,涉及历史和寓言的力量,以及为什么我们往往无法分辨何为历史、何为寓言。

尽管阿克巴的生活不可思议,但他却是一位历史人物;三位佛罗伦萨男孩中的一位则是尼可罗·马基雅维利,他的名字已成为政治现实主义的代名词。然而,尼可罗的朋友阿伽利亚却搭乘小说家赋予的翅膀扶摇直上,变成阿克巴的知心朋友,直到他回到佛罗伦萨为一场失败的事业而战。有些角色是其他角色创造出来的:皇后焦特哈,以及"神女"卡拉·克孜,她们是阿克巴幻想出来的完美妻子和完美情人,由讲故事的人、艺术家,以及阿克巴无所不能的欲望和痴迷创造出来,并被他的臣民接受,"这类事情在那个时代十分平常,那时真实和虚幻还没有截然分开,没有非得在不同的帝王和不同的法律制度的管辖之下各行其是"[*]。

这部才华横溢、引人入胜的小说中,充斥着历史上和想象中年轻美丽的姑娘们,有美丽的王后和魅力无可抵挡的神女,还有几位妓女和好争吵的老妇——这些全都是陈旧的形象,是仅仅在与男性的关系中被理解的女性。作者从来没有不友好地对待笔下的女性,但她们缺乏自主存在。那位把每个人变成木偶的神女,却并没有真正的自我,只是为了取悦男人而存在(字面意义上的"存在")。阿克巴称她为"一个超越了传统,仅凭自己的意志塑造出自己生命的女人,一个像国王一样的女人"。但事实上,她除了把自己卖给出

---

[*] 译文参考自刘凯芳译《佛罗伦萨的神女》,北京燕山出版社2017年版,略有改动,下同。

价最高的人之外什么也不做,而她的权力只是由男人许可的一种幻象。

在一个奇妙的场景中,阿克巴的妻子和母亲来找想象中的王后焦特哈,向她展示如何将阿克巴从神女的咒语中解救出来,从而在一个滑稽的女性团结时刻与焦特哈达成和解。然而神女随即出现,焦特哈消失了,女人们被男人的痴迷打败。的确,书中的男性们都和青少年一样荷尔蒙泛滥。他们所有的英勇行为,他们为城市和帝国而战,归根结底不过是为了一张躺着一个年轻女人的床。马基雅维利变成了一个失意的中年色狼,他的中年妻子只会在他厌恶的目光之下"摇摇摆摆"和"嘎嘎叫",但是突然间,在有那么一两页中,我们潜入她的灵魂,感受到她对于丈夫不忠的愤怒,她作为一个女人被伤害的骄傲,她对于丈夫和他"黑暗而可疑的天才"始终不变的骄傲,她迷惑于他未能看清自己如何通过嘲笑自己拥有的那些可宝贵和可尊敬的东西而自我贬损。在那个时刻,我仿佛瞥见了一本完全不同的书,一位截然不同的作者。然而之后,这本书又回到了令人眼花缭乱的幻想和男人无所不能的梦想中去。

阿伽利亚恃才放旷的冒险故事,将佛罗伦萨和印度的双城传奇联系在一起,其中充满了鲁西迪式的魅力和奢侈，却也太过容易落入玩闹抖机灵中去（比如那四个患白化病的瑞士巨人雇佣兵，分别叫作奥托、巴托、克洛托和达塔格南）。这些英勇事迹都不如马基雅维利的不幸遭遇或者阿克巴皇帝的思想有趣。

鲁西迪笔下的阿克巴专横、聪明、十分可爱，是作者的一个了不起的代言人。历史上的阿克巴曾试图统一整个印度，统一"所有民族、部落、氏族、信仰和国家"，这的确是一个强大的梦想，尽管注定要与他一起灭亡。究竟是哪一股十五世纪晚期的风唤醒了这位皇帝的融合愿景，即便彼时的欧洲正开始摆脱教会对思想的控制？"如果从来就没有过神，皇帝想，那或许会更容易弄清楚什么是善。"善或许并不是在全知全能的神面前放弃自我，而是"个人或集体的缓慢而笨拙，错漏百出的努力"。作为一个神权且专制社会的国王，他认为和谐并不是不和的敌人，而是不和的结果："分歧、违抗、争论、不敬、打破传统、无礼、甚至狂妄自大，都可能成为善的源泉。"

阿克巴是这本书的道德中心，它的重心，并以最为强有力的方式将它与萨曼·鲁西迪作品和生活中关切的问题联系在一起。所有这一切归根结底是责任的问题。阿克巴反对神，是因为"他的存在剥夺了人类自己构建伦理结构的权利"。那种认为没有宗教就没有道德的奇怪观念，很少能被以如此平和且幽默的态度予以驳斥。鲁西迪并不理会那些害怕他的宗教狂热分子们发出的咆哮。

当湖水干涸时，阿克巴撤离了他的魔法之城，他严肃地预见到自己的失败："他努力创造的一切，他的哲学和生存方式，将像水一样蒸发。未来不会像他希望的那样，而是一个干燥且充满敌对的地方"，在那里，人们会仇恨和杀戮，"在他试图永远结束的巨大争执中，在关于神的争执中"——在我们这个时代，狂热分子们依然在热切地投入这场争执。

但这本书还有另一个主题："宗教可以被重新思考，重新审视，重新塑造，甚至可以被全盘抛弃；魔法则不受这些攻击的影响。"阿克巴在他那座辉煌的城市里，就像佛罗伦萨人在他们的城市里一样，生活于魔法的世界中，"就像生活在看得见摸得着的物质世界里一样充满激情"。这就是他们和我们之间的巨大区别。我们把真实和不真实分开，将它们置于不同的王国里，不同的法则之下。

就像所有严肃的幻想文学一样，鲁西迪的故事消除了这种区隔，让我们这些现实主义者们在阅读的过程中进入想象力的王国，这王国受控于对事实的观察，却又不限于此。这里是故事所在的地方，文字造就一切，是属于孩子的世界，是属于祖先的、前科学的世界，在那里，我们都是皇帝或神女，一边前行一边创造规则。现代幻想文学被赋予一种充满矛盾性的强度，有时候是一种悲剧性的维度，它来自我们对自己所居住的另一个王国，也即日常生活的意识，那里的物理定律不能被打破，而那里的政府正如尼可罗·马基雅维利所描述的一样。

有些人夸口说，科学已经取代了那些无法理解的事物，另一些人则哀叹科学把魔法赶出了这个世界，并呼吁"复魅"。但显而易见的是，查尔斯·达尔文曾经生活在那样一个充满了发现、惊奇和无尽奥秘的神奇世界里，就像所有幻想家一样。令世界祛魅的人并不是科学家，而是那些认为世界本身毫无意义，认为它是一台由神操纵的机器的人。科学与幻想文学在智性上互不兼容，但它们都描述了世界。想象力在这两种模式中都发挥着积极作用，都在寻求意义，并通过对细节的严格关注和思维的连贯性（无论是描述一只甲虫还是一位神女），从而赢得智性上的认同。宗教的功能是规定和禁止，它与前两者之间都不可调和，它要求信仰，因此必须避开二者的共同基础，也即想象力。因此，真正的信徒必然会同时将达尔文和鲁西迪谴责为"违抗的、不敬的、离经叛道的"，与已揭示的真理背道而驰的异见分子。

让现实与幻想的想象力彼此共存,这或许可以解释鲁西迪为何能成功地将历史与神话以如此华丽而鲁莽的手法融合在一起。但毫无疑问,抛开所有解释,最终是这位艺术大师的手赋予了这本书以魅力和力量、幽默和震撼、神韵和荣耀。这是一部美妙的传奇,充满罪恶与魔法。东方与西方相遇,如铙钹碰撞,烟花绽放。我们这些说英语的人现在有了自己的阿里奥斯托,我们自己的塔索,从印度窃取而来。难道这不是我们的幸运吗?

2014年7月发表于《卫报》

萨曼·鲁西迪:《两年八个月又二十八夜》

Salman Rushdie: *Two Years, Eight Months, and Twenty-Eight Nights*

　　萨曼·鲁西迪曾说过,二十世纪出现了"现实的海量碎片",他的长篇小说用恐惧和欢乐演绎并展示了那些碎片。他的新小说《两年八个月又二十八夜》向我们保证,现实正在比以往任何时候都更加剧烈地走向崩溃,即将彻底分崩离析。当一场比往年冬天更加严酷的风暴到来之后,将会出现毁天灭地的雷电和局部重力失效,而黑暗精灵伊夫将开始利用日常生活结构的薄弱之处趁虚而入。

　　这个冗长的标题将特定天数换算成年和月,但最后却不是"四周"而是"二十八夜",因为"夜"暗示着最初的"一千零一夜"。鲁西迪就像我们的谢赫拉莎德（Scheherazade）,无穷无尽地把一个故事放入另一个故事,从一个传奇中拆出另一个传奇,在此过程中他带着无法抑制的喜悦,以至于当我记起他和谢赫拉莎德一样,是在死亡的威胁面前讲着故事的时候,会大受震惊。谢赫拉莎德为了拖延愚蠢而残忍的死亡威胁而讲了一千零一个故事;鲁西迪则因为讲了一个不受欢迎的故事而饱受威胁。目前为止,他和她一样成功地尚未被死亡追上。希望这份好运能继续下去。

一想到要总结故事情节,我就尖叫着晕倒在我的土耳其沙发上。鲁西迪具有无限分形的想象力。情节从情节中萌芽,生生不息。书中至少有一百零一个故事和子故事,以及几乎同样多的角色。你需要知道的是,它们大多都非常有趣、非常好玩、非常——但我不会说"别出心裁"(ingenious),因为很多角色实际上都是精灵(genies)。

精灵是阿拉伯神话中的角色,genies是其英语称谓,jinn是其阿拉伯语称谓。残破的现实已经影响了我们的世界和精灵的世界波斯坦之间的那堵墙,留下缝隙与裂纹,让精灵们可以从中通过。

他们在波斯坦的生活就是在穷奢极侈的环境中进行几乎无休止的性交。尽管如此,他们中的一些人就和我们中的一些人一样,对此感到无聊,总喜欢偷偷溜到这边来,通过玩弄我们这些小小凡人来找乐子。男性精灵是火焰的产物,女性精灵则是烟雾的产物。

他们拥有强大的魔法力量，但在智力方面却不是很强。他们任性、冲动、不聪明，总有某个成员时不时被困在我们这边，被一道咒语困在瓶子里或神灯里。

我们已经有段时间没见到精灵了，因为他们进入我们世界的通道大约一千年前就被封住了，就在最伟大的精灵公主杜妮娅与安达卢西亚的哲学家伊本·鲁希德发生恋情之后不久。他们制造了大量后代，其特征是没有耳垂，并有精怪（fairy）血统的痕迹。实际上，对于英国人来说，波斯坦就是精怪居住的地方。

本书的主要情节——中国套盒最外面那层盒子——围绕着理性主义者伊本·鲁希德与虔诚的伊朗安萨里之间的哲学斗争展开，后者把上帝的力量置于所有尘世的因果之上。伊本·鲁希德试图在理性和人之道德，与上帝和信仰（仁慈的上帝和不狂热的信仰）之间进行调和。他对安萨里发起挑战。而他得到的回报是受辱和流放。

我在很多年前见过萨曼·鲁西迪，远在追杀令颁布之前，但我并不记得他有没有耳垂。无论如何，某些相似之处是显而易见的。这本书是一个幻想故事，一部精怪传奇（fairy tale），也对我们在这个世界中生活的选择和痛苦进行了精彩的反思和认真的思考。

这些选择以漫画书般的方式，被简单地呈现为绝对的善与恶。这些痛苦则以灾难电影的方式被呈现为如此可怕的灾难,以至于那些不愿意去想它们的读者可以耸耸肩一笑置之。鲁西迪是一位慷慨且善良的作家,他宁愿对读者循循善诱,也不愿把真相炼成胆汁与硫磺,逼迫他们吞下。

无论如何,本书卷首是戈雅那幅矗立在现代入口的版画:《理性沉睡,群魔四起》。这本书里出现的群魔,无论以何种戏谑的方式被想象,都并非想象之物。

在本书的众多男性人物中,最强有力的形象是园丁杰罗尼莫先生。他是一个无论在身体还是情感方面都生动有力的角色,他的力量和谦逊,以及他对童年家园孟买(Bombay)的思念都让人喜爱——对于这座城市,他永远不会用它后来的名字 Mumbai 来称呼它。书中也有强有力的女性,有一位女市长,一位女哲学家,但她们都更像是卡通人物。小说的英雄和主角是女性,我想这对鲁西迪来说是第一次,而我多希望自己别对她吹毛求疵。问题并不在于她不是人类;你不能奢求一位精灵公主成为精灵公主之外的其他什么东西,但你至少可以让她不要像男人一样思考。

杜妮娅一窝一窝地生育孩子,一次生七到十九个,这当然是一种留下大量后代的实用工程路径,却不是大部分女性会选择的路径。我们没有看到杜妮娅给孩子们喂奶的场景（很想知道她是如何做到的），也没有看到她忙碌的母亲生活。一千年后，她为了保护"她的孩子们"回到地球——但这意味着她那些遥远的后代，那些被她称作"杜妮娅特"的人，那些散布在各处的没有耳垂的人，承认她是这支血统的缔造者。

这种缔造者的身份通常被称作"父亲的身份"（paternity），它对于地中海和阿拉伯地区的男人们来说十分重要。更普遍的情况下，女性更看重自己生下的孩子和自己作为母亲的地位，而不是任何抽象的血统概念，而男性则认为自己的孩子，特别是儿子最有价值之处，在于保持父系血脉。这种性别差异或许反映了某种生物学律令，雄性哺乳动物的动机是繁殖自己的基因，而雌性哺乳动物的动机则是养育那些基因携带者。

杜妮娅当然是哺乳动物，但她的爱子之心和无数孩子让我禁不住怀疑——她和其他那些舞刀弄枪的强力女战士一样，是一个穿女装的男人。

这时，世界开始进入"奇异时代"的恐怖岁月，黑暗精灵，伟大的伊夫莱特，会试图用他们所有的魔法与非理性来摧毁人类，而杜妮娅则会召唤她的杜妮娅特，以他们的精灵血脉，用同样的力量来保护我们。

于是我们有了正义与邪恶之间的战争，有了超级反派和超级英雄之间的对抗（我最喜欢的是英雄纳查基，也即是纽约皇后区的吉米·卡普尔），依照过去的惯例展开。依照惯例，并且有些反高潮的是，好人们获得了胜利。最后一位强大的黑暗精灵，祖姆拉德，被女哲学家囚禁在一个蓝色玻璃瓶中，其他精灵们则退回波斯坦，而杜妮娅则以超级母性之力，通过最后的自我牺牲关闭了两个世界之间的通道。

在这本书结尾，我们发现自己下一个千年的后代们，已经放弃了将冲突作为一种生活方式。他们和平地在花园里耕种作物，而不是耕种偏执与仇恨，他们发现"最终，愤怒，无论多么合理，都会摧毁愤怒者"。可是……当然总要有个"可是"。

当代的世故者们宣称，和平是无聊的，适度是没劲的，快乐是愚蠢的。鲁西迪无视这种观点，并想象那样一个容易满足的族群，却只能通过剥夺他们的梦而实现这种满足。没有幻象，没有噩梦。他们的睡眠只是空虚的黑暗。

这暗示着，如果没有仇恨、愤怒和侵略性，没有它们导致的战争、残忍和蓄意破坏等人类行为，我们人类的想象天赋就无法存在。这暗示着，只有我们体内的黑暗精灵才能给我们带来梦与幻象，这或许意味着承认需要在我们内在的创造性和破坏性之间保持基本平衡。

但在我看来，这也是对二十世纪文学中一种极为强大的观点的屈服，这种观点认为，缓慢的创造过程没有灾难性的毁灭戏剧那么有趣，那么真实。这又让我们回到当下的处境。如果照料花园会让我们的头脑变得迟钝，如果使用理性会阻止我们看到幻象，如果同情会使我们变得软弱——那又该怎么办呢？再次让冲突成为我们的默认解决方案？重新培养仇恨、愤怒、暴力，让牧师、政客和战争制造者重新上台，然后毁灭地球？

我希望我们能放弃这种虚假的选择，因为它忽视了那些更富有想象力地运用我们内在光明和黑暗的其他可能性。

所以这个故事的结尾对我来说令人失望，但对其他人来说可能并非如此。我想必然有很多读者会欣赏这本书的勇气，为其中的浓墨重彩、热闹喧嚣、幽默与激情四射而陶醉，为其中的慷慨精神而兴高采烈。

写于2015年，此前未发表

若泽·萨拉马戈:《从地上站起来》

José Saramago: *Raised from the Ground*

在过去的几个世纪里,小说大多都是由中产阶级作家为中产阶级读者写的。关于穷人、受压迫者和农民的小说,通常不是由这些人写的,也不是为这些人写的。因此,这些作品往往带有一种距离感和社会学气息,同时又极度令人沮丧——仿佛启示录一般,冷酷,没有希望,而且必然是残酷的。两部关于受压迫者的伟大的美国小说,《汤姆叔叔的小屋》和《愤怒的葡萄》,因为作者对正义的热情和对主人公的敬爱,才得以摆脱这种险恶的冷漠。若泽·萨拉马戈的早期小说《从地上站起来》也是如此,并且还更胜一筹:因为作者写的是陪伴他成长的人们,他自己的同胞,他的家人。

在写这篇评论时,我总是忍不住想让若泽·萨拉马戈本人来写。这是他1998年接受诺贝尔奖时演讲的开场白：

> 我一生中认识的最聪明的男人，他既不会读也不会写。清晨四点，新一天的前兆还在法国大地上徘徊，他就从硬木床上爬起来，带着六头猪去地里放牧，它们的产出养活了他和他的妻子。在里巴特茹省的阿济尼亚加村，我母亲的父母就是靠这点微薄的生计过活，他们养活这些猪，等它们断奶后卖给邻居。……滴水成冰的冬夜，屋里锅中的水都会冻结的时候，他们就到猪圈去，挑出那些最虚弱的小猪抱到床上。在粗糙的毯子下，来自人类的温暖让这些小动物免于冻僵，留得性命。虽然他们两个都是好人，但促使他们这样做的却并不是什么富有同情心的灵魂：他们关心的是如何保护自己的日常生计，其中没有任何多愁善感或抒情的意味，而对于勉力维持生活的人来说，从未学过去思考生活必须之外的东西，是一件很自然的事。

从小和祖父母一起生活和工作，给了他创作这部小说的经验，给了他灵感、动机和叙事语调。在诺贝尔奖演讲中，他这样总结道：

> 从二十世纪初到推翻独裁统治的1974年四月革命，一个农民家庭的三代人，这个"坏天气"家族的故事，贯穿了这部名为《从地上站起来》的长篇小说，并且正是这些从地上站起来的男人和女人们，首先是作为真实的人，其次是作为小说中的人物，让我学会了如何耐心，如何相信，如何信任时间，正是这时间同时建立和摧毁我们，为了建立和再次摧毁我们。[他可靠的英语译者，玛格丽特·朱尔·科斯塔，将小说的标题译为 *Raised from the Ground*，而小说中家族的名字则保留了葡萄牙语，*Maul-Tempo*，也就是"坏天气"的意思。]

萨拉马戈中年之后才离开新闻业并开始写小说，就像一棵美丽的老苹果树突然结出赫斯帕里得斯的金色果实。这部小说出版于1980年，当时他已有五十八岁，可以说它是，也可以说它不是他的"早期作品"。它没有他后来许多作品那样复杂的深度，风格也依旧颇为常规（其中有分时期，也有分段落），但叙事的声音却是明确无误的：一种成熟且安静的声音,像聊天一样轻松,常带有讽刺或可爱的幽默感,这声音流淌向前,不时自我交缠,仿佛在犹豫或徘徊,却从未失去动力,像一条大河流经干燥的土地。

他的思想和同情心的广博,他所说的耐心和信任与他充满激情的政治信念之间的艰难平衡,令这部小说比大多数见证人类不公的作品具有更广泛的聚焦。在一段描述一个人被打手殴打的段落中,事件发生的地点并不像大多数情况下那样,被视作一个与世隔绝的地方,一处无从言说的秘密场所——因为秘密是守不住的。没有任何人类事务发生在自然之外。万事万物彼此相连。万事万物都可以被言说。万事万物都能够开口说话。地上的一只蚂蚁看到了这个人,它心想:"他的脸全都肿了,嘴唇也破了,还有他的眼睛,可怜的眼睛,他的脸肿得都看不见眼睛了,他和刚来的时候大不一样了。"当警卫往受害人身上泼水的时候,我们跟随水的漫长旅途,从大地深处,到云中,到雨里,到陶罐里,然后"从高处被泼到一张脸上,突然落下,突然绽开,缓缓流过嘴唇、眼睛、鼻子和下巴,流过憔悴的脸颊,流过被汗水浸透的前额……从这样一张面具上,水知道这个人依然活着"。

尽管萨拉马戈的视域如此包罗万象,但他知道应该省略什么。他知道得多么清楚,而这种认知又是多么罕见啊!他从不拖沓。没有流水账般的细节罗列。没有那些充斥着当代叙事的机械对话。没有任何关于痛苦、困顿和折磨的长篇大论,尽管这种手法被当作逼真的现实主义和无情的真相讲述而得到赞颂,但更多时候,对于作者和读者来说其实都是自我沉湎在某种虐待幻想中。这部小说中唯一的幻想,就是它出乎意料的充满希望的结局。萨拉马戈对于何为真实非常看重;我认为他选择在一个高光时刻让故事结束,不是因为他相信社会正义的理想终会实现——在这个意义上,我不确定他是否真的"相信"任何东西——而是因为他认为理性的希望比绝望更有用,因为他在自己的作品中追寻美。他的伟大作品《失明症漫记》同样在结尾处转向光明。但在《复明症漫记》中,转变再次发生……他知道黑暗是什么。

现代小说中,死亡几乎千篇一律充满暴力。过去小说中人物的死亡方式往往与现实生活中一样,平凡无奇,不可避免,他们不会死于枪杀、刀砍、爆炸或谋杀;但如今我们希望小说中的死亡作为奇观被呈现,而不是我们将要彼此分享的体验。在这本书的结尾有一个死亡场景;一个人,辛苦工作了一辈子,历经各种磨难之后,于六十七岁高龄离世,仅此而已。我们通过他的双眼看到他自己的死亡。我觉得这比我所知道的任何小说里的死亡场景都要好。萨拉马戈对于真实的讲述,是来自智慧、炽热的艺术勇气,以及深刻的人类柔情的罕见组合。

在诺贝尔奖演讲中,他说:

> 我唯一不能确定自己是否已充分消化吸收的东西,是那些苦难的经历在那些女人和男人们身上形成的某种美德:一种天生的对于生活的朴素态度。……每天我都能感觉到它在我精神中存在,像一种持续不断的召唤:我还没有失去希望,至少现在还没有失去,希望能多从那些尊严的榜样中获得一些伟大的力量,而这些榜样是阿连特霍的广阔平原提供给我的。

现在,时间给了我们讲英语的人一个机会,让我们看到他在这部早期小说中如何付出并收获这份伟大。我们已经知道,他在自己所有的作品中,如何忠实地追随那份朴素和那召唤他的精神。

2012 年 10 月发表于《卫报》

若泽·萨拉马戈:《天窗》

José Saramago: *Skylight*

1953年,若泽·萨拉马戈将《天窗》的手稿交给里斯本一家出版社。他没有得到任何回应,也显然不曾寻求过回应,他的妻子皮拉尔·德尔·里奥在本书导读中说,他陷入了"一种痛苦的、挥之不去的、延续数十年的沉默"。然而在此之后,他却作为记者和编辑声名鹊起,直到1977年,他以标题颇具欺骗性的长篇小说《绘画与书法指南》(*Manual of Painting and Calligraphy*)回归小说创作。1989年,他已出版了三部小说,并正在创作第四部,当年收到《天窗》投稿的那家出版社写信给他,说他们重新找出了那份手稿,如能将其出版,将会万分荣幸。萨拉马戈立即去出版社把手稿带回了家。他的妻子告诉我们,他再没有读过它,并且说"在他有生之年这本书不会出版"。我们必须假定,他并没有说过在他死后这本书应该怎么办。

过去的耻辱可能是他忽视这份手稿的根本原因,又或者,由于他晚年才再度开始文学创作,因此不想花时间和心思回头审视这部更为常规的早期作品。无论如何,我认为他妻子决定现在出版这本书是明智的。它不仅展现了一位极富原创性的艺术家的缓慢发展历程,而且就其本身而言也是一部有趣的小说。翻译本书的是无可挑剔的玛格丽特·朱尔·科斯塔。

如果这本手稿当年被接受并获得成功,那么萨拉马戈还会依然保持对发表意见的淡漠,从而逐渐发现自己无与伦比的语言特色、风格和主题吗?没人能回答这个问题。

《天窗》中的段落和标点符号都中规中矩,并且遵循一种熟悉的小说公式:一组人物在某个地方某个时间彼此相遇:在这本书中,则是在1950年前后的里斯本,一座小小的工人阶级公寓楼。六间公寓;十五个人,其中十个是女人。没有一个人有充分经济保障,有些人只能说勉强度日;他们的生活脆弱、节俭而艰苦。阿德里亚娜和伊绍拉勉强养活她们各自的母亲和姑妈。晚上,四个女人如饥似渴地聆听着收音机里的贝多芬,与此同时,隔壁屋的年轻的克劳迪尼娅则播放着爵士拉格泰姆音乐。克劳迪尼娅的父母婚姻不幸。推销员埃米利奥和他的西班牙妻子彼此厌恶。粗野的卡埃塔诺和患有糖尿病的茹斯蒂纳，因为失去孩子而备受折磨，经由仇恨而走向公开暴力。

这本书中直白的性描写（这或许正是它在1953年萨拉查时代的葡萄牙未能出版的原因）如今之所以引人注目，唯一的原因只是因为其中饱含怜悯。那两位性欲望无处可去的姐妹，萨拉马戈对于她们的同情是如此深刻和微妙，而他对莉迪亚的尊重也是如此，作为一个妓女，她一方面鄙视她的监护人，另一方面却又尊重她自己在这样一个最受鄙视的职业中的专业地位。通过对于情色能量的惊人反转，萨拉马戈甚至能够令一个女人对于强暴行为给予强烈回应这样一种无聊的色情滥套重获新生。

所有的沮丧挫败、道德败坏和不安全感，都在近距离接触中不可避免地滋生竞争和恶意。这个情节松散的故事从一个角色转到另一个角色身上，展现了许许多多卑鄙的邪恶行为，这完全是巴尔扎克和自然主义的传统。其中还有不少冷幽默，譬如一个宁静的家庭场景，突然被揭示为某种幻象：

  然后他们吃晚饭。四个女人围坐在桌边。盘

子里冒出热气，桌布雪白，进餐仪式考究。在无可避免的噪音的这一边——或许也可能是那一边——投下某种绵密而痛苦的沉默，这沉默来自冷眼旁观的过去对于我们的审问，也来自虚位以待的未来对于我们的嘲讽。

书中最强悍的人物，是鞋匠西尔维斯特雷。在萨拉马戈后来的小说中，像他这样细心而诚实的工人总会出现，总是至关重要，也总是轻描淡写。西尔维斯特雷娶了玛丽安娜，"她胖得近乎滑稽，又善良得让人流泪"——两个心灵平静而又慷慨的人，组成一桩完美婚姻。如今控制这个国家的反动派摧毁了西尔维斯特雷强烈的社会和政治希望，但却没有摧毁他的精神。他是一个耐心的人，而他的耐心，他的知足常乐，远远不只是适应失败这么简单。

挣扎在贫困边缘的西尔维斯特雷和玛丽安娜，把他们的空房间租给了一个名叫阿贝尔的房客。他的年龄和作者差不多，三十一二岁，很难不把他解读成某种程度上的"一个青年艺术家的肖像"。阿贝尔故意避免与任何人或任何事有密切的联系或承诺，他似乎是他那个时代的一类特定文学形象：有意保持孤僻、充满防备、感受敏锐、生来优越、终日郁郁寡欢的青年作家。尽管阿贝尔赢得了与西尔维斯特雷的争论，但他给我的印象是，他比自己以为的要年轻，或许也没有自己以为的那么聪明。他的存在主义姿势是不是有点自我沉湎？西尔维斯特雷好不容易才从幻梦中觉醒，从而坚定地选择了激进行动。阿贝尔不会把生命浪费在幻梦中，但他的没有立场会将他带往哪里呢？他是一个确定行动能够成功时才投身行动的现实主义者，还是一个否认自己全然无力的理想主义者？

在他们最后的争论中，阿贝尔说出了最后一句话，实际上也是全书的最后一句话："我们能够建立在爱之上的那一天还没有到来。"

在这句话之后的最后的沉默中，我感觉到一种没有说出口的反驳或者修正，它实际上正来自西尔维斯特雷的生活本身，一种勤勉且负责任的生活，以最谦虚、最节制、最实际的方式建立在爱之上。

2014年6月发表于《卫报》

西尔维亚·汤森·华纳：《多塞特故事集》

Sylvia Townsend Warner: *Dorset Stories*

英国文学的整个地域或者说领土都充斥着了不起的怪人们。我会想象那么一片山丘起伏、布满农场与森林的广阔土地，没有城市也没有大路，只有许多与世隔绝的美丽房子，每座房子里都住着一位天才隐士：托马斯·洛夫·皮科克、乔治·博罗、福勒斯特·里德、T. H. 怀特、西尔维亚·汤森·华纳……不是说这些作家不了解自己时代的文学风尚和技巧，完全不是这样；他们很清楚明亮的灯光在哪里，但他们更喜欢耕种自己的花园。

这样纯粹的目的让他们的作品保持着独一无二的新鲜感，却也为其带来危险，无论是在作者生前还是死后。那些无法被出版商或评论家轻易归类的小说，会被贴上"边缘""女权主义"或"地域性"的标签，于是教授可以忽视它们，权威可以冷落它们。西尔维亚·汤森·华纳的作品则更加遭受了额外一层的疏离。1930年代，《纽约客》极为精明地要到了她的短篇小说的优先取舍权，而这种约定一直持续到1978年她去世。《纽约客》的巨大发行量和文学声望使她在美国成为颇有名望的短篇作家。但在英国，尽管她的短篇小说被英国出版商以个人选集的方式重印，但她似乎主要被当作一位长篇小说作家，而她的长篇却大多数没有在美国出版过。这种声誉的分裂从长远来看当然是有害的。不管出于什么原因，她的书很少能找到出版商使其不断再版。

当我听说黑犬图书即将出版她的《多塞特故事集》时，我便迫不及待地想看。即使她的某些故事集在英国依旧还在出版，在美国也并非如此；她在美国的名声基本上在她去世后便一起消逝了。实际上，她曾是《纽约客》的明星这件事才令人惊讶，她的作品无论在腔调、风格、场景和幽默感方面都非常英国化。

我有幸在西尔维亚·汤森·华纳晚年时与她见过一面，在她那座潮湿的浸满烟灰的奈阿德式房子里。那座房子位于梅登牛顿，在弗罗姆河边，而每当河水泛滥时，房子便矗立在河里。她很是苍老，很是疲惫，也很是善良。我告诉她，有一个我记不起名字的故事，讲的是有一家人去野餐，结果在一条小路上闲逛——一位携带着重达五十磅的八音盒的中年男子；一位提鸟笼的女士；一位打扮得像是盖恩斯伯勒画的阿米内拉·布朗特肖像的女孩；还有一个苍白的小男孩，披着一条血迹斑斑的印度披肩。因为读者一直跟随着一个完全可信的故事，因此对八音盒、服装、鸟笼和血迹完全不觉得奇怪——直到最后叙事视点发生神奇而有趣的逆转。

西尔维亚放声大笑，她记得这个故事，却不记得它的名字，也不记得它被收在哪一本书里了。[这个故事名叫《埃克斯穆尔一景》（"A View of Exmoor"），收入《环环相扣》（*One Thing Leading to Another*）——这个标题或许可以用来命名她所有的短篇故事。]

那是她最温柔有趣的故事之一。其他故事就没那么温柔了；有些甚至残酷得令人难以忍受。那些被结集收入《精灵王国》（*Kingdoms of Elfin*）的非常晚期的精灵故事，属于她最奇怪的那批作品；故事中具有一种高傲、冰冷、令人痛苦的冷漠，会让人血液冰凉。那些把幻想故事和胡思乱想混为一谈，认为只有现实主义才能处理痛苦和残酷的评论家们，应该来到汤森·华纳面前。她会对他们冷眼旁观。

所以我一直希望能选出一些重要的故事来重新建立汤森·华纳的声誉，令其达到应有的水平。《多塞特故事集》并不是这样的作品。它们大多是即兴短篇、半回忆录和小故事，大多是来自二十世纪三四十年代的作品，只有少数几篇是完整的短篇小说。许多篇目带有温和或不那么温和的讽刺意味，并且相当有趣；有几篇带有一种冷峻且低调的辛酸，在脑海中挥之不去。这些篇目都经过精挑细选和巧妙编排，从而具有一定的叙事统一性。这本书美观而优雅，雷诺兹·斯通的木刻版画与文字之间达成完美的和谐。这是一本迷人的书，虽然作为对她作品的介绍来说分量太轻，但对于那些已经认识她的人来说将会是一份宝物。我要把这本书推荐给任何能够欣赏关于乡村生活和人物的讽刺小品的人们，这讽刺并不刻薄，而是——就像她所有的作品一样——没有一丝伤感，也从不欺骗。

这篇评论发表后，我才发现维京出版社和维拉戈出版社先后于1988年和2000年出版过《短篇故事选》，极好地呈现了她的短篇小说，其中包括《埃克斯穆尔一景》，一个名为《爱情配对》("A Love Match")的了不起的乱伦故事，以及《午夜报时》("On the Stroke of Midnight")，后者或许最为坚定地讲述了逃离的不可能，以及失去和悲伤的不可避免。然而，这些选集所获得的关注是如此之少，以至于我直到 2006 年都不知道它们的存在。

她的第一部长篇小说《洛莉·威洛斯》(*Lolly Willowes*)不断重印，令人眼花缭乱地展示了她幻想故事中的非凡智慧和坚强意志；她的历史长篇小说《他们所在的角落》(*The Corner That Held Them*)展现出严酷而灿烂的现实主义风格。她写过一本无与伦比的 T. H. 怀特传记，而她的传记作者克莱尔·哈曼为她写的传记也同样精彩。还有她的诗；还有她那些充满智慧、激情和魅力的信件；还有她的日记，记录了一副慷慨的胸怀，一双敏锐观察的眼睛，一颗永远忠诚的心。

此前未发表

舟·沃顿:《我不属于他们》

Jo Walton: *Among Others*

我想,这篇标题优美的小说《我不属于他们》是一部精怪传奇,因为里面有精怪,或者说被称作精怪的生物。不是每个人都能看到他们,但他们却可以影响那些看不到或者不相信他们的人们的生活。在这一点上,他们在现代工业化的英国所扮演的角色,与其在过去民间传说中扮演的角色差不多。然而,他们并不符合那些关于精怪故事的传统观念。他们不是那些把你带到山下去的高挑美丽的精灵,也不是维多利亚时代人们喜爱的小花妖和小仙子,并且他们绝对不是《彼得·潘》中的小叮当。一些描写段落告诉我们,伟大的插画家亚瑟·拉克姆是能够看到他们的人之一:

就像橡树有橡实和手掌状的树叶,榛树有榛果和弯曲的小叶子一样,大部分妖精身上都长有大大小小的节瘤,颜色不是灰色、绿色就是棕色,而且通常有个毛茸茸的部位。树上这个精怪是灰色的,全身布满凹凹凸凸的节瘤,模样绝对属于丑陋又吓人的那类。*

莫莉,小说的主人公和叙述者,一直都能看到这些精怪,并且认识他们。尽管她希望他们能像托尔金笔下的精灵一样,但他们并不亲切,也并不强大,相反,他们苦恼而边缘,多少丧失了一些能力。他们中有一些可能是鬼魂。他们未受驯服、未经开化、难以预测。他们主要说威尔士语。他们从不回应任何召唤,但如果以适当的方式提出要求,他们也可以实现愿望。他们就像荒野的碎片,只能在有森林残存的地方存活,在那些少有人类涉足的地方出没——古老的公园、前工业化的荒地、城镇和农场边缘被遗忘的道路。

然而,《我不属于他们》并没有使用将荒野与魔法等同起来的陈词滥调,因为故事中几个看起来很

---

* 译文参考自刘晓桦译《我不属于他们》,天地出版社 2019 年版,略有改动。刘译版中将"fairy"译为"妖精",本文译作"精怪"。

普通的人类也有超自然力量。知道如何让精怪们实现愿望是一种魔法，但还有其他魔法，其中有一些更加可怕。

将超自然事件带入普通的现代生活——在这本书里是1979年的奥斯维斯利——对小说家来说不是件容易的事。现实主义者让我们相信，"幻想故事"只有在关于儿童或者为儿童而创作的时候才能被接受。但是自然与超自然之间的重叠并不是什么本质上只属于孩子的内容，而且即便是在现实主义的鼎盛时期，许多为成年人写的小说也涉及这种重叠。第一个出现在我脑海中的例子，是微妙而迷人的《女子变狐狸》。就像其他许多此类故事一样，在大卫·加奈特的故事中，超自然元素就这样凭空出现，没有解释，也没有讨论——这是一种很好的美学策略，因为如果要展开讨论，那么作者就必须同时正面处理可信度和因果关系的问题。

大多数幻想小说都避开了这两者带来的挑战，放弃说服人们相信不可能之事，放弃在现实主义背景下对魔法进行解释说明，放弃在一部现代小说中赋予魔法以道德和情感分量。舟·沃顿接受了这一双重挑战，并以勇气和技巧迎接它。她展示了一句魔法咒语带来的影响，如何可以被简单地视为并解释为极其自然的过程，而魔法带来的每一个行动，都必须得到回报——等量代换法则在魔法可以满足三个愿望的世界里，就像在牛顿第三定律的世界里一样不可撼动。

小说的叙事通过十五岁莫莉的日记展开，但作为成年人的莫莉其实一直隐约在场，这种立体视角极大地丰富了这本书。莫莉的写作很有风格，并且痴迷于读书，主要是读科幻小说。一部分读者可能从未听说过那些她或热情赞誉或极力贬斥的作者，因而不知所措。在我看来这很公平；因为我们已不再有共同的阅读文化，大量读者也会在那些他们从未听说过的"经典作家"被提及时感觉不知所措。不管怎样，只要有机会，莫莉就会像阅读海因莱因或泽拉兹尼一样贪婪地阅读柏拉图。她的那些评论意见带着属于她这个年纪特有的锋芒毕露，给人带来很多乐趣。我很高兴看到她觉得T. S. 艾略特很棒。

莫莉在身体上和心理上都遭受了巨大伤害，而她将阅读视作一种"补偿"。事实上，书籍为她的热情和强大的智慧提供了唯一一条通往艺术与思想广阔天地的路径。与所爱的每一个人分离，骨盆粉碎性骨折的痛苦，她的三位非常受人尊敬也非常奇怪的阿姨将她送去令人窒息的无聊的女子寄宿学校，还有来自她的母亲，一位疯狂女巫的邪恶攻击，书籍几乎足以帮助她扛过这一切。但即便是阅读最终也让她失望，为了在生活中寻找一些陪伴，一些人类的温暖，她诉诸于使用魔法。

整体来看，《我不属于他们》是一个有趣的、敏锐的、有思想深度且引人入胜的故事，但有关魔法的部分却不仅仅如此。当莫莉意识到，她的新朋友们或许并不是自己选择向她伸出友谊之手，而是因为她施放的魔法而不得不这么做的时候，她的道德痛苦正来自每一个人都必须诚实地面对自己能力带来的责任；这并不是很快或者很容易能解决的问题。这本书的核心场景，是在威尔士的群山间，在万灵之夜，莫莉听从精怪的指令，帮助死者的灵魂进入黑暗。那场让莫莉腿伤残的车祸，也杀死了她的双胞胎妹妹，而妹妹的灵魂现在来到了黑暗之门旁边，紧紧抓住莫莉不放，让莫莉别放她离开。在这段文字中，在其静默和戏剧性中，所有关于失去和需要的痛苦汇聚在一起，令人几乎无法忍受，正如同在一些古老的歌谣中，关于事实的安静叙述，让那些无法解释的经验得到深入刻画，让奇谈变得真实。

2013年3月发表于《卫报》

珍妮特·温特森:《石神》

Jeanette Winterson: *The Stone Gods*

在一部科幻小说中发现角色反复宣称自己讨厌科幻小说是件奇怪的事。我只能猜测,珍妮特·温特森是想保持自己作为"文学"作家的声誉,即便她在公然创作类型文学。她肯定注意到如今每个人都在写科幻小说了吧?曾经彻头彻尾的现实主义者,如今创作的小说中充满来自科幻的比喻、手法和情节,只有那些守卫文学经典的咆哮三头犬才能分辨出它们与科幻之间的区别。我当然无法分辨。何必自寻烦恼呢?然而,让我烦恼的是,那些幻想文学作者们共同创造出一个意象的公共基金,并开放给所有人使用,一些不知感恩的作者们从中获利,却假装跟创造基金的作者们毫无一点关系。慷慨付出总应该多少有点回报。

《石神》开篇就不幸地使用了一些类似"近乎一

克"（yatto-gram）这种毫无意义的华丽词藻和一些花哨行文——"蛋，暗淡的蓝色蛋壳，每一只都具有一个破碎宇宙的重量。"好在大多数都早早结束了，之后温特森开始讲述故事，一个复杂、有趣、注定是悲剧的故事。有时，一种被科幻作家称为"船长，如你所知……"的装置会被滥用，现实主义小说处理的是熟悉的事物，因此很少需要这样的手法，但想象性小说可能会需要解释什么是霍比特人、光年，或者边缘通路，因此对话往往这样开始，"哦，斯派克，这个理论你知道的"，后面就是一场关于该理论的讲座。但温特森的语调即便是在讲座中也很生动活泼。她的智慧游走在浮夸与华丽之间，她用极为考究而清脆的对话推动故事向前发展，她的故事表面闪闪发光。但在表面之下，事情已糟糕到不可收拾的地步，正如那些寓言告诉我们，未来将会比我们想象的糟糕得多。

"这个故事讲的是什么？"
"一个不断重复的世界。"

叙述者比利·克鲁索告诉我们，她在地铁里捡到一本名为《石神》的书。没错，这就是所谓的元小说。除此之外，要讨论这个故事，就很难不彻底揭示出其核心的巧妙设计，它在温特森手中以戏谑的方式逐渐得到发展。迟到的揭晓带来本书中一个重要效果，这里我不想剧透。但书中从一开始就有一些明显自相矛盾的混淆，而我想向其他读者保证，这一切都是合乎情理的。我们将会看到其中的关联。我们将会理解，为什么从第一节中的星际灾难，会突然转向库克船长的船造访复活节岛，之后又突然转向近未来的伦敦，以及为什么某些角色即便身处不同时空，却拥有同样的名字。

其中有一些重要的隐秘联系，其创造手法别出心裁，令人着迷。在第一节中，机器人斯派克只剩下一个头，造成一种荒诞的悲伤效果；但在最后一节中，斯派克作为一个没有身体的头而存在，却带来荒诞的喜剧效果，特别是当斯派克成功地有了性活动时，这一点我想其他没有身体的头是无法做到的。而当比利·克鲁索终于找到她的星期五时，其讽刺喜剧的效果极为成功。

有些时候，温特森似乎认为诗意创造可以为虚构的不可信或不连贯提供借口。一座有炉火的农舍，坐落在杨柳依依的河边，河畔满是鸢尾花和黑水鸡，这样的地方不太可能存在于第一节中描述的那个气数将尽的世界里。但既然这个农场的意象对于这本书至关重要，我们就必须相信它。

基于小说中叙述和预测的可怕事件，情感的泛滥显得有情可原，但似乎还是有过度之嫌。我感觉这一点在复活节岛那一节，也是整本书的中心与枢纽部分最为明显。这座岛屿及其人民的历史，近年来一点一滴被拼凑成型，这历史本身就如此令人震惊，更令人震惊的是，它作为一个意象，如此贴切地展现出人类对我们世界的滥用，因此无需再做任何加工就足以切中要害。但在小说中，它却与一个被迫承载了太多的爱情故事搅合在一起。感伤，是写作时的情感状态与读者实际被唤起的情感之间鸿沟的产物，很大程度上取决于读者的感受力；对我来说，书中的两个爱情故事都感伤得让人难受。

不过，不看这些令人窒息的煽情、梦幻片段和大段的讲座，《石神》依旧是一部生动的警世寓言——或者，更准确地说，是对我们这个粗心得无可救药的物种的深切哀悼。

2007年8月发表于《卫报》

斯蒂芬·茨威格：《幻梦迷离》

Stefan Zweig: *The Post Office Girl*

艺术家们如此努力工作，如此忘我地燃烧自己，因此要求他们生病似乎并不太公平。然而，"天才即疾病"的十九世纪观念把病痛的职责交给了艺术家，特别是作家和作曲家。在那之后，如果你青年时代没有用苦艾酒毒害自己的大脑，没有躲进软木板贴面的房间，那你至少也会沉迷于无人理解的孤独、酗酒、斗牛或自杀中。德国和奥地利的艺术家一开始就占得先机，因为他们的整个社会都充满毒性。马勒、理查德·施特劳斯、托马斯·曼，甚至里尔克：这些才华横溢的人们沉浸在一种文化上的神经过敏中，追求变态、疾病和死亡。如今隔一段距离再看，当他们不那么屈服于过度敏感的神秘感，不再为病态的英雄自我而沉迷，当他们清醒而明晰地报告他们对于一个失序世界的敏锐感知时，其呈现的作品其实更加伟大。曼的小说《混乱与早期的悲伤》（*Disorder and Early Sorrow*）是一部最微型的家庭剧，用几页生动而温柔的文字捕捉到了一整个历史性时刻。斯蒂芬·茨威格的长篇小说《幻梦迷离》，则在更大跨度上，以更加灰暗但同样充满情感力量与控制力的笔触，讲述了一个发生在 1926 年奥地利的黑暗童话故事。

这本书是茨威格作品中的异类。他的名声主要建立在高度"心理"的传记作品之上，其次是那些高度紧张，甚至有些过火的长篇小说。《幻梦迷离》在他有生之年未能出版，或许甚至未能完成。很清楚的是，小说大部分是在 1930 年代写成的，之后他带着手稿逃离纳粹统治，前往巴西，或许在那里继续创作，直到他 1942 年与妻子相约一起自杀。四十年之后，该书的德语版出版，又过了三十年，英语版才出版。

但它一点也不过时。没有任何自我呈现的刻意姿态；语言直白、精确、细腻、有力。故事的流动处于完美控制之下，时而缠绵，时而轻快生动。一位期待按部就班的解说和描写段落最终一定会走向某个"老派"解决方案的后现代读者，一定会大吃一惊。这本书完全没有结尾，或许是因为还没有写完，或许是因为茨威格对它的概念从根本上是暧昧不清的。书中对于道德衰败的呈现是无情的、准确的、纯粹的。这远远超出了愤世嫉俗的范畴。它就和陀思妥耶夫斯基一样非理性，且无从回答。

故事开始于一个沉闷的奥地利村庄，克里斯汀的资产阶级家庭在第一次世界大战期间陷入贫困，她只能依靠在邮局的无聊工作来勉强养活生病的母亲。突然间来了一份电报，来自战前去了美国的阿姨——于是克里斯汀被送往阿尔卑斯山一家豪华酒店的神奇世界中，在那里，她从未想过的愿望甚至在许愿之前就能够实现。书中这一大段写得极为精彩，像山间的空气一样明亮、生动而欢快。但这份喜悦逐渐开始超过限度，接近歇斯底里。于是逆转再次到来——同样极为精彩，充满令人难忘的真实感。辛德瑞拉就这样回到炉灰里。

她在那里遇到了她的王子，费迪南德，一个痛苦而倒霉的老兵，经历过一场失败的战争和西伯利亚集中营。这样的两个人，可以在哪里共同创造生活，或者找到值得一过的生活呢？

克里斯汀的世界由不可调和的两个极端组成——无法满足的需求和无耻下流的财富——而她是那么变化无常，那么易受影响，从一个极端被抛向另一个极端，没有任何机会建立自我。那些村民们全都无可救药地粗俗、怯懦而乏味，甚至连那个仰慕她的善良却丑陋的乡村教师也是如此；她厌恶他们，同时像他们一样行事。而在阿尔卑斯的酒店里，那些富有的客人只是为了身体快感的即时满足而活着；她崇拜他们，在一天之内就学会了像他们一样行事。在她的世界里没有中间道路。那里没有中产阶级。没有老子所说的"君子终日行不离辎重"*。人们没有职业，仅仅追求金钱。没有人能看到自我之外的东西，也没有人拥有哪怕一点点精神追求或智力兴趣。所有这一切，似乎都被战争和战后可怕的通货膨胀与饥荒焚毁殆尽。克里斯汀生活在一种无法言说的思想与精神贫困之中。

难道正是这种剥夺，这种缺失，构成纳粹主义所填补的空虚，从而给了希特勒可乘之机？克里斯汀的世界中所缺失的，是生活中巨大而又看似不值一提的中间要素，是中产阶级的中庸之道，克里斯汀机械地模仿着他们的伦理标准，但却没有任何在智性或精神方面判断何谓诚实的标准，可以支持那种平凡的正直体面，后者已被搅得乱七八糟，青年人对此怒目相向，

---

* 该句引自《道德经·第二十六章》："重为轻根，静为躁君。是以君子终日行不离辎重。虽有荣观，燕处超然。奈何万乘之主，而以身轻天下？轻则失根，躁则失君。"此处勒古恩用"君子不离辎重"来对比"一战"之后人们普遍失去根基的浮躁状态。

世故者对此嗤之以鼻，圣贤者超然于外，而战士们则竭尽所能将其毁灭。

战争的终极目的是制造奴隶。费迪南德这个前军人兼前囚犯知道这一点。他知道自己不仅遭到永久性伤害，同时也遭到永久性奴役。故事结尾处，他计划与克里斯汀一起铤而走险，以逃离他们生活的藩篱。然而代价又是什么呢？也许他们能买来正义，但他们能偷走自由吗？我能看到的未来，如果他们还能有未来的话——其实我不想看到那样的未来，因为毕竟克里斯汀是如此脆弱、如此可怜，又如此可爱——是他们两人热情洋溢地立在人山人海中，瞪大双眼，高喊希特勒万岁万岁万万岁。但这只是我能看到的。至于你可能看到什么，就让这部美丽而充满冒险的小说亲自告诉你吧。

2009年3月发表于《文学评论》

作家周记

看见兔子的希望

The Hope of Rabbits

刺猬溪是一个作家隐居所，但它的不同之处在于：这里只接受女性。正如格洛丽亚·斯泰纳姆所说，这不是隐居，而是进取。

性别隔离，就像任何隔离一样，其动机理应接受质疑。我上的是一所女子学院，它就像一颗珠核嵌在一只巨大的雄性牡蛎中。我曾在米尔斯和本宁顿任教，并多次在伟大的写作工作坊"放飞思想"（The Flight of the Mind）中授课，我也曾在许多男女混合的学校和工作坊中学习或授课。我的判断基于经验。我认为，一个不言而喻的事实是，只要我们仍旧生活在一个男人的世界里（我们现在仍旧如此），女人们就有权利创造学习或工作的飞地，在那里，女人可以用自己的方式，依据自己的主张，决定她们做什么、如何做、为什么做,而不是服从或模仿男人做什么和想要做什么。任何飞地都并非全部现实,任何排他性都并非完全正当,然而当一种巨大的不公正占据上风时,任何对抗它、消除它的机会,即便只是暂时生效,都是正当的。智慧和艺术过去曾完全被男人占有,并且这种所有权得到如此绝对的维护,以至于没有哪个女人会认为社会能够轻易允许她从中分到应得的一份。许多女性依然觉得,称自己为思想家、创造者,说我是一个学者、一个科学家、一个艺术家,是一件困难的,甚至让人害怕的事。在一个没有这种恐惧的地方,有一段时间纯粹专注于自己的工作,对许多男人来说是一种完全合理的期望;但对许多女人来说,则是一份令人震惊的、一生只有一次的礼物。

在西雅图北部,惠德比岛海岸的美丽农场与森林怀抱中,刺猬溪的六座小屋为我们提供了这份礼物。(如果你想了解更多,可以访问 Hedgebrook.org.)二十多年前,我曾受邀去那里住一个月,但我选择只待了一周。此前我从未去过任何类型的作家聚居地,也从来没想过——在自己家里有一间自己的房间似乎已经足够。但我着实很好奇,想知道这会是怎样的体验,并且时机也恰到好处。我此前一直有一个新故事的想法,感觉它可以写得更长些,一部长篇,或至少是部中篇。如果一个星期里每天持续创作，没有任何干扰，不去杂货店购物，不打扫房子，不做晚餐，每天一个人待二十个小时或更久，会是什么感觉？

以下是我对当时情况的记录。

这部日记和中篇小说都写在笔记本上，有可能是我最后完全手写的大段文字。我不想抱怨美国中小学对于草写体书写教学的压制，但我很高兴自己曾经学过。当我回忆自己在刺猬溪和其他地方的户外进行写作时，我会想到人类的手写速度，想到一个人如何不断从笔记本看向周边或远或近的事物，如何坐在那里不断改变姿势，如何在写作间歇信手在纸张边缘涂鸦，如何下意识地注意到日光的倾斜、阴影的转动、天空的颜色：全身心投入工作中，同时又对周遭的世界保持开放，这一切都与我们对着电脑屏幕工作时不同。一支好的钢笔或铅笔和一本制作精良的笔记本是真正的高科技：简单、持久、可持续、可固定，并具有非凡的适应性。如果仅仅因为出现了一种新的、美妙的，同时却极为不可持续的技术，而完全扔掉纸笔，不再教人们使用它，未免有些遗憾。我不愿想象自己某个从事写作的曾孙女，在故事写到一半时因为电源故障而陷入沉默，像一台拔掉电源的机器。好吧，她会咒骂两句，然后找一支铅笔，开始费力地用印刷体书写，然后马上重新发明草写体。没有什么能阻止人类讲故事，即便是我们不可估量的执迷不悟。

第一天
1994年4月20日

12:30 pm

此刻我坐在刺猬溪雪松小屋的小小前廊上，沐浴在明媚的阳光里。琳达开车将我从西雅图的亚历克斯酒店接到这里，我们乘坐穆基特奥轮渡过海——水流丝滑；一只海狮抓了一条鱼，欢快地玩耍着；主陆上浓雾低沉，将喀斯喀特山隐藏在我们身后；但当我们接近惠德比岛时，奥林匹克山的雪顶矗立在云层之上，岛上并没有雾。阳光炙热，晒着草地，让周围的树影都显得色调暗沉。门廊下有一只脏兮兮的小蜥蜴，它想出来晒太阳，却又害怕我。

我有些忧虑，尽管受到了友好的欢迎，却对这个地方感到陌生。和不认识的人待在一起，忘记别人的名字，感到尴尬，这些事总是让我紧张。此外还有一点不寻常的忧虑：七天没有义务在身，没有日常琐事，除了晚餐时间之外没有社交活动——但却不完全是假期，不是休息，而是需要做真正工作的工作日，除了那些我自己安排的事务之外，不会有任何事务分心。这前景不容乐观。震颤派教徒的一周，禁言、禁欲。整整一周，在没有任何声音（除了鸟鸣和风声之外）的地方聆听。这是一次测试吗？我能够通过吗？当乌云和雨水再次降临时，我还能让炉火不灭，让我的小木屋保持温暖吗？我能让自己的火继续燃烧吗？

我不想把这周用在微不足道的小事上，因此没有将自己必须写的一篇关于考德怀纳·史密斯的文章的相关材料带来——他不是一个微不足道的作家，但似乎并不适合这周的工作。我决定用这机会来期待一篇小说的眷顾，将全部时间都敬献给它。万一没有被眷顾，至少还有几本大部头的书要读。我要认真地读一遍，我对自己说，绝不浅尝辄止，狼吞虎咽。于是我带上了列维-施特劳斯和克利福德·格尔茨，印加·加尔西拉索·德拉维加和贝尔纳多·迪亚斯，还有桑迪关于性别，以及琳恩·辛顿关于加州语言的书：绝对足够！至于小说，我只带了安赫丽卡·格罗迪舍尔的西班牙语版作品和我的西班牙语词典；还有丹·克劳米借给我的华金·米勒的《与莫多克斯人在一起》（*Among the Modocs*）。我没带任何消闲的东西。我的选择颇为严格，近乎严峻。我会为此后悔吗？

我还带了一个小小的速写本和一些彩色铅笔，但没带相机。没有任何轻松消闲的东西。

午餐装在一个漂亮的篮子里被送来：两种意大利面沙拉。绿色蔬菜应该是用来代替果汁的，这倒是不错，但我猜人们在晚餐之后给自己拿一些东西当早餐的时候，应该可以给自己弄些果汁和其他吃食。只喝水似乎也有些太过简朴。

但这里是多么美啊，这一小片修剪过的绿草地，四周环绕着深青的冷杉，以及缀满四月花朵和明绿新叶的灌木和树林！我坐在这里，像一只晒太阳的蜥蜴，多么难得的享受！

5:10 pm

一只小兔子：这是我看野兔时间最久的一次（我当时坐在室内的靠窗座位上）。斑驳的棕灰色，两侧有星星点点的白点，白色的短尾巴时不时翘起来。一只健康的幼兔，皮毛光滑。从她斜后方四分之三的角度，仍然可以看到那双有光环的黑色大眼睛，如此一来，这位优雅小姐就可以一边像只紧张的小母牛般吃草，一边看清楚身后。细长的，浅红色的后腿。她站起身，鼻子一抽一摆，一只前爪悬空；原地蹦跳；像猫一样蜷起后腿（就像我的猫一样，我想念我的猫）。

午饭后，丹尼斯带我四处参观——农场、小路和池塘。我们听到公山羊的嘶叫。最近，由于膀胱结石，他的阴茎被切除了，现在只能通过一根管子用力向后撒尿；兽医必须要清理管子，这显然很疼。美丽的草药园和菜园，还有一座果园，浆果灌木，储藏块根的地窖，温室——这是梦想中的农场。哦，钱啊，你创造了怎样的神迹（而你又是多么难得地被用到正当处）。农舍那边是大片湿地和"无用湾"，一个最最可爱的名字，还有水上的青色陆地——也许是这座岛，或者另一座岛，或者主陆的一部分，我并不知道。

太阳周围有圈光晕，当它隐入白色天空，气温开始下降时，我画了一幅雪松小屋速写，涂上颜色；现在，阳光从右边的树林后照进我的窗户，云又开始散去。但我不信天会放晴。落日西斜，穿过一棵枫树幼苗的浅杏色嫩叶，在草地洒下斑斑点点。我坐在靠窗座位，喝一杯威士忌，很快就得去吃晚饭。我在留言本上读到了在这里住过的女人写下的肺腑之言。我有些为她们不值，有些愤世嫉俗，有些不开心。我们女人为了不让织好的布散开，付出了多少努力啊！

一只兔子刚刚风驰电掣般跑过草地——是同一只吗？只有兔子知道答案。

8:20 pm

晚餐在农舍的餐桌上——米饭和豆子，农家干酪和水果，一块美妙的蘑菇费罗千层酥三角，还有蔬菜沙拉；酒和咖啡——同座的有布莱克，布鲁克林的年轻黑人；加尔各答的古林（音）；来自夏威夷的拉妮（音），夏威夷土著；珍，年轻的亚裔美国人；经理琳达，以及创始人南希·诺德霍夫。劳拉负责做饭、吃饭、上菜和打扫卫生。另一位住客安妮塔·琼斯不在。

我在细雨过后的小路上散步——先向北走到一座可爱的黑色池塘边，然后沿着农场东侧边缘走；走到储藏室的时候，我给家里的查尔斯打了个电话；然后绕着西北边缘走回黑色池塘，再走回住处。真奇怪，这里有那么多小路，小路之间的森林又那么茂密，冬青、醋栗、红花覆盆子，还有一棵月桂般高大的灌木，长着白色圆锥花序——接骨木，就是它——我在睡美人的树篱前想到这个名字——红色的覆盆子花从我头顶上方高处荆棘丛生的枝干上低垂下来。但这一切都在围栏之内，总共只有三十三英亩。你会在这里迷路，但永远不会真正走丢。真像做梦一样。绵尾兔到处都是，没有一点害怕的样子。屋顶上一大群乌鸦在我走近时哄然散开，黑压压地飞过天际。

现在已是黄昏，几乎没有云。异常宁静。鸟儿在夜色中啁啾。邻窗座位外面，灌木丛的白色球形花簇散发出丁香般的甜香，在黯淡的天光中愈发洁白。

第二天
1994 年 4 月 21 日

11:45 am

我希望能在黎明时起床，却在阁楼里宽大的床上一直躺到七点半，直到阳光穿过那扇美丽的拱形窗户，照亮彩色玻璃拼出的郁金香图案。我构思小说。我打了一套太极。我做了早餐，格兰诺拉麦片、香蕉、橙汁和茶，我在窗边座位上吃完早餐，接下来这个星期我应该都会在这个位置上度过。

我没有带笔记本电脑，因为查尔斯想带它去海边，也因为我决定不要携带额外负担，无论是身体上的还是精神上的；我带了三本笔记本，此刻在用的就是其中之一。我很高兴自己做了这样的决定，这样一来我就可以坐在窗边座位上写作了，右边有三扇窗户，脚边还有一道狭窄的采光口，于是我有了天空和树木，有了开白花的灌木丛，还有一截美丽浪漫的树桩庇护着一株杜鹃花，还有看见兔子的希望。

对小说构思一番后，我跳起来赶在雨来临前去散步——雨随时会来，尽管天空还有部分蓝色；凛冽的风自南而来，但并不寒冷；我还没有点燃柴炉。我走过瀑布下的水潭，绕过一群山羊，我给了他们一根接骨木小树枝，他们礼貌地站起来接受，用他们的山羊眼睛盯着我看；沿着米尔曼路向西，走到与双崖路相接处，后者是唯一通往海滩的路——这条路线一定风景很好。我希望不要下雨，否则我就不能散步了，我喜欢在写作和散步之间切换。路边有许多漂亮的花岗岩、有趣的合成岩和挺好看的鹅卵石，我在其中找到了两块很好的石头。还有农场车道旁的一小簇兔毛；是黎明时分的一只鹰干的吗？池塘边一棵高大的深色雪松下，有两尊可爱的水獭铜像，我从那里掉头回家。腐叶里有两只白色贝壳——显然是水獭的祭品。

5:30 pm

写小说，太阳出来了，我脱掉毛衣，来到门廊上；割草机在森林中清出一道道小路；那座破树桩如画一般斜依在窗口座位的东南方向，我把它画了下来（我在自己画这所房子时所在的同一个土丘，或者说草丘上画的这个树桩）；我又写了一阵；太阳躲进云里，我也进了屋。

现在我又读了一些列维－施特劳斯，在明布雷斯鸟儿和几何图案上艰难地缝了几针，喝了一点威士忌。我在等兔子出现，但来的只有苍蝇。就在我进屋的时候，一只年轻而漂亮的古铜色蜥蜴从门廊下面钻了出来，毫无畏惧地狠狠瞪着我。这一定是丹尼斯问起过的那只蜥蜴。它有一条漂亮的新尾巴。我昨天看到的那只蜥蜴脏兮兮的，有点邋遢；那条蜥蜴没有尾巴，体型很小。这只大概有四英寸。嗯，也许三英寸。

第三天
1994 年 4 月 22 日

7 am

我前一晚九点半就上床睡觉，第二天五点半醒来，听见鸟儿们黎明时分的合唱（数量不多，但很悦耳），从那扇迷人的魔法窗里看见外面的树梢。于是我在六点钟以前起床，发现天气晴朗，阳光穿过屋后的树林，我穿上靴子出门（夜里下了一点雨，露水很重），在雪松屋门口仅有的一小块平地上打了太极，然后出去散步,破晓时分的黑池会很好看。我漫步了一会儿才找到它。房子的东边和北边简直是迷宫——一个真正的、随机的迷宫,所有小路都通向其他小路,延伸出分支,又重新彼此连接。一只兔子把我吓了一跳,一只像比阿特丽克斯·波特笔下一样凶猛而勇敢的兔子;它完全不想逃跑,只挪动身子,勉强跑了几步,于是我又追上它,直到最后它轻蔑地一跳,离开小路越过灌木丛,消失在灌木与杂草的黑暗中,不见了。我终于再次找到了那个黑池。我小心翼翼地倚靠在长满青苔的松软的池塘边缘,俯下身,看见池中自己的倒影。黑色池水像一面镜子,完美映出树木和天空。我的头是一个形状不规则的黑色圆球,看不清五官。这是一个诡异的小池塘。我猜是它滋养了其他那些位置更低、更热闹的池塘,以及池里的瀑布和浮萍。

安妮塔昨天晚餐时也来了;前一天她在城里,给她肚子里的孩子做超声波检查。她和布莱克都是黑人,都漂亮又年轻。目前为止我是年纪最大的。拉妮在夏威夷有四个孩子,她今天要离开了。昨晚我们吃完晚餐回来,站在树下小路的分岔口时,她告诉我她几个孩子的名字,它们的意义,它们如何暗示孩子的命运,暗示孩子生命中必须要做的事。

现在周围一片宁静。这将会是宁静的一天;我们今晚不会在晚餐时碰面，晚餐会和午餐一起送来，因为劳拉要开车送拉妮和古林进城。我要培养沉默。也许不应该培养，而是放任它生长。

我很想听一下天气预报，但又不想打开收音机，破坏和污染这份纯粹的宁静。我只听了不到一分钟。

9 am

兔子们会走小路。

野生动物应该走人类造出的小路吗？虽然它们会给自己造路，但用我们的路又有何不可呢。

9:30 am

一只大黑兔子把自己当作去木屋路上的警卫。他坐在路中间，挺直身子，摆出经典的兔子姿势，竖起耳朵一动不动。偶尔他会在路上来回巡逻几英尺，然后回到自己的岗位上。

从后面看，他们就像短腿小鹿。行为也很像鹿：吃草的样子、警觉的样子、监察的样子。我家里有一只小型捕食者。观察这些小型被捕食者也很有意思。

他现在毫无防备，在破树桩附近的太阳地里吃草。

他不是在"啃"草,而是像牛羊那样把草从地上扯起来吃。大片草叶飞速落入嘴里,在他咀嚼的时候上下翻飞,就像意大利面一样。

深色大眼睛周围的光环也像鹿,叶片状耳朵也是。

5 pm

今天,我感到肠胃不适,嘴里有种恶心的味道,因此我一直离小屋很近,也许因此心情沮丧。半下午时我四处闲逛,从最大最低的池塘向南眺望,越过香蒲树丛,可以望见鹿潟湖和蓝色的无用湾,我把这幅景色画了下来;然后我回到家,坐在外面,读完了列维-施特劳斯,又读了一阵格尔茨,以及一小段格罗迪舍尔,然后断断续续写我的小说。非常"高产"也非常勤奋,但缺乏活力和火花。"我就像母牛吃草一样工作。"珂勒惠支曾这样描述她在孩子们长大之后的工作状态。我的感觉有点相似,现阶段我的生活中除了工作之外什么都没有;(我觉得)我应该安排一些有规律的变化,倒未必是陪伴,至少不是来自陌生人的陪伴,而是其他工作的陪伴——体力劳动——做饭,或者打扫卫生,或者照料花园,或者别的什么,在某些固定时间,或者每天有固定时长。对我来说,散步正是这样的工作；但我今天感觉自己不适合走太远，因此感觉有点无聊乏味。我从上午十一点钟起就一直坐在外面，阳光时阴时晴，和风轻暖，感觉非常好，尽管我的尾椎因为坐在坚硬的门廊上而有点疲累。两只蜥蜴都来了。今晚我将一个人在这里用餐；我想给查尔斯打个电话，他昨晚不在家。唉，小说推进得非常缓慢，很多描写——或许太多了。——我本想在这里写一点短文，写点小故事；但我抓住的，是一只又大又长的生物的尾巴。目前来看，它似乎是一只性情温和的生物。是一只巨蜥吗？

门边有两根手杖，一个只是一根风化褪色的树枝，另一个则是一根仔细抛光过的深黄色手杖，大约四英尺长，一端逐渐变细，有几个树结，极为笔直：是紫杉木吗？根据雪松屋的记事本中写的，它的房门是紫杉木的。同样是淡黄色，非常光滑，没有颗粒，很漂亮。[后来南希说那根手杖可能是杜鹃花木做的。]

我突然意识到，可以打开窗户来赶走那些窗户上的苍蝇，它们飞进来嗡嗡作响，分散我的注意力。苍蝇飞走了。Ma che stupidezza!*

---

* 意大利语，意为：我可真蠢啊！

8:20 pm

两只兔子就在窗外——一只毛皮中有星星点点的白色,我想应该是只老兔子,但是野兔会变老吗?另一只颜色更黑——我想应该是我遇到的那个警卫吧。它们目的明确,纤细精巧的脚掌,带动整齐敏捷而温暖的身体,在暮色中的草地上走走停停。

当我洗碗的时候,一只雌性加州鹌鹑在农场厨房窗外的喂食器里抓挠,周围是一群家朱雀、山雀和麻雀。它那优雅的椭圆形身体在一群小鸟中显得特别巨大。她精力旺盛地又抓又啄。我喜欢看鹌鹑胆怯的样子,它们总是那么胆怯。*

第四天
1994 年 4 月 23 日

9 am

三只大鹅飞过树林上空向南方去,发出咕咕呱呱的响亮叫声。

---

* 在英语中,quail 同时有"鹌鹑"与"胆怯"的意思。

10 am

两只鹿沿着小路从北边走来，步伐迟缓，小心翼翼，这里或那里啃咬着嫩枝，非常警惕。我猜是一只母鹿带着去年出生的小鹿。棕色的皮毛，黑色的尾巴左右摆动。叶片状的大耳朵被阳光穿透，不停转动，充满警觉，下巴上的胡须也浸满阳光。

这里所有动物都会走这些小路。

消化仍然不太好，但正在改善。我六点钟醒来，一直躺到七点，半梦半醒／无所事事。这里的睡眠纯粹而黑暗。

伊丽莎白通过了考试。我昨晚跟查尔斯和西奥通了电话。

5:25 pm

写到十一点，下楼去看大家干活——今天是星期六。到处都是人，志愿者和女校友们。我加入了花园里的除草小组。我们把一片花床彻底清理干净，只留下一些莴苣和一两株罂粟花。之后是午餐，在外面野餐。天气很好，早上有点冷，但是目前为止最暖和的一天，晴朗的天空一直持续到快五点。我回来拿帽子和防晒霜,又下去除草,在花园边缘,隔着篱笆就是土豆田。我工作到三点多,与其他人一起谈论作家、书籍和电影,感到非常愉快。感觉干够了,回到屋里,在漂亮的浴室里好好洗了个澡(然后把我脏到不行的衬衫放在脏衣篓里,准备带回家。我用海绵擦了擦我的牛仔裤——它们还得再坚持几天。)在小路上遇到一位女校友和她的母亲,带她们参观了雪松屋。

坐在外面重读早上的工作成果,外面太嘈杂,没法继续写。读格罗迪舍尔,五点钟开始喝威士忌。非常好的一天!我真的很需要体力劳动。在这样的地方,这些事情是如何安排的呢?如何保证真正需要做的工作只由那些想做的人来完成?在下午某段特定时间安排一个"园艺聚会"?或者有一份不断更新的志愿工作名单?这样人们就不会觉得是强制劳动,而是在需要时用劳动来放松一下?这一定很难操作。

第五天
1994 年 4 月 24 日

11:45 am

天刚亮就开始下雨,而且一直下个不停。我第一次点燃了炉子——虽然不冷,但很潮湿,而且我也想感受炉火带来的欢乐和麻烦。只是把熄灭的炉火重新点燃。火烧得很猛,吐出烈焰,疯狂吞噬那些小木块。如果我要继续喂它,就只得踩着泥泞去外面捡木柴了。

我的小说写到了第二十五页。

考虑给这本书起名为《创造灵魂》,而不是《爱就是爱》。它与性有关,但更与"宗教"有关。[这篇小说最终收入《宽恕的四种方式》一书中。]

看起来今天没有什么机会进行体力劳动或者散步了,除非我想让自己浑身湿透,然后怎么把湿衣服弄干呢?我想小木屋里是不会有装在墙上的取暖器的,毕竟烧木头的炉子才是其荣耀所在。

昨天晚上,詹妮弗替劳拉做饭,还有她胖乎乎的漂亮宝宝纳什;布莱克也在,安妮塔和古林不在;还有露易丝·怀斯柴尔德,一位新客/归人;还有珍,我对她的了解更多了一些。她看起来相当傲慢,自命不凡;她从得克萨斯州的另一个作家隐居所来到这里;我不知道自己是否喜欢她,或许我会非常喜欢她,但这需要一段时间。昨天,安妮塔和我一起从花园回来,我们聊了聊。她已经怀孕五个月了,身体不太舒服。她美丽迷人,有一种爽朗而成熟的甜美。

第六天

1994年4月25日

11:45

昨天,天逐渐放晴——我两点钟出门散步,先往东后往西。我下楼去查看那扇门,我的朋友朱迪斯说,可以无视门上的"禁止非法侵入"标志,穿过门向下走到潟湖岸边;显然是不可能无视的;门上有栅栏,我想是朱迪斯来过之后加上的。虽然天上有云,但我还是觉得很暖和;到了晚上,云彻底散去,也更冷了。

晚餐时,格琳(Gurlene,这是她名字的正确拼写)还是不在,真糟,她看起来是个很好的人。园丁康妮加入了我们;我喜欢她;她有灰白的头发,这是我和她之间的纽带。晚饭后布莱克给我们读了一个故事,这是她第一次晚上和我们待在一起——读的是一个吸血鬼爱情故事,在女性主义方面三观正确,对吸血鬼故事来说已经不能更正确了!安妮塔还是不太舒服。露易丝似乎很害羞,但很招人喜欢。珍对布莱克故事中的一个词进行了一番批评,随即表现出一种可爱的窘迫态度。我无法分辨这些人究竟是傲慢还是害羞,她们都那么年轻!或许永远都分不清?

我在米尔曼路上散步时捡了一些漂亮的石头,把它们摆放在我门口台阶旁的大石头上,那里有许多蓝色花穗,不知道是什么花[筋骨草,笨蛋!],展开一大片紫蓝色的毯子,欢迎我穿过树林回家;花丛中总有许多蜜蜂和大黄蜂。我想,下一个住在这里的人会喜欢这些石头吗?

晚上八点左右给查尔斯打了电话,之后我想去黑潭一趟;又一次没找到——之后又一次——最后差点掉进黑潭里。这是一个迷人的地方,像一面完美的黑色镜子映出树木和天空,表面没有一丝波纹,只有昆虫点水,激起微小的涟漪,迅速散开后又回复平静。下方的瀑布水潭中传来蛙的夜鸣。鸭子则大多在那些地势较低、阳光充足的池塘里栖息。黑池是寂寞的。

目前我已经读完了列维-施特劳斯,他对我的故事产生了很大影响;读了一部分克利福德·格尔茨;读了琳恩·辛顿关于加州印第安语的书;有意避开桑迪,她的作品可能会干扰我的故事;昨晚开始读印加·加尔西拉索·德拉维加。格尔茨关于常识的论述很好,并且他的常识远远超过列维-施特劳斯——但是列维-施特劳斯能启发思想——至少是我的思想。他让我本以为根本不存在的轮子开始转动。然而,他的所有神话在我看来近乎疯狂——那些不同概念之间的替换,就像弗洛伊德对"意义"的阐释一样,是一系列彼此无限反射的镜子,无法站在任何一个位于外部的立场,说一声停下,够了!——格尔茨来自尊贵的常春藤名校,可惜;这让他有时显得有些自诩聪明,尽管他颇为正确地指出,许多人都在学术生涯中实现了神奇的命运逆转,从学术型大学到职业培训学院,但他关于普林斯顿是天堂的假设,在人类学家看来是很可怕的。我羞于读它。有些人当真相信存在于智力和能力方面的等级制度——或许他们不得不相信?当然,好学者更可能来自学术中心而非边缘地带,这是一个群聚效应(critical mass)的问题;然而,这种装腔作势、势利、偏见,以及对如下事实的绝对冷漠,即除了财富带来的专业奖学金之外,学生之间根本没有任何区别:所有这一切,对于一颗受过教育的头脑来说都是不可原谅的。这揭示了教育的一个严重缺陷。我想这就是我没有系统阅读这本书的真正原因——我非常不喜欢克利福德·格尔茨。我不喜欢被势利的人教。而列维-施特劳斯,尽管他对一个好男孩在中学(lycée)和高等师范学院(Ecole Normale Supérieure)学到的东西有着感人的信念,但他并不势利,我很高兴向他学习。我能对付贵族,但对付不了暴发户。哈!

5: 25 pm

想到一个奇怪的比较：格尔茨之于列维-施特劳斯，就像浣熊之于独角兽。

妙！

午餐装在篮子里，上面盖着漂亮的布，由漂亮的詹妮弗带过来。她的笑容与劳拉劳累过度的样子相比是那么可爱，而后者让我感到内疚——尽管晚餐时，我也看到劳拉露出好几次美丽笑容（她总是避免参与晚餐，就像詹妮弗总是加入进来一样）。詹妮弗是一个"容易相处"的人，而劳拉不是。午餐有点奇怪。一份美味的蔬菜沙拉，还有用昨晚的牧羊人派做的蔬菜汤，配上鸡肉；没有面包。从来没有。面包是吃不到的，喝什么则全由自己决定。我已经习惯了吃一个鸡蛋和英式松饼当早餐，谢天谢地，朱迪斯让我带上了茶。这里有草药，却根本没有茶，只有可恶的"低咖啡因"饮料。话说回来，低咖啡因咖啡还是挺好的，可以晚饭后喝。

一切都很美好，我一溜小跑来到池塘边，试着画了一幅远方蓝色高塔的速写，我猜那大概是西雅图市中心，还画了一幅瀑布池塘里的芦苇。

我的小说快要写完了，它或许恰与我在这里的时间同步——这是我的一种猜测。但现在已经有四十一页了，故事应该不会一直继续下去，对吧？它奇怪地来回跳跃，的确如此。有时候我觉得知道自己在写什么，有时候又无法确定。在小木屋东头，门的右边，通往阁楼的梯子脚下，有一扇低矮的小窗，我尝试在那里写作，得到一些领悟。周六那位女校友带她母亲参观这座小屋时说，她在这里的时候，大部分时间都是在那里写作的。这里对我来说，似乎有点暗，有点奇怪，但却是一个好地方；从屋里任何一个地方，看小木屋其他地方都很美，而这里的角度和视野尤其美。只是对我来说，待在黑暗中的感觉有些奇怪，而窗边座位则让我看到整片林间空地，看到树木和天空。还有兔子。昨晚有两只兔子，兔子们很有条理。

又是一整天过去了。所谓的"测试"在周六之前就在各种意义上得到通过；而在写作方面，在第二天就已通过。我仍感到一点挥之不去的疑虑，很可能只是因为查尔斯对我来这里的否定态度，成为我的某种思想包袱。我想这就是我的想法：对于任何一个写作的女人来说，这都是一个美妙的地方。只要——只要它无法取代大多数人生活的世界。——清教徒。愚蠢的清教徒。

男人会在雪松小屋的日志上写什么呢？我真的很

想知道。那些曾在这里住过的女人，她们的感激和快乐就像甜美的蜂蜜从角中流淌出来一般。接受我亲爱的小木屋吧，现在它是你的了，她们都说。我在这里很快乐，你也要快乐，她们说。我在这里写作，她们说——你也快写吧！

第七天
1994 年 4 月 26 日

中午

醒来后躺在床上，半梦半醒，直到 6 点 40 分；起床，写了又写，我第一天来时开始写的小说，此刻终于写到了结尾——可能是也可能不是结尾——我给它起名为《族民之子》。走到黑潭，绕行至草药园，我在那里画了鹿潟湖的铅笔速写。天色灰暗，很冷。

昨晚安妮塔、露易丝和珍分别读了她们的作品，我们在农场客厅里一直坐到八点多。布莱克戴上她的吸血鬼假牙。她们打算一起去黑潭，对着掠过树林上方的满月号叫；但即便她们真的这么做了，我也没听到。[她们都说她们去了。] 我惬意地躺在阁楼卧室里，一点也不想号叫。

今天下午两点,我在堪比艺术品的美丽浴室里洗了个澡,然后回去和正在劈柴的南希聊天。不久之后琳达也来了,喝了杯茶,我们说到要写一些关于刺猬溪的东西(譬如这本日记)——但没有什么结论。四点钟,南希和特雷斯·格林也来了,南希带我们去树林里散步,给我看了那座迷宫里几个我从未发现过或感觉到有趣的神奇地方:几棵雪松从位于中央的树根中长出来,扭转成奇怪的形状,然后笔直向上;还有一片可爱的冷杉林。经过水獭池和池塘东侧的古老雪松,回到雪松屋。特雷斯喝茶,我喝威士忌,直到我们下楼去参加告别晚宴。很多米饭,很多欢笑。安妮塔给我们所有人送了印有她亲手画的青蛙图案的文具。穿过寂静无风、寒冷又灰暗的夜色回到雪松屋,收拾行李,再睡最后一晚。

我想,住在这里对于大多数女人来说,都会带来这样或那样的重要意义;而长住在这里,则可能成为一位年轻女性的人生十字路口;对任何真正需要独处来写作或完成一段精神旅程的女人来说,这都是一份福祉。我在这里的一周(一开始似乎很长,现在则觉得很长的同时又很短)——我现在认为,其对于我的重要性,主要在于这座房子、这片森林和农场的无比美丽和宁静——一个超然的"世外桃源"之地——隐居、自由、难得的享受与休息，最重要的是它打动人心的美丽。

如果我没有带一个故事来写，这一周会怎样度过呢？我工作又工作，工作是我生活的乐趣。如果没有工作，那么所有的美丽，那阳光，那兔子，那小鹿，那散步，与年轻女人们度过的愉快时光，夜晚甜蜜而深沉的寂静，醒来后透过阁楼的郁金香窗户看到第一缕晨光中的树梢——所有这一切都成了不义之财。

然而，如果我没有来这里，那么很可能就不会写出这个故事。写它花费了整整一个星期；这是对相当大的压力的回应："我是来这里写作的，我带了这个空笔记本——我需要一个故事！"于是雪松屋，刺猬溪，给了我这个故事。

以及所有那些不义之财。

特雷斯明天早上八点钟来开车送我回家。再见！
Chau mi casita querida!*

---

* 西班牙语，意为：我亲爱的小木屋！

图书在版编目(CIP)数据

我以文字为业 / (美) 厄休拉·勒古恩著；夏笳译.—郑州：河南文艺出版社，2023.4（2024.4 重印）
ISBN 978-7-5559-1410-5

Ⅰ.①我… Ⅱ.①厄… ②夏… Ⅲ.①文学—作品综合集—美国—现代 Ⅳ.① I712.15

中国版本图书馆 CIP 数据核字（2023）第 051345 号

WORDS ARE MY MATTER: Writings About Life and Books, 2000-2016
by Ursula K. Le Guin
Copyright © 2016 by Ursula K. Le Guin
Simplified Chinese translation copyright © 2023
by Beijing Imaginist Time Culture Co., Ltd.
Published by arrangement with Curtis Brown Ltd.
through Bardon Chinese Creative Agency Limited
ALL RIGHTS RESERVED
经授权，北京理想国时代文化有限责任公司拥有本书的中文（简体）版权
豫著许可备字 - 2023-A-0003

我以文字为业
[美] 厄休拉·勒古恩 著　夏笳 译

特约策划	张亦非
责任编辑	张　娟
特约编辑	冯　婧
责任校对	梁　晓　赵红宙
装帧设计	LitShop
内文制作	陈基胜

出版发行	河南文艺出版社
本社地址	郑州市郑东新区祥盛街27号 C座 5楼
邮政编码	450018
承印单位	山东韵杰文化科技有限公司
开　　本	787毫米×1092毫米　1/32
印　　张	16.75
字　　数	271 000
版　　次	2023 年 4 月第 1 版
印　　次	2024 年 4 月第 2 次印刷
定　　价	72.00元

★ 版权所有　侵权必究 ★